CW01630770

Monica

Après avoir étudié le droit à Stanford et exercé le métier de juriste, elle s'est tournée vers l'écriture. Passionnée depuis toujours par l'Écosse médiévale, elle se consacre au genre des Highlanders avec des séries à succès comme *Les MacLeods*, *Le clan Campbell* ou *Les chevaliers des Highlands*. Elle est aujourd'hui une auteure incontournable de la romance historique.

Le Frappeur

Du même auteur
aux Éditions J'ai lu

LES MACLEODS

1 – La loi du Highlander
N° 9332
2 – Le secret du Highlander
N° 9394
3 – La fierté du Highlander
N° 9535

LE CLAN CAMPBELL

1 – À la conquête de mon ennemie
N° 9896
2 – Le proscrit
N° 10032
3 – Trahi
N° 10084

LES CHEVALIERS DES HIGHLANDS

1 – Le Chef
N° 10247
2 – Le Faucon
N° 10413
3 – La Vigie
N° 10511
4 – La Vipère
N° 10609
5 – Le Saint
N° 10696
6 – La Recrue
N° 10785
7 – Le Chasseur
N° 10906
8 – Le Brigand
N° 10996
9 – La Flèche
N° 11146

Monica McCarty

Les chevaliers des Highlands – 10

Le Frappeur

Traduit de l'anglais (États-Unis)
par Astrid Mougins

J'ai lu

Si vous souhaitez être informée en avant-première
de nos parutions et tout savoir sur vos auteures préférées,
retrouvez-nous ici :

www.jailupourelle.com

Abonnez-vous à notre newsletter
et rejoignez-nous sur Facebook !

Titre original :
THE STRIKER

Éditeur original :
Pocket Books, an imprint of Simon & Schuster, New York

© Monica McCarty, 2015

Pour la traduction française :
© Éditions J'ai lu, 2016

La Garde des Highlands

Tor MacLeod, le Chef : commandant du corps d'élite et maître d'armes.

Erik MacSorley, le Faucon : marin et nageur.

Lachlan MacRuairi, la Vipère : opérations furtives, infiltration et exfiltration.

Arthur Campbell, la Vigie : reconnaissance.

Gregor MacGregor, la Flèche : tireur d'élite et archer.

Magnus MacKay, le Saint : guide de montagne et inventeur d'armes.

Kenneth Sutherland, la Glace : explosifs et adaptation.

Eoin MacLean, le Frappeur : stratège expert en tactiques de pirate.

Ewen Lamont, le Chasseur : pisteur et traqueur d'hommes.

Robert Boyd, le Brigand : force physique et combat à mains nues.

et :

Helen MacKay (née Sutherland), l'Ange : guérisseuse.

À Annelise, pour ta foi, ta confiance
et ta poudre de fée !

Un message de Monica

Les douze romans de la série des *Chevaliers des Highlands* recouvrent une période de neuf ans entre la mort de William Wallace en 1305 et la victoire des Écossais lors de la bataille décisive de Bannockburn en 1314. Lorsqu'on écrit une longue série comme celle-ci, il est inévitable que plusieurs trames se chevauchent. C'est le cas du *Frappeur*. Le récit débute en 1313 mais fait rapidement un bond en arrière, à l'époque qui suivit immédiatement la mort de Wallace, avant que Bruce n'entame son périple pour monter sur le trône. Cela donnera aux nouveaux lecteurs la possibilité de découvrir ce qu'il a enduré, et aux autres de combler quelques lacunes. Tout comme *La Vipère* racontait le sort des femmes après que Bruce fut contraint de prendre la fuite, *Le Frappeur* traite de ce qui est arrivé au second front de l'attaque décrite dans *Le Faucon*.

Avant-propos

L'an 1313 de Notre-Seigneur

Après sept ans de guerre et alors que tout semblait jouer contre lui, Robert de Bruce est parvenu à reprendre la quasi-totalité du royaume aux Anglais et aux nobles écossais qui s'étaient opposés à lui.

La bataille finale contre les Anglais ne saurait tarder. En attendant, des poches de résistance subsistent au sein même de l'Écosse, parmi lesquelles l'épineuse province de Galloway, au sud-ouest du royaume. Elle se trouve sous la coupe de l'homme le plus recherché du pays : Dugald MacDowell, l'impitoyable chef du clan MacDowell.

Mettre Dugald à genoux intéresse Bruce à plus d'un titre, car les MacDowell sont à l'origine des heures les plus sombres de sa quête pour le trône.

Afin de mener à bien cette mission importante, Bruce fait appel à Eoin MacLean, l'un des membres de son corps d'élite secret, la Garde des Highlands. Ce dernier a ses propres raisons de vouloir la destruction des MacDowell.

Toutefois, la vengeance n'est jamais aussi simple qu'il y paraît. Eoin devra affronter un passé qui le hante et le renvoie aux jours où Bruce n'avait pas encore entamé sa conquête du pouvoir.

1

Église St. Mary, près du château de Barnard, comté de Durham, Angleterre, 17 janvier 1313

C'était une journée idéale pour un mariage, une ironie du sort qui n'échappa pas à Eoin MacLean, qui avait conçu ce plan pour capturer l'homme le plus recherché d'Écosse.

Le soleil, resté caché derrière des nuages d'orage durant des semaines, avait choisi ce matin d'hiver pour réapparaître et illuminer la campagne détrempée, faisant luire les hautes herbes autour de la petite église. Le feuillage épars des arbres lançait des éclats d'or et d'ambre. Malheureusement, le soleil faisait également scintiller l'acier des cottes de mailles, ce qui rendait difficile de se fondre dans la nature. Les longs hauberts n'étaient pas l'armure habituelle des hommes de Bruce, qui leur préféraient les *cotuns* en cuir noir plus légers. Toutefois, en cette occasion, ils étaient nécessaires.

Depuis leur poste d'observation sur le versant boisé dominant l'église, le village niché au pied de l'imposant château de Barnard, sur les bords du Tees, était pittoresque et charmant. Il formait une toile de fond parfaite pour la belle mariée et son chevalier anglais.

Eoin déglutit pour refouler la bile acide qui le rongeait. Il était presque dommage de gâcher une si belle fête. Presque. Néanmoins, il avait attendu ce jour pendant près de six ans. Rien ne l'empêcherait de capturer l'homme responsable du pire désastre s'étant abattu sur Robert de Bruce au cours d'un règne qui en avait pourtant compté de nombreux. Ce n'était pas le bonheur de la promise et de son fiancé qui l'arrêterait.

Ils le tenaient enfin : Dugald MacDowell, chef de l'ancien royaume celte de Galloway, le dernier grand d'Écosse à s'opposer à la couronne de Bruce et le responsable du massacre de plus de sept cents hommes, dont deux des frères du roi. Ce scélérat avait échappé à la capture durant des années, avant de commettre enfin une erreur : il avait un faible pour la mariée.

Ce qui rendait l'occasion plus belle encore, étant donné que c'était le penchant ridicule d'Eoin pour la même femme qui avait précipité le désastre.

Il toucha machinalement la petite pièce en ivoire sculptée dans son *sporran*. Elle était toujours là, comme le rouleau de parchemin. Ils lui servaient de talismans, ou de rappels. Il ne partait jamais à la bataille sans eux.

— Tu es sûr qu'il viendra ?

Eoin se tourna vers l'homme qui avait parlé : Ewen Lamont, son partenaire dans la Garde et l'un des hommes qui l'accompagnaient dans cette mission périlleuse loin derrière les lignes ennemies. Au cours de l'été précédent, Bruce avait mené des raids jusque dans le Durham, mais il avait eu une armée avec lui. Si la douzaine d'hommes d'Eoin se retrouvait en difficulté, ils seraient livrés à eux-mêmes à des centaines de kilomètres de la frontière écossaise. Naturellement, il avait la responsabilité de les ramener tous sains et saufs.

Oppugnare acriter. « Frapper avec force. » C'était sa spécialité et ce qui lui avait valu son nom de guerre dans la Garde des Highlands, le corps d'élite de Bruce : le Frappeur, comme celui qui assénait les puissants coups de marteau sur l'enclume du forgeron. Ses tactiques « de pirate », d'une audace à la limite de l'inconscience, frappaient l'ennemi de plein fouet. Il en irait de même aujourd'hui, même si son plan était peut-être encore plus audacieux (et plus fou) que d'ordinaire. Ce qui n'était pas peu dire.

Eoin croisa le regard de son ami, à peine visible sous la visière de son heaume.

— Oui, j'en suis sûr. Rien n'empêcherait MacDowell d'assister au mariage de sa fille.

Il avait appris la nouvelle des noces de Maggie… Margaret… par hasard. Le mois précédent, Lamont, Robbie Boyd, James Douglas et lui s'étaient trouvés avec Édouard de Bruce, le dernier frère du roi, dans le Galloway, faisant leur possible pour couper les voies de communication et d'approvisionnement entre les forteresses des MacDowell en Écosse et le château de Carlisle en Angleterre. Au cours de l'une de leurs expéditions, ils avaient intercepté une liasse de missives, parmi lesquelles une lettre de sir John Conyers, le constable du château de Barnard, pour le comte de Warwick, annonçant la date de son mariage avec la fille « chérie » de MacDowell. Dugald avait huit fils et une seule fille. L'identité de la mariée ne faisait donc aucun doute.

Lamont lui adressa un regard entendu.

— Je pourrais en dire autant de toi.

Eoin esquissa un sourire un peu crispé.

— En effet.

C'était un mariage qu'il n'aurait raté pour rien au monde. Le fait qu'il permettrait la capture de son ennemi juré n'était qu'une joie de plus. Deux vieilles dettes seraient payées ce jour.

Fichtre, combien de temps encore devraient-ils attendre ? Il était toujours nerveux avant une mission, mais jamais autant qu'aujourd'hui. Ses mains tremblaient presque.

Il en aurait ri s'il n'avait su pourquoi. Qu'elle ait encore cet effet sur lui après toutes ces années, après tout le mal qu'elle lui avait fait, était rageant. Il devait se ressaisir. Il était désormais le Frappeur, froid comme la glace, dur comme l'acier. Rien ne pénétrait sa carapace.

Enfin, des cavaliers s'avancèrent sur le pont-levis, l'un d'eux brandissant un étendard bleu et blanc. Le futur marié approchait.

Eoin rabattit sa visière, ajusta sa lourde cotte de mailles puis enfila le surcot volé un peu plus tôt. Il arborait les mêmes couleurs bleu et blanc que le fiancé (ce qui n'avait rien d'une coïncidence).

— Tiens-toi prêt, dit-il à son partenaire. Assure-toi que les autres savent ce qu'ils doivent faire et attendez mon signal.

Lamont hocha la tête sans lui souhaiter bonne chance. Eoin n'en avait pas besoin. Pour ce qui était des stratégies et des plans, personne ne lui arrivait à la cheville. Il savait mieux que personne ruser, surprendre, déjouer les plans des autres et, si nécessaire, vaincre par la force. MacDowell avait peut-être eu le dessus sur lui six ans plus tôt, mais l'heure de la revanche avait sonné.

— *Bàs roimh Gèill !* lui glissa Lamont.

« La mort plutôt que la reddition », la devise de la Garde des Highlands. Avec un peu de chance, ce serait aussi celle de Dugald MacDowell.

Margaret avait pris la bonne décision. Elle le savait. Elle avait porté le deuil durant six ans, cela suffisait. Elle avait le droit d'être heureuse. Surtout, son fils avait le droit de grandir sous l'influence d'un homme bien. D'un homme bon. D'un homme qui n'avait pas été rendu aigri par la défaite.

Cela n'expliquait pas pourquoi elle était debout depuis l'aube, s'affairant de tous côtés, ne tenant pas en place. Ni pourquoi son cœur battait à tout rompre. Le sentiment de panique qui montait en elle dépassait l'anxiété normale d'une jeune mariée le jour de ses noces.

Lors de son premier mariage, elle n'avait pas été nerveuse. L'espace d'un instant, elle pensa à cette époque, sept ans plus tôt, où tout avait paru parfait. Elle avait été si heureuse. Emplie d'amour et d'espoir, confiante en l'avenir. Son cœur se serra.

Qu'elle avait été sotte et naïve ! Tellement effrontée et sûre d'elle ! Tellement convaincue d'obtenir tout ce dont elle rêvait ! Il aurait mieux valu ressentir un peu d'angoisse.

Elle avait été si jeune, trop jeune. Dix-huit ans à peine. Si elle pouvait revenir en arrière et tout recommencer avec l'expérience acquise depuis…

Il était trop tard pour changer le passé, mais pas le futur. Mieux valait ne penser qu'au présent. Comme elle le faisait toujours, elle se concentra sur ce que cette période douloureuse avait produit de mieux, ce qui l'avait extirpée des ténèbres et lui avait redonné goût à la vie : son fils de cinq ans, Eachann, ou Hector, comme l'appelaient les Anglais.

Eachann avait une petite chambre attenante à la sienne dans le manoir où ils vivaient depuis quatre ans, depuis que son père avait été contraint de fuir l'Écosse et de se réfugier en Angleterre. Son fils et elle quitteraient définitivement Temple-Couton ce matin. Après la cérémonie, ils s'installeraient au château de Barnard avec son fiancé. *Son mari*, rectifia-t-elle. Elle s'efforça d'ignorer le nœud dans son ventre et les battements effrénés de son cœur (deux réactions qui n'auraient jamais dû se produire simultanément).

Elle afficha son meilleur sourire et lança un regard attendri à son fils assis sur le bord du lit, ses jambes maigrelettes pendant dans le vide et sa tête penchée en avant.

Ses boucles soyeuses commençaient à foncer, la blondeur presque blanche de la petite enfance revêtant progressivement des nuances plus sombres. Il ressemblait tant à son père que le regarder aurait dû être douloureux. Loin de là. Son fils ne lui procurait que de la joie. Grâce à lui, elle conservait une petite part de son mari défunt que la mort ne pouvait lui prendre. Eachann lui appartenait totalement, ce qui n'avait jamais été le cas de son père.

Elle sourit, son cœur se gonflant comme chaque fois qu'elle le voyait.

— Tu es prêt ?

Il leva la tête. Ses yeux bleu vif étaient semblables à ceux de l'homme qui lui avait transmis son sang. Eachann acquiesça d'un air grave.

— Je crois.

Margaret contourna deux grandes malles en bois et inspecta une dernière fois la chambre. Elle aperçut le coin d'une planche en bois sous la botte de son fils.

Eachann suivit son regard et tenta discrètement de la pousser sous le lit.

Margaret s'assit à côté de lui. Il tourna la tête, mais elle n'avait pas besoin de sonder son visage pour savoir qu'il était contrarié.

— Pourquoi n'emportes-tu pas ton échiquier ? Je croyais que c'était ton jeu préféré ?

Il rougit.

— Grand-père dit que je suis trop grand pour jouer avec des poupées, que je ferais mieux de m'entraîner à l'épée si je ne veux pas finir comme ce traître de *batère* qu'est mon père.

Il pinça les lèvres, une mimique dure et impitoyable qui rappelait tellement son grand-père qu'elle en eut froid dans le dos. Elle n'avait pris conscience des aspects négatifs de son propre père que lorsqu'elle les avait remarqués chez son fils.

— Je ne suis pas un traître ! grommela-t-il. Je chasserai ce maudit usurpateur du trône et le rendrai au bon roi Jean !

Par les os de saint Colomba, il parlait même comme son grand-père ! Il inclina la tête vers elle et demanda sur un ton hésitant :

— C'est quoi un *batère* ?

— Quelque chose que tu ne seras jamais, mon chéri, répondit-elle en le serrant contre elle.

C'était bien là un mot qu'elle ne se donnerait pas la peine de corriger. Si elle avait besoin d'une preuve supplémentaire qu'elle avait fait le bon choix, elle l'avait. Elle aimait son père, mais elle ne tenait pas à ce que son fils soit aigri. Eachann ne deviendrait pas un vieillard acariâtre convaincu que le monde entier était ligué contre lui, qu'il était le dernier « vrai » patriote défendant la légitimité monarchique de Jean de Balliol et le dernier grand noble écossais à ne pas s'être incliné devant « l'usurpateur » Robert de Bruce.

Margaret comprenait la colère de son père (peut-être même éprouvait-elle de la commisération pour sa cause), mais elle ne souhaitait pas pour autant que son fils se transforme en une version miniature de son grand-père. En dépit de son « traître de bâtard » de gendre, Dugald MacDowell adorait son unique petit-fils. Il avait d'ailleurs suggéré qu'Eachann entre en apprentissage chez Tristan MacCan, son bras droit *an gille-coise*, afin qu'il reste près de lui. C'était ce qui avait convaincu Margaret d'accepter la proposition de mariage de sir John Conyers.

Lorsque le moment serait venu pour son fils de la quitter (que Dieu lui donne la force d'affronter ce jour !), ce serait sir John et non son père qui le placerait en apprentissage chez un chevalier. Être l'écuyer d'un chevalier anglais était infiniment préférable à être formé par un homme entièrement sous la coupe de son père, même s'ils étaient amis d'enfance. La sécurité de son fils passait avant tout.

— Les pièces d'échecs ne sont pas des poupées, mon chou.

Elle ramassa le tableau en bois quadrillé et les figurines en bois peint. La peinture s'écaillait par endroits et les visages minutieusement détaillés commençaient à s'effacer. Elle avait appris les règles à Eachann quand il avait trois ans. Il y jouait généralement seul car, en dépit d'efforts prodigieux, elle avait rarement la patience de faire une partie. En revanche, son fils était brillant et elle était intensément fière de lui.

— C'est le jeu des rois, dit-elle avec un sourire doux-amer. Ton père y jouait.

L'enfant fut surpris. Elle évoquait rarement son père, notamment parce que cela lui rappelait des souvenirs douloureux et que sa seule mention mettait sa famille en fureur. Autour d'Eachann, tout le monde faisait comme si le « traître de bâtard » n'avait jamais existé. À présent, en voyant l'expression fascinée sur le visage de son fils, Margaret se demanda si elle n'avait pas commis une erreur.

— C'est vrai ? demanda Eachann.

— Oui, c'est lui qui m'a appris à y jouer. Ton grand-père n'a jamais appris, c'est sans doute pourquoi il...

Elle hésita, se demandant comment présenter la chose.

— ... pourquoi il ne comprend pas à quel point les échecs sont utiles pour un guerrier.

Il la regarda comme si elle avait perdu la tête.

— Comment ?

— Eh bien... tu pourrais lancer la planche comme un disque, répondit-elle avec un sourire. Ou projeter les pièces avec ton lance-pierre ?

Il leva les yeux au ciel. Elle ne parvenait jamais à le faire marcher, bien qu'il n'eût que cinq ans. Quand elle plaisantait, il le devinait toujours.

— Ne soyez pas ridicule, mère. Ça ne fera jamais une bonne arme.

Son expression ressemblait tellement à celle de son père qu'elle se força à rire pour ne pas pleurer. Eachann était la preuve vivante que les mimiques se transmettaient de génération en génération.

— Tu as raison, je plaisantais. As-tu lu le reste du livre que le père Christopher t'a apporté ?

Ils l'avaient commencé ensemble, mais il avait fini par se lasser de l'attendre. Comme avec les échecs, il avait appris beaucoup plus rapidement qu'elle, qui peinait encore à lire.

Il acquiesça.

— Le roi Léonidas était un grand épéiste, pourtant ce n'est pas ce qui faisait de lui un grand roi, déclara-t-elle. C'est grâce à son intelligence qu'il parvint à résister aussi longtemps à l'invasion des Perses à la bataille de Thermopyles. Il concevait des plans et des stratégies qui lui permettaient d'utiliser le terrain à son avantage.

Le visage d'Eachann s'illumina.

— Comme aux échecs !

— Exactement, confirma Margaret. Ton père avait ce don-là, lui aussi. C'était l'un des hommes les plus intelligents que j'ai rencontrés. Quand tu examines ton échiquier, tu vois tous les coups que tu peux faire. Lui, il pouvait contempler un champ de bataille et voir comment procéder. Il pouvait vaincre une armée sans jamais dégainer son épée.

L'arme de prédilection du père d'Eachann n'était pas l'épée, c'était la hache d'armes, à l'instar de son ancêtre à qui il devait son nom : Gillean-na-Tuardhe, « Gill Eoin à la hache d'armes, servant de saint Jean ». Il avait su la manier comme personne, mais elle préférait ne pas le dire. Malgré son nom prometteur évoquant l'un des plus grands guerriers de l'Antiquité, Hector de Troie, Eachann était petit et n'avait aucune attirance pour les armes. Son grand-père l'avait remarqué ; raison de plus pour éloigner l'enfant. Elle n'aurait vu aucune objection à ce qu'Eachann ne s'intéresse jamais aux armes et passe sa vie le nez enfoui dans les livres. Dugald MacDowell était déterminé à faire de son petit-fils un guerrier, un autre MacDowell consacrant sa vie à une guerre qui ne se terminerait jamais.

Elle ne le laisserait pas faire. Le conflit permanent qui avait dominé sa vie et l'avait mise en pièces ne serait pas celui de son fils.

Elle se leva.

— Pourquoi ne mets-tu pas l'échiquier dans une de nos malles pendant que je descends prévenir ton grand-père que nous sommes prêts ?

Il acquiesça et sauta du lit. Elle avait presque atteint la porte quand de petits bras se refermèrent autour de sa jambe.

— Je vous aime, mère.

Elle sentit les larmes lui piquer les yeux. Elle le prit dans ses bras et le serra fort contre elle.

— Moi aussi, je t'aime, mon chéri.

Elle n'en avait jamais été aussi convaincue : elle avait pris la bonne décision.

Trois heures plus tard, elle n'en était plus si sûre. Elle se tenait devant la porte de l'église ; son père, son fils et six de ses huit frères sur sa droite ; sir John sur sa gauche, flanqué de ce qui semblait être toute la garnison du château de Barnard. Son idée ne semblait plus aussi brillante – plutôt très mauvaise.

Sans le bras ferme qui la retenait, elle se serait effondrée. Ses jambes étaient molles comme du coton.

Percevant son malaise, sir John posa une main sur la sienne.

— Vous vous sentez bien ? Vous êtes toute pâle.

Elle dut lever la tête pour le regarder. Le sommet de son crâne arrivait juste sous son menton. Il n'était pas aussi grand que son premier mari mais il était aussi beau, peut-être même plus, si on préférait les traits lisses et parfaits aux visages ciselés et taillés à la serpe.

En outre, sir John avait le sourire facile, contrairement à Eoin. Arracher un sourire à ce dernier avait été une véritable gageure. Toutefois, chaque fois qu'elle y était parvenue, cela avait été comme un cadeau du ciel. Et puis, l'univers de sir John ne se limitait pas au combat (penser à la bataille, planifier la bataille, parler de la bataille). Il avait d'autres intérêts, notamment : *elle*. Il discutait avec elle, lui confiait ses pensées et ne la traitait pas comme une erreur de jeunesse.

Alors, pourquoi avait-elle la sensation de commettre une monumentale erreur ? Pourquoi ce mariage bien sous tous rapports, avec un homme en apparence parfait, lui paraissait-il si différent du premier ?

Parce que tu ne l'aimes pas.

Cela viendrait. Elle ferait tout pour cela. Cette fois, l'amour grandirait au lieu de se flétrir. La vie lui offrait une seconde chance et elle ne la laisserait pas passer !

Elle inspira profondément et sourit, cette fois sans se forcer.

— J'étais tellement excitée ce matin que je n'ai rien pu avaler, répondit-elle. Ce n'est rien de grave. Je me rattraperai avec le banquet.

Sir John parut soulagé.

— Dans ce cas, ne perdons pas un instant de plus.

Il se pencha et chuchota à son oreille :

— Je ne voudrais pas que mon épouse défaille avant notre nuit de noces.

Elle se mit à rire en voyant la lueur espiègle dans son regard.

— Parce que je suis censée défaillir après ?

— Je le considérerais comme le plus beau des compliments. C'est le rêve de tout jeune marié de faire se pâmer son épouse la nuit de leurs noces. (Il indiqua les soldats derrière lui d'un signe de tête.) Autrement, de quoi vais-je pouvoir me vanter devant les autres quand nous nous retrouverons autour d'une chope de bière ?

— Vous êtes un monstre, dit-elle en riant.

Voilà pourquoi elle l'épousait. Il la faisait rire comme elle n'avait pas ri depuis longtemps. Son humour était aussi malicieux qu'avait été le sien. Autrefois.

Elle suivit son regard vers le groupe d'hommes vêtus de cottes de mailles.

— C'est donc de cela que vous discutez quand vous êtes tous ensemble ? Vous ne seriez pas en train de rompre un pacte masculin secret en m'en parlant ?

— Probablement. Mais je sais que vous ne me trahirez pas.

Un frisson la parcourut.

Ne me trahis pas…

Quelque chose dans la foule accrocha son regard et elle sentit les poils de sa nuque se hérisser pendant une fraction de seconde. Puis la sensation disparut.

Ce devait être les paroles de sir John qui avaient réveillé en elle de mauvais souvenirs. Sans le vouloir, il avait ranimé sa culpabilité.

Ne divulgue ma présence à personne…

Une douleur enfouie en elle depuis six ans lui transperça le cœur. Seigneur, comment avait-elle pu être si sotte ? Le seul point positif de la mort de son mari était qu'elle n'avait pas à vivre avec son mépris.

— Margaret ?

La voix de sir John la ramena à la réalité.

— Ils nous attendent.

Le prêtre et son père avaient interrompu leur discussion et l'observaient, le premier d'un air interrogateur, le second en fronçant ses sourcils bruns. Elle se tourna vers sir John.

— Allons-y.

Côte à côte, ils se tinrent devant la porte de l'église et répétèrent à voix haute les serments qui les uniraient pour la vie.

Elle chassa les souvenirs d'un autre échange de vœux. Cette fois, c'était différent. Elle faisait les choses dans les règles : l'annonce des bans, les vœux publics devant la porte de l'église… Il ne manquerait que la messe. En tant que veuve, elle n'y avait pas droit.

En secret, elle n'était pas fâchée d'échapper à une longue cérémonie religieuse, ce qu'elle s'était bien gardée de dire. Elle n'était plus la « païenne » intrépide et irrévérencieuse venue d'un trou perdu du Galloway. Elle ne donnerait à sir John aucune raison d'avoir honte de son épouse.

Lorsque le prêtre demanda si quelqu'un objectait à leur union ou connaissait une raison pour laquelle ils ne pouvaient se marier, son cœur s'arrêta. Le silence sembla durer un temps insoutenable. Avaient-ils besoin d'attendre aussi longtemps ?

— Moi.

La voix avait résonné haut et fort. Pourtant, l'espace d'un instant, elle crut l'avoir imaginée. Le murmure dans la foule et les têtes se tournant toutes dans la même direction lui confirmèrent le contraire.

— Si c'est une plaisanterie, quelqu'un va le regretter ! s'exclama sir John.

— Vous, là-bas ! demanda le prêtre. Si vous avez quelque chose à dire, avancez.

La foule s'écarta, révélant un soldat. Il était exceptionnellement grand et carré. Étrangement, il était le seul dont la visière du heaume était baissée.

Il avança de quelques pas et le sang de Margaret se figea. Cette démarche assurée lui était familière. Un seul homme marchait avec une telle impatience, comme s'il s'attendait à ce que le reste du monde le suive.

Non... non... ce ne peut pas être lui.

Tous les regards étaient concentrés sur le soldat portant les couleurs bleu et blanc du blason des Conyers. Elle perçut le mouvement de plusieurs autres hommes en mailles encerclant la foule dans la cour de l'église, mais elle ne leur prêta pas attention. Comme tous les autres, ses yeux étaient rivés sur l'homme qui avançait.

Il s'arrêta à quelques pas des fiancés.

Il tourna la tête vers elle. C'était absurde. Elle ne pouvait voir ses yeux sous son casque en acier et, pourtant, elle les sentait la transpercer. La condamnant, l'accusant, la *méprisant*.

Ses genoux mollirent.

— Qu'est-ce que cela signifie, Conyers ? demanda son père, furieux.

Apparemment, il reprochait à sir John le comportement de l'un de ses hommes.

— Parlez ! ordonna le prêtre au soldat. Vous avez une bonne raison d'objecter à cette union ?

Le soldat leva sa visière et, l'espace d'un instant atroce, ses yeux bleu nuit rencontrèrent ceux de Margaret. Le choc et la douleur lui coupèrent le souffle. Sa tête commença à tourner.

— Oui, dit-il. J'ai une objection de taille.

Cette voix. Elle en avait rêvé tant de nuits ! Une voix grave et râpeuse, avec des inflexions gaéliques. *Oh, Maggie. C'est si bon. Je vais...*

— Cette femme est déjà mariée.

— À qui ? grogna le prêtre, convaincu qu'il s'agissait d'une mauvaise plaisanterie.

Ce n'en était pas une.

Eoin est vivant.

— À moi.

Margaret s'était déjà effondrée avant qu'il n'ait prononcé les mots. Ce pauvre sir John allait être déçu : sa promise s'était évanouie avant la nuit de noces.

2

Château de Stirling, Écosse, fin septembre 1305

— Es-tu vraiment sûre de ce que tu fais, Maggie ?

Margaret le prit comme une question purement rhétorique. Elle était sûre de tout, et sa plus vieille amie le savait.

— As-tu jamais vu pareille chose, Brige ?

Sa question était également rhétorique. Naturellement, son amie n'avait jamais rien vu de tel. Comme Margaret, Brigid ne s'était jamais éloignée de plus d'une trentaine de kilomètres de chez elle, dans les Rhins de Galloway, à l'extrême sud-ouest de l'Écosse. Un lieu si loin de tout qu'il semblait appartenir à un autre monde. Il leur avait fallu près de deux semaines en carriole pour arriver jusqu'à Stirling, et ce n'était pas un voyage qu'elle tenait à refaire souvent.

Si elle réussissait (ou plutôt *quand* elle réussirait), elle n'aurait pas besoin de retourner chez elle. Le rassemblement à Stirling avait pour but d'unir les clans rivaux d'Écosse afin de faire front commun face aux Anglais, mais son père avait une autre raison d'y être venu. Il voulait créer une nouvelle alliance en mariant sa fille à John Comyn, le fils de John Comyn « le Rouge », seigneur de Badenoch. Elle avait pour mission de séduire le jeune lord afin qu'il aspire à leur union. Dans la mesure où elle séduisait les hommes depuis qu'elle savait parler, elle serait probablement fiancée dans moins de quinze jours.

Elle tourna sur elle-même.

— N'est-ce pas magnifique ? Regarde la hauteur du plafond ! Le grand hall est si vaste qu'on se demande comment tiennent ces poutres. Comment penses-tu qu'ils s'y sont pris pour construire une structure si grande ?

Elle n'attendit pas la réponse et courut à travers la pièce immense pour admirer l'énorme cheminée.

— Je peux tenir debout à l'intérieur ! s'extasia-t-elle en se glissant sous le manteau peint de couleurs vives.

Brigid se mit à rire puis s'affola soudain.

— Fais attention ! Il y a encore des braises. Tes jupes pourraient prendre feu.

— Tu imagines le spectacle ? déclara Margaret avec un sourire espiègle. Avec ça, personne ne m'oublierait. Je serais la fille avec les jupes en feu !

Brigid secoua la tête d'un air à la fois exaspéré et affectueux.

— Personne ne t'oubliera, de toute façon.

Margaret ne l'écoutait plus. Elle s'intéressait déjà à une nouvelle trouvaille. Depuis son arrivée au château de Stirling quelques heures plus tôt, elle passait de découverte en découverte. Elle avait à peine pris le temps de se laver (dans la plus belle baignoire qu'elle avait jamais vue), de se changer et de passer un peigne dans ses cheveux encore mouillés avant d'entraîner Brigid dans son exploration. Elles se reposeraient la nuit.

Elle posa une main sur le mur.

— C'est bien du plâtre, constata-t-elle. Je n'en étais pas sûre. Les armoiries sont si bien peintes que je croyais que c'étaient de vrais écus. Tu as vu comme toute la pièce est peinte en fausses briques et décorée de feuilles ? Il n'y a pas une surface qui ne soit décorée. Je n'avais jamais vu une salle aussi colorée. Et regarde un peu ces rideaux !

Elle s'approcha d'une fenêtre et drapa une lourde tenture en velours pourpre autour d'elle.

— L'étoffe est si belle qu'on pourrait en faire des robes !

Elle baissa les yeux vers sa simple cotte en laine brune.

— D'ailleurs, elle est plus belle que n'importe laquelle de mes robes. Qu'en penses-tu ? Tu crois qu'ils s'en rendront compte si on la prend ?

Brigid écarquillait les yeux.

— Tu te rends compte qu'ils utilisent de telles étoffes pour des rideaux ! Tu crois que nos robes seront très différentes de celles des autres dames ?

Elle paraissait soudain très inquiète.

— J'en doute fort, répondit fièrement Margaret en bombant le torse. Nous portons les plus belles laines d'Écosse. Les tisserands de Galloway sont les meilleurs. Je crois plutôt que les autres dames nous envieront.

Brigid se mordit la lèvre, peu convaincue. Ce fut au tour de Margaret de secouer la tête d'un air exaspéré. Son amie s'inquiétait pour des broutilles. Il ne s'agissait que de robes, pour l'amour de Dieu !

Elle se glissa derrière le grand paravent en bois après l'estrade et pénétra dans une antichambre.

— Regarde, Brigid. C'est une sorte de salon privé. Par la sainte Croix ! Tu as vu ces chandeliers ? Ils doivent être en or massif !

Elle se laissa tomber sur l'un des bancs contre le mur.

— Il n'y a pas un siège sans coussin ! Je crois que, dès mon retour à Garthland Tower, je vais être très occupée à confectionner des coussins pour tous les bancs.

— Tu ne devrais pas blasphémer, Maggie. Et tu ne sais pas coudre.

Margaret lui tira la langue. Ce que Brigid pouvait être terre à terre ! C'était sans doute pourquoi elles étaient de si bonnes amies. Brigid était les gréements qui retenaient ses voiles. Elle ne la laissait pas dériver au gré du vent. Enfin, pas trop. Quant aux blasphèmes, ses frères en disaient de bien pires. Si quelqu'un devait aller en enfer, ce serait eux.

— Très bien, je demanderai à Marsaili de le faire.

— Elle n'aime pas plus la couture que toi.

— Certes, mais elle sait coudre.

Margaret se leva et s'approcha de la table. Un plateau en bois quadrillé sur lequel étaient disposées des petites figurines se trouvait au centre. Elle en saisit une. Elle semblait sculptée dans l'ivoire. Les statuettes étaient de tailles différentes, certaines blanches, d'autres noires. Certaines étaient disposées sur le plateau, les autres sur le côté.

— Ce doit être une salle pour les enfants, observa-t-elle. On dirait un jeu.

— Il me semble un peu trop luxueux pour être un jeu d'enfants, répondit Brigid en la voyant saisir une autre statuette. Tu es sûre que tu as le droit de toucher à ça, Maggie ? Quelqu'un pourrait se fâcher.

Margaret la regarda, surprise.

— Ce n'est qu'un jeu, Brige. Qu'est-ce que ça peut bien faire ?

Elle saisit les deux plus grosses pièces.

— Regarde comme elles sont adorables ! On dirait qu'elles ont des couronnes. Ce sont probablement un roi et une reine.

Brigid fronça le nez.

— Je leur trouve un air un peu inquiétant.

— Ils devraient être au centre.

Constatant qu'il n'y avait pas de case centrale, elle plaça la figurine au centre de quatre cases.

— Voilà : la reine au milieu et le roi sur sa gauche, déclara-t-elle, satisfaite. Ensuite, tous les cavaliers autour du roi.

En la voyant déplacer les pièces, Brigid observa en souriant :

— Je suppose que la reine, c'est toi ? Dirigeant les hommes comme tu le fais à Garthland ?

— Il faut bien que quelqu'un s'en charge, répondit Margaret le plus sérieusement du monde. Mon père et mes frères n'étant jamais là, rien ne serait fait si je ne m'occupais pas de tous les « menus détails ».

Elles échangèrent un regard et éclatèrent de rire. Elles savaient toutes deux que Margaret s'occupait de bien plus que de « menus détails », comme disait son père.

Brigid examina les pièces puis saisit un morceau de bois que Margaret n'avait pas remarqué. Il portait une inscription.

— Qu'est-ce qui est écrit ? demanda-t-elle.

Margaret contempla les lettres puis haussa les épaules. Elle ne le savait pas plus que son amie.

Ne connaissant pas les règles du jeu, elles s'amusèrent à arranger les pièces à tour de rôle dans des formations comiques.

— Tu n'as rien entendu ? demanda soudain Brigid. Je crois que quelqu'un approche. (Elle écarquilla des yeux horrifiés.) Ce ne peut pas être déjà l'heure du banquet de midi ? Nous ne sommes pas prêtes !

— Non, il est encore trop tôt. Je suis sûre qu'il nous reste du temps pour…

Elle s'interrompit et se tourna en voyant entrer un groupe d'hommes. Ils étaient une demi-douzaine et semblaient suivre l'un d'eux. Du moins, ce fut son impression car il avait un port de tête régalien et portait les vêtements les plus luxueux qu'elle avait jamais vus.

Il avait une dizaine d'années de plus qu'elle, qui en avait dix-huit. Il portait un manteau en velours vert sombre bordé de fourrure et fermé avec une énorme broche en argent incrustée de pierreries. Son surcot était si richement brodé qu'il paraissait tapissé de pierres précieuses. Il était grand et robuste, avec des cheveux bruns et une barbe courte finement taillée.

— Des amies à toi, Carrick ? demanda l'un des hommes en arquant un sourcil.

Il regarda Margaret sans cacher son intérêt tout en poursuivant :

— Ce n'est pas le genre de divertissement auquel je m'attendais, mais je ne m'en plains pas.

Margaret ne comprit pas tout de suite ce qu'il voulait dire ; elle était trop surprise d'apprendre l'identité du jeune noble. C'était donc le terrible comte de Carrick, seigneur d'Annandale, Robert de Bruce ? D'après les descriptions de son père, elle s'était attendue à un monstre avec une langue fourchue et une paire de cornes, pas à un bel homme à la prestance impressionnante.

Divertissement ? Elle se tourna vers celui qui avait parlé en plissant les yeux. Il était plus âgé que le comte, plus petit et moins beau, quoiqu'il possédât un charme rustique et viril. Il lorgnait sa poitrine. Il n'imaginait tout de même pas que…

Si ! Il les prenait pour des prostituées ! Elle se retint d'éclater de rire. Quand elle le raconterait à son frère Duncan ! Il lui répétait sans cesse qu'elle était aussi délurée qu'une gourgandine française.

Carrick lança un regard réprobateur à son compagnon et se tourna à nouveau vers elles.

— Vous êtes perdues, mes demoiselles ? Avez-vous été séparées de… quelqu'un ? De l'une des dames, peut-être ?

De toute évidence, le jeune comte était aussi surpris de les trouver dans cette pièce, quoique sa réaction fût plus subtile. Il semblait croire qu'elles faisaient partie de l'escorte d'une dame de la noblesse, ce qui, au fond, était encore plus insultant que d'être prises pour des catins. Les MacDowell étaient l'un des clans les plus anciens d'Écosse. Ils avaient dirigé le pays, du moins sa partie sud-ouest, bien avant que ces seigneurs normands ne traversent la Manche.

Manifestement, Brigid avait eu raison au sujet de leurs robes.

Elle redressa le dos, leva le menton et regarda le jeune comte droit dans les yeux.

— Nous ne sommes pas perdues, mon seigneur. Nous visitons le château avant le banquet. Nous sommes arrivées ce matin avec mon père.

Il haussa les sourcils, intrigué.

— Et qui est votre père ?

— Dugald MacDowell, le chef des MacDowell de Galloway, répondit-elle fièrement.

Elle savait pertinemment la réaction que cette information provoquerait.

Elle ne fut pas déçue. Plusieurs hommes jurèrent dans leur barbe en apprenant qu'elle était la fille de leur ennemi. Le comte parvint à cacher sa surprise, même s'il ne s'était visiblement pas attendu à cela.

— Lady Margaret, la salua-t-il en s'inclinant.

Elle était moins douée que lui pour masquer ses réactions.

— Vous me connaissez ?

Ses lèvres tremblèrent, comme s'il retenait un sourire.

— Qui n'a pas entendu parler de la « belle pucelle de Galloway » ?

Margaret fronça les sourcils. Elle, pour commencer. En outre, elle avait l'impression qu'il n'avait pas entendu parler que de sa beauté.

L'homme qui l'avait prise pour une prostituée s'exclama :

— Ah fichtre, Carrick, regarde ce qu'elles ont fait !

Il indiquait le jeu sur la table. Tous les hommes se remirent à jurer. Apparemment, Brigid avait également eu raison au sujet des figurines.

Elle se mordit la lèvre. Toucher au jeu n'avait peut-être pas été une bonne idée.

Cette fois, je le tiens ! Eoin savait exactement ce qu'il lui restait à faire pour gagner.

Il souriait rarement, mais ne put contenir un petit rictus de satisfaction en traversant la cour du château en direction du grand hall de Stirling.

Depuis deux jours, il était engagé dans une partie d'échecs acharnée contre Robert de Bruce, le jeune comte de Carrick. L'illumination lui était venue durant la nuit et la victoire serait bientôt sienne.

Une victoire qui l'amènerait un peu plus près de son véritable objectif.

Il avait encore du mal à le croire. Son illustre parent (sa mère était la demi-sœur de celle de Bruce) envisageait de le recruter dans le corps d'élite secret qu'il était en train de former pour conquérir le trône.

Avoir été remarqué et choisi par Bruce était un grand honneur pour un guerrier, surtout pour un jeune homme de vingt-trois ans, troisième fils d'un laird des Highlands. Son père, Gilliemore MacLean, chef du clan MacLean, le lui avait souligné, le torse gonflé de fierté.

Mais ce n'était pas ce qui excitait le plus Eoin. Bruce ne lui avait guère donné de détails, pourtant le peu d'informations qu'il lui avait transmises étaient comme autant de bonbons promis à un enfant. Un corps d'élite secret, hautement spécialisé, effectuant des expéditions de reconnaissance, d'espionnage, de stratégie, ainsi que des missions « spéciales ». Autrement dit, ce qu'il y avait de plus dangereux. Pour un homme qui baignait dans les tactiques de pirates depuis qu'il avait sept ans, aidant ses frères aînés à récupérer les filets de pêche volés par les garçons d'un clan voisin (après que ces derniers avaient été remplis, naturellement), la possibilité d'appliquer ces méthodes à une véritable guerre contre la puissante armée anglaise était du pain béni. Être appelé à se battre au sein d'un groupe de guerriers parmi les plus doués d'Écosse et triés sur le volet était la cerise sur le gâteau.

Il était résolu à obtenir une place dans la Garde secrète en tant que tacticien. Vaincre son cousin aux échecs (Bruce était connu pour être un fin joueur) l'y aiderait. Le fait qu'il ne sache lui-même y jouer que depuis peu alors que Bruce s'y entraînait depuis des années ne l'inquiétait pas. Sur un champ de bataille, il était habitué à avoir toujours deux, trois, voire quatre longueurs d'avance sur les autres. Après avoir appris les règles, il lui suffisait de regarder l'échiquier pour imaginer tous les déplacements possibles. Exactement comme un champ de bataille, sauf que, dans les méthodes de combat des Highlanders, il n'y avait pas de règles.

Il sourit.

— Par tous les saints, Eoin, ralentis un peu !

Son frère de sang, Finlaeie MacFinnon, trottait à ses côtés.

— Je ne t'ai pas vu sourire comme ça depuis que MacDonald est tombé dans la fosse des latrines.

Le sourire d'Eoin s'élargit. Il avait lui-même saboté les planches de la chaise percée dans les latrines de leur caserne afin de faire tomber le tyran dans la fosse. MacDonald était celui qui avait été chargé de leur entraînement par leur parrain, Angus Og MacDonald, et qui avait transformé chaque minute de leurs deux ans de formation de page en véritable enfer. Le plus beau, encore plus jouissif que de voir

MacDonald couvert d'excréments des pieds à la tête, c'était que le coupable n'avait jamais été démasqué.

— Qu'est-ce qui te rend si joyeux ? demanda Fin.

— Rien.

Le plus difficile au sujet du groupe de Bruce, c'était le secret absolu. Il ne pouvait même pas en parler à son ami le plus proche. Il lança un regard à Fin. Celui-ci avait les yeux rouges, les cheveux hirsutes et les vêtements froissés. Il empestait l'alcool.

— La nuit a été longue ? demanda-t-il.

— Tu peux le dire ! répondit Fin avec un sourire. Et la matinée encore plus. Les filles de la cour ne sont pas farouches, même si cela ne t'intéresse probablement pas.

Eoin lui rétorqua de se faire quelque chose qui était physiquement impossible. Il aimait les filles autant que son ami… quand il avait le temps d'y penser. Pour le moment, il avait trop de choses importantes en tête.

— Tu te préserves peut-être pour ta future épouse ?

— Elle n'est pas ma fiancée, Fin.

— Pas encore, mais ton père y travaille activement.

Eoin pouvait difficilement le contredire. Son père remuait ciel et terre pour négocier ses fiançailles avec lady Barbara Keith.

— Tu es un sacré veinard, Eoin. Je donnerai ma couille droite pour épouser la fille du maréchal d'Écosse. Entre tes compétences et le lien que cette union te procurera avec le plus haut commandement, tu seras dans une position de premier choix si la guerre reprend.

Pas « si », mais « quand » la guerre reprendra, pensa Eoin. Édouard d'Angleterre avait cru mettre fin à la rébellion écossaise en exécutant William Wallace. En fait, il n'avait fait que jeter de l'huile sur le feu.

C'était la raison de leur présence à Stirling. Les grands d'Écosse s'étaient réunis afin de voir ensemble comment répondre à ce dernier acte de barbarie du roi Édouard.

Toutefois, que Bruce et Comyn (qui représentait son oncle Jean de Balliol, le roi en exil) trouvent un terrain d'entente au long terme était aussi peu probable que le sultan mamelouk et le pape acceptant de partager Jérusalem. Eoin savait que le but du rassemblement était avant tout pour les deux hommes de faire l'inventaire de leurs alliés potentiels lorsque viendrait le moment de s'emparer du pouvoir. Ce moment viendrait, il n'en doutait pas. La haine entre les deux branches des descendants du prince Fergus était trop profonde pour qu'une vraie réconciliation soit possible un jour.

Les MacLean se retrouvaient dans une position délicate. Bien que le père d'Eoin ait la ferme intention de se battre aux côtés de leur cousin Bruce, il voulait également ménager les MacDougall, qui étaient dans le camp des Comyn, en paraissant indécis. Techniquement, le seigneur d'Argyll était le suzerain de leurs terres à Lorn.

— Lady Barbara est ravissante, déclara-t-il. Tout homme s'estimerait heureux de l'avoir pour épouse.

Il avait parlé machinalement. Toutefois, il disait vrai. Barbara Keith était jolie, courtoise, sage et modeste – toutes les qualités qu'il admirait chez une femme. Une vraie dame, comme sa mère. Sans Rignach, la fille de l'ancien seigneur de Carrick, son père ne serait jamais devenu l'un des chefs les plus importants et les plus respectés des Highlands. Il aimait d'ailleurs à dire que sans son mariage, les MacLean seraient restés aussi sauvages et grossiers que ces barbares arriérés de MacDowell, qui vivaient probablement encore avec leurs bêtes dans des maisons longues et vénéraient des dieux païens.

Ayant eu la malchance de croiser un jour Dugald MacDowell, Eoin n'en doutait pas. Ce rustre aurait pu donner une leçon de barbarie aux Vikings.

— Je suis sûr qu'elle sera pour toi une compagne idéale, répliqua Fin avec sarcasme.

— Qu'est-ce que tu veux dire par là ?

— Tu aimes ta liberté et elle ne te dérangera pas. Cela dit, n'oublie pas de prendre une couverture chaude quand tu partageras son lit.

Eoin lui lança un regard de mise en garde. Il était habitué aux railleries de son ami sur les femmes avec qui il couchait… ou avec qui il aurait aimé coucher, mais il parlait là de celle qui serait peut-être sa future épouse.

Même s'il avait probablement raison. Lady Barbara était un peu… froide.

Fin leva une main.

— Ne monte pas sur tes grands chevaux, je plaisantais. Après tout, on ne peut pas tout avoir. C'est pourquoi tant d'hommes prennent une maîtresse. Une épouse pour la fortune, le rang, les alliances et les héritiers, et une jolie coquine pour s'envoyer en l'air et se faire tailler des flûtes. Dommage que les deux ne semblent jamais aller ensemble.

Eoin fit la grimace.

— Bon sang, Fin, tu es vraiment obligé de dire ce genre de choses ?

Fin se contenta de rire.

— Tu es plus prude qu'une nonne dans un harem. Si tu te détendais un peu et passais du temps avec nous autour du feu, au lieu de t'abîmer les yeux avec tes cartes éclairé à la lueur d'une lampe à huile, tu saurais de quoi parlent la plupart des hommes.

Il n'était pas prude, mais concentré !

— Je me détendrai quand la guerre sera terminée.

— Tu parles ! Tu ne penses qu'aux batailles. Quand la guerre sera terminée, tu planifieras la suivante.

Fin avait sans doute plus raison qu'Eoin ne voulait l'admettre. Heureusement, il n'eut pas besoin de lui répondre. Ils venaient de traverser le grand hall et, en arrivant près de la salle où Bruce et lui jouaient aux échecs, ils virent un groupe d'hommes agglutinés devant la porte.

— Que se passe-t-il ? demanda Fin.

— On ne va pas tarder à le savoir, répondit Eoin.

Ils se frayèrent un chemin entre les hommes. Neil Campbell, l'un des amis les plus proches de Bruce et son conseiller, glissa quelque chose à l'oreille du comte en regardant dans leur direction. Bruce se tourna, une étrange expression sur le visage. Il semblait embarrassé.

— Mon cousin, je crains que…

La mine gênée de Bruce, à moins que ce ne soit le fait qu'il l'ait appelé « mon cousin », ce qu'il ne faisait jamais, mit la puce à l'oreille d'Eoin. Il lança un regard vers l'échiquier sur la table.

Bruce disait quelque chose, mais Eoin ne l'entendit pas. Il fixait, incrédule, leur partie détruite.

— Par tous les saints !

Les pièces avaient été déplacées. Pire, elles avaient été disposées de sorte à dessiner un cœur. Il se tourna vers les autres, fou de rage.

— Que signifie cette plaisanterie ? Qui a fait ça ?

Il tuerait le plaisantin. Bruce et lui étaient concentrés sur cette partie depuis deux jours et il était à deux coups de la victoire. Il tenta de reconstituer le jeu dans sa tête, cherchant l'emplacement de chaque pièce.

— C'était un accident, déclara Bruce.

— Un accident ? L'abruti qui a fait ça ne sait pas lire ?

Eoin saisit le morceau de bois sur lequel était écrit : *Ne pas toucher*.

Un silence gêné s'abattit sur la pièce. Eoin eut vaguement conscience d'une présence à côté de Bruce. Il se tourna et reçut son second choc de la matinée, plus brutal cette fois. Il eut l'impression d'avoir pris un coup de masse sur le crâne. Étourdi, il dévisagea (probablement la bouche ouverte) la créature la plus sensuelle qu'il avait jamais vue.

Elle lui sourit et les effets du coup de masse se répandirent jusque dans sa poitrine.

— Je suis l'abrutie en question. Je suis navrée, je n'ai vu le signe que trop tard.

Il comprenait à présent la gêne de ses camarades. Cependant, elle prenait l'insulte avec un humour étonnant. La plupart des filles auraient été mortifiées. Au lieu de cela, c'était lui qui rougissait.

— Excusez mes paroles déplacées, ma demoiselle.

Elle haussa les épaules et émit un petit rire grave et rauque qui résonna jusque dans son entrejambe.

— Ce n'est rien, répondit-elle. J'ai été traitée de bien pire par mes frères. Je n'avais encore jamais vu ce jeu et je ne savais pas qu'il était si important.

Elle paraissait plus amusée que contrite.

Le cousin d'Eoin, toujours galant, vola aussitôt à son secours.

— Je disais justement à lady Margaret que ce n'était rien de grave.

Eoin espéra que personne n'avait remarqué sa surprise en entendant le mot « lady ». Ce n'était certainement pas la première impression qu'il avait eue en la voyant.

Rien chez elle ne correspondait à l'image d'une dame de la noblesse. Sa robe était simple et unie, avec un grand décolleté et un corsage tellement moulant qu'il aurait fait la fierté d'une serveuse de taverne.

Sa beauté n'avait rien de tranquille ni de retenu, comme celle d'une dame ; elle était sauvage et spectaculaire. « Trop » sauvage et spectaculaire. C'était le genre de femme sur laquelle tous les hommes se retournaient. Ses lèvres étaient trop rouges, sa bouche trop large, ses yeux dorés en amande trop séducteurs, sa poitrine trop volumineuse (quoiqu'il n'eût rien contre cette sorte d'excès) et ses cheveux étaient roux.

D'un roux brillant et sombre. Ils n'étaient pas tressés et sagement cachés sous un voile, ils retombaient librement sur ses épaules en une masse désordonnée qui évoquait plus un lit défait qu'une antichambre dans un château royal.

Oui, un lit. C'était exactement ce à quoi il pensait en la regardant.

Mais ce qu'il y avait de plus troublant en elle, c'était l'effronterie de son regard. On n'y voyait aucune réserve, aucune modestie. Dans une salle emplie d'hommes importants, elle était parfaitement à son aise, comme si elle y était à sa place. C'était terriblement déconcertant.

— Lady Margaret est la fille de Dugald MacDowell, ajouta Bruce.

La belle pucelle de Galloway ? Tout s'expliquait ! Eoin avait entendu parler d'elle. Elle était réputée aussi sauvage, indisciplinée et scandaleuse que le reste de son clan. En dépit de sa jeunesse, elle régissait les terres de son père telle une reine lorsqu'il était absent, et ce depuis la mort de sa mère. Le terme « pucelle » était souvent employé avec ironie, car on disait qu'elle accordait ses faveurs avec une grande générosité.

Il parvint à se ressaisir. Il s'inclina et marmonna :

— Lady Margaret.

— C'est le jeune cousin dont je vous parlais, milady, expliqua Bruce.

Elle esquissa un sourire ironique sans lâcher Eoin du regard.

— J'ai l'impression que la partie était un peu plus sérieuse que vous ne le dites, lord Carrick.

Eoin se sentit rougir encore plus et Bruce éclata de rire.

— Tout est sérieux pour mon cousin, milady. Ne lui prêtez pas attention. En outre, il devrait vous remercier.

Elle tourna vers lui ses yeux de chatte et arqua un sourcil délicat.

— Me remercier ?

— Oui, pour lui avoir épargné l'humiliation d'une défaite. Je l'avais battu, même s'il ne le savait pas encore.

Lady Margaret rit à son tour et se tourna à nouveau vers Eoin. Il sentit toutes ses terminaisons nerveuses s'embraser sous l'intensité de son regard.

— Vraiment ? C'est aussi votre avis, milord ?

Il n'avait jamais entendu une voix féminine aussi rauque et sensuelle.

Margaret ne savait pas quoi penser du jeune guerrier qui se tenait devant elle. Elle avait été prise de court lorsqu'il avait fait irruption dans la pièce alors que les autres hommes lui assuraient qu'avoir déplacé les pions du jeu (des pièces d'échecs, appelaient-ils ça) n'était pas grave. Elle ignorait si c'était à cause de son air furieux ou de sa beauté, mais son pouls s'était accéléré. Et pas qu'un peu.

À l'instar des autres nobles présents, il portait un luxueux surcot en velours, mais il aurait aussi bien pu être vêtu d'une cotte de mailles et brandir une épée. Tout en lui dénotait le guerrier. Ce n'était pas qu'en raison de sa taille, qui était considérable (il était même plus grand et plus carré que le comte de Carrick), mais également de l'intensité qu'il dégageait. Il marchait avec les grandes foulées martiales d'un homme prêt pour la bataille. Ayant huit frères qui étaient tous des guerriers ou de futurs guerriers, ainsi qu'un père qui avait passé le plus clair des vingt dernières années à guerroyer, elle savait reconnaître ce genre d'individu.

D'ordinaire, les hommes, si féroces et irascibles soient-ils, ne l'intimidaient pas. Néanmoins, cette masse de muscles et ccs yeux bleus perçants brûlant de rage l'impressionnaient fortement.

Elle attendit sa réponse en le dévisageant attentivement. Il avait des cheveux couleur de miel étonnamment soyeux, parsemés de mèches décolorées par le soleil, tombant en boucles indisciplinées autour d'un visage rasé de près. Son menton carré était creusé d'une petite fossette. Ses yeux bleus étaient profondément enchâssés sous des sourcils perpétuellement froncés (comme s'il était toujours concentré). Ses traits anguleux, si précis et si nets, semblaient sculptés dans le granit.

Ce qu'il est beau ! Elle avait toujours considéré Tristan, le frère de Brigid, comme le plus bel homme qu'elle connaissait. Toutefois, il ne faisait pas battre son cœur ainsi, même quand il lui volait un baiser, ce qui était arrivé plusieurs fois. Il ne déclenchait pas de petit picotement sur sa peau. Depuis que cet homme était entré dans la pièce, elle avait la sensation que la température avait grimpé de plusieurs degrés.

Le jeune guerrier semblait peser soigneusement ses mots. Il n'était clairement pas d'accord avec la fanfaronnade du jeune comte, sans pouvoir le contredire devant elle et tous ses hommes.

— Il est vrai que la partie était presque terminée, déclara-t-il enfin.

Bonté divine, quelle voix ! Profonde et rocailleuse, elle s'infiltrait sous sa peau et pénétrait dans ses os.

Bruce éclata de rire et lui donna une tape dans le dos.

— Voilà une réponse très diplomate, mon cousin. Nous savons tous les deux que tu m'avais piégé. Je parie que tu es en train de reconstituer toute la partie dans ta tête en ce moment même.

Le jeune guerrier (Bruce l'avait appelé Eoin MacLean) se contenta d'un haussement d'épaules.

Bruce rit à nouveau et se tourna vers elle.

— Savez-vous le plus accablant, milady ? Je joue aux échecs depuis mon enfance alors que MacLean vient seulement d'apprendre, et c'est l'un des meilleurs joueurs auxquels je me sois frotté.

— J'aimerais savoir jouer à ce « jeu des rois », répondit-elle. C'est ainsi que vous l'appelez, n'est-ce pas ?

En dépit de son ton innocent, elle soutint le regard de Bruce avec une lueur espiègle dans les yeux, lui faisant comprendre qu'elle savait fort bien pourquoi il avait insisté sur ce point un peu plus tôt. Le jeu des rois... pour un roi.

Le comte de Carrick était aussi intrépide qu'on le disait, un trait qui lui plaisait, même si elle ne l'aurait jamais admis devant son père. Ce dernier aurait préféré mourir plutôt que de le voir sur le trône.

Le sourire malicieux de Bruce lui indiqua qu'elle ne se trompait pas sur ses ambitions.

Elle se tourna vers MacLean et demanda :

— Peut-être m'apprendrez-vous à y jouer un jour ?

La stupeur dans ses yeux bleus et le silence soudain dans la pièce lui firent comprendre qu'elle avait encore mis les pieds dans le plat.

Bigre, qu'ai-je encore dit ? Elle n'était à Stirling que depuis quelques heures et elle accumulait déjà les bévues. Il était clair que rien ici n'était comme à Garthland Tower.

Peu importait. Elle ne tarderait pas à s'y faire une place. Elle n'en doutait pas un instant.

3

— Tout le monde nous regarde, chuchota Brigid lorsqu'elles entrèrent dans le grand hall un peu plus tard.

Margaret avait remarqué le silence soudain à leur arrivée et sentait elle aussi tous les regards tournés vers elles, mais sa réaction était l'opposé de celle de son amie. Habituée comme elle l'était à présider aux tablées à Garthland, être le centre d'attention ne lui faisait pas peur. De fait, cela lui plaisait assez. Distraire les convives faisait partie de ses devoirs de châtelaine et elle s'assurait toujours que tout le monde avait pris du bon temps avant de quitter Garthland Tower. En outre, cela lui venait naturellement.

Elle ne pouvait en dire autant de son amie. Brigid était timide et réservée, tout le contraire d'elle, pensa-t-elle avec amusement.

Après ce premier moment de silence, les conversations reprirent et Margaret put répondre à son amie d'une voix normale tandis qu'elles se frayaient un chemin dans la foule à la recherche de son père et de ses deux frères aînés, Dougal et Duncan. Compte tenu de l'importance de leur clan, elle supposait qu'ils seraient placés près de l'estrade.

Elle prit le bras de Brigid et la tint fermement contre elle.

— Naturellement qu'ils nous regardent ! N'est-ce pas formidable ? Nous avons déjà été remarquées. Nous allons tellement nous amuser, Brige !

Brigid ne partageait pas son aisance en société et ne semblait pas s'amuser du tout. Margaret lui serra le bras pour l'encourager.

— Allez, Brige, ne fais pas cette tête. Souris ! Tu n'as aucune raison de t'inquiéter. Nous sommes nouvelles. Il est naturel qu'ils soient intrigués.

Brigid n'était pas convaincue.

— Nous aurions peut-être dû mettre un voile comme le suggérait Beth ?

La femme de chambre qui les avait aidées à s'habiller pour le banquet avait été horrifiée quand Margaret avait annoncé qu'elles ne porteraient qu'un bandeau. Margaret ne lui avait guère prêté attention. Elle ne portait un voile que pour se rendre à l'église et, même dans ce cas, elle rechignait. Néanmoins, en balayant la salle du regard, elle constata qu'elles étaient les seules à être tête nue.

Elle adressa un sourire en coin à son amie.

— Pour nous fondre dans la foule ? Ce ne serait pas drôle si nous étions toutes pareilles, non ? Ainsi, nous nous distinguons des autres.

— Je crois que nos robes nous distinguent déjà suffisamment, répondit Brigid, l'air sombre.

Margaret devait reconnaître qu'elle ne s'était pas attendue à d'aussi belles toilettes. Elle n'avait jamais vu un tel étalage de riches étoffes et de broderies raffinées. Cependant, ce n'étaient que des robes et des ornements, rien de plus.

— Tu es très belle, Brige. Même dans un sac de jute, tu éclipserais toutes les femmes dans cette salle. Elles peuvent toujours se draper dans du velours et se parer de bijoux, c'est ce qui est à l'intérieur qui compte.

Brige la dévisagea comme si elle se demandait d'où elle sortait des idées aussi saugrenues.

— Pour ce qui est des prétendants, tu n'auras que l'embarras du choix, ajouta Margaret. Tu as déjà vu quelqu'un qui t'intéresse ?

Lorsque son père l'avait informée de son projet de l'emmener à Stirling afin de faire alliance avec John Comyn, Margaret l'avait supplié de laisser venir Brigid avec elle, comme dame de compagnie. Il n'y avait pas beaucoup de partis intéressants dans leur coin perdu, hormis les frères de Margaret, qui ne comptaient pas. Ce voyage serait l'occasion rêvée de trouver un mari à Brigid et Margaret ne voulait pas perdre de temps.

Brigid rougit et baissa les yeux.

— Nous venons à peine d'arriver, Maggie.

— Et pourtant, nous avons déjà rencontré une douzaine de jeunes hommes.

L'image d'un grand guerrier blond s'afficha dans son esprit et elle la chassa aussitôt. Même s'il avait attiré son attention, elle devait se concentrer sur un autre.

— J'espère que tu n'as pas des vues sur le comte de Carrick, ajouta-t-elle. Il est déjà marié.

Brigid pouffa, ce qui était l'effet recherché par Margaret.

— Maggie, tu es un monstre ! Tu imagines ce que diraient mon père et Tristan ?

La famille de Brigid était aussi farouchement loyale au roi Jean de Balliol que celle de Margaret. Autrement dit, aucun des hommes qu'elles avaient rencontrés plus tôt, en supposant qu'ils soient des partisans de Bruce, ne pouvait leur convenir.

— J'imagine très bien ce que diraient mon père et mes frères : « Tu as perdu la tête, pauvre fille ? Pourquoi ne pas plutôt descendre droit en enfer et épouser Lucifer ! »

Comme elle l'avait deviné, la table de sa famille se trouvait sur la gauche, juste devant l'estrade. Les deux filles riaient encore quand les hommes se levèrent pour les accueillir. Lorsque son frère aîné Dougal leur demanda ce qu'elles trouvaient si drôle, Brigid baissa aussitôt les yeux. Connaissant le manque d'humour de son frère, Margaret lui répondit que ce n'était rien. Sa famille entendrait parler de leur rencontre avec Bruce bien assez tôt.

Elle remarqua soudain le jeune homme se tenant à côté de son père. Blond, le teint clair, il la dévisageait d'un air qu'elle ne pouvait décrire que comme ahuri. Légèrement plus grand que son père, il paraissait grêle à côté. Il avait encore l'allure dégingandée de l'adolescence. À son menton presque glabre, elle déduisit qu'il devait avoir un ou deux ans de moins qu'elle.

Elle comprit qui il était avant même que son père ne fasse les présentations. *John Comyn*. Le fils et héritier du seigneur de Badenoch, et l'homme auquel son père voulait la marier. Elle savait qu'il était jeune, mais…

Elle masqua sa déception. Après tout, qu'importait qu'il ne paraisse guère plus âgé que son frère Uchtred qui n'avait que seize ans ? C'était un jeune homme séduisant et, surtout, le fils de l'un des plus grands seigneurs d'Écosse. Elle prit la place qui lui avait été réservée entre son père et le jeune lord, puis fit de son mieux pour décoincer ce dernier.

Il était gauche, et sans doute un peu intimidé par elle, mais elle était douée pour mettre les gens à leur aise. Elle l'interrogea sur sa famille. Il avait deux sœurs, Elizabeth et Joan, toutes deux présentes à Stirling. Il avait été l'écuyer de son grand-oncle, le roi Jean de Balliol, avant que ce dernier ne soit exilé en France. À présent, il vivait avec son père au château de Dalswinton. Elle découvrit qu'ils partageaient l'amour des chevaux, et lorsqu'il lui décrivit le genet primé qu'il avait reçu pour ses dix-huit ans (elle cacha sa surprise), elle fut sincèrement intéressée et passa un bon moment.

Quand arrivèrent les plateaux de volailles rôties, elle se rendit compte qu'on l'observait fixement. Elle se tourna vers la table située en face de la leur, à la droite de l'estrade, et croisa le regard pénétrant d'Eoin MacLean.

Elle sentit un courant chaud remonter le long de sa colonne vertébrale et se répandre sur sa peau.

Ce n'était pas la première fois qu'elle surprenait un homme en train de la reluquer, mais cela ne l'avait jamais fait rougir.

Ce n'était pas qu'elle soit embarrassée par l'incident de la matinée... pas vraiment. À Garthland Tower, personne n'aurait sourcillé si une femme avait demandé à un homme de lui montrer un jeu. Bonté divine, ce n'était pas comme si elle lui avait suggéré qu'ils aillent nager nus ! Pourtant, tous les hommes dans la pièce l'avaient regardée comme si elle lui avait fait une proposition scandaleuse.

Ce n'était sans doute pas une bonne idée de penser à la nudité en regardant Eoin MacLean, car elle ne pouvait s'empêcher de se demander à quoi il ressemblait sous ses vêtements de velours et de lin. Avec des épaules aussi larges et des bras aussi massifs, ce devait être une montagne de muscles.

Sa sensation de chaleur s'intensifia. C'était ce genre de pensées déplacées qui la faisait rougir. Elle n'était pas vraiment gênée, mais elle avait conscience de sa réaction physique.

À en croire l'intensité du regard du jeune guerrier, il ressentait la même chose.

La connexion entre eux était si puissante qu'ils n'avaient pas besoin de se parler. Elle lui sourit et haussa les sourcils, comme pour lui dire qu'elle était aussi perplexe que lui.

Elle avait oublié qu'ils n'étaient pas seuls dans la salle.

Eoin l'avait remarquée dès qu'elle était entrée dans le grand hall. Il n'était pas le seul. Toute l'assistance semblait avoir retenu son souffle lorsque les deux jeunes femmes étaient apparues sur le seuil. Toutefois, c'était la rousse à la sensualité indécente qui accaparait tous les regards. La jolie blonde pâle à côté d'elle semblait se fondre dans le décor, comme toutes les autres femmes dans la salle.

Margaret MacDowell était différente. Telle une fleur sauvage au milieu d'une roseraie, elle sortait du lot. Ce n'était pas uniquement parce que la cascade de cheveux roux qui tombait dans son dos n'était pas couverte d'un voile, ni parce qu'elle réussissait à être plus royale dans une simple robe en laine et un tartan coloré que toutes les dames vêtues de velours et couvertes de bijoux. Non, c'était bien plus élémentaire. Elle était insouciante et résolument enjouée dans une salle emplie de modestie et de réserve. Elle était sauvage et indomptable dans un océan de contrainte et d'uniformité.

Soit elle n'avait pas conscience des regards sur elle, soit elle s'en souciait comme d'une guigne. Elle affronta le silence (pour moitié admiratif et pour moitié hostile) sans baisser les yeux ni rougir, mais avec le sourire assuré d'un capitaine pirate sabordant un navire sans faire de quartier. Elle en avait également la démarche leste.

Néanmoins, à en croire les commentaires qu'il avait surpris autour de lui, gagner l'estime de cet équipage-là ne serait pas une mince affaire, en tout cas pour sa partie féminine. La nouvelle de ce qui s'était passé plus tôt s'était répandue dans le grand hall et la réaction était clairement réprobatrice.

Il avait dû subir une douzaine de questions de sa sœur Marjory avant que le premier plat n'arrive. Sa pudique mère, qui était au-dessus des commérages, avait écouté attentivement ses réponses.

Il avait fait clairement comprendre que le sujet était clos. Il n'apprendrait aucun jeu à cette jeune femme. Même s'il ne pouvait s'empêcher d'admirer son assurance et reconnaissait qu'elle était indéniablement attirante (certes, très attirante), ce genre de fille ne pouvait que vous apporter des ennuis. Bien que certaines parties de son cerveau réagissaient fortement à sa beauté, il n'était pas prêt à courir le risque.

Il se surprenait lui-même. Sa réaction en la voyant avait été aussi violente, instinctive et physique qu'inattendue. D'ordinaire, il se contrôlait mieux. De fait, il se contrôlait *toujours*. Il n'avait encore jamais rencontré de femme capable d'embraser ses sens avec un simple regard et un sourire qui lui faisait se demander si elle était aussi délurée qu'elle en avait l'air.

Même si elle n'avait pas été la fille d'un homme qui serait probablement bientôt son ennemi (une raison suffisante pour détourner les yeux), Margaret MacDowell était le genre de femme qui vous donnait du fil à retordre. Or, Eoin n'avait pas de temps à perdre. Il était occupé à gagner sa place au sein de l'armée de Bruce.

Toutefois, au fil du repas, il ne put s'empêcher de lancer des regards furtifs vers elle. Dieu que cette chevelure était incroyable ! Et que dire de sa peau parfaite, si lisse et crémeuse qu'elle paraissait irréelle ? Mais c'était surtout ses yeux malicieux en amande et sa bouche sensuelle qui le troublaient.

Il avait été surpris de la voir assise près du jeune Comyn. Il comprit rapidement pourquoi en la voyant faire du charme au jeune homme visiblement mal à l'aise et emprunté. Eoin pouvait le comprendre.

À vingt-quatre ans, il n'était plus un novice avec les femmes et pourtant ses bourses se contractaient chaque fois qu'il entendait ce rire rauque venant de l'autre table.

Néanmoins, si son barbare de père s'imaginait que le seigneur de Badenoch, l'homme le plus puissant d'Écosse, unirait son cher héritier à une MacDowell, il était encore plus fou qu'on ne le disait. Badenoch avait beaucoup de respect pour le vieux clan sur le champ de bataille et l'appréciait en tant qu'allié, mais l'épouse qu'il choisirait pour son fils appartiendrait à la plus haute noblesse d'Écosse, voire d'Angleterre.

Le fils en question ne serait peut-être pas du même avis, à en juger par son regard éperdu d'amour. Badenoch semblait l'avoir remarqué lui aussi, car les plis sur son front ne cessaient de se creuser.

Eoin ne pouvait s'empêcher de se demander de quoi ils discutaient. Lady Margaret parlait avec animation et son rire était… troublant.

Il ne se rendit compte qu'il la fixait que lorsque leurs regards se croisèrent. Il aurait dû détourner les yeux. Elle aussi. Et elle n'aurait certainement pas dû attirer l'attention sur cet échange de regards en lui adressant un petit haussement d'épaules adorable, mais un peu trop familier.

Il savait exactement ce qu'elle avait voulu dire car il le ressentait également, mais d'autres risquaient de mal l'interpréter.

Ce qui fut le cas.

— Je rêve ou elle vient de te faire un clin d'œil ?

Eoin se tourna aussitôt vers sa jeune sœur qui roulait de grands yeux ahuris.

— Mais non, pas du tout.

Ce n'avait été qu'un tout petit haussement d'épaules et de sourcils.

— Mais si ! s'exclama Marjory avec un mélange d'horreur et de jubilation. Le culot ! Après t'avoir fait des avances ce matin, elle essaie de te charmer depuis l'autre table. Elle doit être aussi scandaleuse qu'on le dit.

— Baisse la voix, Marjory, la tança-t-il. Je viens de te dire que ce n'était rien.

Trop tard, sa mère les avait entendus. Elle lança un regard de dégoût à peine voilé vers lady Margaret, puis se tourna vers lui avec une expression qu'Eoin n'eut aucun mal à déchiffrer. *Prends garde. Il y a trop de choses en jeu*. Au cas où il n'aurait pas compris, elle posa brièvement les yeux sur lady Barbara, assise près de son père qui, heureusement, n'avait pas remarqué la scène.

Il n'avait pas besoin d'un rappel et ne regarda plus dans la direction de lady Margaret. De toute manière, avec le nombre d'hommes s'agglutinant autour d'elle, il ne l'aurait probablement pas vue.

— Qui regardes-tu comme ça, ma fille ?

Son père ayant surpris son petit échange avec Eoin MacLean, Margaret fut contrainte de lui expliquer comment elle avait fait sa connaissance. Lorsqu'elle raconta qu'elle avait accidentellement anéanti la partie d'échecs qui durait depuis deux jours entre le comte de Carrick et son jeune cousin, son père et ses frères rugirent de rire. Ils trouvaient hilarant qu'on accordât autant d'importance à un jeu d'enfants.

— J'aurais voulu voir leurs têtes, s'esclaffa son père. Cela apprendra à Bruce à quel point il est facile d'être vaincu par une MacDowell.

John Comyn, qui jouait aux échecs mais déclarait qu'il n'avait pas assez de patience (elle en déduisit qu'il ne jouait pas très bien), rit également, surtout quand elle expliqua qu'elles avaient disposé les pièces de sorte à former une fleur, puis un cœur.

Son père appela plusieurs amis (que, pour la plupart, elle rencontrait pour la première fois) et elle fut obligée de répéter son histoire à plusieurs reprises au cours du repas. Cela ne la dérangeait pas car elle avait l'habitude d'amuser la galerie, et cela rendait l'atmosphère empesée de Stirling un peu moins formelle et un peu plus semblable à celle de Garthland Tower. Elle commençait à trouver ses marques.

Du moins auprès des hommes.

Elle était consciente des regards hostiles de nombreuses femmes. Elle ne s'en inquiéta pas. Il lui faudrait simplement plus de temps pour les conquérir.

En racontant son histoire, elle omit de dire qu'elle avait demandé à Eoin de lui apprendre les échecs. Plus tard, pendant que les serviteurs débarrassaient les tables et rangeaient les tréteaux pour laisser place au bal, elle demanda à son père ce qu'il savait sur le jeune guerrier.

Bien qu'Eoin soit jeune et le troisième fils du chef MacLean, il s'était déjà forgé une réputation de tacticien brillant, organisant une série de raids audacieux contre les Anglais à Carrick. Il avait été éduqué dans les Lowlands et, en dépit des origines nordiques de son clan basé dans les Hébrides intérieures, on le disait aussi instruit qu'un moine. Elle ne put s'empêcher d'espérer que c'était là le seul point commun qu'il avait avec les religieux.

Son père lui lança un regard noir et elle se demanda si ses pensées n'étaient pas trop lisibles. Il ne lui reprochait pas sa malice ni son irrévérence (les deux lui important peu), mais son intérêt pour le jeune homme.

Les MacLean étaient de grands guerriers, poursuivit-il, et, en dépit de leurs liens de parenté avec Bruce, ils ne semblaient pas avoir encore décidé s'ils se battraient à ses côtés en cas de guerre.

L'expression de Margaret devait être un peu trop chargée de questions. Son père n'avait pas beaucoup d'éducation et ne savait pas plus jouer aux échecs qu'elle, mais il était malin. Il lança un regard vers John Comyn pour lui rappeler ce qu'on attendait d'elle.

Il n'avait aucune raison de s'inquiéter, elle connaissait fort bien son rôle. En outre, le jeune noble lui était sympathique et, lorsque le bal commença, elle découvrit qu'il était bon danseur, quoiqu'un peu raide. Quand un autre homme lui demanda de lui accorder la prochaine danse, Comyn la laissa partir à contrecœur, ce qu'elle prit pour un bon signe.

Emportée par la danse et trois verres de vernage – le vin blanc sucré lui était monté à la tête –, il lui fallut un certain temps avant de se rendre compte que Brigid essayait d'attirer son attention.

Lorsqu'elle parvint à se libérer, son amie la prit par le coude et l'entraîna hors du grand hall, dans un couloir. Elle semblait sur le point de fondre en larmes.

— Que se passe-t-il ? lui demanda Margaret.

— Je les ai entendues, répondit Brigid en se tordant les mains.

— Qui ?

— Toutes. Les femmes.

Margaret pinça les lèvres. Son amie n'avait pas la peau aussi dure qu'elle. Si l'une des dames l'avait insultée, elle le lui ferait payer.

— Qu'ont-elles dit ?

— Elles nous ont traités de païens, répondit Brigid à voix basse.

— C'est tout ? s'esclaffa Margaret. C'est absurde, Brige. Tu ne peux pas te mettre dans un état pareil à cause de ça.

— Non, ce n'est pas tout. Elles disent… des choses horribles.

Devant la réticence de son amie à être plus explicite, Margaret comprit que les choses horribles la concernaient directement.

— Tu peux me le dire, Brige. Je ne vais pas me vexer.

Brigid se mordit nerveusement la lèvre.

— Il ne s'agit pas de toi… enfin, pas exactement. Il s'agit surtout de ton clan. Les MacDowell n'ont pas une très bonne réputation.

Margaret plissa le front. Fière, elle avait été élevée dans la conviction que les MacDowell étaient ce qui se rapprochait le plus de la royauté. Ils régnaient sur le Galloway tels des rois (et des reines) depuis des siècles.

— Que veux-tu dire ? demanda-t-elle.

— On trouve qu'ils ne sont pas… euh… très civilisés. Un peu sauvages.

— Quoi ? s'indigna-t-elle. Parce que nous ne nous comportons pas comme des Anglais ? Parce que nous restons fidèles à notre ancienne culture gaélique et à nos lois de Brehon plutôt que de nous soumettre au joug féodal des rois anglais ?

— Ils considèrent que c'est un comportement arriéré.

— Tu veux dire qu'ils « nous » trouvent arriérés.

Brigid haussa les épaules, mais Margaret savait qu'elle n'était pas indifférente. Il n'était pas facile pour elle d'oublier le mépris des autres.

— Ils ont leurs coutumes et nous avons les nôtres, expliqua-t-elle. Ce n'est pas parce que nous faisons les choses différemment que nous avons tort.

— Je sais, répondit Brigid, les yeux humides. Mais ce n'est pas aussi facile pour moi que pour toi de faire comme si de rien n'était.

— Ce n'est pas toujours facile pour moi non plus, répondit Margaret avec un petit sourire.

— Ah bon ? Mais tu es toujours si sûre de toi. Tu ne laisses personne te marcher sur les pieds, même pas ton père.

Margaret avait toujours pensé que son amie était intimidée par son père, mais ce qu'elle perçut dans sa voix ressemblait plus à de la peur.

— Je suis la seule fille dans une famille de neuf hommes dominateurs, ou en passe de le devenir. Tu crois que j'aurais survécu longtemps si je laissais entrevoir la moindre faiblesse ? Paraître sûre de soi est une question de survie. J'ai appris très tôt que si je ne m'imposais pas, je serais écrasée. Il a fallu que je crie très fort pour me faire entendre au-dessus de toutes ces voix mâles, mais ils ont fini par m'écouter sans que j'aie besoin d'élever la voix.

Elle s'interrompit un instant, puis reprit doucement :

— Tu ne dois pas les laisser t'intimider, Brige. Ce genre de femmes, si elles flairent le sang, elles te sauteront à la gorge. Tu ne dois pas laisser voir que leurs paroles t'ont blessée.

— Et comment dois-je faire ? demanda Brigid, sceptique. Je ne suis pas comme toi, je ne suis pas une rebelle.

L'était-elle vraiment ? Margaret ne s'était jamais vue sous cet angle, mais peut-être Brigid avait-elle raison. Elle était une MacDowell et les MacDowell étaient toujours prêts à se battre.

— En répondant à leur goujaterie par des sourires et en te rappelant qui tu es. Une MacCan, membre d'un clan ancien et respecté. Tu n'as pas honte de ta famille, n'est-ce pas ?

Pour la première fois depuis leur arrivée, Margaret vit luire dans le regard de son amie un éclat de la flamme qui se cachait sous sa façade réservée. Elle paraissait outrée par sa suggestion.

— Bien sûr que non, répliqua-t-elle en redressant le dos.

— Conserve ce regard, Brige, lui dit Margaret, satisfaite. Et souris. C'est parfait. Tu cloueras le bec à ces péroreuses. Et une fois que nous leur aurons montré qu'elles ne nous font pas peur avec leurs commérages, nous les achèverons avec notre meilleure arme.

Comprenant enfin son manège, Brigid sourit à son tour.

— Et quelle est cette arme ?

— Notre gentillesse, répondit Margaret en lui prenant le bras. Quand elles nous connaîtront mieux, elles comprendront que nous ne sommes pas si éloignées. Même si nous nous habillons différemment et avons d'autres coutumes, au fond, nous sommes tous pareils.

Brigid éclata de rire.

— Tous pareils ? Je me demande toujours où tu vas chercher de telles idées, Maggie.

Margaret l'ignorait aussi, mais sa certitude avait convaincu son amie. Quelques instants plus tard, lorsqu'elles revinrent dans le grand hall, Brigid affichait un sourire aussi rayonnant que le sien.

4

Une semaine plus tard, le sourire de Margaret commençait à être un peu forcé. Découragée, elle peinait à suivre ses propres conseils. Bon sang, ce que ces femmes étaient pénibles à s'ériger en juges ! Elles étaient pires que saint Pierre devant les portes du paradis.

Elle avait beau sourire et s'efforcer d'être amicale, tous ses efforts étaient repoussés. Les regards réprobateurs s'étaient même faits moins voilés, les chuchotements plus sonores et plus cruels.

Entre sa bêtise d'« abrutie » avec l'échiquier et le fait d'avoir été prise pour une servante et une débauchée (ce qu'elle avait aggravé en tentant de « séduire » Eoin MacLean, en lui demandant de lui apprendre les échecs puis en lui « faisant de l'œil » lors du banquet), sans parler de ses robes et de sa tête nue, elle n'avait fait que renforcer leurs préjugés sur elle et son clan.

Néanmoins, elle refusait de se laisser écraser. Elle n'avait pas honte de ce qu'elle était et ne ferait pas semblant d'être docile et muette pour satisfaire des femmes mesquines à l'esprit étroit. Les MacDowell n'étaient pas la bande de païens indisciplinés qu'on les accusait d'être. Certes, ayant grandi dans une maisonnée d'hommes loin du reste du monde, elle avait joui de plus de liberté que la plupart des femmes de son rang (les dames qu'elle côtoyait à Stirling depuis une semaine auraient fait passer les carmélites pour des boute-en-train). Cela ne faisait pas d'elle une dépravée.

Ne voyaient-elles pas à quel point leur condamnation était ridicule ?

Apparemment pas.

Avant chaque repas, elle devait pratiquement se mettre à genoux devant Brigid pour l'implorer de descendre dans le grand hall. Elle ignorait pourquoi elle se donnait cette peine puisqu'elles étaient systématiquement accueillies avec froideur et animosité par la moitié des convives. Sa bonne humeur légendaire commençait à s'effriter.

Heureusement, si les femmes la dédaignaient, elle ne souffrait pas du même ostracisme de la part de la gent masculine. Elle ne manquait jamais de partenaire de danse et les hommes se pressaient à leur table à tous les repas. Ils riaient à ses plaisanteries, écoutaient ses histoires et ne s'offusquaient pas lorsqu'elle commettait un « faux pas ». Les hommes étaient beaucoup plus tolérants.

Enfin, presque tous. Le seigneur de Badenoch ne paraissait pas séduit. Son père lui avait dit de ne pas s'en faire car le fils était entièrement « sous son charme ». Margaret avait la nette impression qu'à l'instar de son épouse et de ses filles, le seigneur de Badenoch la jugeait mal. Peut-être n'était-ce que son imagination, mais plus John passait de temps avec elle, plus son illustre père avait l'air renfrogné. Le convaincre serait son plus grand défi.

Brigid n'était pas descendue déjeuner, déclarant qu'elle avait la migraine. Margaret retournait vers le grand hall après être passée la voir quand une voix l'arrêta net. Une voix grave qui semblait s'infiltrer jusque dans ses os.

En dépit de l'attroupement devant l'entrée de la salle, elle l'identifia aussitôt, sa tête blonde dépassant les autres.

Elle ressentit un étrange pincement au cœur, puis une vague de chaleur qui, paradoxalement, lui picotait la peau comme si elle avait froid.

Cette attirance était absurde. Elle aimait les hommes qui souriaient et plaisantaient, comme Tristan, pas les moines érudits et taciturnes. Pourtant, cette intensité sous-jacente, ce calme apparent, ainsi que ces yeux perspicaces auxquels rien ne semblait échapper étaient diablement séduisants. Viscéralement séduisants.

Doux Jésus, cela commençait à tourner au ridicule ! Il suffisait qu'elle pose les yeux sur lui pour que son corps réagisse. Ses sens devenaient soudain plus affûtés, l'air semblait plus pur, les sons plus nets. Son pouls s'accélérait, comme si elle attendait quelque chose.

Il n'y avait rien à espérer. Elle avait fait de son mieux pour l'ignorer et ne pas tenir compte de sa propre réaction physique. À voir la manière dont il évitait son regard, il en faisait peut-être autant.

C'était difficile à dire. Son expression était toujours indéchiffrable, ce qui était rageant. Toutefois, les plis qui se creusaient entre ses sourcils lorsque, malgré tout, leurs regards se croisaient, et la manière dont ses yeux devenaient d'un bleu un peu plus sombre lui faisaient se demander si lui aussi ne luttait pas contre cette attirance.

Elle avait de bonnes raisons, mais lui ? Cela avait-il un rapport avec lady Barbara Keith ?

Elle fouilla l'attroupement du regard et sentit une pointe d'agacement en apercevant la jolie blonde qui se tenait à quelques mètres de lui. Elle l'accompagnait souvent. Ou plutôt, elle accompagnait la mère et les sœurs d'Eoin, qui se trouvaient toujours dans ses parages. En fait, elle le voyait le plus souvent avec son ami Finlaeie MacFinnon et ses frères, Donald et Neil, mais la manière dont la fille du maréchal le regardait (convenablement, bien sûr, entre ses cils pudiquement baissés) lui faisait soupçonner qu'il y avait quelque chose entre eux.

La question était de savoir pourquoi cela la dérangeait puisqu'il n'était pas pour elle.

Profitant du fait que tout le monde attendait dans un coin de la salle pendant qu'on rangeait les tréteaux et les tables pour laisser la place au bal, elle se rapprocha pour voir si elle pouvait entendre leur conversation.

Eoin discutait avec Finlaeie, sans doute de vieilles batailles car, chaque fois qu'elle avait tendu l'oreille, elle ne l'avait entendu parler que de guerres. Cependant, elle ne pouvait distinguer ses paroles.

Malheureusement, elle entendit clairement sa sœur.

— Vous avez vu ses robes ? Je ne serais pas surprise si elle se mettait à brasser de la bière en plein milieu du repas.

Margaret se raidit. Malgré elle, elle était vexée. Elle ne doutait pas que l'on parlait d'elle. Elle baissa les yeux vers ce qu'elle considérait être une jolie robe en laine bleue. Une brasseuse ? Même si les commérages et les médisances ne l'atteignaient pas aussi durement que Brigid, elle n'était pas totalement immunisée contre ce genre de piques.

— Ce n'est pas si terrible que ça, dit doucement lady Barbara.

C'était presque gentil de sa part… jusqu'à ce qu'elle pouffe et ajoute :

— Si c'est ce qui passe pour de beaux atours dans le Galloway, je n'ose imaginer à quoi ressemblent leurs paysans. Peut-être se couvrent-ils de feuilles et de bruyère ?

Apparemment, la douce petite chatte avait des griffes.

— Je crois surtout qu'elle aime exhiber son corps pour se faire remarquer, reprit Marjory MacLean.

J'espère que nous n'allons pas devoir la regarder encore se trémousser durant des heures telle une païenne à Beltane. Je m'étonne qu'elle trouve encore des hommes qui acceptent de danser avec elle et de se soumettre à un tel… spectacle.

Margaret en avait assez entendu. Cela ne lui faisait plus mal. La moutarde lui était montée au nez et elle ne parvenait plus à afficher un sourire. Sa robe était parfaite et sa façon de danser également. C'était exactement ce qu'elle allait leur dire.

— Elle te regardait encore, chuchota Fin.

Eoin serra les mâchoires et entraîna son ami à l'écart. Il n'avait pas besoin de lui demander de qui il parlait. Fin et plusieurs autres de ses amis avaient remarqué l'étrange tension entre lui et lady Margaret et ne pouvaient s'empêcher de l'asticoter chaque fois qu'elle regardait dans sa direction… ce qui arrivait beaucoup trop souvent !

Il ne pouvait le lui reprocher, dans la mesure où il en faisait autant. Fichtre, son attirance pour cette fille était très gênante et Fin ne faisait rien pour arranger les choses.

— Ferme-la, Fin. Une des dames va t'entendre.

— Je ne comprends pas pourquoi tu hésites. Si elle me reluquait de cette manière, je lui donnerais exactement ce qu'elle demande et la pilonnerais jusqu'à ce qu'elle demande grâce. (Il esquissa un sourire malicieux.) Ce ne serait pas la première fois, ni pour toi ni pour elle.

Eoin ne perdait jamais son sang-froid. Aussi fut-il le premier surpris quand un accès de rage tendit tous les muscles de son corps et qu'il fut à un cheveu d'envoyer son poing dans le sourire éclatant de son ami.

Fin le sentit et recula instinctivement d'un pas.

— Qu'est-ce qui te prend, MacLean ? Tu te comportes comme un prétendant jaloux. Ne me dis pas que tu comptes sérieusement lui faire la cour ?

— Je ne compte rien faire, mais je ne supporte pas qu'on calomnie des dames.

Car, quoi qu'il ait entendu à son sujet, il considérait Margaret MacDowell comme une dame.

Sa fureur retomba aussi brusquement qu'elle était apparue. Il eut honte de cette manifestation d'émotion, qui était incompréhensible car il ne montrait jamais ses sentiments. Il était en train de perdre la tête, sans doute à cause de l'ennui. Rester enfermé des journées entières à suivre de longues négociations tendues tout en s'efforçant d'empêcher Bruce et John Comyn « le Rouge » de s'entre-tuer, puis devoir tenir compagnie à lady Barbara et écouter le babillage de sa sœur durant les repas mettaient ses nerfs à rude épreuve.

— Je crois qu'aller chasser me fera le plus grand bien, dit-il. Je commence à étouffer, coincé entre ces murs.

Fin l'observait un peu trop attentivement. Il accepta néanmoins son explication et lui donna une grande tape sur l'épaule.

— Je crois que je te préfère encore quand tu ne parles que d'avant-gardes, d'embuscades et de flanquements.

Eoin esquissa un sourire. Son ami avait raison. Il devait se concentrer sur les tactiques militaires. Il aurait l'occasion d'impressionner Bruce demain, lorsqu'ils sortiraient chasser.

Il retourna auprès des femmes juste au moment où sa sœur se moquait de la façon de danser de lady Margaret.

Il fit une grimace de dépit. Il avait pu pardonner à sa petite sœur ses observations narquoises lorsqu'elle avait seize ans, les mettant sur le compte de l'insensibilité de la jeunesse mais, trois ans plus tard, ses remarques paraissaient venimeuses et mesquines. Sa sœur allait devoir apprendre à maîtriser sa langue acerbe.

Malheureusement, les moqueries de Marjory n'étaient pas les seuls commentaires désobligeants sur lady Margaret qu'il avait entendus tout au long de la semaine. Il se sentait responsable, sachant qu'il avait fourni des munitions aux commères. Cependant, elle ne semblait pas affectée par les médisances et il ne pouvait s'empêcher d'admirer la façon dont elle répondait à leurs méchancetés par des sourires. Si sa sœur avait fait l'objet de la moitié des insinuations malveillantes que subissait lady Margaret, elle aurait été anéantie.

Il s'apprêtait à sermonner Marjory quand il vit la dame en question marcher vers eux. Son teint rouge vif indiquait qu'elle avait entendu les paroles de sa sœur et, à son expression déterminée, il était clair qu'elle n'était plus d'humeur à en rire.

Il ignorait s'il voulait protéger sa sœur ou lady Margaret mais, sans réfléchir, il se mit en travers de sa route.

— Me ferez-vous l'honneur de la première danse, milady ?

Il entendit le hoquet de surprise de Marjory dans son dos. Il détestait danser et n'avait encore jamais invité une dame depuis le début du rassemblement.

Lady Margaret le dévisagea, ses yeux dorés de sphinge le transperçant. L'espace d'un instant, il crut qu'elle allait refuser. Elle avait clairement l'intention de sonner les cloches à sa sœur. Bien que ce soit justifié, cela nuirait aussi bien à l'une qu'à l'autre.

Lady Margaret ne ferait que souffler sur les braises, ravivant les médisances de la cour à son encontre. Peut-être s'en rendit-elle compte car, après une longue pause embarrassante, elle acquiesça.

Sa sœur pourrait le remercier plus tard car, il n'en doutait pas, il venait de la sauver d'une volée de bois vert dont elle ne se serait pas remise de sitôt.

Toutefois, dès que la main de lady Margaret glissa dans la sienne, il comprit son erreur. Il aurait dû laisser sa sœur se faire humilier publiquement. Au lieu de cela, il avait ouvert la boîte de Pandore, libérant une force qui ne pouvait plus être contenue.

Le choc qui le traversa au contact de leurs doigts fut comme un foudroiement. Un foudroiement *magnétique* qui les unit d'une manière qui ne pouvait être ignorée.

Ses poumons semblaient avoir cessé de fonctionner tandis que son cœur battait à tout rompre. Il était transfiguré, totalement ensorcelé. Il en oublia qu'il n'aimait pas danser, oublia la musique, les gens autour d'eux. Il effectuait les pas du quadrille écossais sans pouvoir détacher ses yeux du visage de sa partenaire. Le galbe délicat de sa joue, la pointe douce de son menton, son petit nez légèrement retroussé. La courbe sensuelle de sa bouche.

Elle était si belle que c'en était presque douloureux. Certaines parties de son corps lui faisaient littéralement mal : sa poitrine semblait comprimée, alors qu'une autre partie, plus bas, avait gonflé et était dure comme un roc, indifférente au fait qu'ils se trouvaient dans une salle de bal emplie de monde.

Il avait dépassé le stade de la raison, emporté par une sorte de transe. Une transe brûlante provoquée par une puissante attirance qui transformait le sang dans ses veines en lave incandescente.

Ils se mouvaient comme un seul corps. Ils n'avaient pas besoin de parler. Tout était dit dans leurs regards, leurs mains, leurs battements de cœur.

Puis la musique s'arrêta. Il la libéra si brusquement qu'elle sursauta légèrement.

Elle recula d'un pas et le dévisagea avec une stupéfaction qui n'avait d'égale que la sienne.

— M-merci, murmura-t-elle.

Son souffle s'échappait par saccades de ses lèvres entrouvertes.

Dieu qu'elles étaient rouges et qu'elles paraissaient douces ! Une puissante vague de désir monta en lui. L'envie de prendre cette bouche était si violente, si élémentaire, qu'il ne pouvait plus penser à rien d'autre. Il baissa la tête vers elle de quelques centimètres avant que la raison ne lui rappelle où ils se trouvaient. Il se redressa.

Par tous les saints, que lui arrivait-il ? Ce n'était pas une question que se posait souvent l'homme réputé être le plus intelligent de la salle. Il ne parvenait plus à maîtriser ses pensées, qui fusaient dans tous les sens.

Après un signe de tête plus brusque qu'il ne l'avait voulu, il tourna les talons et s'éloigna.

Pendant qu'il le pouvait encore.

Le cœur de Margaret battait si fort qu'elle le crut sur le point d'exploser. Elle ne parvenait pas à reprendre son souffle ni à cesser de trembler.

Que venait-il de se passer ?

Tous ses nerfs étaient à vif sans qu'elle comprenne pourquoi. Elle était plongée dans une confusion totale, presque au bord de la panique.

Ayant besoin de se ressaisir, elle s'éclipsa du grand hall.

Elle se sentait au bord des larmes, comme en proie à un grand bouleversement émotionnel. Ce qui était peut-être le cas. Ce qu'elle venait de vivre n'avait rien d'un doux éveil des sens, mais ressemblait plutôt au vacarme d'une grosse cloche d'église sonnant dans un tabernacle : retentissant, assourdissant… écrasant.

Ses émotions avaient été intenses, puissantes, renversantes. Elle s'était sentie liée à lui comme s'ils étaient les deux seules personnes au monde.

Son corps le ressentait encore. Son ventre était noué. Son cœur battait à toute allure. Elle sentait sa main sur sa hanche, ses doigts autour de son bras, sa paume calleuse contre la sienne. Elle sentait la chaleur de son corps, la proximité de son torse, si près qu'elle avait dû se retenir de presser contre lui la pointe durcie de ses seins.

Il sentait divinement bon. Le pin et le savon, la menthe dans son haleine... Sa bouche avait été si proche de la sienne. Elle avait cru que...

Elle ravala son souffle en émettant un petit son étranglé.

Comment un homme aussi taciturne pouvait-il lui faire un tel effet ?

Elle ignorait où elle allait, sachant uniquement qu'elle ne pouvait rester là, vulnérable, exposée. Tous ceux qui la verraient sauraient ce qu'elle ressentait. Son assurance et sa bravade l'avaient désertée.

Elle sortit par la porte principale du grand hall et s'engagea dans un couloir menant au donjon du roi. Bien qu'il soit tôt dans l'après-midi, il y faisait sombre. Elle avait besoin de silence et de calme. Parvenue dans la vieille tour qui avait abrité les appartements de Guillaume le Lion, elle s'enferma dans une petite pièce au fond du bâtiment. Elle avait probablement servi autrefois d'antichambre ou de pièce privée pour le roi, avant d'être reconvertie en bibliothèque. Ce n'était pas de livres dont elle avait besoin, mais de solitude.

Des gens avaient dû utiliser la pièce un peu plus tôt car il y avait encore des braises dans la cheminée, quoique pas assez pour dégager de la chaleur. En revanche, ce qu'il y avait dans la carafe la réchaufferait. Elle la déboucha et huma l'arôme âcre et sucré du brandy. Personnellement, elle préférait le bon vieux *uisge beatha* écossais, mais, compte tenu des circonstances, elle ne pouvait se permettre de faire la difficile. Elle emplit l'un des gobelets et le but d'une longue goulée. Les effets calmants de l'alcool se diffusèrent presque instantanément dans son corps.

Son cœur ralentit, ses poumons s'emplirent d'air et ses mains cessèrent de trembler. Plus important, le tumulte dans sa tête s'apaisa.

Sa réaction avait été excessive. Ce n'était qu'une danse, après tout. Et il n'était qu'un homme, si attirant soit-il. Elle avait exagéré l'effet du contact de ses mains.

Alors pourquoi sentait-elle encore l'empreinte de ses doigts sur sa peau ?

Elle était penchée sur le gobelet de brandy, se tenant au bord de la table pour se stabiliser, lorsqu'elle entendit la porte s'ouvrir derrière elle.

Elle se tourna et sentit son ventre se nouer en voyant l'expression de l'intrus. Elle n'avait pas encore remarqué à quel point il ressemblait à son père, mais elle reconnaissait à présent sur le visage de John Comyn le regard dur et les lèvres pincées du seigneur de Badenoch quand il était agacé.

— Qu'y a-t-il entre vous et le fils MacLean ? demanda-t-il sans préambule.

Margaret se redressa et le regarda dans les yeux avant de répondre avec plus d'assurance qu'elle n'en ressentait, même avec l'aide du brandy :

— Absolument rien.

Il avança de plusieurs pas vers elle, l'air suspicieux.

— Ce n'est pas l'impression que vous donniez. Je ne vous laisserai pas me ridiculiser, ma dame.

Ayant huit frères âgés de onze à vingt ans, Margaret savait comme l'orgueil d'un jeune homme était sensible et se hâta de le rassurer.

— J'ai à peine échangé une dizaine de mots avec cet homme, milord. Je vous ai raconté ce qui s'est passé lorsque je l'ai rencontré. (Elle sourit.) Ce n'est certainement pas en me traitant d'abrutie qu'il gagnera ma sympathie.

Elle s'était approchée de lui et ses paroles, ou leur proximité, semblaient l'avoir en partie apaisé.

— Dans ce cas, pourquoi avoir dansé avec lui ? demanda-t-il.

Je n'en sais rien. Elle se mordit la lèvre, se demandant ce qu'elle pouvait lui dire. Puis elle opta pour la sincérité.

— J'ai entendu sa sœur faire des remarques désobligeantes à mon égard. Il m'a invitée à danser pour m'empêcher de lui répondre et de faire une scène.

Il rougit légèrement, ce qui laissait deviner qu'il avait entendu, lui aussi, certaines des médisances dont elle faisait l'objet.

— Ne faites pas attention à ce qu'elles disent. Elles sont jalouses.

Margaret le dévisagea attentivement, voyant, au-delà du jeune homme, le seigneur qu'il deviendrait.

— Merci, c'est très généreux de votre part.

Il rougit encore et se dandina sur place. Sa colère retombée, il était redevenu un jeune homme timide et indécis.

— Je ferais mieux de partir, dit-il. Nous ne devrions pas être seuls. Je n'aurais pas dû vous suivre, mais j'étais jaloux.

Il leva les yeux vers elle et ajouta :

— J'ai cru qu'il allait vous embrasser et j'aurais voulu être à sa place.

— J'aurais préféré aussi.

Ce n'était pas une invitation, mais il le prit comme tel. Avec plus d'adresse qu'elle ne l'aurait cru, il glissa une main sous son menton et approcha sa bouche de la sienne. Elle sentit à peine le contact chaud de ses lèvres, puis ce fut terminé.

Le baiser avait été doux et chaste. La lueur dans ses yeux l'était nettement moins. Il la désirait et, même si son baiser n'avait pas été désagréable, elle ne voulait pas l'encourager.

Heureusement, elle savait comment freiner la passion d'un jeune homme.

Elle recula pour mettre de la distance entre eux.

Ce faisant, elle lança un regard vers l'alcôve creusée dans l'un des épais murs, dans laquelle une large banquette était protégée par un rideau, et aperçut un pied botté.

5

Eoin avait d'abord cru qu'elle l'avait suivi. Assis sur la banquette dans l'alcôve de la bibliothèque avec une flasque de whisky et un livre qu'il avait saisi au hasard (*La Règle de saint Benoît* en latin !), il l'avait entendue entrer et était sur le point de lui parler lorsque le jeune Comyn était arrivé. Comprenant qu'il ne pouvait qu'aggraver la situation en se faisant voir, il était resté caché dans l'ombre du renfoncement et avait écouté leur conversation.

Une conversation qui avait fait bouillir son sang, ce qui, compte tenu de son état de nerfs, revenait à jeter de l'huile sur le feu. Était-elle inconsciente ? Ne se rendait-elle pas compte qu'en se tenant si près de Comyn, en levant sa bouche vers la sienne et en lui disant qu'elle aurait préféré que ce soit lui qui l'embrasse, elle l'invitait précisément à le faire ?

Lorsque le freluquet posa sa main sur son visage et inclina ses lèvres vers les siennes, Eoin ressentit une émotion d'une brutalité inouïe. Sa poitrine s'enflamma, ses muscles se contractèrent et il fut pris d'une puissante envie d'envoyer son poing dans la figure de l'impudent qui osait la toucher.

Toutefois, sa colère n'était pas uniquement dirigée contre le jeune homme. Celle qu'il nourrissait à l'égard de la « dame » était bien pire. Cela n'aurait pas été aussi grave s'il n'avait su qu'elle avait ressenti exactement la même chose que lui durant leur danse. Oubliant que, quelques minutes plus tôt, il s'était convaincu qu'il avait tout imaginé, il ressentait son geste comme une trahison.

Il se demandait combien de temps encore il pourrait se retenir d'intervenir lorsque lady Margaret s'aperçut clairement qu'elle et Comyn n'étaient pas seuls.

Ce dernier prit la stupeur et la soudaine pâleur de sa compagne pour la réaction d'une jeune innocente à son baiser, ce qu'Eoin trouva ironique.

Peut-être Fin avait-il raison. Peut-être les rumeurs étaient-elles fondées. Peut-être savait-elle parfaitement ce qu'elle faisait lorsqu'elle lui lançait des regards brûlants. « *Si elle me reluquait de cette manière, je lui donnerais exactement ce qu'elle demande et la pilonnerais jusqu'à ce qu'elle demande grâce.* »

Là, tout de suite, il se demandait ce qui le retenait de le faire.

— Je dois vous présenter mes excuses, déclara Comyn en reculant à son tour.

Elle lança un regard anxieux vers l'alcôve, lui tournant le dos.

— Pourquoi ? demanda-t-elle.

— Pour avoir profité de votre innocence.

Elle fronça légèrement les sourcils, puis comprit de quoi il parlait.

— Ah oui, pour le baiser, bien sûr.

Elle se mordit la lèvre et baissa les yeux avant d'ajouter :

— Je crois que vous feriez mieux de partir. Il ne serait pas bon pour vous comme pour moi qu'on nous voie ici ensemble.

— Vous avez raison, dit Comyn avec un léger sourire. Même si tout serait plus facile si on nous surprenait.

Elle fronça à nouveau les sourcils, ne comprenant pas ce qu'il voulait dire. Eoin, lui, avait compris. Le freluquet connaissait l'opinion de son père et cherchait un moyen de lui forcer la main. Être surpris dans une situation compromettante ferait l'affaire.

Bien que Comyn ne soit pas encore adoubé, il avait déjà l'honneur et la noblesse d'un chevalier. Eoin n'en était pas un et, n'ambitionnant pas de le devenir, il aurait eu moins de scrupules.

Le jeune homme s'inclina et sortit. Dès qu'il eut fermé la porte derrière lui, lady Margaret pivota sur ses talons et croisa les bras sur sa poitrine.

— Sortez. Je sais que vous êtes là.

À son ton, on aurait cru qu'il était un vilain garnement qui s'était caché dans l'ombre pour l'espionner. Même s'il savait que ce n'était pas le cas, qu'il s'était trouvé dans la pièce avant qu'elle fasse irruption et file droit vers la carafe de brandy, il se sentit aussitôt sur la défensive.

Elle ne pouvait avoir vu son visage lorsqu'il était assis au fond de l'alcôve, mais elle ne parut pas surprise en le reconnaissant.

— Si j'avais su ce que j'allais interrompre, je me serais fait connaître plus tôt.

— Tiens, vous parlez ? déclara-t-elle sur un ton moqueur. Je croyais que vous ne vous exprimiez qu'avec des regards sombres et renfrognés.

— J'ignorais que nous avions des choses à nous dire, répliqua-t-il.

Elle soutint son regard un long moment avant de détourner les yeux.

— Vous avez sans doute raison.

La note de tristesse dans sa voix lui pinça le cœur.

Il aurait dû partir, saisir l'occasion qu'elle lui offrait et disparaître. Au lieu de cela, il traversa la pièce en deux enjambées et s'approcha d'elle. Le doux parfum fleuri qu'il avait remarqué au cours de la danse lui titilla les narines, mais il était encore trop énervé pour y prendre garde.

— Comyn n'est pas pour vous, asséna-t-il.

Elle haussa les sourcils, surprise par sa véhémence.

— Vous paraissez bien sûr de vous.

Il cherchait à la protéger, bon sang ! Badenoch ne laisserait jamais son fils l'épouser.

— Je le suis. Et le laisser prendre des libertés n'y changera rien.

— Des libertés ? répondit-elle en riant. Vous voulez parler du baiser ? Cela ne signifie rien.

Il ignorait ce qui l'agaçait le plus, son rire ou le peu d'importance qu'elle accordait aux baisers.

— Vous avez donc tant d'expérience pour pouvoir faire la différence ?

Elle l'observa intensément, semblant attendre qu'il lise quelque chose dans son regard, puis secoua la tête.

— Ce que je sais et ce que j'ignore ne vous concernent pas.

Elle avait raison et diablement tort en même temps.

— Tous les hommes ne sont pas de jeunes blancs-becs comme Comyn, insista-t-il. Ils ne repartiront pas la queue entre les jambes une fois que vous aurez fini de jouer avec eux, ma dame. Certains pourraient considérer votre baiser comme une invitation.

Elle rougit, lui laissant deviner qu'elle était consciente de sa réputation. Il ne se rendit compte qu'ils se tenaient très près l'un de l'autre que lorsqu'elle redressa le dos et que la pointe de ses seins effleura sa poitrine.

Il en chancela presque. Il serra les dents pour retenir un grognement de plaisir. Une vague de chaleur se répandit dans son entrejambe.

Elle renversa la tête en arrière pour le regarder dans les yeux.

— Un homme comme vous, vous voulez dire ?

C'était peut-être du sarcasme ou un défi, mais cela suffit à lui faire perdre son sang-froid. Il voulait la punir, lui donner une leçon. Il voulait lui prouver qu'elle jouait avec le feu.

Surtout, il avait tellement envie de l'embrasser qu'il n'arrivait plus à penser.

— Oui, c'est exactement ce que je veux dire.

Il glissa un bras autour de sa taille et l'attira à lui. C'était si parfait qu'il n'aurait pu s'écarter même s'il l'avait voulu. Ses courbes féminines voluptueuses pressées contre son torse lui procuraient une sensation incroyable. Il était dur. Son membre turgescent palpitait contre son bas-ventre. Même adolescent, il n'avait jamais ressenti un désir aussi puissant. Le besoin l'avait attrapé par les bourses, le caressant, le léchant, l'excitant avec plus d'adresse que la langue d'une putain.

Il profita de l'effet de surprise et posa sa bouche contre la sienne. Le premier contact, le premier goût de ses lèvres fut comme une coulée de lave. La chaleur l'enveloppa. Le plaisir le saisit avec une frénésie ardente. Le peu de rationalité qu'il possédait encore s'envola en fumée lorsqu'elle lui rendit son baiser.

Quand son frère Duncan l'avait surprise en train d'embrasser Tristan dans l'une des grottes sous le château de Dunskey l'année précédente, et l'avait enjointe d'être prudente, Margaret avait ri. Elle jouait avec le feu, avait-il dit. Un baiser pouvait paraître innocent, mais il pouvait provoquer un comportement qui l'était nettement moins. Mis à part le fait qu'il faisait allusion à la fornication, elle n'avait pas compris et avait pensé qu'il exagérait.

Dangereux ? Incontrôlable ? De quoi parlait-il ? Embrasser Tristan n'avait rien de dangereux. C'était agréable et amusant, mais elle savait parfaitement ce qu'elle faisait. Elle ne risquait pas de finir sur le dos les jambes en l'air, grognant avec enthousiasme, comme elle avait vu des couples le faire quand des visiteurs passaient la nuit à Garthland Tower et dormaient dans le hall, qui laissait peu de place à l'intimité.

À présent, Margaret ne riait plus. Son frère avait plutôt minimisé les risques. La curiosité et l'expérimentation n'étaient pas dangereuses, mais la passion l'était certainement. Dès l'instant où Eoin MacLean l'avait prise dans ses bras, elle avait senti la différence jusqu'au fond de son âme.

Le désir crépitait entre eux. Toutes les sensations éprouvées pendant leur danse revenaient en force. La vigueur de ses bras et la puissance de son corps contre elle rendaient ses jambes faibles. Elle était étourdie, comme si elle était tombée dans un puits de sensations et ne pouvait plus en sortir. Ou plutôt, elle ne voulait pas en sortir car c'était trop bon.

Elle ne voulait pas qu'il cesse. Jamais.

Sa bouche était chaude et possessive. Il l'embrassait comme si elle lui appartenait et, en vérité, c'était également ce qu'elle éprouvait.

Il avait un goût enivrant de clous de girofle et de whisky. Elle le but, ouvrant les lèvres pour le goûter davantage. Les mouvements habiles de sa langue n'étaient pas hésitants et curieux, comme elle s'y était attendue, mais sauvages et exigeants. La première caresse de sa langue se répercuta jusqu'entre ses jambes et elle faillit s'effondrer.

Un étrange battement dans son bas-ventre la fit gémir de plaisir. Il lui répondit par un grognement qui sonnait presque comme un juron. Le peu de retenue qui existait encore entre eux quelques instants plus tôt s'était envolé.

Il enfouit une main dans sa chevelure pour lui tenir la nuque et son baiser devint dévorant, désespéré. Elle le comprenait car elle ressentait la même folie. Elle l'embrassa à son tour avec une passion qui semblait surgir de nulle part, née de son instinct plutôt que de son expérience. Les cinq ou six fois où elle avait laissé Tristan l'embrasser, elle n'avait jamais senti une telle ferveur. Elle n'avait jamais rien ressenti de pareil.

Elle ne savait qu'une chose : elle le voulait, plus que tout. Ses doigts s'enfoncèrent dans les muscles durs de ses épaules comme si elle se raccrochait à une bouée. De si près, il était encore plus grand et plus large qu'elle ne l'avait pensé, la faisant se sentir étrangement vulnérable.

Elle voulait l'embrasser encore, sentir sa langue en elle, ses mains sur son corps, son grand corps l'enveloppant tout entière. Elle voulait inhaler sa délicieuse odeur mâle de pin et de savon. Elle voulait sentir ses seins écrasés contre son torse et ses hanches pressées contre les siennes. Puis elle sentit la colonne massive contre son bas-ventre. Doux Jésus ! Après cela, elle ne put plus penser à grand-chose d'autre.

Le désir déferlait en elle telle une vague traîtresse, l'entraînant par le fond. Elle se sentait sombrer. Ses seins étaient lourds, et l'endroit intime entre ses cuisses semblait palpiter. Elle gémissait à chaque nouvelle sensation tandis qu'il l'embrassait plus profondément et plus férocement, l'implorant tacitement de lui en donner plus.

Il grogna à nouveau et exerça encore plus de pression. Leurs corps semblaient avoir fondu l'un dans l'autre. Elle percevait la masse dure des muscles de ses bras tandis qu'il la serrait toujours plus fort. Leurs langues s'entrelaçaient et luttaient, engagées dans un combat désespéré de désir et d'urgence. Pourtant, elle ne se sentait aucunement menacée. Même au cœur de ce sauvage assaut de passion, elle ressentait une émotion sous-jacente qu'elle ne comprenait pas, mais en laquelle elle avait confiance. C'était presque comme de la tendresse, ce qui paraissait absurde compte tenu de la frénésie qui s'était emparée d'eux. Pourtant, elle était là, comprimant sa poitrine et planant au-dessus d'elle comme une sentinelle, silencieuse et protectrice.

Le chaume de son menton râpait la peau douce de ses joues, mais peu lui importait. Elle le voulait plus près, plus fort... elle voulait être consumée, fondre en lui, ne faire plus qu'un avec lui.

Sa main avait quitté sa chevelure et s'était glissée sous ses fesses, la soulevant...

Une moiteur intense se répandit entre ses cuisses. Elle sentait son membre viril dur comme la pierre pressé intimement contre elle. Il paraissait... massif. Puissant. Et délicieusement désirable.

Surtout lorsqu'il commença à remuer ses hanches en petits cercles insistants. L'endroit entre ses jambes devint encore plus humide. Elle tremblait des pieds à la tête. Le besoin de se cambrer pour se presser toujours plus contre lui était irrésistible. Elle l'aurait fait si le bruit de la porte s'ouvrant brusquement ne les avait interrompus.

Il la lâcha si soudainement qu'elle serait tombée à la renverse si elle n'avait pas heurté le mur derrière elle.

— MacLean, tu es prêt pour...

L'intrus s'interrompit en les voyant et jura. Encore étourdie, Margaret mit un moment avant de reconnaître Finlaeie MacFinnon.

— Oh, euh... Je ne voulais pas vous déranger..., dit-il depuis le seuil.

Bien qu'il n'y eût rien de lascif ni de suggestif dans son ton, la manière dont son regard glissa sur ses lèvres enflées et sur sa poitrine encore palpitante la fit se raidir.

Eoin se ressaisit le premier et se plaça devant elle. Ce geste de protection instinctif (comme s'il pouvait lui épargner la gêne d'avoir été surprise dans une étreinte aussi intime) était inattendu et attendrissant. Une étrange chaleur lui emplit la poitrine.

— Je te rejoins dans un instant, Fin, répondit-il sèchement.

Fin sourit. Cette fois, son expression était indubitablement suggestive.

— Je t'en prie, prends tout ton temps.

Margaret ne pouvait voir le visage d'Eoin, mais, à la manière dont son ami battit en retraite précipitamment, elle devina que son regard avait été menaçant.

Quand il se tourna vers elle, il affichait de nouveau un masque indéchiffrable.

— Je vous dois des excuses, dit-il. Cela n'aurait jamais dû se produire.

Il était difficile de croire que cet homme aux traits durs et implacables était celui qui l'avait embrassée aussi passionnément quelques minutes plus tôt.

Qu'y avait-il chez cet Eoin qui l'attirait autant ? Elle avait déjà connu des hommes aussi beaux, et même quelques-uns d'aussi grands et bien bâtis. Elle connaissait également des hommes sérieux, quoique aucun d'aussi intense. Toutefois, elle n'avait encore jamais rencontré un homme dont le regard lui donnait l'impression qu'il lisait dans ses pensées.

Elle inclina la tête en arrière et l'observa d'un air songeur.

— Que s'est-il passé au juste ?

L'espace d'un bref instant, elle sentit la force de son regard comme un étau lui comprimant les côtes.

— Je n'en ai pas la moindre idée.

Cet aveu la charma et elle ne put s'empêcher de lui adresser un sourire taquin.

— Je crois que c'est ce qu'on appelle « prendre des libertés », dit-elle.

Il éclata de rire, puis sourit avec une légère incurvation à la commissure de ses lèvres qui la laissa toute chose. Le pli entre ses sourcils disparut, lui donnant un air juvénile si charmant et si beau qu'elle aurait pu se contenter de l'admirer des heures durant.

— Oui, je vois la différence à présent, admit-il.

— Et je vois ce que vous vouliez dire par « blanc-bec », répondit-elle avec un sourire ironique. Toutefois, je n'ai jamais eu l'intention de l'inviter à quoi que ce soit de la sorte.

Il retrouva aussitôt son sérieux.

— Je regrette ce que j'ai dit. Je parlais sous l'effet de la colère. Vous n'avez rien fait de mal. Ce qui s'est passé est ma faute.

— Ce qui s'est passé est passé. Ce n'est la faute de personne. Cela dit, je suis heureuse d'apprendre que je n'ai rien fait de mal. Au cas où vous vous poseriez la question, je n'ai aucun grief contre vous non plus.

Il ravala un nouveau rire et secoua la tête, comme s'il ne pouvait croire qu'elle plaisantait au sujet d'une chose aussi intime.

— Ravi de le savoir.

Ils partagèrent un moment de silence qui était étonnamment confortable. Elle se rendit compte que ce jeune guerrier intense et grave lui plaisait. Elle aimait les fissures dans sa réserve et l'humour acerbe qui s'en échappait parfois. Elle aimait le faire sourire et voir les lignes sur son front disparaître. Elle aimait l'intelligence vive dans son regard, la manière dont il l'avait tenue pour l'embrasser, le fait qu'il se soit précipité pour la protéger, tant sur la piste de danse que lorsque Fin les avait interrompus.

Il lui plaisait… beaucoup.

Ses pensées devaient être un peu trop transparentes. Le sourire d'Eoin s'effaça et son regard s'adoucit presque imperceptiblement.

— Faute ou pas, cela ne doit jamais se reproduire.

Elle aurait aimé en débattre, mais comment aurait-elle pu ? Il avait raison.

— Vous devriez vous en aller, ajouta-t-il. Comyn se demande sans doute pourquoi vous n'êtes pas encore de retour dans le hall.

S'il y avait eu un soupçon de sentiment dans ses paroles, elle aurait hésité. Comme ce n'était pas le cas, elle se contenta d'acquiescer et s'exécuta. Elle s'éloigna le cœur serré. Quelque chose chez Eoin MacLean la touchait, lui donnait envie de s'accrocher à lui et de ne jamais plus le lâcher.

Elle était aussi sotte qu'Annie, la jeune crémière de treize ans qui avait suivi partout Padraig, un palefrenier de seize ans, pendant près d'un mois l'année dernière, se croyant amoureuse.

Les filles de puissants lairds ne tombaient pas amoureuses.

Du moins, elle l'espérait.

6

Eoin savait qu'il devait trouver des moyens d'impressionner Bruce, mais il était trop distrait. Le groupe de chasseurs s'était élancé par un matin froid et gris à travers la vallée au sud-ouest du château, traversant la forêt baptisée King's Park. Au lieu de réfléchir à des pièges, des stratégies, au terrain ou même au jeune cerf qu'il avait abattu plus tôt, il ne pouvait penser qu'au baiser qu'il était censé oublier.

Que lui avait-il pris ? Son faible pour cette femme était déconcertant et ne lui ressemblait pas. Il ne s'était jamais comporté de la sorte. Il avait été à un cheveu de la pousser sur le banc dans l'alcôve et de commettre une bêtise. Une terrible bêtise qui lui aurait attiré une montagne d'ennuis. De la part de son père, de Bruce et de MacDowell.

Elle l'aurait laissé faire. Voilà ce qu'il n'arrivait pas à se sortir de la tête. Il aurait pu la prendre et cela le hantait (et le tentait) beaucoup trop.

Il ignorait toujours comment la situation avait pu dégénérer aussi rapidement. Un instant il l'embrassait et elle lui répondait (d'une manière qui laissait clairement entendre que ce n'était pas sa première fois) ; l'instant suivant, son sexe se pressait entre ses cuisses et ils forniquaient pratiquement tout habillés. Il n'était pas près d'oublier la sensation de sa croupe douce sous ses mains et de ses hanches remuant contre les siennes.

Le souvenir de ce baiser et de ses petits gémissements insistants le poursuivrait probablement jusque dans sa tombe.

Il remit un peu d'ordre sous sa braguette pour la énième fois depuis son départ du château, ces seules pensées le faisant durcir.

Lorsque le sentier dans la forêt s'élargit, Fin approcha son cheval à sa hauteur.

— Qu'est-ce que tu as ? demanda-t-il à voix basse. Tu n'as pas dit un mot depuis ce matin. (Il lui lança un regard de biais.) C'est sans doute une question idiote de ma part. Je suppose que tu n'as pas conclu l'affaire après que je vous ai interrompus hier ? À la manière dont elle gémissait, elle semblait ne plus pouvoir attendre.

Eoin se tendit et lui envoya un regard torve.

— Je t'ai déjà dit hier soir que ce n'était rien. Ce que tu as vu était une erreur.

Fin se mit à rire.

— Je veux bien croire que c'était une erreur mais, si c'est ce que tu appelles « rien », j'en veux bien un peu moi aussi.

S'ils n'avaient pas été en selle, Fin aurait déjà reçu sa raclée. Eoin envisagea un instant de l'attraper par le cou et de l'étrangler, puis s'efforça de se calmer en serrant ses rênes jusqu'à ce que ses articulations blêmissent.

— Ne t'approche pas d'elle, Fin. Je suis sérieux.

Son ami l'observait attentivement.

— Tu es un peu possessif pour un « rien ». Tu es sûr qu'il n'y a pas autre chose ? Ne me dis pas que tu en pinces pour elle ?

Les mâchoires d'Eoin étaient tellement crispées que ses dents lui faisaient mal. Oui, elle lui plaisait. C'était là tout le problème. Elle était… différente. Sûre d'elle, accommodante, charmante, avec le sens de la dérision et un humour corrosif qui vous faisait vous demander ce qui allait sortir de ses lèvres. « *Je n'ai aucun grief contre vous.* »

Elle était incorrigible. Et drôle. Il ne se souvenait pas d'avoir tant ri avec une femme. Probablement parce que cela ne lui était jamais arrivé.

Fin devina ses pensées.

— Elle n'est pas pour toi, MacLean. Je te connais, et une effrontée comme Margaret MacDowell te rendra fou. Veux-tu vraiment perdre ton temps à tenter d'en faire une bonne épouse, en supposant que ce soit possible ? Tu es peut-être audacieux et inventif sur le champ de bataille, mais tu es réservé et conventionnel pour tout le reste. Je te concède que cette fille a quelque chose de différent et d'attirant, avec sa splendeur primitive, mais veux-tu vraiment d'une épouse qui gambade dans la nature telle une sauvageonne et qui a l'air d'une pêche bien mûre n'attendant que d'être cueillie ? Elle n'est pas du genre à rester assise sagement auprès du feu pendant que tu fais ce que bon te semble. Une fille comme elle exige de l'attention. La tienne est fixée et restera fixée sur d'autres objectifs. À ton avis, combien de temps se passera-t-il avant qu'elle aille chercher cette attention ailleurs ? Tu crois qu'elle partagera tes intérêts intellectuels ? Elle ne sait probablement pas lire et écrire son propre nom.

Fin marqua une pause pour lui laisser le temps de digérer ses paroles, puis reprit :

— Couche avec elle si tu veux, mais ne perds pas de vue le plus important. Tu as un avenir brillant devant toi. Cette fille ne fera que t'entraver. As-tu déjà oublié lady Barbara ?

— Bien sûr que non, répliqua sèchement Eoin. Je n'ai pas besoin de tes foutus sermons, et tu te trompes complètement sur mes intentions.

— Vraiment ? demanda Fin, sceptique.

Eoin se tut. Son frère de sang pouvait parfois être un crétin grossier, mais il le connaissait bien. Il avait également raison à plus d'un titre. Lady Margaret était une distraction temporaire, une belle distraction, mais ce n'était pas l'épouse sophistiquée et instruite qui le rendrait heureux sur le long terme.

Pour cela, il lui fallait une lady Barbara. Un guerrier ambitieux ne pouvait rêver d'une meilleure alliance. En outre, lady Barbara savait ce qu'on attendait d'elle. Discrète et prudente, elle n'attirerait pas l'attention partout où elle irait. Elle ne lancerait pas des plaisanteries inopportunes et ne donnerait pas constamment du grain à moudre à toutes les commères de la cour. Fin voyait juste. Avec une épouse comme Margaret, un homme ne connaîtrait pas un instant de paix.

Mais il ne connaîtrait pas non plus un moment d'ennui.

Sa vie serait pleine de distractions.

Et d'excitation.

Et de passion.

Il n'avait jamais aspiré à ces choses-là, mais elle lui en avait donné un avant-goût et il devait admettre que c'était plus alléchant qu'il ne l'aurait cru. Alléchant et excitant.

Toujours furieux contre son ami, Eoin n'eut pas le temps de lui répondre car Bruce l'appela à ses côtés. Pour le restant de la chasse, Eoin se concentra sur ce qu'il aimait le plus, la stratégie, et s'efforça de convaincre son cousin qu'il était l'homme tout indiqué pour intégrer son armée secrète. C'était là sa chance et il n'allait pas la rater.

Lorsqu'ils parvinrent au sommet de la colline escarpée et passèrent sous la bretèche avant d'entrer dans la première cour du château, ils étaient plongés dans une conversation animée sur William Wallace. Perché sur un promontoire rocheux, entouré sur trois côtés par des falaises à pic, Stirling était entouré de deux murs d'enceinte protégeant ses tours et ses bâtiments.

— Wallace a échoué parce qu'il n'a pas pu rallier les nobles d'Écosse sous sa bannière pour s'opposer à Édouard comme un seul homme, déclara Bruce en descendant de selle.

Déjà à terre, Eoin tendit les rênes de sa monture à l'un des palefreniers qui s'étaient précipités pour les accueillir.

— C'est vrai en partie, convint-il. Mais il aurait eu plus de chances s'il s'en était tenu à ses propres méthodes guerrières et ne s'était pas reposé sur les nobles au cours de la bataille.

Bruce se raidit. Ce sujet touchait une corde sensible, même si Eoin ne faisait pas référence à lui mais à la désertion de Comyn à Falkirk. Le seigneur de Badenoch avait décidé de retirer sa cavalerie du champ de bataille, laissant l'infanterie sans protection et entraînant la défaite désastreuse de Wallace. Avec la cavalerie, la victoire n'aurait pas été assurée ; sans elle, elle était impossible.

Eoin se hâta de préciser :

— Wallace n'était jamais aussi efficace que lorsqu'il évitait les batailles rangées et contraignait les Anglais à se battre selon ses propres termes. Ses tactiques non conventionnelles, ses attaques surprises, ses embuscades lui donnaient l'avantage militairement. Conquérir politiquement l'Écosse et ses nobles était une autre histoire.

Bruce esquissa un petit sourire qu'Eoin interpréta comme une concession. Il suivit son cousin jusqu'au muret qui donnait sur la ville en contrebas. La plupart des autres chasseurs étaient déjà partis vers les casernes ou le grand hall. Seule une poignée d'hommes, dont Fin, Campbell et quelques autres, les suivit.

— Tu parles de tactiques « furtives », reprit Bruce, mais nous avons à nos pieds le site de la plus grande victoire de Wallace, celle pour laquelle on se souviendra toujours de lui. (Il pointa l'index vers un pont que l'on apercevait au loin.) La bataille rangée du pont de Stirling.

— Certes, il ne s'agissait pas d'une escarmouche ni d'un affrontement inattendu mais, là aussi, Wallace a usé de ruses et d'une stratégie originale. Il a profité de sa position et a attiré les Anglais sur un terrain qu'il avait choisi : un pont étroit où il pouvait les piéger dans une boucle de la rivière. Il n'avait plus qu'à les abattre à mesure qu'ils traversaient et, ainsi, éliminer leur avantage, qui était d'être plus nombreux. On est loin d'une bataille où deux armées se font face et où tout se joue entre chevaliers à la force des armes. Je ne dis pas que nous ne pourrons jamais remporter une bataille rangée, mais que nous devrions les éviter à moins que ce ne soit dans un lieu et à un moment que nous aurons choisis, grâce auxquels nous pourrons contrebalancer leur supériorité numérique. En attendant, de nombreuses petites victoires peuvent être aussi démoralisantes et efficaces qu'une grande. Ce ne sont pas les avant-gardes, les formations, les arcs, la cavalerie ni les schiltrons qui vaincront les Anglais, mais notre connaissance du terrain, notre ingéniosité et notre faculté à nous montrer plus intelligents qu'eux en utilisant toutes les armes de notre arsenal, y compris la tromperie, la ruse ou la peur.

— Ce doit être le plus long discours que j'ai entendu sortir de ta bouche, répondit Bruce en souriant. D'ailleurs, je ne crois pas t'avoir jamais entendu parler avec autant de ferveur.

— Il vit pour ce genre de choses, milord, intervint Fin. Ne vous laissez pas leurrer par sa réputation d'érudit sérieux. MacLean est peut-être intelligent, mais, sur le champ de bataille, c'est l'être le plus retors que je connais. J'étais bien content de l'avoir dans mon camp quand j'étais jeune. J'avais presque pitié des fils de John de Lorn quand nous faisions tous notre apprentissage sur l'île d'Islay. Je ne peux vous dire le nombre de fois où il les a bernés alors qu'ils tentaient de nous faire une mauvaise blague. Pour lui, c'est comme un jeu, sauf qu'il est le seul à savoir y jouer.

Bruce sembla apprécier, les MacDougall étant des ennemis communs. Il paraissait également intrigué, comme s'il s'agissait précisément du genre d'information qu'il voulait entendre sur Eoin.

Eoin était surpris et reconnaissant pour ces éloges, surtout après son accrochage avec Fin un peu plus tôt. Son frère de sang était son plus proche ami et il ne voulait pas d'une brouille entre eux. La manière dont il parlait des femmes le mettait toujours mal à l'aise mais, jusque-là, il ne l'avait jamais pris personnellement.

Ce n'était pas simplement ses observations crues sur lady Margaret qui l'avaient agacé, mais également la vérité qu'il avait énoncée. Une vérité qu'il ne voulait pas entendre.

— S'il y joue aussi bien qu'il joue aux échecs, j'aimerais le voir à l'œuvre, déclara Bruce.

Avant qu'Eoin ait pu lui demander ce qu'il avait en tête, Fin s'exclama :

— En parlant d'échecs...

Il fit un signe de tête vers les deux cavalières qui venaient de franchir le portail derrière eux.

Eoin se tendit, comme s'il rassemblait ses forces.

Ce ne fut pas assez pour amoindrir l'impact.

Dieu, elle était à couper le souffle ! Elle lui retournait les tripes, lui faisait ployer les genoux. La belle pucelle ? Quel euphémisme ! On aurait dû la surnommer la rousse enchanteresse, l'irrésistible sirène, la beauté incendiaire.

Qu'avait dit Fin ? Sa « splendeur primitive » ? Cela correspondait bien à l'image qu'elle offrait à présent. Sa chevelure flamboyante tombait en désordre sur ses épaules, ses joues étaient rosies par l'effort et ses yeux pétillaient d'humour. Sur le fond brunâtre du paysage et des murs gris du château, elle se détachait telle une bulle de vitalité. Elle évoquait une vie qu'il ne connaissait pas. Il aurait voulu s'en imprégner et baigner dans ce rayonnement joyeux.

Elle était peut-être source d'ennuis, l'opposé de ce dont il avait besoin. Elle n'avait peut-être pas la retenue et la modestie des autres dames nobles, mais elle lui donnait envie d'essayer une autre vie.

Leurs regards se rencontrèrent l'espace d'un long battement de cœur. Quand elle détourna les yeux, il fut soulagé, mais le poing qui s'était refermé sur sa poitrine refusait de le lâcher.

Il la voulait. À tel point que, pour la première fois, il n'était plus sûr de son bon jugement.

Elle allait poursuivre son chemin, mais Bruce n'avait encore jamais rencontré une femme qu'il ne voulait pas séduire, même si c'était la fille de son ennemi.

Il glissa à Eoin sur un ton taquin :

— Tiens, mais c'est ta petite pucelle.

Fichtre, même son cousin s'en était rendu compte ?

Eoin tenta de masquer son embarras tandis que Bruce s'inclinait galamment devant les demoiselles.

— Lady Margaret, lady Brigid, je vois que nous ne sommes pas les seuls à avoir profité de la matinée pour une belle chevauchée. Mais où sont donc vos escortes ?

Les deux jeunes femmes échangèrent un regard et firent un effort pour ne pas pouffer.

— Derrière nous, répondit Margaret. Loin derrière, j'espère, puisque nous avons fait la course.

Elle adressa un sourire coquin au seigneur de Carrick puis descendit de selle avec l'aide d'un palefrenier. Elle se dirigea vers eux. Même sa démarche était ensorcelante, le doux balancement de ses hanches chargé de promesses. Eoin ne pouvait détourner les yeux.

— Avec qui ? demanda Fin.

— Mes frères, répondit-elle en lui lançant un regard légèrement méfiant. Je leur ai même donné cinq minutes d'avance.

Les deux jeunes femmes échangèrent à nouveau un regard et, cette fois, éclatèrent de rire.

Fin paraissait confus.

— Vous voulez dire qu'ils vous ont donné cinq minutes d'avance.

Le regard de Margaret se durcit imperceptiblement.

— Non, ma langue n'a pas fourché.

— Et vous avez gagné ? s'exclama Fin sans cacher son incrédulité.

— Je suis rapide, répondit-elle avec un léger sourire. Nous nous trouvions sur la route de Cornton, à quelques kilomètres du gué de Kildean, quand nous avons décidé de faire la course.

— Ce gué n'est franchissable qu'à marée basse, déclara Eoin en fronçant les sourcils. Pour rejoindre le château depuis là-bas, il faut traverser le Forth par le pont de Stirling.

Elle se tourna vers lui avec une lueur espiègle dans ses yeux dorés.

— Vraiment ? Maintenant que vous le dites, il me semble avoir entendu quelqu'un dire cela. Je me demande si mes frères sont au courant ? J'espère qu'ils n'ont pas chevauché jusqu'au gué avant de comprendre qu'ils seraient obligés de faire demi-tour.

Il ne put s'empêcher de rire. Tout comme Bruce et les autres. Elle n'était pas seulement belle et scandaleuse, elle était également maligne.

Que Dieu lui vienne en aide !

Margaret était toute retournée d'entendre son rire. Grave et rugueux comme s'il n'avait pas servi depuis longtemps, il courait sur sa peau comme une caresse calleuse, lui donnant la chair de poule. Ce devait être le son le plus sensuel qu'elle avait jamais entendu et elle craignait d'être capable de tout pour l'entendre à nouveau.

— Apparemment, tu n'es pas le seul à savoir jouer à ce petit jeu, mon cousin, déclara Bruce. Nous devrions peut-être enrôler la demoiselle dans notre armée ?

— Un jeu ? demanda-t-elle.

Bruce lui expliqua le sujet de leur conversation. Elle n'était pas surprise. Elle s'était demandé pourquoi Eoin paraissait aussi animé lorsque Brigid et elle étaient entrées dans la cour. Elle aurait dû le deviner. À mesure qu'elle avançait en âge, elle se rendait compte que la plupart des hommes n'étaient que des enfants adultes qui n'aimaient rien d'autre que jouer dans la poussière, construire des forts et inventer de nouveaux moyens de s'entre-tuer.

Elle se tourna vers Eoin.

— Quand j'étais petite, mes frères et moi jouions à un jeu appelé « les chrétiens et les barbares ». Peut-être seriez-vous intéressé par une partie ?

Eoin esquissa un soupçon de sourire.

— Chez nous, nous appelions ça « les Highlanders et les Vikings ».

— Je parie que le concept est le même.

— Et dans quel camp jouiez-vous, lady Margaret ? demanda le seigneur de Carrick.

À la lueur dans son regard, elle soupçonnait qu'il l'avait déjà deviné. Son père serait horrifié de l'apprendre, mais elle devait admettre que le jeune noble lui était fort sympathique. Il avait le même sens de l'humour qu'elle.

— Celui des barbares, bien sûr, répliqua-t-elle. Ils savent mieux s'amuser.

— Faites que le père Bertram ne vous entende pas, ou vous vous retrouverez à genoux à réciter des *Je vous salue Marie* pendant une semaine !

Margaret feignit un frisson à peine exagéré. Ayant brièvement rencontré l'austère prêtre du château, elle n'en doutait pas.

— Je dois reconnaître que j'ai passé plus de temps à genoux que la plupart des gens.

Il y eut un bref silence. Le seigneur de Carrick la regarda bizarrement, comme s'il n'était pas certain d'avoir bien entendu. Eoin regardait ailleurs, l'air gêné. Il avait le teint légèrement rouge, comme s'il avait mal quelque part.

Avant qu'elle ait pu demander quelle horrible maladresse elle avait encore commise, Dougal et Duncan franchirent le portail au galop.

Elle afficha un grand sourire en voyant la mine renfrognée de ses deux frères.

— Vous avez fait une belle promenade, les garçons ? Brige et moi, nous nous demandions où vous étiez passés. J'espère que vous n'avez pas rencontré de problèmes… au gué, peut-être ?

Dougal, qui n'avait jamais eu le sens de l'humour, semblait prêt à l'étrangler. Duncan, qui partageait le tempérament bon enfant de sa sœur, paraissait plus agacé que furieux. Il se targuait d'être le plus malin de la famille et n'appréciait guère d'avoir été berné.

Les deux hommes sautèrent à terre et vinrent vers elle. Bien que moins grands qu'Eoin, ses frères étaient de redoutables guerriers aux traits sombres, au corps puissant et à l'allure coriace et déterminée de brigands. Elle ne sourcilla pas, habituée à leurs tentatives d'intimidation. Ces dernières avaient fonctionné jusqu'à ce qu'elle ait environ cinq ans et se rende compte qu'ils ne lui feraient jamais le moindre mal.

— Tu n'es pas trop grande pour que je te donne une bonne fessée, Maggie *Beag*, grogna Duncan.

« Petite Maggie ». Autrefois, elle avait détesté ce surnom. À présent, cela ne la dérangeait plus. De tous ses frères, c'était Duncan dont elle était le plus proche.

— Essaie un peu et tu feras connaissance avec mon genou, répliqua-t-elle sur un ton charmant.

Il grimaça, sachant que ce n'était pas une promesse en l'air puisque c'était lui-même qui lui avait appris cette technique pour se défendre. Elle tendit une main, la paume ouverte.

— Au fait, vous nous devez un shilling chacune. Et ne tentez pas une nouvelle fois de nier votre pari. J'ai été très précise dans ma formulation. Nous avons atteint le château avant vous. Nous avons donc gagné.

Duncan implora Dougal du regard.

— Ne me regarde pas comme ça, bougonna son aîné. Je t'avais dit de ne pas accepter son pari, même avec le cheval et l'avance.

Duncan fouilla dans son *sporran*, sortit les pièces et, avec une mine assassine, les déposa dans la main de sa sœur.

Margaret en donna une à Brigid et se rendit compte que son amie observait Dougal avec une étrange expression. Celui-ci lançait des regards noirs aux hommes derrière elles.

Elle avait oublié qu'elle sympathisait avec l'ennemi. Du moins, c'était ainsi que le verrait sa famille, même s'ils étaient venus pour se faire des alliés temporaires.

Elle s'efforça de dissiper la tension montante.

— Le comte et sa suite sont rentrés de la chasse juste avant nous. Je crains que Brigid et moi ne les ayons dérangés avec notre histoire de course. (Elle adressa un regard complice à Carrick.) Heureusement, cette fois, le jeu que nous avons interrompu n'impliquait pas de petites figurines.

Robert de Bruce lui sourit, ce que les deux frères ne semblèrent pas apprécier.

— Un jeu ? demanda Dougal.

— Une plaisanterie, rectifia Margaret.

Le regard de Duncan alla du comte à sa sœur plusieurs fois, puis il parut satisfait et se détendit. En revanche, Dougal regardait Bruce comme s'il hésitait entre le transpercer de son épée ou lui fendre le crâne avec une masse d'armes.

— Je vous déconseille de parier contre elle, déclara Duncan. Elle vous laissera sur la paille. Notre Maggie *Beag* ne résiste à aucun défi. Elle a soutiré dix shillings à John de Lorn lors de son dernier séjour à Garthland.

— Comment ? demanda le comte de Carrick, visiblement impressionné par la somme.

— Il a soutenu qu'une femme ne pouvait boire une chope pleine de bière plus rapidement que lui. Il se trompait.

Margaret sourit. Même si les MacDougall étaient des alliés importants de son père, elle n'aimait pas beaucoup John de Lorn et avait pris plaisir à le voir s'étrangler sur ses paroles, littéralement.

Si Bruce paraissait surpris, Eoin MacLean ne semblait guère impressionné. Bien que toujours aussi indéchiffrable, elle devina qu'il n'approuvait pas son exploit.

Elle se retint de justesse de lever les yeux au ciel. Il avait vraiment besoin de se décoincer un peu. Parier était presque aussi exaltant que gagner.

— C'est une sacrée… prouesse, déclara prudemment Bruce.

— Ce n'est pas bien sorcier, répondit-elle. Il suffit de savoir ouvrir grand sa gorge.

Pour une raison obscure, Duncan fut pris d'un fou rire, Dougal tiqua, Bruce et Eoin eurent à nouveau cette expression douloureuse. Elle interrogea Duncan du regard. Plié en deux, celui-ci lui fit signe qu'il lui expliquerait plus tard.

Quand il eut retrouvé son sérieux, il déclara :

— Pour ce qui est de la course, c'est ma faute, dit-il. Je n'aurais pas dû accepter un pari impliquant des chevaux.

— Pourquoi ? demanda Finlaeie. Elle a gagné en trichant.

Duncan allait lui expliquer, mais Margaret lui fit signe de se taire et d'attendre ; cela promettait d'être amusant. Elle se tourna vers le frère de sang d'Eoin. C'était un beau guerrier. Grand et aussi bien bâti qu'Eoin, il avait des cheveux auburn ondulés et des yeux couleur d'émeraude. Elle l'avait d'abord considéré comme un parti potentiel pour Brigid, mais celle-ci n'avait pas manifesté un grand intérêt pour le jeune homme, ou, de fait, pour qui que ce soit d'autre. À présent, elle en était soulagée. Quelque chose chez ce garçon la mettait mal à l'aise, sans qu'elle puisse mettre le doigt dessus.

— Vous pensez que je n'aurais pas pu le battre sans tricher ? lui demanda-t-elle.

Sous son ton badin se cachait une lame d'acier. Fin ne vit rien venir, mais Brigid la reconnut. Elle posa une main sur le bras de Margaret.

— Il est bientôt l'heure du déjeuner, dit-elle. Nous devrions peut-être...

— Bien sûr que non, l'interrompit Finlaeie.

— Et pourquoi ? demanda Margaret.

— Parce que vous êtes une femme, répondit-il comme si cela coulait de source.

Margaret lança un regard à ses deux frères qui, ayant deviné ce qui allait suivre, semblaient s'amuser.

— Comme c'est aimable à vous de l'avoir remarqué, dit-elle à Finlaeie avec plus d'amusement que de sarcasme.

Eoin tenta d'intervenir, comme si lui aussi avait senti anguille sous roche.

— Fin ne voulait pas vous manquer de respect, lady Margaret. Je suis sûr que vous êtes une excellente cavalière.

Elle l'était. Alors pourquoi avait-elle l'impression qu'on essayait de détourner son attention ? Rirait bien qui rirait le dernier.

Elle se tourna à nouveau vers Finlaeie.

— Vous serez peut-être surpris d'apprendre que les femmes peuvent faire aussi bien que les hommes, même mieux dans certains cas.

— Certes, pour faire des enfants, coudre ou s'assurer que leur mari a de quoi manger en rentrant chez lui le soir, répondit-il avec un sourire condescendant. Mais pour ce qui est des tâches… euh… physiques et mentales, les femmes sont inférieures.

Elle croisa les bras sur sa poitrine.

— Selon qui ?

— Dieu, l'Église… Vous savez, le sexe faible.

Cette fois, elle ne se retint pas de lever les yeux au ciel. Encore cette histoire de « sexe faible » et de la chute d'Adam à cause de la faute d'Ève ! C'était pour ce genre d'ineptie qu'elle évitait l'église autant que possible, ce qui était plus difficile à Stirling qu'à Garthland. Ici, les femmes semblaient passer leur temps à entrer et sortir de la chapelle.

— À mon humble avis, le sexe faible n'est pas celui qui a été dupé par Satan mais celui qui s'est laissé convaincre de croquer dans la pomme, rétorqua-t-elle.

Elle attendit, savourant l'expression choquée des hommes. Cette fois, elle n'avait pas besoin de se demander pourquoi. L'irrévérence était l'irrévérence, même à Garthland.

— Pour ce qui est de monter à cheval, ou même de naviguer, je peux vous assurer qu'ils se trompent, ajouta-t-elle.

On disait que le roi Édouard possédait une ménagerie dans sa Tour de Londres. Ses invités pouvaient lorgner, ébahis, les étranges créatures exotiques venues de contrées lointaines. Elle savait à présent ce que ressentaient ces animaux rares. Elle ignorait si c'était en raison de son affirmation ou de l'hérésie d'avoir remis en question la doctrine de l'Église, mais tous les hommes de la suite du comte, y compris Eoin, la regardaient, bouche bée.

Elle haussa les épaules. Elle ne faisait que dire la vérité.

— J'ai battu de nombreux hommes à la course, asséna-t-elle.

Finlaeie parla sans réfléchir.

— Sans doute parce que vous n'avez jamais eu un concurrent digne de ce nom.

Margaret ne pouvait freiner qu'un de ses frères à la fois et choisit de se placer devant le plus violent des deux, Dougal. Duncan et lui émirent un son guttural menaçant et saisirent instinctivement la poignée de leur épée.

Sachant qu'elle devait agir vite pour éviter un bain de sang, elle s'exclama :

— Quelle excellente idée ! J'accepte votre défi.

Finlaeie, qui ne semblait pas conscient du danger représenté par les deux frères qu'il avait si nonchalamment insultés, la regarda comme si elle était folle.

— *Moi* ? Faire la course avec *vous* ?

Elle se retint de sourire devant son air interloqué.

— Pourquoi pas ? Ce sera amusant.

Elle jeta un coup d'œil vers Duncan, qu'elle n'avait pas pu arrêter et qui se tenait légèrement penché en avant, prêt à bondir.

— N'est-ce pas, Duncan ?

Ils échangèrent un long regard, jusqu'à ce qu'il comprenne enfin et lâche son épée. Elle sentit Dougal se détendre à son tour derrière elle. Ce qu'elle projetait vengerait amplement l'affront fait à la fierté des MacDowell sans perturber les négociations de paix.

— Oui, je trouve que c'est une très bonne idée, convint Duncan. Cela mettra un peu d'ambiance et nous fera tous du bien.

Eoin semblait conscient du conflit potentiel qu'elle venait d'éviter. Il lança un regard aux frères comme pour s'assurer que la menace était retombée, puis se tourna à nouveau vers elle.

— Fin ne voulait pas vous offenser. Il plaisantait. Mais je crains qu'il n'ait pas été tout à fait honnête avec vous. C'est probablement le meilleur cavalier ici présent.

Elle contempla le guerrier auburn en arquant un sourcil.

— Vraiment ? Dans ce cas, ce sera encore plus amusant que je ne le pensais. J'adore les défis.

Entre-temps, Finlaeie s'était fait à l'idée. Il afficha un sourire suffisant qui lui donna encore plus envie de lui faire perdre la face.

— Quand ? demanda-t-il.

— Tout de suite, si vous voulez. À moins que vous ne soyez trop fatigué ?

— Tout de suite me conviendra. Que parions-nous ?

Elle haussa les épaules. Gagner lui suffisait amplement.

— Ce que vous voudrez.

La lueur lubrique dans son regard lui fit regretter ses paroles. Son message était clair : « *Un peu de ce que vous avez donné à Eoin hier.* » Il dut sentir son dégoût, car il répondit :

— Le fougueux étalon noir que votre frère chevauchait tout à l'heure.

Il y eut quelques exclamations de stupeur. Le palefroi qu'avait monté Duncan valait plus que ce que gagnait un chevalier en une année.

Eoin semblait sur le point d'exploser.

Elle se raidit.

— Ce n'est pas mon..., commença Duncan.

— D'accord, l'interrompit-elle.

Finlaeie n'avait pas besoin de savoir que Duncan et elle avaient échangé leurs montures avant la course.

L'étalon noir était à elle. John Comyn n'était pas le seul à avoir reçu un cheval primé pour ses dix-huit ans.

— Et si je gagne, je veux le cheval que vous monterez pour la course, ajouta-t-elle.

Il ne prit pas la menace au sérieux.

— Tout ce que ma dame voudra, répondit-il avec un sourire.

Oh oui, elle allait adorer effacer le sourire suffisant de ce pédant.

Eoin observa les préparatifs de la course avec une frustration croissante. Bruce refusa d'intervenir, affirmant que Fin avait de la chance que lady Margaret ait empêché ses frères de relever le défi à sa place. Eoin le soupçonnait de vouloir secrètement que les MacDowell reçoivent une leçon d'humilité, même si une dame était impliquée.

Fin refusait d'annuler. Il semblait déterminé à lui prouver que lady Margaret ne lui convenait pas, ce qu'Eoin savait déjà sans avoir besoin d'une course. Elle était scandaleuse même sans le vouloir. « *J'ai passé plus de temps à genoux que la plupart des gens...* », « *Il suffit de savoir ouvrir grand sa gorge...* ». Par tous les saints, voulait-elle sa mort ?

Elle paraissait aussi déterminée à s'autodétruire et rien, surtout pas la raison, ne semblait pouvoir lui faire changer d'avis. Il était néanmoins résolu à essayer. La cour s'emplissait déjà de curieux quand il se lança à sa recherche. Elle avait déclaré devoir remonter dans sa chambre et avait filé vers la tour pendant que son frère Duncan peaufinait les détails de la course avec Fin.

Il s'agissait d'un galop d'environ deux kilomètres entre l'abbaye St. Mary et le château, commençant sur le terrain plat et fertile qui longeait le Forth et s'achevant avec la pente escarpée qui grimpait au sommet de la colline de Stirling. Le premier à franchir le pont-levis et à passer sous la herse serait le vainqueur.

Pour entrer dans la tour, Eoin dut jouer des coudes à travers la foule qui se précipitait à l'extérieur. Bigre, tout le monde venait au spectacle ! La nouvelle du pari s'était répandue comme une traînée de poudre. Les vautours ne pouvaient résister à l'odeur du sang, surtout celui de lady Margaret, inconsciente de l'opprobre qui s'abattrait sur elle si elle ne mettait pas fin à cette folie.

Il l'attendit au pied de l'escalier. Lorsqu'elle apparut, il crut que ses yeux allaient lui sortir de la tête.

Elle s'arrêta net en l'apercevant et esquissa un sourire qui était à la fois adorable et séducteur. Le nœud qui s'était formé dans sa poitrine se resserra.

— Si vous êtes venu me « faire entendre raison », vous perdez votre temps, déclara-t-elle.

Eoin était trop choqué par sa tenue pour formuler une réponse adéquate.

— Vous ne pouvez pas porter… ça !

Elle baissa les yeux sur ses étroites culottes en cuir, sa chemise en lin glissée sous sa ceinture et son surcot sans manches très ajusté à la taille. Elle avait échangé ses souliers contre des bottes en cuir souple et, pour une fois, sa chevelure flamboyante était domptée en une épaisse tresse lui tombant dans la nuque.

Vêtue comme un garçon, elle n'avait jamais paru plus féminine. Elle était plus élancée qu'il ne l'avait cru, sa tenue moulante révélant une silhouette tout en courbes qui avait été cachée sous ses robes épaisses. Ses jambes étaient longues et musclées, ses hanches doucement incurvées, ses fesses rondes et sa taille fine. Ses seins généreux étaient ronds et fermes au-dessus de son ventre plat.

Il n'avait pas besoin de faire un grand effort pour imaginer à quoi elle ressemblait nue. Une fois cette image affichée dans son esprit, il lui fut impossible de la déloger.

Eoin était dans de sales draps et il le savait.

— J'admets que ce n'est pas très conventionnel, mais je ne peux tout de même pas faire la course en jupes, déclara-t-elle. Elles me gêneraient et me feraient tomber.

— Vous ne devriez pas faire la course du tout ! Et surtout pas dans cette tenue. Vous êtes pratiquement nue !

Sa consternation sembla l'amuser.

— Je n'avais jamais remarqué que la plupart des hommes se promenaient pratiquement nus. Dorénavant, je serai plus observatrice.

Elle laissa son regard se promener sur son torse, puis descendre un instant sur la bosse croissante sous sa ceinture. Il sentit un feu se répandre dans son entrejambe. Il était dur comme un pieu.

Lorsqu'elle leva ses yeux dorés vers les siens, il se sentit comme emporté par un puissant courant. Il avait envie de la balancer par-dessus son épaule, de la porter dans sa chambre et de la prendre comme l'un de ses sinistres ancêtres vikings.

Que lui prenait-il ? Comment faisait-elle pour déclencher en lui des réactions aussi primaires ? Pour un homme qui s'était toujours enorgueilli d'être rationnel, ces pulsions étaient humiliantes et déstabilisantes. Lady Margaret était un problème qu'il ne pouvait résoudre et, pour la première fois, il ne parvenait pas à trouver un moyen de le contourner.

— Vous êtes habillé comme moi, et pourtant, vous ne paraissez pas nu du tout, indiqua-t-elle.

Percevait-il une pointe de déception dans sa voix ? Elle n'avait décidément peur de rien !

— Vous êtes une femme, déclara-t-il.

— Oui, je sais, c'est la deuxième fois qu'on me le dit aujourd'hui, répondit-elle en riant. Je crois que c'est désormais un fait établi. À présent, si vous avez fini de discuter de ma tenue, j'ai une course à remporter.

Elle voulut le contourner, mais il la retint par le bras. Il ne commit pas la bêtise de l'attirer à lui, mais elle était néanmoins suffisamment près pour mettre tous ses sens en émoi. Elle avait beau être habillée comme un homme, son odeur n'avait rien de masculin.

— Vous ne pouvez pas gagner, ne comprenez-vous pas ? Même si vous le battez, vous perdrez.

— Que voulez-vous dire ?

— Les dames ne font pas la course avec les hommes et, surtout, elles ne gagnent pas. Cela ne se fait pas.

Il se sentait aussi pudibond et coincé que Fin l'accusait d'être quand il le traitait de « nonne ». Elle devait avoir le même avis, car elle se retenait de rire.

— Ici, peut-être, répliqua-t-elle. Mais chez moi, je fais la course tout le temps et cela n'offusque personne. Ils s'y feront. Ce n'est qu'un jeu inoffensif. Vous prenez les choses trop au sérieux. C'est mignon de votre part, mais je sais ce que je fais.

Mignon ? Il n'était pas « mignon ». Il ne voulait pas lui faire de mal, mais il se devait de lui dire la vérité.

— Si vous faites ça, ils ne vous accepteront jamais.

— Je doute qu'ils m'acceptent de toute manière. Sincèrement, vous vous faites une montagne de pas grand-chose.

Vraiment ? Peut-être. Il essayait juste de la protéger parce que…

Il préférait ne pas achever cette pensée.

— Écoutez, reprit-elle, même si je le voulais, ma famille ne me laisserait pas renoncer maintenant. Il est trop tard.

Il se rendit compte qu'elle avait raison et qu'elle avait arrêté sa décision. Il la lâcha et recula. Que pouvait-il faire d'autre ? Ce n'était pas son combat. Elle ne lui appartenait pas.

Elle était déjà sur le perron lorsqu'il la rappela.

— Fin est l'un des meilleurs cavaliers que j'aie jamais connus. Vous croyez vraiment pouvoir le battre ?

Sa famille devait en être convaincue si elle la laissait faire.

— Je n'aurais pas lancé ce défi si je ne le pensais pas.

Elle lui adressa un petit sourire avant de traverser la cour en courant.

Il ne put s'empêcher de sourire à son tour. Elle ne manquait pas de cran, ce qu'il ne pouvait qu'admirer.

7

L'assurance de Margaret était justifiée. La course dura moins de cinq minutes. Le public eut à peine le temps de se remettre de la stupeur qu'avait provoquée son accoutrement qu'il était à nouveau ébahi en la voyant faire une entrée théâtrale sous la herse.

La première, Dieu merci !

Toutefois, il s'en était fallu de peu. Finlaeie l'avait devancée jusqu'au dernier virage avant la colline. Il avait ralenti pour négocier la courbe à angle droit et elle avait opté pour le chemin le plus court en faisant un bond spectaculaire par-dessus plusieurs rochers. Dubh avait été à la hauteur de la situation.

Le cheval était son arme secrète et la raison pour laquelle elle avait été aussi sûre d'elle. Dubh ne lui avait jamais fait défaut (même s'il mettait ses nerfs à rude épreuve, attendant toujours la fin de la course avant de se donner à fond). Le talent de l'*eochaidh,* ou cavalier, ne représentait qu'une petite partie de la course.

Non qu'elle ne soit pas une cavalière émérite. Duncan disait toujours qu'elle avait un don surnaturel avec les chevaux. Même d'impétueux étalons comme Dubh, réputés trop indociles pour convenir à une femme, semblaient se calmer dès qu'elle approchait.

Elle sourit en se souvenant de la tête qu'avait faite Finlaeie quand on avait sorti « le fougueux étalon noir » pour qu'elle le monte. Elle devait reconnaître qu'elle avait eu, elle aussi, un instant de doute en le voyant sortir sa propre monture. Quelles que soient ses raisons pour ne pas apprécier Finlaeie, elle n'avait rien à redire sur son goût pour les chevaux. Son palefroi était aussi magnifique que Dubh.

Elle ne pouvait non plus critiquer son talent de cavalier. Sur ce point, ils étaient d'une force égale. Toutefois, la taille avait été son deuxième avantage, et l'une des raisons pour lesquelles elle pensait qu'en matière de vitesse, les femmes pouvaient faire aussi bien que les hommes, surtout les grands guerriers lourdement encombrés d'une cotte de mailles. Étant donné qu'elle mesurait une tête de moins et faisait probablement un tiers du poids de son concurrent, Dubh avait moins de charge à porter. Si Finlaeie MacFinnon avait été plus petit, plus frêle et sans armure, il aurait pu la battre.

Elle avait à peine arrêté sa monture que ses frères enthousiastes la descendaient de selle et la serraient dans leurs bras.

— Sapristi, Maggie *Beag,* quel saut ! s'extasia Duncan en la faisant pivoter sur elle-même. Je n'étais pas sûr que tu y arriverais !

Sincèrement, elle non plus.

— Mon cœur a bien failli s'arrêter, déclara son père sévèrement mais avec une lueur de fierté dans le regard. Je croyais t'avoir demandé de ne plus sauter. Tu finiras par tuer l'un de nous.

— C'est vrai, père. J'ai promis d'arrêter, mais je n'ai pas dit quand, répondit-elle avec un sourire.

Brigid l'étreignit. Il y eut encore quelques accolades avec les hommes de son père et quelques-uns de ses alliés mais, une fois la première euphorie passée, Margaret se rendit compte que la cour était plutôt calme, surtout comparé à des circonstances similaires à Garthland. Le public se dispersait déjà.

Elle eut un moment de doute, puis l'écarta rapidement.

C'était normal. À Stirling, les gens étaient moins démonstratifs et moins portés sur les longues célébrations. À Garthland, un événement de ce genre entraînait des festivités jusqu'au bout de la nuit.

Elle ressentit un pincement au cœur. Sa vie à Garthland lui manquait ; une vie où elle n'avait pas la sensation permanente de marcher sur des œufs.

La situation délicate à Stirling expliquait également le manque d'enthousiasme du public. Ici, tout semblait se résumer à un choix entre Bruce et Comyn. Même si la course n'avait eu aucun rapport avec eux, certains y verraient une victoire de Comyn sur Bruce. Finlaeie MacFinnon, à l'instar d'Eoin, n'avait pas encore pris parti publiquement, mais il avait participé à la chasse de Bruce. Trop d'acclamations dans un camp pouvait être mal interprété lors d'un rassemblement censé réunir des ennemis.

Elle se tourna vers le groupe du perdant, qui se tenait non loin. Finlaeie la fixait avec une expression qui lui fit froid dans le dos. Sombre, orageuse, chargée de rancœur. Si un regard avait pu tuer, elle serait déjà morte. Eoin lui parlait, mais il ne semblait pas écouter, trop occupé à la détester.

« *Si je gagne, peut-être me donnerez-vous un peu de ce que vous donniez à MacLean hier soir.* » Elle avait lu dans ses pensées avant la course et avait été furieuse, plus déterminée que jamais à lui rabattre le caquet. Toutefois, seule une inconsciente n'aurait pas eu un peu peur. Elle avait déjà vu des hommes rendus furieux par leur orgueil blessé, mais elle n'avait encore jamais été l'objet d'une telle haine.

La satisfaction et la joie de la victoire qu'elle avait ressenties un peu plus tôt s'étaient envolées. Elle avait gagné, mais elle s'était fait un dangereux ennemi. Elle n'en avait pas besoin. Même si elle n'aimait pas Finlaeie, il était l'ami d'Eoin, ce qui, pour une raison obscure, lui importait.

Finlaeie lança une remarque acerbe à Eoin, l'envoyant sans doute paître, puis se dirigea vers elle, les lèvres blêmes, tirant derrière lui le magnifique palefroi alezan. Eoin le suivit et son regard croisa un instant celui de Margaret. Il paraissait troublé et inquiet.

En les voyant venir, ses frères et son père formèrent aussitôt un mur protecteur de chaque côté. Finlaeie s'arrêta à un mètre d'elle et lui adressa le sourire le plus sournois qu'elle eût jamais vu.

— Ma *dame,* dit-il avec une insistance sur le mot qui le faisait presque sonner comme une insulte. Je vous félicite pour votre victoire. Je n'avais pas imaginé que vous chevauchiez aussi bien. Vous avez eu beaucoup d'entraînement, je présume.

Les hommes autour d'elle se tendirent, même s'il n'y avait eu aucune inflexion spécifique dans son ton. Même Eoin pâlit de rage.

— Je ne vous ai battu que de très peu, répondit-elle aimablement. N'importe lequel de nous deux aurait pu l'emporter.

Son effort de modestie ne fit que redoubler la rage de Finlaeie.

— Mais c'est vous qui êtes victorieuse, dit-il sèchement. Grâce à ce saut.

Margaret estimait que ce n'était pas la seule raison mais ne releva pas. Elle avait surtout envie que cette conversation se termine.

— Oui, j'ai eu beaucoup de chance, répondit-elle simplement. Si vous voulez bien m'excuser, nous sommes terriblement en retard pour le déjeuner et je dois aller me changer si je ne veux pas que la moitié du grand hall ne tourne de l'œil en me voyant ainsi.

Sa plaisanterie ne fit sourire personne.

— Vous oubliez votre gain, déclara Finlaeie en approchant le cheval.

Margaret croisa le regard d'Eoin et sut aussitôt ce qu'elle avait à faire.

— Mon gain ? Oh, vous voulez parler de ma boutade au sujet de votre cheval. Je ne le pensais pas, naturellement.

Ses frères commencèrent à manifester leur réprobation, mais elle ne leur prêta pas attention et ajouta :

— Si vous aviez gagné, je suis sûre que vous ne m'auriez pas pris Dubh non plus.

Ils savaient tous les deux que c'était faux, mais elle lui offrait une porte de secours et une manière de conserver sa monture. La perte d'un tel animal aurait été un coup dur pour un jeune guerrier souhaitant faire ses preuves. Le palefroi avait dû lui coûter une petite fortune.

Contraint d'accepter, Finlaeie hocha la tête comme s'il convenait qu'elle avait bien deviné ses intentions.

— Parfait, dit-elle. Alors n'en parlons plus.

Son père et ses frères lui passeraient un savon pour avoir refusé un si bel animal mais, si son geste avait émoussé un peu l'insulte de sa victoire, cela en valait la peine.

Cependant, un regard vers Finlaeie l'informa que, si elle avait atténué sa colère, elle avait également renforcé son ressentiment.

En revanche, Eoin paraissait soulagé. Elle croisa son regard ; elle aurait voulu s'attarder mais, consciente de leur entourage, elle s'excusa à nouveau.

Brigid fut étrangement silencieuse tandis qu'elles se débarbouillaient rapidement et se changeaient pour le déjeuner. Perdue dans ses propres pensées, Margaret ne lui demanda pas d'explications.

La réaction de la foule à l'issue de la course la perturbait plus qu'elle ne voulait l'admettre. Eoin avait-il eu raison ? Qu'aurait-elle pu faire d'autre ? Laisser ses frères et les hommes de Bruce déclencher une nouvelle querelle sanglante au beau milieu de négociations de paix ?

Tout était si différent ici, avec toutes ces règles et ces conventions absurdes. Elle se répéta qu'elle se moquait de ce que les gens pensaient d'elle, mais ce n'était pas tout à fait vrai. L'opinion d'Eoin lui importait. En outre, même si elle aurait aimé l'oublier, on l'avait amenée ici pour une raison. L'opinion de John Comyn comptait également. Sans parler de celle de Brigid. Son amie était mal à l'aise dans ce nouveau milieu et elle se jura de tout faire pour lui rendre la vie plus facile.

Plus de courses, se promit-elle. Une fois que son père aurait digéré le fait qu'elle n'avait pas voulu du cheval, elle pourrait peut-être le convaincre de délier sa bourse pour qu'elles s'achètent quelques robes. Peut-être aussi quelques voiles ? Cela plairait à Brigid.

De fait, lorsqu'elles descendirent l'escalier et qu'elle confia son plan à son amie, celle-ci parut un peu plus gaie.

Jusqu'à ce qu'elles entrent dans le grand hall.

C'était pire que ce qu'Eoin avait imaginé. La réprobation et le dédain que certaines femmes avaient manifestés à l'égard de Margaret MacDowell n'avaient jamais été subtils. À présent, ils retentissaient pratiquement dans la salle.

L'ambiance dans le hall avait été relativement calme avant que les deux jeunes femmes fassent leur entrée. Lorsqu'elles apparurent, il y eut un silence tellement lourd qu'on se serait cru dans une abbaye durant la semaine sainte.

Ce n'était pas qu'à cause de la course, même si celle-ci servait de prétexte. Eoin avait mis un certain temps à comprendre pourquoi les convives dans la salle ne cessaient d'échanger des messes basses, jusqu'à ce que son frère Neil éclaire sa lanterne. Il était surpris qu'Eoin ne soit pas déjà au courant. La veille au soir, Margaret avait été vue sortant du vieux donjon peu après Fin, échevelée et les vêtements froissés. Elle l'avait ensuite défié à la course (puis avait « triché » en sautant) afin de le punir de l'avoir éconduite. Le temps qu'Eoin entende la même histoire de la bouche de Bruce vers la fin du repas, Margaret et Fin n'avaient plus été vus sortant du donjon l'un après l'autre, ils avaient été surpris en pleine fornication.

Eoin démentit vigoureusement et s'efforça de dissiper la rumeur, mais les gens semblaient vouloir voir le pire en elle. Elle était différente, trop audacieuse, trop sûre d'elle, trop indifférente à leur approbation. Ils voulaient le lui faire payer.

Eoin était furieux contre la personne qui avait propagé le mensonge, mais également contre lui-même. C'était sa faute. C'était lui qui l'avait embrassée. Si elle avait été échevelée, c'était à cause de lui. Quelqu'un avait dû voir Fin sortir du donjon après qu'il les avait interrompus, puis Margaret quand elle était partie avant Eoin. Il aurait pu tout aussi bien être inclus dans la rumeur à la place de son ami.

Fin ne semblait pas dérangé par les commérages. Son humeur s'était considérablement améliorée au fil du repas, à mesure que le mensonge se répandait. Eoin comprenait la colère de son ami dont l'orgueil avait été blessé. Il s'était senti humilié. Mais il ne comprenait pas sa jubilation de voir la jeune femme ainsi traînée dans la boue.

Surtout après le geste généreux de Margaret. Elle avait été en droit de réclamer son dû. En dépit des accusations de « tricherie » parce qu'elle avait sauté, elle avait battu Fin, purement et simplement.

Eoin n'avait jamais rien vu de tel. Elle avait semblé s'enfoncer dans la selle, disparaître dans la bête jusqu'à ce qu'elles ne fassent plus qu'un. Elle était intrépide, légère, agile. Sans retenue. Cela avait été un spectacle remarquable.

Même s'il avait cru que son cœur s'arrêtait lorsqu'elle avait bondi par-dessus les rochers.

Cette fille était sauvage, scandaleuse. Trop courageuse pour son bien.

Et magnifique.

Il avait de plus en plus de mal à écouter toutes les raisons pour lesquelles elle n'était pas faite pour lui.

Il se rendit compte qu'il l'avait surveillée durant tout le repas lorsque celui-ci fut pratiquement terminé et qu'il s'aperçut qu'elle n'était plus là.

S'était-il passé quelque chose ? Avait-elle entendu les ragots ? Quelqu'un s'était-il montré cruel avec elle ?

Il ne supportait pas qu'on lui fasse du mal et aurait tant aimé pouvoir la protéger de toutes ces médisances.

Pensant qu'elle se trouvait avec Comyn, Eoin le chercha du regard. En vain. Il s'apprêtait à partir à la recherche de Margaret quand sa sœur se précipita vers sa table. Elle semblait sur le point d'exploser.

— Tu as entendu la nouvelle ?

Devinant ce qu'elle allait dire, il se leva et l'entraîna à l'écart.

— J'espère que tu n'es pas encore en train de colporter des ragots, Marjory.

Elle fronça le nez.

— Tu devrais t'estimer heureux, répondit-elle avec un soupir. Pauvre Fin !

Elle avait toujours eu le béguin pour son ami, mais ceci était ridicule. Ce n'était pas Fin qui méritait sa compassion.

— Pourquoi « pauvre Fin » ?

— Il a bien failli tomber dans le piège de cette catin. Elle l'a séduit puis a tenté de l'obliger à l'épouser.

Eoin en avait assez. Il ne pouvait plus écouter ces âneries. Il agrippa le bras de sa sœur et la força à le regarder en face avec une secousse qui, espérait-il, remettrait un peu d'ordre dans sa jolie tête brune.

— Fin n'a rien à voir là-dedans. C'est moi qui étais dans la pièce avec elle et il ne s'est rien passé. Rien, tu m'entends ? Cesse de répéter ces inepties autour de toi. Tu m'as bien compris ?

Elle acquiesça en ouvrant des yeux ronds.

— Toi ?

— Oui, moi. Et si quelqu'un est responsable de ces fausses rumeurs, c'est également moi.

Elle paraissait horrifiée, mais aussi contrite.

— Tu l'as vue ? demanda-t-il.

Elle fit non de la tête.

— Et le jeune Comyn ?

— Non plus, mais j'ai vu ses sœurs près de l'entrée il y a quelques minutes.

Eoin grimaça. Il n'aimait pas beaucoup les sœurs de Comyn. Elles lui rappelaient un peu trop les siennes. Mesquines, intolérantes et cancanières. Il aurait une longue conversation avec Marjory plus tard. Il ne pouvait plus prétendre que cette manie de porter des jugements hâtifs sur les autres lui passerait.

Il y avait un petit espace cloisonné près du hall, entre l'entrée principale et le couloir menant aux cuisines. Les dames y attendaient en petits groupes pour utiliser les chaises percées.

Il attendit un moment près de l'entrée. Ne voyant toujours pas Margaret, il s'apprêtait à partir quand il entendit son nom. Celle qui parlait était Elizabeth Comyn, la sœur aînée de John. Elle se trouvait avec sa sœur Joan et plusieurs dames qu'il ne reconnut pas.

— Margaret MacDowell ? s'exclama-t-elle. Vous vous trompez. Mon frère n'envisagerait jamais d'épouser ce genre de femme. Si son père est assez sot pour s'imaginer que John choisirait une épouse aussi dépourvue de dignité, de manières et de morale, tant pis pour lui ! Non, mais vous l'avez vue ? Avec son allure et ses tenues, elle pourrait aussi bien porter la capuche jaune des putains. Je ne suis pas surprise d'apprendre qu'elle s'est jetée au cou de Finlaeie MacFinnon.

La femme à qui elle s'adressait tenta de la contredire, mais elle la fit taire.

— On les a vus. Quelle preuve de plus voulez-vous ? S'il demeurait encore le moindre doute sur les mœurs de cette fille, il s'est envolé. Mon frère n'épousera pas un fruit pourri.

Si Eoin avait été du genre à frapper une femme, Elizabeth Comyn aurait été dans de sales draps. Sentant qu'il ne pouvait rester un instant de plus à écouter ces horreurs sans dire ce qu'il pensait à ces harpies, il allait s'éloigner quand l'une d'elles se plaignit :

— Mais qui peut prendre aussi longtemps là-dedans ?

La porte de la petite pièce s'ouvrit et une femme en sortit en répondant :

— Le fruit pourri.

À cet instant, Eoin sut qu'il était perdu. Il comprit ce qu'il s'était efforcé de nier, ce pour quoi il pourchassait une femme jusqu'aux lieux d'aisances au lieu de consacrer tous ses efforts à convaincre son cousin qu'il était l'homme qu'il lui fallait dans sa Garde secrète.

La vérité l'atteignit de plein fouet tandis qu'elle se tenait droite comme une reine, affrontant la condamnation des autres femmes avec panache et une expression sur le visage qui leur disait d'aller se faire voir ailleurs.

Je suis amoureux d'elle.

Comment avait-il pu laisser une telle chose lui arriver ? Cela ne tenait pas debout ! Il ne pouvait croire qu'il s'était laissé piéger.

Pourtant si. Elle était différente, outrageuse, ne s'habillait ni ne se comportait comme les autres dames de la noblesse, mais elle se tenait devant elles avec plus de fierté et de dignité qu'elles n'en auraient jamais. Il sut qu'il l'aimait.

Il ne le comprenait pas, n'en était pas heureux et ignorait ce qu'il en ferait, mais il ne pouvait le nier.

La tête haute, elle traversa la petite pièce. Les autres femmes paraissaient sidérées et plutôt honteuses. La fierté et la bravade de Margaret ne faillirent pas. Jusqu'à ce qu'elle franchisse la cloison et le voie.

Leurs regards se rencontrèrent et elle comprit qu'il avait entendu toutes leurs paroles. Ses yeux dorés s'écarquillèrent et elle pâlit. Puis ses beaux traits fiers s'affaissèrent.

Il vit alors ce qu'il n'aurait jamais pensé trouver sur son visage : une vulnérabilité qui lui transperça le cœur.

Il tendit la main vers elle.

— Margaret, je suis profondément déso...

Elle ne le laissa pas finir.

— Oh, mon Dieu, je vous en prie... S'il vous plaît, laissez-moi tranquille.

Elle ravala un sanglot, se libéra et sortit du hall en courant comme si le diable était à ses trousses.

Il savait. Il avait entendu tous ces horribles mensonges qu'on racontait sur elle.

Tout en traversant la cour, Margaret sentait les larmes couler le long de ses joues. Pour la première fois de sa vie, elle fuyait. Elle aurait voulu ramper dans un trou et ne plus jamais en sortir. La honte était une émotion nouvelle pour elle, et elle rongeait toutes les fibres de son corps.

Ils croyaient tous qu'elle avait séduit Finlaeie MacFinnon. Ils trouvaient qu'elle s'habillait comme une putain, et qu'elle en était une, d'ailleurs. Était-ce aussi ce que pensait Eoin ? Après ce qui s'était passé dans la bibliothèque, il avait toutes les raisons de le croire.

Elle l'entendit appeler son nom, mais cela la fit courir plus vite. Elle ignorait où elle allait, mais elle devait fuir. Elle se dirigea vers les écuries sans même s'en rendre compte. Un palefrenier était assis près de l'entrée. Quand il vit son visage, il se fit tout petit.

Eoin la rejoignit au même moment. Il lui prit à nouveau le bras. Cette fois, sa prise était ferme. Elle tenta de se libérer et il tint bon. Fichtre, il était fort. Elle détestait à présent tous ses muscles qu'elle avait tant admirés.

— Lâchez-moi, s'écria-t-elle entre deux sanglots.

— Margaret. Maggie, regardez-moi.

Elle ne le voulait pas, mais avait-elle le choix ? *Maggie ?* Elle leva les yeux. Un regard bleu sombre sondait le sien. Il n'était pas accusateur mais compréhensif. Il y avait autre chose également, quelque chose qui ressemblait à de la tendresse.

— Je n'irai nulle part tant que vous ne m'aurez pas écouté, dit-il d'une voix à la fois ferme et douce.

Elle ne voulait pas parler. Elle voulait pleurer, se rouler en boule et tout oublier.

— Où allez-vous ? demanda-t-il.

— Je ne sais pas, renifla-t-elle. Je voulais juste galoper.

— Je viens avec vous.

Elle avait trop envie de quitter le château pour discuter. De toute manière, sa réputation ne pouvait pas être pire. S'il ne craignait pas d'être vu avec la Putain de Babylone, tant pis pour lui.

Il l'aida à harnacher Dubh, puis s'occupa de sa propre monture avant de la hisser en selle. Ils passèrent devant les gardes du portail sans un mot, puis dévalèrent la pente du château et galopèrent sur le terrain plat qu'elle avait parcouru durant la course dans la matinée. Ils passèrent l'abbaye et continuèrent le long du Forth jusqu'à ce que le château perché ainsi que les ruelles étroites et les maisons à colombages de Stirling soient loin derrière eux.

Ce ne fut qu'en ralentissant qu'elle se rendit compte de l'allure à laquelle elle avait chevauché. Dubh avait senti son empressement de s'éloigner et y avait répondu.

Il était tard dans l'après-midi et le soleil commençait déjà à sombrer derrière la ligne d'horizon. Le temps était humide et froid. D'épais nuages noirs couraient au-dessus de leurs têtes.

— Prenez ça.

C'étaient les premiers mots qu'il prononçait depuis qu'ils avaient quitté l'écurie. Elle se tourna et vit qu'il lui tendait le plaid qu'il avait retiré de ses épaules.

Elle allait refuser, mais à son air têtu, elle comprit qu'il ne voudrait rien entendre.

— Il risque de pleuvoir, protesta-t-elle. Votre beau surcot va être abîmé.

C'était un vêtement luxueux en velours bleu nuit, brodé d'un délicat motif de feuilles au fil d'or.

— La prochaine fois que vous déciderez de faire une promenade avant un orage, pensez à prendre une cape, répliqua-t-il.

Le léger frémissement de ses lèvres le trahit.

— Vous vous moquez de moi ? demanda-t-elle.

— Peut-être, répondit-il avec un haussement d'épaules. Prenez mon plaid, lady Margaret. Je survivrai.

— Tout à l'heure, vous m'avez appelée Maggie.

— Vraiment ? Alors, prenez-le, Maggie.

Elle s'exécuta et drapa l'épais tartan à carreaux verts et bleus autour de ses épaules. Une agréable chaleur l'enveloppa aussitôt. « Il » l'enveloppa aussitôt, car le plaid conservait encore la chaleur du corps d'Eoin. Il portait son odeur, chaude et douillette, avec un soupçon de bruyère. Elle poussa un soupir de contentement.

— Vous êtes bien confortable ? demanda-t-il sur un ton acerbe tandis que les premières gouttes tombaient.

Elle aurait dû se sentir coupable, mais la manière dont il la taquinait lui plaisait. C'était une facette qu'il ne montrait pas souvent.

— Très, dit-elle avec un petit sourire en coin.

Il se mit à rire.

— Vous pourriez au moins feindre de vous préoccuper de mon triste sort.

Elle leva les yeux au ciel.

— Et si vous voulez jouer au chevalier servant, vous ne devriez pas chercher à vous faire plaindre. Cela gâche l'effet.

— Sans parler de mon beau surcot.

Cette fois, ce fut elle qui rit. Il lui fallut un moment pour comprendre : il lui avait fait oublier son tourment.

— Vous êtes très malin, savez-vous ? lui dit-elle.

— Pas toujours, apparemment.

Elle devina qu'il faisait allusion à elle, sans vraiment savoir ce qu'il voulait dire. Regrettait-il de l'avoir accompagnée ?

— Nous pouvons rentrer à présent, si vous voulez, proposa-t-elle.

Il leva les yeux vers le ciel menaçant.

— Je crois que nous ferions mieux de nous mettre à l'abri de l'orage.

Il indiqua un bâtiment délabré niché au bord du fleuve, un peu plus loin. Ce devait être une cabane de pêcheurs abandonnée.

— Essayons cet endroit, dit-il. Une moitié de toit est toujours mieux que rien.

Il en restait plus de la moitié. Seul un coin du toit de la cabane en pierre avait perdu son chaume. Cela suffisait pour laisser passer le froid et l'humidité mais, au moins, ils seraient au sec.

Pendant qu'Eoin s'occupait des chevaux, elle balaya la poussière et les toiles d'araignée avec un vieux balai en paille à moitié dégarni. Le mobilier était spartiate : une table, quelques tabourets, un sommier empli de paille et recouvert d'un vieux plaid élimé. Le sol était en dalles de pierre et en terre battue, recouvert d'une épaisse couche de paille piétinée et légèrement moisie. C'était toujours mieux que de marcher dans la boue.

Eoin réapparut alors qu'elle venait de s'asseoir sur un tabouret. Il se tint sur le seuil, contemplant la masure.

— Je ne dirais pas que c'est élégant, mais c'est mieux que ce que je pensais, observa-t-il.

Il ferma la porte derrière lui et entra dans la pièce. Ou plutôt, il envahit la pièce. La cabane parut soudain encore plus petite.

La sensation de froid disparut aussitôt, comme si on avait allumé un feu.

Elle sentit les poils sur ses bras et sa nuque se hérisser. Son cœur se mit à battre plus fort. Elle ne savait pas où poser les yeux ni que dire. Elle se sentait gauche, presque timide. Qu'y avait-il chez cet homme qui la rendait si… incertaine ? Si nerveuse ? Si vulnérable ?

Il approcha un tabouret et s'assit auprès d'elle.

— Vous êtes prête à parler ?

Elle déglutit. Elle n'avait aucune envie de discuter de ce qui s'était passé plus tôt.

— À quoi bon ? Vous les avez entendues. (Elle émit un petit rire cynique.) Cela n'a pas dû vous surprendre. Après ce qui s'est passé entre nous, vous devez penser la même chose.

Sa bravade l'abandonna soudain et elle le regarda avec tous ses sentiments exposés sur son visage.

— Mais je ne veux pas que vous croyiez ça de moi, ajouta-t-elle.

Il parut presque fâché.

— Je ne le crois pas. Bien sûr que non. Comment pouvez-vous penser une chose pareille ?

— Parce que je vous ai laissé faire dans la bibliothèque. J'ai laissé le frère de Brigid m'embrasser quelques fois, mais je vous jure que je n'avais jamais rien fait de la sorte auparavant.

Il soutint son regard, les traits tendus.

— Ce qui s'est passé était ma faute.

— Je croyais que nous avions déjà convenu que ce n'était la faute de personne.

Cette fois, elle ne parvint pas à le faire sourire. Son visage plongé dans l'ombre était douloureusement sérieux.

— Ne plaisantez pas, Maggie. Pas sur ce sujet.

Elle devait en rire. Que faire d'autre ? Par tous les saints, qu'attendait-il d'elle ? Ne l'avait-on pas suffisamment saignée à blanc aujourd'hui ?

— Que faisons-nous ici, Eoin ?

Pris de court, Eoin réfléchit quelques instants avant de répondre :

— Je ne sais pas.

— Votre famille n'apprécierait sans doute pas de vous savoir seul avec moi. Ni lady Barbara.

— Probablement pas.

Son cœur se serra, formant un nœud qui ne la lâcha plus. Avait-elle espéré qu'il la contredise ?

— Vous feriez mieux de partir, dit-elle en détournant les yeux.

— Ce serait plus raisonnable, en effet.

Le nœud se resserra encore, lui comprimant la poitrine. Elle fixait la pointe de ses souliers qui dépassaient sous l'ourlet de sa robe bleu-gris, attendant de l'entendre repousser son tabouret.

Au lieu de cela, elle sentit ses doigts calleux sous son menton. Il lui leva la tête.

— Mais ce n'est pas ce que je veux, dit-il.

— Que voulez-vous ?

— Vous.

Elle voyait dans son regard des émotions contradictoires qu'elle ne comprenait pas. L'angoisse ? Le doute ? La détermination ?

Quelles qu'elles fussent, elles disparurent dès que ses lèvres touchèrent les siennes.

8

Eoin savait qu'il commettait une erreur. S'il ne parvenait pas à se contrôler dans un château plein de monde, comment espérait-il se maîtriser seul avec elle dans une cabane isolée ?

En être conscient était une chose, faire marche arrière en était une autre, comme il ne tarda pas à le découvrir. Il mourait d'envie de la prendre dans ses bras depuis qu'il l'avait interceptée devant l'écurie. Lorsqu'il était entré dans la cabane et l'avait vue assise sur son tabouret, il avait su qu'il menait un combat perdu d'avance.

Il avait besoin de la toucher, de lui montrer ce qu'elle représentait pour lui, de lui faire savoir que tout s'arrangerait.

Pour la seconde fois en deux jours, il cessa de réfléchir. Il se laissa guider par ses sentiments… et ce fut merveilleux.

La passion qui les avait embrasés tous les deux dans la bibliothèque ne s'était pas atténuée. Au contraire, elle était plus forte que jamais. Leurs langues se trouvèrent d'elles-mêmes, leurs corps se moulèrent machinalement l'un contre l'autre, leurs mains savaient déjà comment se toucher.

Il adorait le goût de sa bouche, la caresse douce de ses lèvres, les mouvements frénétiques de sa langue contre la sienne.

Elle savait embrasser. Il repoussa rapidement cette pensée avant qu'elle ne s'enracine ; il ne voulait pas songer à ce qu'elle avait dit au sujet du frère de Brigid.

Un élan de possessivité le saisit néanmoins et son baiser se fit un peu plus pressant, plus vorace et nettement plus charnel.

Essayait-il de la choquer ? Il l'ignorait mais, tandis qu'il imitait un autre va-et-vient rythmique de chaque mouvement profond et cadencé de sa langue, il savourait ses petits gémissements de surprise qui lui indiquaient que tout ceci était nouveau pour elle.

Elle était devenue faible entre ses bras, sa tête renversée en arrière, sa poitrine se soulevant comme pour lui offrir ses seins en festin. Et quel festin ! Ils étaient pleins et généreux, fermes et parfaitement ronds, tout ce qu'il imaginait dans ses rêveries nocturnes.

La tension dans son entrejambe commençait à devenir insoutenable. Il glissa une main sous ses seins tout en embrassant la peau douce au-dessus du col de son corsage. Le poids de cette masse tendre dans sa paume déclencha une onde de chaleur entre ses cuisses qui faillit lui faire perdre la raison. Lorsqu'elle se cambra et se pressa contre sa main, il n'y tint plus et baissa encore un peu la tête.

Margaret ne comprenait pas ce qui lui arrivait, mais elle ne voulait pas que cela s'arrête. Eoin s'était emparé de son corps et elle était prête à le lui abandonner, surtout que ce qu'il lui faisait était divin.

La sensation de ses mains sur ses seins dépassait tout ce qu'elle aurait pu imaginer. Un jour, Tristan avait tenté de la tripoter. Elle l'avait calmé avec un bon coup de genou dans les parties. Elle y avait été si fort que, selon lui, il n'avait pu marcher droit durant une semaine. Mais avec Eoin... elle ne voulait surtout pas qu'il cesse. Plus ses lèvres descendaient sur sa gorge, plus sa langue se faufilait sous le col de son corsage, plus elle voulait sentir sa bouche sur ses seins.

Une fièvre s'était répandue dans son corps. Sa peau était brûlante, sa respiration saccadée, son pouls irrégulier. Ses membres étaient si faibles qu'elle tenait à peine debout.

Heureusement, il la soutenait. Sa force était comme une bouée dans la tempête tandis que les éléments se déchaînaient autour d'eux.

Cela ne lui suffisait pas. La tempête ne faisait pas rage à l'extérieur, mais en elle, et elle devait la libérer.

D'instinct, elle sut ce qu'elle voulait et pressa son corps contre le sien avec plus d'insistance, plus d'exigence.

Il lui répondit. La chaleur de sa bouche sur son sein à travers le tissu de sa robe la fit fondre ; la pression de son membre dur entre ses cuisses la rendit toute moite. Elle poussa un petit cri de plaisir quand ses doigts caressèrent la pointe sensible de ses seins. Puis il en prit un dans sa bouche tout en pressant ses hanches contre les siennes. Elle se sentit défaillir, se liquéfier, et s'abandonna au plaisir qui fusait dans ses veines.

Mais elle en voulait plus.

L'avait-elle dit à voix haute ?

Elle l'entendit jurer, une réponse gutturale à son imploration. L'instant suivant, elle sentit le mur rugueux de la cabane contre son dos. Il retroussa sa jupe et, les doigts tremblants, dénoua les lacets de sa braguette.

Elle aurait pu l'arrêter, elle n'en fit rien. Elle le voulait autant que lui.

Toutefois, même si elle aspirait à le sentir en elle, elle sursauta en sentant le gland lisse de son membre glisser sur la fente entre ses cuisses.

L'espace d'un instant, la brume de désir se dissipa et leurs regards se rencontrèrent avec une lucidité tacite. Agrippée à ses épaules, elle sentait la tension qui vibrait en lui. Il tremblait, tous les muscles de son corps contractés par l'effort de se retenir.

— Dites-moi que vous le voulez vraiment, dit-il d'une voix rauque.

Ses yeux bleus étaient si sombres qu'ils paraissaient presque noirs.

Il s'écarterait si elle le lui demandait. Il lui offrait la possibilité de changer d'avis.

— Je le veux, répondit-elle doucement.

— Dieu merci, grogna-t-il. Je suis désolé...

Elle ne comprit pas pourquoi jusqu'à ce qu'il s'enfonce en elle et qu'elle heurte le mur derrière elle.

Une douleur cuisante la transperça, lui arrachant un cri.

— Je suis désolé, répéta-t-il dans un murmure. Oh, mon Dieu, *a leanbh*. Je suis désolé, cela ira mieux dans un instant.

Elle espérait que ce n'était pas une note d'incertitude qu'elle percevait dans sa voix. Dans la mesure où ce ne pouvait être pire, elle décida de le croire. Son corps était tendu comme un arc. Elle pouvait à peine respirer, et encore moins parler. Toutefois, en lisant l'inquiétude dans ses yeux, ainsi qu'une douce supplique, elle acquiesça.

Il l'embrassa. Un baiser lent et tendre comme il ne lui en avait encore jamais donné. Comme s'il essayait d'atténuer la douleur avec sa bouche et sa langue.

Non, c'était plus que cela. Il lui faisait la cour. Il lui montrait par son baiser les sentiments qu'il avait pour elle.

Elle sentit son cœur fondre et l'amour qu'elle savait désormais éprouver pour lui s'épanouit en elle. C'était la seule explication à ce qui lui arrivait. *Je l'aime*.

Elle aimait ce jeune guerrier sérieux, avec son intensité silencieuse, qui était aussi instruit qu'un moine mais embrassait avec toute la passion d'un homme possédé. Elle aimait son humour acerbe qui semblait lui être réservé. Elle aimait le taquiner, le faire sourire jusqu'à ce que le pli entre ses sourcils disparaisse. Elle aimait la douceur et la tendresse inattendues dans ses yeux quand il la regardait.

Son corps réagit à cette émotion. Il se détendit, ses muscles se relâchant l'un après l'autre.

Elle prit alors conscience de ce que la douleur l'avait empêchée de ressentir : son membre en elle. Long, épais, dur, l'emplissant de sa chaleur. Il la possédait. Ils étaient joints l'un à l'autre d'une manière qu'elle n'aurait jamais pu imaginer.

Ce n'était pas qu'elle ignorât les détails d'une copulation. Elle savait même, grâce aux conversations de ses frères et aux gens « dormant » dans le grand hall, que ce pouvait être agréable. Mais elle avait pensé que ce serait gauche et embarrassant. Elle ne s'était pas attendue à cette intimité incroyable ni à ce lien puissant forgé entre eux.

Il leva la tête.

— Cela va mieux ?

En voyant la culpabilité et les excuses dans son regard, elle fut émue. Elle se souviendrait de ce moment jusqu'à la fin de ses jours et le chérirait.

Elle posa une main sur sa joue.

— C'est parfait.

Elle ne mentait pas. Margaret savait qu'elle était exactement là où elle devait être, jointe à cet homme comme Dieu l'avait voulu. Peu lui importait ce que disaient les prêtres, ce ne pouvait être un péché. C'était le paradis.

Eoin serra les mâchoires dans son effort de ne pas plonger. La pulsion était puissante et instinctive.

Ce n'était pas sa première fois. Il n'avait sans doute pas autant d'expérience que Fin (il avait autre chose à faire que de courir après les femmes), mais il en avait suffisamment pour se rendre compte que ce qu'il était en train de vivre était unique.

Pas seulement parce que Margaret était vierge (il devait faire un effort pour se le rappeler, elle lui répondait avec une telle fougue). Il ne s'était pas attendu à ce qu'elle ait si mal. Cela l'avait paniqué au point de lui couper tous ses effets. Heureusement, cela n'avait duré qu'une minute. Le désir était revenu en force lorsqu'il avait senti son sexe se refermer autour de lui.

Outre l'intensité de ses sensations, les émotions qui le saisissaient rendaient l'expérience très différente. Eoin ne croyait pas à toutes ces sornettes de bardes sur le destin et les étoiles, mais quand il regarda ses incroyables yeux dorés tout en s'enfonçant profondément en elle, des paroles de ballades courtoises lui revinrent en mémoire. Une puissante émotion l'envahit. Il voulait la protéger, la chérir et, surtout, l'aimer de toutes ses forces.

Malheureusement, ses pulsions plus basses avaient pris le contrôle. La tension à la base de sa colonne vertébrale l'avertit qu'il ne tiendrait pas longtemps. Il était parvenu au bout de ses limites.

Dès qu'il la sentit se détendre, il n'y tint plus. Il devait bouger. Lentement d'abord, puis, à mesure qu'elle haletait et que ses petits cris emplissaient la cabane, de plus en plus vite.

La réactivité de Margaret le rendait fou. Elle cambra les reins, la jambe qu'elle avait enroulée autour de sa taille se resserra et il fut perdu. Il ondula des hanches, plongeant plus profondément, plus vite, plus fort, jusqu'à ce que le plaisir fasse trembler tout son corps.

— Mon Dieu, Maggie, c'est si bon. Je crois que je vais…

Il ne put achever sa phrase. Il se raidit, frémit des pieds à la tête puis cria tandis qu'il explosait en elle, son corps parcouru de vagues successives de puissants spasmes.

Quand ce fut fini, il tenait à peine debout. Il s'effondra contre elle et la laissa lentement glisser le long du mur.

Il était exténué, vidé de toute son énergie. Lorsqu'il avait sept ans, juste avant de partir en apprentissage, il était allé nager dans la mer au pied du château de Gylen et avait été emporté par le courant. Il avait failli se noyer, luttant pendant près d'une heure avant de parvenir enfin à rejoindre la grève et à se laisser tomber sur les galets. Il ressentait la même chose à présent.

Une voix étouffée pénétra la brume euphorique qui l'entourait.

— Eoin… euh… tout va bien ?

Il ravala un juron en se rendant compte qu'il l'écrasait. Il prit également conscience d'autres détails, comme le fait de lui avoir pris sa virginité avec autant de finesse qu'un blanc-bec de dix-huit ans.

Elle devait être désorientée, inquiète, se demandant ce qu'il convenait de faire à présent. Autrement dit, elle était dans le même état que lui. Il manquait d'expérience. Il n'avait encore jamais défloré une jeune femme.

Il ne se donna pas la peine de se demander comment il en était arrivé là. Il le savait : rapidement ! Et contre un mur !

Il se passa nerveusement une main dans les cheveux.

— Je suis vraiment désolé, dit-il. Je ne voulais pas que cela se passe ainsi. Vous méritez mieux.

Elle parut abattue.

— Vous regrettez ce que...

— Non, non ! Je le devrais probablement. Mais je ne peux pas.

Il était trop tard pour les regrets. Trop tard pour battre sa coulpe. Trop tard pour dire qu'il avait commis une erreur et qu'il n'aurait jamais dû l'amener ici.

Même s'il voulait être furieux contre lui-même pour avoir commis une bêtise aussi monumentale (et aussi déshonorante), une bêtise qui leur causerait à tous les deux une montagne d'ennuis, qui pourrait mettre en péril sa place dans la Garde secrète de Bruce, il ne pouvait rien y changer. Ce qui était fait était fait. Qu'elle lui convienne ou pas n'avait plus d'importance, elle était à lui. Et il aurait menti en affirmant qu'il n'en était pas heureux.

Il posa une main sur sa joue et caressa doucement l'ovale de son visage du bout du pouce. Elle était belle à couper le souffle, encore plus à présent avec ses lèvres enflées par ses baisers et sa peau rougie par le frottement de sa barbe.

Eoin découvrait que ses racines vikings n'étaient pas aussi lointaines qu'il l'avait cru.

— Je voulais seulement dire que, pour votre première fois, vous méritiez beaucoup mieux que le mur d'une cabane de pêcheurs. Si j'avais eu plus d'honneur et de retenue, je vous l'aurais offert, et je vous aurais donné plus de plaisir.

Un sourire de soulagement illumina son visage.

— Mais vous m'avez donné du plaisir, objecta-t-elle.

C'était vrai, et c'était d'autant plus surprenant pour une vierge. Il avait entendu dire que la première fois était toujours un supplice pour une femme. Pourtant, cela avait plu à Margaret. Le seul souvenir de la manière dont elle lui avait répondu, pressant ses seins et ses hanches contre lui, l'attirant toujours plus près, produisait en lui un effet qu'il aurait cru impossible.

Défiant les lois de la nature, son sexe durcissait à nouveau.

Sans cesser de la regarder dans les yeux, il caressa doucement sa lèvre.

— Je pourrais vous en donner beaucoup plus.

— Vraiment ?

La lueur d'anticipation dans son regard acheva de l'émoustiller. Elle était toujours plaquée contre le mur et il se souvenait de ses paupières mi-closes, de son souffle haletant et de ses joues rosies par le plaisir.

Il avait la ferme intention de revoir ce superbe spectacle, mais cette fois, il ferait les choses correctement.

— Oui, vraiment, mais avant de vous le prouver, vous devez accepter une chose.

— Quoi donc ?

— D'être ma femme.

Son air choqué aurait été comique s'il n'avait été un peu insultant pour lui.

— Qu-quoi ?

Il fronça les sourcils. C'était pourtant clair. Elle était sienne, nom de nom ! Elle s'était donnée à lui et il n'avait aucune intention de la rendre.

— Je veux que vous m'épousiez, Maggie. Ici, maintenant.

Margaret avait la tête qui tournait.

Elle s'était à peine remise de la peur de l'avoir tué (l'expression sur son visage juste avant qu'il ne s'effondre sur elle avait été celle d'un homme qui avait aperçu le paradis), puis de la mortification qu'elle avait ressentie en pensant qu'il regrettait son geste. À présent, il demandait sa main ? À moins qu'elle ne se méprenne, ce qu'il proposait était tout aussi choquant.

— Vous voulez dire, un mariage clandestin ? demanda-t-elle.

— Oui, je sais que ce n'est pas l'idéal. Je ne le proposerais pas s'il y avait une autre solution. Vous savez comme moi que nos familles s'opposeront à notre union. L'Église n'appréciera pas une célébration informelle sans bans, mais ce sera valide et irrévocable.

Elle comprit ce qu'il voulait dire. Même si leurs familles respectives voulaient faire annuler leur mariage, elles ne pourraient rien faire. S'ils décidaient de se marier tout de suite, prononçaient leurs vœux et consommaient leur union, ils seraient aussi mariés que s'ils avaient publié les bans avec trois semaines d'avance et avaient été unis par un prêtre devant la porte d'une église.

— Mais si nous leur expliquons ce qui s'est passé… ? commença-t-elle.

— Vous tenez vraiment à courir ce risque ? Que croyez-vous que votre père dira ?

Il serait furieux. Elle n'osait pas imaginer ce qu'il dirait, mais c'était surtout ce qu'il ferait qui l'inquiétait. Quand son orgueil était en jeu, il était capable du pire. Il voulait qu'elle épouse le fils du seigneur de Badenoch, si improbable que soit cette alliance désormais. Il ne se satisferait pas d'un cousin de Bruce, troisième fils de surcroît. Son père l'aimait, mais il ferait tout son possible pour la séparer d'Eoin, vierge ou pas.

Eoin avait raison. S'ils ne se mariaient pas sur-le-champ, ils n'auraient sans doute pas d'autre occasion.

Toutefois, elle hésitait à dire oui. Elle inclina la tête sur le côté, étudiant les traits du guerrier sage qui avait su conquérir son cœur.

— Pourquoi voulez-vous m'épouser, Eoin ?

Il se raidit.

— J'aurais cru que la réponse était évidente.

C'était bien là le problème. Margaret n'était pas fleur bleue. Elle n'avait jamais pensé que les sentiments de son futur mari à son égard entreraient en ligne de compte dans leur union. Elle était surprise de constater qu'elle se trompait. L'honneur aurait dû suffire, mais ce n'était pas le cas.

— Nous ne sommes pas obligés de raconter ce qui vient de se passer, dit-elle doucement.

Il serra les mâchoires et son regard se rembrunit.

— Moi, je le saurai.

Il la contempla des pieds à la tête comme s'il revivait chaque instant.

— Vous vous êtes donnée à moi, Margaret. Si vous me croyez capable de faire comme s'il ne s'était rien passé, vous ne me connaissez pas.

Justement. D'où son hésitation.

La lueur menaçante dans son regard la fit frémir. Si elle n'avait pas été adossée au mur, elle aurait reculé. Toutefois, elle refusait de se laisser intimider.

— Vous n'avez pas besoin de vous sacrifier pour sauver ma réputation, Eoin. Je crains que ce ne soit déjà trop tard. M'épouser ne changera pas ce qu'ils pensent de moi.

Il plissa les yeux. Doux Jésus, il pouvait vraiment avoir l'air menaçant !

— Ce n'est pas pour ça que je veux vous épouser.

— Non ? Je suis assez forte pour affronter seule la tempête. Je ne me laisserai pas vaincre si facilement. Je me moque de ce qu'ils disent. Je connais la vérité. (Elle esquissa un sourire ironique.) Croyez-le ou pas, chez moi, les gens m'aiment bien.

Il soutint son regard pendant si longtemps qu'elle crut qu'il n'en dirait pas plus. Comme d'habitude, son expression était insondable.

— Je vous crois. C'est pour ça que je veux que vous soyez ma femme.

Il lui fallut un moment pour comprendre ce qu'il voulait dire. Puis ce fut comme si le soleil était réapparu derrière les nuages.

— Vous me voulez vraiment.

Il l'attira à lui.

— Oui, vraiment.

Sa voix grave et rauque déclencha de petits frissons tout le long de sa colonne vertébrale. Elle enroula ses bras autour de son cou.

— Moi aussi, je vous veux.

À la manière dont ses mains se promenaient sur son corps, il l'avait déjà deviné.

— Parfait, dit-il. Si vous en avez terminé avec vos questions, vous avez cinq secondes pour me donner votre réponse avant que je ne vous emporte sur ce lit. Vous serez ma femme la seconde ou troisième fois que je serai en vous, mais, dans un cas comme dans l'autre, je serai en vous et vous serez ma femme.

Elle écarquilla les yeux. Elle ne lui avait pas encore vu ce côté sauvage et féroce. Cela accéléra les battements de son cœur. À moins que ce ne soit la sensation de son membre dur contre son bas-ventre.

— Ah, c'est comme ça ? dit-elle.

— Oui.

Il posa une main sur son sein et décrivit de petits cercles du pouce autour de son mamelon. Elle ravala son souffle. Lorsque son téton fut dur, il le pinça doucement entre deux doigts. Une onde de plaisir se répandit en elle, la faisant trembler.

— Alors, Maggie ?

Sa bouche était près de son oreille, son souffle chaud et sa langue soyeuse la titillant délicieusement.

— Quoi ?

Il la souleva et la prit dans ses bras.

— Vos cinq secondes sont écoulées.

9

Eoin ne savait qu'une chose : il ne quitterait pas cette cabane sans que Margaret MacDowell soit sa femme.

Elle le changeait. Elle faisait ressortir en lui un côté sauvage et possessif qu'il n'avait encore jamais montré. Il n'était pas sûr que cela lui plaise et ce n'était certainement pas très civilisé, mais il ne pouvait nier qu'il la portait vers le lit avec la ferme intention de la posséder à nouveau.

Il dut la déposer à terre pour ramasser son plaid et l'étendre sur le « matelas » en paille. La prochaine fois, ce serait dans des draps en soie, mais, pour le moment, cela ferait l'affaire. C'était toujours mieux que contre un mur.

Il n'aurait jamais osé demander cela à une autre femme, mais Margaret était différente. Elle était audacieuse, sûre d'elle et n'était pas facilement choquée.

— Je veux vous voir tout entière, *a leanbh*. Telle que Dieu vous a faite.

Elle hésita un instant, le regardant dans les yeux.

— Et si je souhaite la même chose ?

Il sourit. C'était la réponse qu'il espérait. Il y avait du bon à épouser une femme qui ne résistait à aucun défi.

— Je pourrais difficilement refuser, répondit-il.

— Vous d'abord, alors.

Ce n'était pas la première fois qu'il se déshabillait devant une femme, mais il n'avait jamais été aussi conscient de l'effet de sa nudité sur quelqu'un d'autre. Elle observait ses moindres mouvements avec la concentration d'un faucon, ne perdant pas le moindre détail tandis qu'il ôtait rapidement ses vêtements l'un après l'autre.

À mesure qu'il se dévoilait, il entendait son souffle devenir plus court. Lorsqu'il passa sa tunique par-dessus sa tête, elle cessa de respirer un instant. Elle dévorait ses bras et son ventre du regard. C'était une chance qu'elle apprécie les muscles.

Son effeuillage semblait l'exciter et son désir l'excitait à son tour.

Lorsqu'il en arriva à ses braies, il était dur comme un pieu. Son érection durcit encore lorsqu'elle le lorgna sans vergogne, sa bouche formant un petit « o » de surprise qui était diablement suggestif. Il était trop facile d'imaginer ses lèvres roses et douces se refermant sur lui, le suçant, le prenant jusqu'au fond de sa gorge.

« *Ce n'est pas sorcier. Il suffit de savoir ouvrir grand sa gorge…* »

Elle leva les yeux vers lui.

— C'est énorme, dit-elle sur un ton accusateur. Je comprends maintenant pourquoi cela faisait aussi mal.

Il ne put s'empêcher de sourire. Il n'allait pas s'excuser d'être bien membré. Elle l'apprécierait plus tard, même si elle en doutait pour le moment.

— Cela ira mieux cette fois, l'assura-t-il. Maintenant, à vous.

Après un dernier regard sceptique, elle s'exécuta. Ce fut au tour d'Eoin de l'observer tel un faucon. De fait, il n'aurait pu détourner les yeux même si les Anglais avaient défoncé la porte.

Ses mouvements étaient rapides et efficaces. Elle ne cherchait pas à le séduire, et pourtant, c'était exactement ce qu'elle faisait. Elle avait une sensualité naturelle qui semblait imprégner l'air autour d'elle.

Chacun de ses mouvements était comme un appel silencieux, une incitation à la toucher. Il gardait ses poings serrés le long de son corps, ses mains le démangeant de lui arracher ses vêtements.

Elle ondulait, se pliait, tirait sur des lacets. Elle le tentait, enflammant son désir avec autant d'art que Salomé et ses voiles.

Puis elle passa sa chemise par-dessus sa tête et révéla un corps qui aurait fait pleurer Vénus d'envie. Il crut qu'il allait exploser. Inconsciemment, il avait enroulé son poing autour de son membre et fut à un cheveu de jouir. Lorsqu'elle baissa les yeux vers sa main sans cacher sa curiosité, il se lâcha en jurant.

Elle allait l'achever.

Elle était irréelle. Son corps était plus magnifique qu'il ne l'avait imaginé, et il ne manquait pas d'imagination. De longs membres élancés, des hanches rondes, une taille fine, des seins ronds et généreux couronnés de tétons roses qui dansèrent lorsqu'elle secoua la tête pour laisser tomber sa chevelure. Sa peau était d'une blancheur laiteuse immaculée.

Elle se tint fièrement devant lui, sans une once de gêne, pendant qu'il la dévorait des yeux. De quoi aurait-elle eu honte ? Elle était parfaite.

Et elle était à lui. Sa petite enchanteresse espiègle et sauvage.

Tout en soutenant son regard, il leva la main et effleura un mamelon si exquis qu'il paraissait irréel.

— Tu es belle, *a leanbh*. Si belle.

— Toi aussi, tu es beau.

Elle glissa un bras autour de son cou et l'attira à elle, leurs corps nus entrant en contact pour la première fois.

Il enlaça sa taille, savourant cette sensation.

— Les guerriers ne sont pas beaux, murmura-t-il. Il te faudra trouver un autre terme.

— Sinon ?

Il referma ses dents sur le lobe de son oreille, la faisant frémir, avant de répondre :

— Sinon, je devrai te punir.

— Comment ?

La coquine.

— Comme ça.

Il lui mordilla l'oreille tout en glissant une main sur son sein. Il pinça doucement son téton. Il comprit à quel point elle aimait ça à ses doux gémissements et à la manière dont elle pressait ses hanches contre sa verge.

Il la déposa doucement sur le lit. Il était si étroit qu'il était obligé de s'étendre sur le flanc et de se pencher sur elle. Cela ne le dérangeait pas : il pouvait ainsi profiter de tout ce corps splendide.

Margaret n'était pas fâchée de sentir la paille du matelas dans son dos, car elle n'avait plus besoin de se préoccuper de ne pas tomber. Elle pouvait se concentrer entièrement sur ce qu'il lui faisait.

Tout était nouveau et merveilleux. La manière dont sa bouche goûtait son cou, dont ses doigts chatouillaient son sein, la sensation de son grand corps nu contre le sien. Tous les petits détails la fascinaient. La chaleur de sa peau qui conservait un hâle de l'été précédent, les poils dorés sur son torse qui descendaient jusqu'à la toison dense autour de son sexe.

Elle brûlait de le toucher, surtout après avoir vu la manière dont il l'avait tenu dans sa main en la regardant. Cela l'avait intriguée et excitée. Il pouvait dire ce qu'il voulait, il était beau. Grand et large d'épaules, ses muscles si finement ciselés qu'il semblait sculpté dans le marbre. Une lavandière aurait pu battre son linge sur son ventre dur !

Elle adorait la sensation de son corps sur le sien, son poids, leur connexion.

Il embrassa sa bouche, son cou, puis, enfin !, ses seins. Elle gémit quand il referma sa bouche chaude et humide sur son mamelon et commença à le sucer. Elle se cambra sans vergogne, l'implorant de la sucer plus fort. Sa langue décrivit de petits cercles autour du téton, puis il le mordilla doucement.

Une étrange sensation l'envahissait, comme une tension croissante. Sa peau était brûlante, ses membres lourds, la fente entre ses cuisses l'élançait et la picotait.

Elle ignorait ce qu'elle voulait jusqu'à ce qu'il la touche. Ses doigts chauds se frayèrent un chemin le long de son bas-ventre et commencèrent à caresser son sexe, doucement d'abord, décrivant de petits cercles qui la firent se trémousser de plaisir.

Bientôt, ce ne fut plus assez. Elle se mit à trembler. Elle souleva ses hanches, les pressant contre sa main… le suppliant de lui donner plus.

Il grogna contre son sein et le suça de plus belle, jusqu'à ce qu'un courant de plaisir la parcoure, allant et venant entre son mamelon et son sexe. Puis ses doigts glissèrent en elle et lui donnèrent ce qu'elle voulait sans le savoir. Plongeant, dardant, de plus en plus vite, de plus en plus fort. Le talon de sa main appuyait sur son mont de Vénus, exerçant la pression qu'elle attendait inconsciemment. C'était affolant…

Elle se trémoussait et gémissait, perdue dans des sensations qu'elle ne comprenait pas. Son corps semblait lutter contre une force inconnue et incontrôlable.

Elle sentit vaguement un courant d'air frais sur son sein humide lorsqu'il leva la tête vers elle. Jamais elle n'oublierait son regard intense ni ses traits tirés par la retenue.

— Laisse-toi aller, mon cœur. Tout va bien. Je te rattraperai.

Que ce soit le son de sa voix, l'expression de son regard ou simplement le fait que son corps ne pouvait plus lutter, quelque chose brisa ses dernières résistances. Elle s'abandonna aux sensations et sentit son corps s'envoler.

Le vol des anges. Elle n'aurait su décrire autrement cette ascension fulgurante vers le paradis, cette explosion d'étoiles, puis ce doux flottement sur des nuages tandis que les vagues de plaisir intense s'espaçaient progressivement.

Lorsqu'elle redescendit sur terre, il était là pour la rattraper, comme il l'avait promis.

Eoin n'avait jamais rien vu d'aussi beau ni d'aussi excitant que les traits de Margaret ravagés par la jouissance. Il avait besoin d'être en elle.

Il déposa un baiser tendre sur ses lèvres puis s'étendit sur elle. Les mains plantées de chaque côté de ses épaules, il la regarda dans les yeux jusqu'à ce que le voile de plaisir se dissipe.

— Je veux entendre tes vœux, Margaret.

Elle esquissa un sourire qui l'atteignit droit au cœur.

— Moi, Margaret, je te prends toi, Eoin, pour époux, pour le meilleur et pour le pire, jusqu'à ce que la mort nous sépare.

Il répéta le vœu puis, d'un seul coup de reins, consomma leur union.

Il s'immobilisa, savourant les sensations et ce moment bouleversant de complétude et de justesse.

C'était fait. Ils étaient mariés. Unis par Dieu en tant que mari et femme.

Ils étaient tous les deux conscients de l'importance de leur geste. Elle le dévisageait attentivement, étudiant ses traits. Il lisait l'émotion dans ses yeux et se demanda s'ils reflétaient un peu de la sienne.

— Il n'y a pas de retour en arrière, dit-elle.

— Pas de retour en arrière, répéta-t-il.

Elle sourit.

— Tu avais raison.

— À quel sujet ?

— C'est moins douloureux la seconde fois. C'est même très agréable.

— Et c'est délicieux d'être en toi, mon cœur. Seigneur, c'est divin !

Il lui montra à quel point avec de longues et lentes ondulations des reins qui traduisaient les émotions en lui. Il l'aimait, et le lui dit avec chaque baiser, chaque caresse, chaque va-et-vient. Puis, lorsqu'il la conduisit au bord du paroxysme et l'y suivit, il le lui dit également avec des mots.

— *Tha gaol agam ort*.

Il se passa un long moment avant qu'ils ne puissent parler. Étendu aux côtés de sa nouvelle épouse, sa joue douce contre son torse, sa chevelure répandue sur sa peau tel un voile de soie, la serrant contre lui d'un bras autour de sa taille, Eoin était plus heureux qu'il ne l'avait jamais été. Il observa l'obscurité envahir peu à peu la cabane et aurait voulu y rester pour toujours.

Pourtant, il fallait rentrer. Ils étaient partis depuis plusieurs heures et on avait sûrement remarqué leur absence. Les commentaires iraient bon train, ce dont Margaret n'avait pas besoin. Bientôt, quelqu'un, sa famille probablement, se lancerait à sa recherche.

Si ses frères les surprenaient ici, la situation déjà délicate deviendrait explosive. En dépit de leur mariage, il pourrait s'estimer heureux s'il ne finissait pas avec un coutelas planté dans le dos. Si ce n'était pas celui de Dugald MacDowell, ce serait celui d'un de ses huit fils. Même si le plus jeune n'était encore qu'un adolescent, aucun n'était un tendre.

Il ne voulait même pas penser à la réaction de sa propre famille.

Margaret posa le menton sur sa poitrine pour le dévisager.

— Tu le pensais vraiment ?

Il ne fit pas semblant de ne pas comprendre. Il écarta quelques cheveux pris dans ses longs cils, ce qui n'était qu'un prétexte pour caresser sa joue. Il se demanda s'il se lasserait jamais de cette peau de pêche.

— Oui, répondit-il. Je le pensais sincèrement.

Le bonheur dans ses yeux et le sourire qui illumina son visage réchauffèrent son cœur et chassèrent toute pensée des mauvais moments à venir.

— Moi aussi, je t'aime, dit-elle.

Même s'il le savait déjà, l'entendre lui procura un plaisir infini. Leur amour les aiderait à traverser la tempête qu'ils venaient de déclencher.

Il l'espérait.

Toutefois, en contemplant son corps nu lové contre le sien, sa chevelure désordonnée tombant en cascade et ses traits magnifiques tournés vers lui, il ressentit une pointe de doute.

Les paroles de Fin lui revinrent en mémoire. « *Besoin d'attention… Exigeante… Sauvage…* »

Non, son ami se trompait. Si Margaret tenait parfois des propos scandaleux et se comportait différemment des autres femmes, c'était par manque d'expérience. Elle avait grandi dans un environnement où elle avait joui d'une grande liberté et, paradoxalement, avait été trop protégée… au point d'être restée innocente.

Elle n'était pas perverse ; simplement, elle ne connaissait pas les règles sociales. Enfin, peut-être était-elle un peu perverse, mais il n'y voyait pas d'inconvénient car cela ne rendrait leurs nuits que plus excitantes.

Pour le reste, sa mère l'aiderait. Lorsque Margaret aurait passé un peu de temps chez lui avec sa mère et ses sœurs, elle apprendrait les convenances et ce qu'on attendait d'elle en tant qu'épouse.

Si cela ressemblait à un vœu pieux, il préféra ne pas y penser. Tout s'arrangerait.

Elle traçait de petits cercles sur son torse du bout de l'index.

— J'aimerais que nous puissions rester ici pour toujours, soupira-t-elle.

Elle avait dû sentir son inquiétude, car elle se mit à rire.

— Je me suis souvent demandé à quoi ressemblerait mon mariage, mais je n'aurais jamais pu imaginer ceci.

— Tu aurais aimé un grand mariage ? Je suis navré.

Bien sûr, n'était-ce pas ce dont rêvaient toutes les jeunes filles ? Il était sincèrement désolé de l'en avoir privée.

— Ce n'est pas ce que je voulais dire. Je n'aurais jamais pensé que mon mariage serait si romanesque, ni que je pourrais être aussi heureuse en étant aussi dévergondée.

Elle lui adressa un sourire espiègle.

— Nous éviterons de le raconter à nos enfants. (*Quoi, des enfants, déjà ?*) Je ne crois pas que « Papa a épousé Maman parce qu'il l'avait prise contre un mur » soit le genre de leçon que nous voudrons leur donner.

Il rit malgré lui. Elle était décidément outrageuse et cela le ravissait.

— D'un autre côté, personne ne me croirait, ajouta-t-elle.

— Que veux-tu dire ?

Elle leva les yeux au ciel.

— Il est pratiquement impossible de t'arracher un sourire, Eoin. Qui croirait que tu t'es laissé emporter par la passion ?

— C'est parce qu'ils ne t'ont pas vue telle que je te vois en ce moment, répliqua-t-il.

— Ai-je l'air merveilleusement et totalement débauchée ? demanda-t-elle en riant.

— Si quelqu'un doit s'en vanter, c'est moi.

— Oh, comme je regrette de ne pas avoir un miroir !

Il aurait aimé la peindre. Il porterait son portrait partout avec lui et ne se lasserait jamais de le regarder.

Bigre, elle le transformait en troubadour éperdu d'amour. Bientôt, il composerait des sonnets et chanterait des odes à sa beauté.

Il déposa un baiser sur ses lèvres, puis un autre sur son front.

— Nous devons partir, annonça-t-il.

— Il le faut vraiment ?

Il acquiesça.

La soudaine angoisse dans son regard lui indiqua qu'elle était consciente de ce qui les attendait.

— Ce sera horrible, n'est-ce pas ? demanda-t-elle.

Il lui mentit pour la première fois.

— Mais non, une fois le premier choc passé, je suis sûr que tout se passera bien.

10

Eoin s'était trompé. Cela ne se passait pas bien du tout. Plus d'une semaine plus tard, Margaret ne s'était pas encore remise de la violence des réactions lors de leur retour au château.

Le bonheur idyllique de la cabane s'était envolé dès qu'ils avaient franchi le pont-levis et s'étaient retrouvés face à ses frères qui s'apprêtaient à partir à sa recherche.

Elle ignorait ce qui avait été pire, voir ses frères en venir aux poings avec l'homme qu'elle aimait, ou la rage folle de leurs deux pères, plus tard, quand Eoin, le nez en sang, et elle-même s'étaient tenus dans l'antichambre du roi et avaient annoncé ce qu'ils avaient fait.

Les deux clans seraient entrés en guerre si la mère d'Eoin n'était pas intervenue. Pendant que les hommes criaient, lançaient des menaces et des sommations, cherchaient des noms de parents communs en espérant trouver un degré de consanguinité qui leur permettrait de faire annuler le mariage, Rignach MacLean leur avait calmement annoncé qu'il était trop tard. Margaret était peut-être déjà enceinte et son premier petit-fils ne porterait pas la marque infamante du bâtard. Ils devaient tous se faire une raison et accepter la situation « malheureuse ».

En dépit de son intervention, Margaret ne se berçait pas d'illusions. Sa belle-mère ne serait jamais dans son camp. Lady Rignach ne pouvait cacher son dédain chaque fois que son regard se posait sur elle, à peine quelques secondes, comme si s'attarder sur sa bru risquait de la salir. Elle la considérait comme inférieure, telle une séductrice qui avait contraint son fils à faire la seule chose honorable.

Contrairement à ce qu'ils avaient cru, une fois le premier choc passé, la situation ne s'était guère améliorée. La réaction de sa propre famille avait été aussi négative, voire pire. Bien que le projet de fiançailles avec John Comyn ait été illusoire, elle avait l'impression d'avoir failli à son père. Elle s'était efforcée de le lui faire comprendre, mais il ne voulait rien entendre. Il lui avait à peine adressé la parole au cours des jours qui avaient précédé son départ.

Même Duncan la considérait comme une traîtresse pour avoir épousé « l'ennemi ». Pourtant, ils savaient désormais qu'Eoin ne pourrait pas se battre contre eux. L'idée de se retrouver dans le camp opposé à sa famille au cas où une guerre éclaterait lui était insupportable. Elle se jura de faire son possible pour convaincre son mari de se ranger du côté de son clan et des Comyn en cas de conflit. La perspective d'avoir les talents considérables d'Eoin avec eux était l'unique détail qui avait apaisé un tant soit peu les siens.

Lady Rignach avait jugé préférable que Margaret et Eoin quittent la cour et rentrent au château de Gylen, sur l'île de Kerrera, le plus tôt possible, afin de couper court aux commérages. En réalité, Margaret soupçonnait surtout sa belle-mère de ne pas supporter que son fils se soit abaissé en épousant une créature « arriérée et païenne » venue d'un trou perdu d'Écosse.

Même si Margaret convenait qu'il valait mieux quitter Stirling, cela ne rendait pas ses adieux plus faciles.

Brigid était la seule à s'être réjouie pour elle. Toutefois, Margaret sentait son amie perturbée. Elle eut beau l'interroger, elle ne put rien lui soutirer.

Elle eut néanmoins quelques soupçons lorsque Brigid déclara qu'elle l'admirait pour « avoir suivi son cœur » et « n'avoir laissé personne se mettre en travers de son amour ».

Brigid était-elle amoureuse ? Margaret aurait aimé pouvoir aider son amie. Au lieu de cela, elle lui disait au revoir tout en sachant qu'elles ne se reverraient pas avant longtemps.

Si elles se revoyaient un jour.

La douleur de perdre sa famille et sa meilleure amie d'un coup, ainsi que celle d'être envoyée dans un lieu inconnu et lointain, aurait été plus facile à supporter si elle avait pu la partager avec Eoin.

Depuis leur union dans la cabane, ils s'étaient peu vus. Eoin passait le plus clair de son temps enfermé avec son père et le comte de Carrick. Ils ne partageaient même pas un lit la nuit. Il avait été impossible de leur trouver une chambre dans le château de Stirling et tout le monde (sauf elle) considérait apparemment qu'il valait mieux qu'ils n'aggravent pas le « scandale ».

Margaret se souciait du scandale comme d'une guigne. Elle voulait juste s'assurer qu'Eoin allait bien et qu'il ne regrettait pas leur mariage.

Tout espoir de pouvoir enfin passer un peu de temps seule avec lui au cours du voyage vers Kerrera s'évanouit lorsqu'elle apprit que sa belle-mère, sa belle-sœur et Finlaeie MacFinnon les accompagneraient, ainsi que la moitié des gardes de son beau-père pour assurer leur protection.

À la fin du troisième jour de voyage, lorsqu'il fut clair qu'elle serait à nouveau obligée de partager une tente avec sa belle-mère et sa belle-sœur et non avec Eoin, qui dormait près du feu avec les autres hommes, elle hésita entre s'effondrer en larmes et étrangler son mari. Soit il était le plus indifférent des époux, soit il était le plus obtus. Dans un cas comme dans l'autre, cela ne pouvait plus durer. Elle ne s'était jamais sentie aussi perdue et avait besoin de savoir si elle n'avait pas commis une terrible erreur.

Laissant lady Rignach et Marjory indiquer aux serviteurs où déposer leurs malles sous la tente, qui était plus grande que la chambre que Margaret et Brigid avaient partagée avec plusieurs autres femmes à Stirling, elle se mit en quête de son mari.

Serrant sa cape autour de son cou pour se protéger du vent froid, elle se faufila entre les hommes occupés à monter rapidement le camp avant la tombée de la nuit.

Jusque-là, ils avaient passé de longues journées en selle, se levant avant l'aube pour se mettre en route dès les premières lueurs du jour et s'arrêtant peu avant le crépuscule. Leur allure était néanmoins atrocement lente, plus lente encore que lors du voyage entre Garthland et Stirling. Comme elle, Dubh rongeait son frein, mourant d'envie d'accélérer la cadence.

Les voitures à cheval étaient rares et peu pratiques sur les anciennes voies romaines. Les femmes montaient donc toutes à cheval. Toutefois, la mère et la sœur d'Eoin voyageaient avec beaucoup plus de charrettes que Brigid et elle. Margaret n'avait que deux pauvres malles alors qu'elles en avaient quatre ou cinq chacune.

Outre les malles de linge et de vêtements, il y avait les coffres pour les bijoux, pour les voiles, pour les bandeaux, pour les chaussures. Cela ne s'arrêtait pas là. Margaret avait été choquée par la quantité de vaisselle et de meubles qui les accompagnaient. Lorsqu'elle retournerait dans la tente, celle-ci serait aussi confortable qu'une chambre à Stirling, avec des lits, du beau linge, des chaises, des tables, dont une réservée à la correspondance de lady Rignach (Margaret avait à nouveau gaffé en demandant si elle voyageait avec son clerc, pour le plus grand amusement de Marjory qui lui avait rétorqué qu'à Kerrera, seuls les paysans ne savaient ni lire ni écrire), une immense baignoire en bronze ainsi que deux braseros.

En route vers Stirling, Margaret et Brigid avaient dormi sur des couvertures et mangé avec les hommes autour du feu. Selon lady Rignach, même une nuit dans la forêt ne justifiait pas qu'on abandonnât les règles de la vie « civilisée ». Margaret ne doutait pas qu'elle avait utilisé le terme à son intention.

Lady Rignach n'avait guère besoin de lui rappeler ses lacunes. Margaret en était douloureusement consciente chaque fois qu'elles sortaient un livre ou un rouleau de parchemin sur lequel écrire.

Si seulement être civilisé pouvait prendre moins de temps ! À ce rythme, ils n'arriveraient pas à Oban avant une bonne semaine. De là, ils prendraient un bac pour Kerrera. Dans les Hébrides, voyager par bateau était beaucoup plus rapide, mais lady Rignach n'aimait pas la mer.

Margaret trouva Eoin de l'autre côté du camp. Il se tenait près des chevaux, parlant avec une poignée de ses hommes, dont Finlaeie MacFinnon. Eoin lui tournait le dos et la conversation semblait houleuse.

Finlaeie l'aperçut le premier. Elle se raidit machinalement puis s'efforça de sourire. Pour Eoin, elle voulait tirer un trait sur ce qui s'était passé à Stirling et se montrer amicale avec son frère de sang. Ce n'était pas facile, étant donné que Finlaeie la regardait comme si elle sortait des bas-fonds de Londres.

Elle n'oublierait jamais son expression avant la course, mais elle s'était promis d'essayer de lui pardonner. Naturellement, il aurait fallu pour cela qu'il eût envie d'être pardonné. Or, jusqu'à présent, rien dans son comportement n'indiquait qu'il regrettait son attitude et ses paroles.

Il semblait y avoir une certaine froideur entre les deux amis et Margaret soupçonna que cela avait un rapport avec la vilaine ecchymose sur la mâchoire de Finlaeie.

Compte tenu de l'intensité de la discussion, ce n'était pas un bon moment pour les interrompre. Elle aurait dû rebrousser chemin, mais Finlaeie donna un coup de coude à Eoin, lui glissa quelque chose à voix basse puis fit un signe dans sa direction.

Eoin se tourna, l'aperçut et la salua aimablement d'un « ma dame ». Toutefois, il était trop préoccupé pour pouvoir lui cacher que son interruption n'était pas bienvenue.

C'était un regard qu'une bonne épouse aurait déchiffré en une fraction de seconde. Elle aurait trouvé une excuse et se serait éclipsée rapidement. Malheureusement pour lui, Margaret n'était pas une bonne épouse. De fait, elle ne se sentait pas vraiment épouse. Ce regard ne fit qu'attiser sa frustration, sa douleur et sa colère.

Elle avait abandonné la seule famille qu'elle connaissait trois jours plus tôt, avait été accueillie dans la sienne avec autant d'enthousiasme que si elle avait été lépreuse et il ne pouvait même pas lui consacrer quelques minutes ?

— Tu as besoin de quelque chose, Margaret ? demanda-t-il.

— J'aimerais te parler. En privé, s'il te plaît.

— Cela ne peut pas attendre ? Nous allions justement partir…

— C'est important, l'interrompit-elle fermement.

Il fallait qu'elle sache pourquoi il l'évitait, et ce regard qu'elle venait de surprendre lui confirmait que c'était précisément ce qu'il faisait.

Eoin annonça à ses hommes qu'il les retrouverait dans quelques minutes et se dirigea vers son épouse sans prêter attention au regard narquois de Fin qui signifiait : « Je t'avais prévenu. »

Ce n'était pas parce qu'elle les avait interrompus qu'elle était exigeante et réclamait de l'attention, nom d'un chien !

Fin avait de la chance qu'il lui parle encore après ce qu'il avait déclaré au sujet de son mariage.

— Qu'est-ce qui t'a pris de l'épouser ? Je parie qu'elle n'était même pas vierge. J'espère que tu as vérifié qu'elle ne s'était pas fait des entailles quand tu as vu le sang.

Le poing d'Eoin était parti avant même qu'il s'en rende compte, atteignant Fin sous la mâchoire. L'instant suivant, il avait les deux mains serrées autour de sa gorge.

— Si jamais tu redis une chose pareille, je te tue !

Il le pensait sincèrement. Margaret était son épouse et il ne laisserait personne la vilipender, même l'homme qui était pour lui comme un frère.

Si seulement Fin avait pu se taire ! Eoin n'avait pas pensé au sang, ni à son absence. Que Fin aille au diable. Le fait qu'elle n'ait pas saigné ne voulait rien dire. Il était évident qu'elle avait été vierge.

Cela ne valait même pas la peine d'y penser.

Il prit le bras de Margaret et l'entraîna vers le bord de la rivière, où plusieurs garçons venaient emplir des seaux d'eau fraîche pour le camp.

Il lui indiqua une pierre sur laquelle s'asseoir mais elle déclina l'invitation et se tourna vers lui.

— Y a-t-il un problème ? demanda-t-elle.

— Rien qui ne doive t'inquiéter. Un éclaireur a découvert qu'un pont a été emporté par le courant un peu plus loin. Nous partons chercher une autre route que les chariots pourraient emprunter.

— Je ne parlais pas de ça. Es-tu fâché contre moi pour une raison ou une autre ?

— Bien sûr que non.

— Alors pourquoi m'évites-tu ?

— Je ne t'évite pas.

En le disant, Eoin sut que c'était un mensonge. Involontaire, peut-être, mais ce n'était pas une excuse. Sa promesse faite à Bruce lui restait en travers de la gorge et il la regrettait, même si cela avait été le seul moyen de ne pas gâcher sa chance d'entrer dans la Garde secrète.

Sa famille avait réagi encore plus mal que prévu. Les négociations avec les Keith pour le fiancer à lady Barbara avaient été plus avancées qu'il ne l'avait pensé. Son mariage surprise avec Margaret avait sali l'honneur de son clan. Son père avait été humilié, contraint de présenter des excuses et de faire amende honorable. Eoin avait anéanti toutes ses chances de travailler avec le grand maréchal d'Écosse et ferait sans doute mieux d'éviter de croiser le chemin de Robert Keith à l'avenir.

Eoin soupçonnait que la déception de son père était encore aggravée par le fait que son geste avait été totalement inattendu. Contrairement à ses deux frères aînés, Eoin ne faisait jamais rien de précipité ni d'irréfléchi. Il était sérieux, mesuré. *Intelligent*.

Pas cette fois. Son père ne pouvait croire qu'il ait gâché un avenir brillant pour culbuter une fille. « *Elle te mettra des bâtons dans les roues* », avait-il prévenu, faisant écho aux paroles de Fin.

Son avertissement parut d'autant plus prophétique lorsqu'il lui annonça que Bruce ne voulait plus de lui dans sa Garde. Le comte ne pouvait risquer de recruter un homme ayant des liens si étroits avec l'ennemi, surtout avec Dugald MacDowell. S'être mis Keith à dos était déjà suffisamment enrageant, perdre sa chance auprès de Bruce était impensable.

Après des jours de discussions, voire d'implorations, Bruce était enfin revenu sur sa décision, mais uniquement après lui avoir arraché une promesse : Margaret ne devait jamais rien savoir de son rôle ni de ses activités. Cette partie de sa vie devait lui être totalement inaccessible.

Autrement dit, il devrait lui mentir.

C'était sans doute la raison pour laquelle il l'évitait. Il pressentait que plus ils passeraient de temps ensemble, plus ils deviendraient proches, plus la découverte de la vérité lui apparaîtrait comme une trahison. Car, même s'il comptait respecter sa promesse à Bruce, il ne doutait pas qu'elle finirait par l'apprendre tôt ou tard.

Pour le moment, sa belle épouse ne semblait guère satisfaite de lui. Elle le dévisageait avec un regard noir.

— Sommes-nous mariés ou pas ?

— De quoi parles-tu ? Bien sûr que nous sommes mariés.

— Je n'en étais pas sûre. Il semblerait que je partage un lit avec tout le monde, sauf avec toi.

Dans sa colère, elle avait haussé le ton. Plusieurs hommes les regardèrent avec un air ahuri. Il l'entraîna un peu plus loin.

— Je doute que tu penses vraiment ce que tu as dit, déclara-t-il avec un petit sourire.

Elle réfléchit un instant, puis rougit.

— Bien sûr que non, je voulais simplement dire que... j'espérais...

Elle s'interrompit un instant, puis reprit doucement :

— Tu me manques.

Le cœur serré, Eoin la prit dans ses bras. Il n'était qu'un crétin sans cœur. Accaparé par le remords d'avoir accepté la condition de Bruce, il n'avait pas pensé au mal qu'il lui faisait en l'évitant. Elle se sentait abandonnée, à juste titre.

Cela ne ferait qu'empirer, mais il repoussa cette pensée troublante pour le moment.

La semaine qui s'était écoulée avait été aussi pénible pour lui que pour elle. Elle n'y était pour rien et il se comportait comme si elle était responsable. En réalité, il l'aimait trop et craignait les conséquences que son entrée dans la Garde de son cousin aurait sur leur couple.

Néanmoins, Bruce lui offrait le rêve de sa vie et un défi auquel il ne pouvait résister. Il pourrait enfin montrer ce qu'il savait faire et travailler au plus haut niveau. Il ne pouvait renoncer à une telle opportunité. Il s'y préparait depuis des années. En outre, il se battrait pour une cause en laquelle il croyait profondément. Bruce était le roi légitime et la meilleure chance pour l'Écosse de se débarrasser du joug des Anglais. Il ne pouvait tout abandonner à présent, même pour la femme qu'il aimait.

Ce ne serait pas facile, mais il était résolu à avoir à la fois Margaret et sa place dans la Garde.

— Je suis désolé, *a leanbh*. J'étais... préoccupé.

Dix jours s'étaient écoulés depuis la scène dans la cabane et son corps réagissait à leur proximité. On aurait dit qu'elle sortait d'un bain bouillant parfumé. Comment faisait-elle pour sentir aussi bon après une journée en selle ?

Elle posa un instant sa joue contre son *cotun* poussiéreux avant de lever à nouveau la tête.

— Tu n'as donc pas changé d'avis ?

— À quel sujet ?

— Au sujet de m'avoir pour épouse.

— Quoi ? Bien sûr que non !

Elle étudia son visage, semblant guetter une hésitation.

— Dans ce cas, pourquoi ne dormons-nous pas dans le même lit ?

Que Dieu lui vienne en aide, elle disait de ces choses !

— Enfin, Maggie, tu sais bien que les conditions du voyage offrent peu d'intimité.

Il s'écarta légèrement et ôta son casque. Il se passa les doigts dans les cheveux et s'efforça de ne pas bégayer.

— Je ne peux tout de même pas chasser ma mère et ma sœur de leur tente !

Elle l'observa jusqu'à ce qu'il se sente tel un cloporte sous une pierre.

— Ce n'est pas ce que je suggérais, mais je ne vois pas pourquoi tu ne pourrais pas dormir sous la tente avec nous.

Il la fixa avec effroi. Elle garda son sérieux le plus longtemps possible, puis éclata de rire.

— Je plaisantais, voyons ! Si tu voyais ta mine !

Elle secoua la tête sans cesser de rire pendant qu'il la dévisageait d'un œil torve. Sans grand effet.

— Je sais qu'il est difficile de s'isoler, reprit-elle. Mais la femme de chambre de ta mère dort près du feu avec son époux, comme plusieurs autres servantes mariées. Nous n'avons pas besoin de… euh…

Elle s'interrompit, le rose de ses joues indiquant clairement ce à quoi elle pensait. Elle se mordit la lèvre puis leva les yeux vers lui.

— Dormir à tes côtés me suffirait.

— Je pensais uniquement à ton confort, répondit-il, navré.

— Pour ce qui est du confort, je suis servie, plaisanta-t-elle. Avec tout ce que transportent ces chariots, il ne doit pas rester un meuble dans votre château. Je n'ai pas besoin de tout ça. Je serais très confortable avec toi.

Au moins, l'un d'eux le serait. Il ne pouvait imaginer un inconfort plus grand que celui d'être couché auprès d'elle nuit après nuit sans pouvoir la toucher.

Toutefois, elle n'avait pas tort au sujet de sa mère.

— J'aimerais que ma mère et ma sœur pensent comme toi. Nous irions beaucoup plus vite !

— C'est vrai que nous progressons lentement, n'est-ce pas ? Nous pourrions peut-être utiliser ce temps pour mieux nous connaître ?

Prévoyant une objection à laquelle il n'avait pas encore songé, elle s'empressa d'ajouter :

— Je sais que tu es occupé, mais peut-être que, quand tu as fini tes tâches de la journée, ou quand tu as un moment de répit, tu pourrais faire ce que tu as promis ?

Il plissa le front. Aurait-il fait une promesse qu'il avait oubliée ?

Son air perplexe la fit sourire.

— Voici de quoi te rafraîchir la mémoire.

Elle sortit un objet de la bourse accrochée à sa ceinture et le déposa dans sa main.

— Malheureusement, je n'ai pas pu emporter tout le jeu. Mais la mine renfrognée de celui-ci me faisait penser à toi.

Il était trop stupéfait pour relever l'allusion à sa mine renfrognée. Il fixait, incrédule, le petit roi sculpté dans l'ivoire.

— Tu as volé une des pièces de l'échiquier de Stirling ?

Fichtre, le jeu avait probablement appartenu au roi Guillaume le Lion !

— « Voler » est un bien grand mot pour un petit morceau d'un jeu pour enfants, non ? répondit-elle. Je voulais un souvenir de notre première rencontre. Il y en avait un autre de la même couleur, alors je me suis dit que ce n'était pas grave.

Il n'eut pas le cœur de la contredire. Elle découvrirait la vérité bien assez tôt. Il ne put réprimer un sourire en songeant à la tête que ferait Bruce la prochaine fois qu'il s'assiérait pour jouer.

Il souriait encore lorsqu'il rejoignit ses hommes et qu'ils partirent à la recherche d'une autre route à travers les versants boisés de Callander. Contre toute attente, compte tenu de la gêne que cela allait lui causer, il avait hâte que la nuit vienne.

Pour la première fois depuis l'annonce de leur mariage, il retrouvait un peu de l'espoir qu'il avait ressenti dans la cabane. Tout irait bien. Ce qu'il y avait entre Margaret et lui valait toutes les épreuves qu'ils rencontreraient.

Malheureusement, la première était pour bientôt.

— Échec...

Incrédule, Margaret contempla leur échiquier improvisé et acheva pour lui :

— ... et mat.

Elle ajouta un juron très cru.

Elle résista à l'envie d'envoyer valser le jeu et lança un regard noir à son adversaire.

Eoin sourit d'un air satisfait.

— Allons, Maggie. Ce n'est qu'un jeu d'enfants, n'est-ce pas ? Tu n'es pas fâchée ?

Elle plissa les yeux. S'il n'avait pas été aussi grand, c'était lui qu'elle aurait envoyé valser.

— C'est un jeu démoniaque ! Tu m'as laissée croire que, cette fois, je t'avais piégé !

Il eut la sagesse de ne pas répondre et se contenta d'un haussement d'épaules, démontrant que, même s'ils ne pouvaient faire l'amour, après avoir dormi six nuits l'un près de l'autre au coin du feu, il commençait à apprendre comment être un bon mari.

Elle lui ferait néanmoins payer ce haussement d'épaules. Cette nuit.

Il ne lui avait pas fallu longtemps pour se rendre compte que se lover contre son mari, la nuit, le mettait dans tous ses états. Il la désirait. À en juger par la taille de son érection logée contre ses fesses, il la désirait même comme un fou. Elle ne pouvait s'empêcher de le taquiner. Elle riait encore en se souvenant de sa rougeur lorsqu'il avait prononcé le mot « intimité ». Et de son juron étouffé quand elle avait remué sa croupe contre son sexe bandé.

Eoin méritait amplement sa réputation de grand tacticien. Si les leçons d'échecs ne lui avaient pas encore montré son esprit retors, la torture qu'il exerçait sur son corps s'en était chargée.

Lorsqu'elle avait remué les hanches contre lui, il avait remonté la main qui pendait mollement sur sa taille et l'avait placée sur son sein. Il avait décrit des cercles autour de son téton en l'effleurant à peine du bout des doigts. C'était délicieux et terriblement frustrant. Dès qu'elle avait émis un son, il s'était arrêté et avait chuchoté :

— Intimité.

Ils avaient tous deux mis longtemps avant de s'endormir cette nuit-là. Toutefois, sa frustration avait été amplement compensée par le fait de se réveiller le lendemain matin blottie dans ses bras, au chaud, en sécurité et incroyablement heureuse.

La nuit suivante, il ne l'avait pas prise dans ses bras comme la veille, il lui avait tourné le dos. Elle avait décidé qu'une petite revanche s'imposait. Elle avait glissé un bras autour de sa taille, faufilé sa main sous sa tunique et doucement caressé son ventre. Elle avait vite remarqué que ses muscles se contractaient de plus en plus à mesure que ses doigts descendaient. Lorsque son pouce avait accidentellement rencontré la tête turgescente de son membre, il avait gémi et elle s'était arrêtée.

— Intimité, avait-elle chuchoté.

Malheureusement, elle n'avait pas prévu que l'état d'excitation dans lequel elle l'avait mis serait contagieux. Son cœur battait aussi fort que le sien. Il lui avait fallu encore plus de temps pour s'endormir mais, une fois de plus, se réveiller dans ses bras en avait valu la peine.

La troisième nuit, lorsqu'il se glissa sous leur plaid, ses doigts se frayèrent un chemin entre ses cuisses. Il la caressa jusqu'à ce qu'elle soit à moitié folle de désir, ne s'arrêtant que lorsqu'elle ne put plus contenir ses gémissements. Elle en cria presque malgré tout... de frustration.

Ce fut une très longue nuit blanche.

La nuit suivante, il la rejoignit tard, le lâche, mais elle se tenait prête. Dès qu'il rabattit le plaid sur eux, elle le prit dans sa main, encerclant son membre rigide comme elle l'avait vu faire dans la cabane. Il referma ses doigts autour des siens et lui montra comment le caresser.

Elle soutint son regard dans l'obscurité jusqu'à le conduire au bord du gouffre de la volupté. Il était si tendu qu'elle crut être sur le point de remporter la bataille sensuelle qui avait débuté entre eux, puis il ravala son souffle, émettant un son, et elle le lâcha.

Après presque une semaine d'attouchements et de caresses, elle était autant au supplice que lui. Elle ne pouvait plus attendre de faire de nouveau l'amour avec lui. Dieu merci, ce serait pour demain ! D'après Eoin, ils arriveraient au bac d'Oban en fin d'après-midi. Le château de Gylen n'étant qu'à un jet de pierre du sud d'Oban, la traversée serait rapide et elle découvrirait sa nouvelle demeure avant la tombée de la nuit.

En dépit de la promesse de plaisir qui l'attendait, des nuits de torture, de la lenteur de leur progression et des pluies qui s'abattaient sur eux depuis quelques jours, une partie d'elle était triste que le voyage touche à sa fin.

La nouvelle vie qui l'attendait sur Kerrera l'angoissait. Elle ignorait à quoi s'attendre, comment elle s'intégrerait et ce qu'on exigerait d'elle. Le château de

Gylen représentait l'inconnu. Sur la route, au moins, elle pouvait prétendre que rien n'avait changé.

Elle apprenait à connaître son mari et cela l'enchantait. Depuis qu'elle lui avait parlé une semaine plus tôt, Eoin passait plus de temps avec elle, et pas uniquement la nuit. Il chevauchait à ses côtés quand il le pouvait. Tous les soirs après le dîner, il sortait la planche sur laquelle il avait gravé un échiquier au couteau, ainsi que des cailloux de différentes couleurs et tailles, et lui enseignait à jouer aux échecs.

Elle apprit les règles rapidement. En revanche, perdre presque systématiquement était difficile à avaler.

— Qui aurait cru qu'un jeu d'enfants serait aussi vexant ? déclara-t-elle. Crois-le ou pas, avant de te connaître, je me considérais comme relativement maligne.

— Je crois que ta fierté est suffisamment développée pour tenir le coup. Ce n'est pas l'intelligence qui te bloque.

— C'est quoi, alors ?

— Tu es trop impatiente d'arriver à la fin de la partie. Tu attaques trop tôt. Tu dois attendre le bon moment.

Surprise par sa perspicacité, elle arqua un sourcil. Il avait raison. Elle était impatiente et se lassait rapidement. Elle n'était pas faite pour les longues attentes avant l'embuscade. Elle aimait les combats frontaux et rapides. Passer deux jours sur une partie d'échecs n'était pas pour elle.

— C'est ainsi que tu fonctionnes ? demanda-t-elle, intriguée.

Il haussa les épaules. Lui qui ne parlait que de batailles avec tout le monde, il évitait ce thème avec elle. Elle espérait que cela ne signifiait rien. Elle n'avait encore jamais discuté de l'éventualité de la guerre avec lui. Peut-être le moment était-il venu d'aborder le sujet.

Elle lança un regard autour d'eux et constata que, comme les soirs précédents, les autres gardaient leurs distances, leur laissant un peu d'intimité.

— Que feras-tu si la guerre éclate à nouveau ? demanda-t-elle à voix basse.

Peut-être était-ce le reflet des flammes sur son visage, mais il lui sembla le voir tiquer.

— Que veux-tu dire ?

— Mon père voudrait que tu te battes à ses côtés. Il dit que tes compétences seraient précieuses pour les partisans du roi Jean.

Cette fois, elle ne se trompait pas. Ses traits s'étaient figés.

— Mon devoir est envers mon propre père, Margaret.

— Et le sien est envers son suzerain, Alexander MacDougall, le seigneur d'Argyll, et envers son roi. Pas envers son cousin, Robert de Bruce.

Elle attendit une réaction… qui ne vint pas. Son visage ne laissait percer aucune pensée. Il arborait la même expression intense et grave qu'il présentait à tout le monde, mais généralement pas à elle.

— Mon père sait très bien où réside son devoir, Margaret.

Elle ressentit un élan d'espoir.

— Tu veux dire qu'il… ?

— Cette conversation ne mène nulle part, dit-il en se levant. Le moment venu, s'il vient, il agira en son âme et conscience, comme moi.

Il allait s'éloigner, mais elle bondit et le rattrapa par le bras.

— Attends. Tu ne veux pas en parler avec moi ?

— Il n'y a rien à dire, et cela n'a rien à voir avec toi.

— Je suis ta femme ! Bien sûr que cela a à voir avec moi.

Il soutint son regard, ne répondant pas, la défiant de poursuivre sur ce sujet. Elle était décontenancée. Pourquoi l'excluait-il ? Son opinion ne comptait-elle pas ? Elle n'était peut-être pas aussi intelligente que lui, ne savait ni lire ni écrire, mais cela ne signifiait pas qu'elle était incapable de comprendre.

— Je dois y aller, déclara-t-il sur un ton impatient.

Elle laissa tomber sa main en se demandant comment cette conversation avait pu si mal tourner.

— Où ?

— C'est mon tour d'être de garde ce soir. Je ne viendrai pas me coucher avant le petit matin. Peut-être vaudrait-il mieux que tu dormes sous la tente.

Elle était abattue.

— Pourquoi fais-tu ça ?

Son expression changea et il redevint soudain l'homme qu'elle aimait. Il la prit dans ses bras.

— Je suis désolé. Mais c'est ta faute. Tu me pousses à bout. Je ne pourrais pas supporter une autre nuit de ce traitement !

Il ne plaisantait qu'à moitié. Elle le toisa.

— Dis la vérité, tu t'es porté volontaire, n'est-ce pas ?

Il grimaça, mais n'essaya pas de mentir.

— Ce n'est que pour cette nuit, répondit-il.

Du moins le croyait-il. Le lendemain soir, lorsqu'ils furent *enfin* seuls dans la chambre qui avait été préparée pour eux à Gylen (la mère d'Eoin avait insisté pour lui montrer toutes les pièces du donjon superbement décoré), Margaret avait une surprise pour lui.

— Tes quoi ? glapit-il.

— Chut, tu veux que tout le château t'entende ? Mes menstrues. Ce n'est l'affaire que de quelques jours.

Elle trouvait l'ironie du sort plutôt comique, mais pas lui. Il devint étrangement silencieux, semblait presque peiné.

— Je n'y peux rien, Eoin. Je ne contrôle pas ce genre de chose.

Elle esquissa un sourire coquin, s'approcha de lui et couvrit son sexe de sa paume.

— En outre, ce n'est pas l'intimité qui manque ici, ajouta-t-elle. Et tu n'as aucune raison d'être silencieux.

Il repoussa sa main.

— Bon sang, Margaret. Arrête ça ! Tu ne comprends pas.

Blessée par son rejet, elle recula de quelques pas.

— Dans ce cas, pourquoi ne m'expliques-tu pas ?

Un sombre pressentiment la saisit. Il se dirigea vers la fenêtre et regarda à l'extérieur pendant plusieurs minutes avant de se tourner enfin vers elle.

— Je pars.

Elle crut avoir mal compris. Les battements de son cœur étaient assourdissants.

— Pardon ?

— J'ai quelque chose à faire. Je dois être parti avant samedi.

Margaret le dévisagea, étourdie. Samedi était dans deux jours.

— Quand reviendras-tu ? demanda-t-elle d'une voix étranglée.

— Je ne sais pas.

— Que veux-tu dire ? Dans quelques jours ? Quelques semaines ?

Il ne répondit pas.

— Avant Noël ? demanda-t-elle dans un souffle.

— Je l'espère.

Il l'espérait ? Noël était dans deux mois ! Elle n'en croyait pas ses oreilles. La pièce semblait tanguer sous ses pieds, comme lorsqu'ils étaient sur le bac.

— Où vas-tu ?

— Je…

Il se passa une main dans les cheveux, comme quand il était anxieux ou gêné.

— Je ne peux pas te l'expliquer. C'est quelque chose que je dois faire, d'accord ?

— Non ! Comment pourrais-je être d'accord ? Nous ne sommes mariés que depuis quinze jours, nous n'avons jamais partagé un toit, sans parler d'une chambre à coucher, et tu m'annonces que tu pars dans deux jours, sans me dire où tu vas, ni ce que tu feras ni quand tu rentreras !

Entendant la panique croissante dans sa voix, elle se força à se calmer.

— Depuis combien de temps le sais-tu ? demanda-t-elle.

Il détourna les yeux.

— Depuis la veille de notre départ de Stirling.

— Et tu ne m'as rien dit ?

— J'en avais l'intention, mais pas comme ça.

— Quand, alors ? Après m'avoir fait l'amour, au moment où j'aurais été trop épuisée pour discuter ?

Son expression coupable fut comme une gifle.

— Doux Jésus, c'est exactement ce que tu comptais faire, n'est-ce pas ?

— Écoute, Maggie, je sais que j'aurais dû t'en parler plus tôt, mais je savais que tu serais contrariée et...

Elle redressa le dos. Seule sa colère l'empêchait de fondre en larmes.

— Et tu as pensé que ce serait plus facile de cette manière.

— Non, ce n'est pas ça. Tu étais tellement heureuse, je ne voulais pas gâcher ton bonheur.

— Parce que tu trouves que c'est mieux ainsi ?

Il ne répondit pas.

— Je t'en prie, ne pars pas, l'implora-t-elle. Reste.

— Il le faut.

— Repousse ton départ de quelques jours. Accorde-moi au moins ça.

— Je ne peux pas. Je suis déjà en retard.

Il tendit la main vers elle et elle s'écarta. Pour la première fois, elle ne voulait pas qu'il la touche.

— Très bien, Eoin. Pars donc. Va-t'en.

Pour son plus grand désespoir, deux jours plus tard, il était parti.

11

Noël arriva… et passa. Eoin ne désespérait pas de pouvoir s'absenter de l'île de Skye, où il s'entraînait avec les autres guerriers d'élite pour former la Garde secrète de Bruce, afin de passer quelques jours avec Margaret en janvier.

Quand il était parti des mois plus tôt, il s'était raccroché à sa colère. Deux jours durant, il avait tenté de lui expliquer qu'il ne faisait que son devoir. C'était un guerrier. Il allait là où son chef le lui ordonnait, quand il le lui ordonnait. Elle avait refusé d'entendre ses explications. Lorsqu'il était devenu clair qu'il ne retarderait pas son départ et ne changerait pas ses plans, elle s'était transformée en statue de glace et lui avait à peine adressé un regard.

Il s'était attendu à des pleurs et à des supplications. C'était mal la connaître. Margaret MacDowell n'était peut-être pas aussi sophistiquée et aussi raffinée que les dames nobles de sa connaissance, mais le sang de ses ancêtres royaux et de générations de fiers chefs celtes coulait dans ses veines.

La frustration d'Eoin avait mué en colère. Puis, après de longues semaines d'entraînement, dont près de deux semaines d'enfer et une série d'épreuves justement appelée la « perdition », sa colère s'était transformée en remords. La douleur dans le regard de Margaret et son air trahi le hantaient. Il ne pouvait se débarrasser de l'impression que, chaque jour, il la perdait un peu plus.

Puis il y avait les cauchemars qui le torturaient la nuit, la hantise qu'elle se tourne vers un autre durant son absence… vers Fin, ou l'un de ses frères, ou même ce Tristan MacCan qu'il n'avait jamais rencontré. Elle n'avait fait que se laisser embrasser… non ? Il en arriva au point où il n'osait plus fermer les yeux de peur de s'endormir.

Elle ne lui avait donné aucune nouvelle depuis son départ. Il lui avait écrit, mais soit elle refusait de demander son aide au clerc de son père, soit elle avait décidé de l'ignorer. Il n'entendait parler d'elle qu'à travers quelques allusions dans les lettres de son père ou de sa mère. « *Margaret s'est encore rendue à Oban ce lundi, empruntant l'esquif de ton père sans lui en demander la permission.* » L'agacement de sa mère résonnait jusqu'à Skye. Cela empira avec « *Mathilda la suit partout sur l'île* ». Sa sœur de seize ans était une petite diablesse. Il n'y avait rien d'étonnant à ce qu'elle s'entende bien avec sa nouvelle belle-sœur. Rien d'étonnant non plus à ce que sa mère désapprouve.

L'absence de communication, associée à ces allusions à de fréquents voyages à Oban pour aider les sœurs du couvent, attisait ses doutes et ses craintes. Toutefois, il les gardait pour lui.

Certains des autres membres de la Garde des Highlands, surtout Erik MacSorley (dont la personnalité lui rappelait celle de Margaret) et son partenaire Ewen Lamont, étaient intrigués par son épouse. Il avait mentionné le fait qu'elle était une MacDowell (ils en avaient probablement tiré leurs propres conclusions), mais à part ça, il refusait de parler d'elle. Il ne voulait pas leur donner une raison de se méfier de lui (la prudence de Bruce quand il était dans les parages était déjà suffisamment difficile à supporter).

En outre, il aurait été bien en mal de leur expliquer comment un tel mariage pouvait fonctionner alors qu'il l'ignorait lui-même !

Après Hogmanay, il ne tenait plus en place. Il devait la voir. Tout changea lorsque Christina MacLeod fut capturée par les Anglais et que Tor MacLeod, le chef de la Garde, lança une attaque sur la garnison du château de Dumfries pour la faire évader.

Ce fut la première occasion pour Eoin de montrer ses talents. Son plan fut une réussite totale.

L'attaque déclencha également une série d'événements que personne n'aurait pu prévoir. Moins d'un mois après la libération de Christina et la prise du château, Bruce tua John Comyn le Rouge, seigneur de Badenoch, dans le couvent des franciscains, et lança sa campagne pour monter sur le trône.

Après avoir rallié ses troupes durant des semaines et remporté des escarmouches contre les partisans de Comyn, il commença les préparatifs pour son couronnement à Scone début mars (*mars, nom d'un chien !*). Édouard d'Angleterre avait déjà ordonné son arrestation pour le meurtre de Comyn, mais tous les hommes de Bruce savaient que son intronisation serait un acte de rébellion qui conduirait une fois de plus Édouard et son armée à leurs portes.

La guerre était imminente. S'il ne rentrait pas à Gylen rapidement, Eoin n'aurait pas d'autre occasion avant des mois.

Bruce refusait de lui accorder une permission, déclarant qu'il ne pouvait se passer de lui si près du couronnement. En outre, si les MacDougall avaient eu vent de son absence et soupçonnaient qu'il s'était rangé du côté de Bruce, un voyage à Kerrera, dans le district de Lorn, serait trop périlleux.

Eoin décida de rompre le silence au sujet de son épouse et de plaider sa cause auprès du seul homme capable de faire changer Bruce d'avis.

Peu d'hommes impressionnaient Eoin. Tor MacLeod était l'un d'eux. Connu comme le meilleur épéiste d'Écosse, et probablement le plus redoutable, il était aussi grand qu'Eoin et avait six années d'expérience de plus.

Il était également aussi difficile à déchiffrer qu'Eoin. Se tenant devant le fier chef assis de l'autre côté du bureau, ce dernier lui exposa son cas sans pouvoir deviner ce qu'il en pensait.

— Nous ne nous sommes pas quittés dans les meilleurs termes, expliqua-t-il. Mon épouse est jeune ; elle n'a que dix-huit ans. Nous n'étions mariés que depuis trois semaines quand j'ai dû partir. Une semaine, c'est tout ce que je demande. Je serai de retour avant que nous partions pour Scone.

— Et tu comptes voler ? Il faut au moins quatre ou cinq jours au grand galop pour rejoindre Oban d'ici.

Ils étaient dans le château de Lochmaben depuis la libération de Christina MacLeod.

— Je trouverai un navire.

— Tu trouveras également la flotte anglaise, répliqua MacLeod. Ils patrouillent tout le long de la côte jusqu'à Ayr.

Eoin crispa les mâchoires.

— J'ai grandi dans les îles, lui rappela-t-il. Je me débrouillerai.

MacLeod le dévisagea attentivement.

— C'est si important pour toi ?

— Oui.

Elle était importante.

MacLeod sembla comprendre, peut-être mieux qu'il ne l'avait espéré. Après tout, il avait lui aussi une jeune épouse qu'il avait failli perdre.

— Je verrai ce que je peux faire.

Le cœur de Margaret s'emplit d'effroi lorsque son embarcation approcha de la côte et qu'elle reconnut la silhouette de l'homme qui l'attendait. Elle abaissa la voile et laissa le courant la porter doucement vers le quai. Si elle avait pu, elle aurait fait demi-tour.

Pendant que des garçons l'aidaient à amarrer l'esquif, Fin l'observait depuis le bas du sentier rocailleux qui grimpait au château. Elle ne pouvait l'éviter et se dirigea vers lui en sentant son pouls s'accélérer.

Elle n'avait aucune raison d'avoir peur de lui. Pourtant, pour la première fois de sa vie, un homme la mettait mal à l'aise et, oui, l'inquiétait plus qu'un peu. Au cours des cinq mois qui s'étaient écoulés depuis qu'Eoin l'avait abandonnée sur ce misérable rocher, elle avait sincèrement essayé, mais elle ne parvenait décidément pas à aimer Fin MacFinnon.

Il n'avait rien fait de précis (ce serait sans doute plus facile si cela avait été le cas), mais quelque chose dans son regard lui donnait la chair de poule. Il semblait ronger son frein, attendre quelque chose. Elle ignorait quoi. Elle n'aurait su dire s'il la haïssait ou la désirait… peut-être les deux.

Il semblait toujours dans les parages, rôdant dans la pénombre des couloirs, dans les recoins sombres des écuries et des dépendances et, à présent, au pied des falaises rocailleuses. Il s'était placé de manière à ce qu'elle ne puisse pas le contourner sans risquer de glisser sur les rochers.

— Où étiez-vous ? demanda-t-il.

En dépit du martèlement dans sa poitrine, elle refusait de se laisser intimider. Il n'oserait pas lui faire du mal physiquement. Du moins l'espérait-elle.

— Cela ne vous concerne pas.

Il lui prit le bras. Quiconque les aurait regardés aurait pensé qu'il l'aidait à gravir le sentier escarpé entre les rochers. Sauf que ses doigts la serraient un peu trop fort et qu'il la tenait un peu trop près de lui.

— J'en fais mon affaire, répliqua-t-il. Vous ne me ferez pas croire que vous aidez vraiment les religieuses du couvent !

Il baissa les yeux vers ses seins comme si leur taille expliquait son raisonnement.

— Je me moque de ce que vous croyez ou pas. C'est la vérité.

Presque. C'était plutôt les religieuses qui l'aidaient.

— Comment osez-vous me toucher ? reprit-elle. Lâchez-moi ou...

Elle lança un regard vers les hommes sur le quai, mais ils étaient occupés avec le bateau et leur tournaient le dos. Fin l'avait sûrement prévu, autrement il n'aurait pas osé poser la main sur elle. D'un autre côté, les hommes ne seraient sans doute pas venus à sa rescousse. Toute l'île semblait la considérer avec suspicion.

Elle n'était pas à sa place ici, et ne le serait jamais. Tout ce qu'elle faisait se heurtait à la censure. Elle ne pouvait pas monter à cheval, prendre un bateau ou marcher seule sans qu'on lui demande où elle allait et pourquoi elle n'était pas accompagnée. Fini les courses, le whisky (une boisson d'hommes, selon eux), les plaisanteries salaces avec ses frères. Ce qu'elle portait, la manière dont elle mangeait et même dont elle priait (ou plutôt le nombre de fois qu'elle priait) étaient examinés à la loupe.

C'était insupportable.

— Ou quoi ? demanda Fin sur un ton narquois en lâchant néanmoins son bras. À qui allez-vous vous plaindre ? À lady Rignach ? Au laird ? Je crois qu'ils seront plus intéressés par le lieu où vous vous êtes rendue en sortant du couvent et par ce qu'il y a dans la bourse suspendue à votre ceinture.

Elle écarquilla les yeux.

— Vous m'espionnez ?

— Je ne fais que mon devoir, répondit-il avec un sourire. Vous êtes ma responsabilité. Eoin vous a laissée à ma garde.

Sa phrase n'avait probablement rien d'innocent.

De tous les reproches qu'elle pouvait faire à son mari (ils étaient nombreux), celui-ci était le plus vif. Avant de partir, Eoin avait fait jurer à Fin de veiller sur elle et de la protéger au péril de sa vie. Autrement dit, il avait permis à son ami de la torturer.

— Je me demande ce qu'il pensera en apprenant que sa femme se promène dans toute la ville avec un autre homme, puis disparaît avec lui dans un bâtiment pendant des heures.

Margaret serrait tellement les mâchoires qu'elle pouvait à peine parler.

— Avec un homme d'Église, dans un presbytère ! répliqua-t-elle.

Le jeune prêtre avait eu la gentillesse de lui prêter ses peintures.

Fin émit un petit rire cynique.

— Ce ne serait pas le premier curé à ne pas respecter son vœu de chasteté !

Margaret en avait entendu assez.

— Je ne vous dois aucune explication. Si mon mari a des questions, il n'aura qu'à me les poser en personne à son retour.

— Au bout de cinq mois d'absence, on peut raisonnablement penser qu'il a mieux à faire ailleurs.

Ses paroles étaient cruelles, d'autant plus qu'elles étaient fondées. Toutefois, le ton de Fin lui laissa entendre qu'elle n'était pas la seule à être blessée. Lui aussi ignorait tout des activités de son prétendu « meilleur ami ».

Cinq mois. Comment Eoin pouvait-il la laisser pendant tout ce temps pratiquement sans aucune nouvelle ? Les deux brefs messages qu'elle avait reçus (les religieuses avaient eu la bonté de les lui lire) n'avaient offert aucune explication ni excuse, uniquement de vagues regrets d'« *avoir dû partir si vite* » et des promesses tout aussi vagues de revenir « *le plus tôt possible* ». En attendant, il espérait qu'elle « *ferait un effort* » pour s'intégrer à Gylen avec l'aide de sa mère.

Lady Rignach avait dû se plaindre.

Si elle avait su écrire, elle lui aurait répondu. Elle aurait pu déverser sa frustration, sa colère, son chagrin dans un gribouillis à l'encre noire sur un bout de parchemin.

Elle ne pouvait demander aux religieuses d'écrire à sa place, de dire à quel point elle détestait Kerrera, qu'elle ne parviendrait jamais à s'y sentir chez elle, que tout le monde la traitait comme une intruse, au point qu'elle s'enfuyait à Oban pour y trouver de l'aide ; qu'elle avait espéré être aussi occupée qu'à Garthland en participant à la gestion de Gylen, mais que sa mère lui avait clairement fait comprendre que son aide n'était ni nécessaire ni désirée.

Margaret était déçue. Elle ne savait ni lire, ni écrire, ni s'habiller, ni se comporter comme une noble, mais elle savait diriger un château et elle aurait voulu le lui montrer. Elle aurait voulu qu'il sache qu'il n'avait pas épousé une barbare arriérée et sans talents, mais une femme dont il pouvait être fier.

Elle lui aurait dit qu'elle ne s'était jamais sentie aussi inutile de sa vie ; que la seule chose qui lui rendait supportable le dédain de sa mère et de Marjory, ainsi que leurs éternelles comparaisons avec la merveilleuse lady Barbara, était Tilda. De toutes les personnes de l'île, elle incluse, la jeune fille était la seule à ne pas penser qu'il avait commis une erreur.

Voilà ce qu'elle lui aurait dit en dernier : qu'elle craignait de s'être trompée ; que tout le bonheur et l'amour qu'elle avait ressentis dans cette cabane lui paraissaient bien loin ; que lorsqu'elle regardait autour d'elle, elle se demandait ce qu'elle faisait là et comment elle pourrait s'évader ; que sa terre lui manquait terriblement ; qu'elle avait besoin d'être entourée de gens qui l'aimaient vraiment et n'avaient pas honte d'elle ; qu'elle ne voulait plus être une erreur.

Lui dire autre chose aurait été un mensonge.

Aussi, quand les religieuses qui lui apprenaient patiemment à lire et à écrire lui demandaient si elle voulait répondre aux lettres de son mari, elle déclinait l'offre. Ses efforts laborieux depuis des mois (elle ne voulait pas embarrasser Eoin avec son manque d'instruction) ne suffisaient pas à calmer le bouillonnement d'émotions attendant son retour pour être libéré. S'il revenait.

— Vous avez sans doute raison, répondit-elle à Fin. À présent, si vous voulez bien m'excuser, je dois me changer avant le dîner.

Lady Rignach n'apprécierait pas sa simple robe en laine, mais Margaret n'avait pas voulu risquer de tacher d'encre ou de peinture une de ses nouvelles tenues.

Elle n'aurait pas dû être surprise lorsque, le lendemain du départ d'Eoin, sa mère avait fait venir un tailleur d'Oban pour prendre ses mesures et lui avait commandé des chemises, des cottes, des surcots, des manteaux, ainsi que des voiles, beaucoup de voiles. Lady Rignach avait également dû donner des instructions à son mari car, lorsque le chef MacLean était arrivé à Gylen avec les deux frères d'Eoin quelques semaines après le départ de ce dernier, il était chargé de belles étoffes, de doublures en fourrure et de broderies d'Édimbourg.

Fin la laissa passer avec une courbette moqueuse puis la suivit de près. Lorsqu'ils approchèrent du mur d'enceinte, elle crut d'abord qu'il était responsable de cet étrange picotement dans sa nuque. Pourtant, cette sensation ressemblait plutôt à un pressentiment. Cela ne lui était pas arrivé depuis si longtemps qu'elle avait oublié ce que cela faisait.

Elle remarqua un attroupement devant le portail. Tilda en émergea, la vit et courut vers elle.

— Maggie, te voilà ! Je t'ai cherchée partout ! Regarde qui vient d'arriver…

Margaret n'entendit pas la suite car un homme venait de se détacher du groupe. Elle se figea.

Il était crasseux et couvert de poussière, avec une barbe drue et des cheveux longs. Il semblait avoir encore gagné en musculature mais, lorsque ces intenses yeux bleus se fixèrent sur elle, elle le reconnut aussitôt.

Toutes les émotions, les douleurs et les chagrins des cinq derniers mois montèrent en elle, lui nouant la gorge et lui comprimant le cœur. Elle émit un son qui était à la fois un cri de douleur et de soulagement, puis courut vers lui.

L'instant suivant, elle était dans ses bras. Eoin la serra contre lui, enfouit son visage dans son voile, murmura des paroles apaisantes à son oreille, puis l'embrassa.

Eoin n'oublierait jamais la peur et l'incertitude de ces instants où sa femme l'avait vu et s'était transformée en statue de pierre, ni l'immense soulagement et le bonheur qu'il avait ressentis lorsque, après ces quelques secondes d'angoisse, elle s'était élancée vers lui.

Il l'avait fougueusement embrassée dans la cour, oubliant la foule autour d'eux, la présence de sa mère et de ses sœurs. Puis il l'avait soulevée dans ses bras et l'avait portée jusque dans leur chambre… en plein milieu de la journée !

Personne dans la cour n'avait vu la suite, mais tout le monde l'avait devinée. Il avait à peine pris le temps de se débarrasser de ses armes et de son armure avant de la rejoindre dans leur lit et de lui faire l'amour avec toute la passion accumulée depuis cinq mois.

Cela n'avait pas été beau à voir. Précipité, frénétique, maladroit et terminé bien trop rapidement… même s'il avait veillé à ce qu'elle prenne son plaisir la première. Toutefois, cela avait été aussi intense que dans son souvenir.

Peut-être était-ce ce dont il avait eu besoin : un moment d'union physique avant les questions et les récriminations que son retour entraînerait inévitablement.

Elle s'était effondrée sur son torse et n'avait plus bougé depuis. Sa joue était pressée contre sa chemise, mais il ne pouvait voir son visage, uniquement ses tresses rousses soigneusement enroulées sur le sommet de son crâne. Quand il l'avait aperçue dans la cour, elle portait un voile et il lui avait fallu quelques instants pour la reconnaître sans la cascade flamboyante et désordonnée qui tombait habituellement sur ses épaules tel un nuage soyeux.

— Tu vas bien ? demanda-t-il.

Elle attendit un long moment, puis elle s'extirpa de son étreinte et s'assit pour le regarder. Ses yeux dorés et brillants le dévisagèrent gravement.

— Non, Eoin, je vais mal depuis le jour où tu es parti. Mais si tu fais allusion au plaisir que tu viens de me donner, alors oui, je crois que je m'en remettrai.

Il n'y avait pas une note d'humour dans sa voix, pas une lueur taquine dans son regard, pas l'ombre d'un sourire sur sa belle bouche rouge.

Il ne s'était pas attendu à être accueilli par la jeune fille espiègle, insouciante et enjouée qui avait fait irruption dans le château de Stirling et dans sa vie cinq mois plus tôt telle une pirate en maraude, mais il ne reconnaissait pas non plus cette jeune femme grave et sombre.

Que lui avait-il fait ?

— Pour ma part, je ne suis pas sûr de m'en remettre, plaisanta-t-il.

Il prit sa main, s'émerveillant de la voir si douce et délicate dans la sienne, et la porta à ses lèvres.

— Cela faisait trop longtemps, ajouta-t-il.

— Tu trouves ?

Il leva des yeux surpris.

— Que veux-tu dire ?

— Je ne sais pas, répondit-elle en détournant la tête. Ce n'était pas vraiment comme avant.

Eoin était soulagé qu'elle ne puisse lire la culpabilité sur son visage. Il ne s'était rendu compte de ce qu'il faisait qu'en se retirant au tout dernier moment. Il peinait encore à croire qu'il avait eu assez de présence d'esprit. Il aurait adoré qu'elle porte son enfant, mais cela aurait été injuste envers elle, sachant qu'il risquait de ne pas vivre assez longtemps pour le voir naître.

Cela dit, ce n'était pas ce à quoi elle faisait allusion. Il lui prit le menton et tourna sa tête vers lui.

— Je n'ai pas regardé une seule autre femme depuis le jour où je t'ai rencontrée, Maggie. Il n'y a jamais eu que toi.

Elle soutint son regard un long moment, puis parut satisfaite car elle changea de sujet.

— Tu as changé.

Il frotta inconsciemment sa mâchoire, qui n'avait pas vu la lame d'un rasoir depuis des semaines. Il devait avoir une mine épouvantable. Il avait traversé l'enfer pour la rejoindre.

— Je n'ai pas vraiment eu le temps de faire un brin de toilette depuis mon arrivée, s'excusa-t-il.

La Maggie d'autrefois n'aurait pas résisté à la tentation de le taquiner sur son empressement et sur sa démonstration d'affection publique. La nouvelle Margaret n'en fit rien.

— Comment es-tu venu ? Je n'ai pas vu d'autre bateau amarré sur le quai.

Il n'avait pas voulu attirer l'attention. Le navire et les hommes qui l'avaient accompagné l'attendaient dans une crique sur la côte ouest de Kerrera. MacLeod ne lui avait pas fait défaut : il avait demandé au meilleur marin d'Écosse de le reconduire chez lui. Sans le talent de MacSorley, Eoin serait probablement mort, tué par les Anglais qui les avaient pourchassés le long de la côte irlandaise, ou par la tempête qui avait manqué de les faire chavirer et les avait contraints à se réfugier sur une petite île durant deux jours.

Les quelques jours qu'il avait espéré passer à Gylen s'étaient réduits à moins de vingt-quatre heures. Comment allait-il s'expliquer en si peu de temps ?

— Je suis arrivé par l'autre côté de l'île, répondit-il.

Espérant couper court à d'autres questions, il enchaîna :

— C'est là que tu étais, sur le quai ? Ma mère m'a dit que tu te rendais à Oban plusieurs fois par semaine pour aider les religieuses du couvent.

Elle scruta ses traits comme si elle cherchait à savoir si sa question n'en cachait pas une autre. Elle n'y vit rien d'autre que de la curiosité.

— Si tu veux savoir ce que j'ai fait pendant ces cinq longs mois, Eoin, il te suffit de me le demander, parce que c'est précisément la question que je vais te poser, moi.

Eoin jura intérieurement. Que Bruce soit maudit pour lui avoir soutiré cette promesse !

Il lui dirait ce qu'il pourrait. De toute manière, elle apprendrait une partie de la vérité bientôt, dès que la nouvelle du couronnement se propagerait.

— Je ferai de mon mieux pour répondre à tes questions, Maggie. Je sais que nous avons beaucoup de choses à nous dire mais, d'abord, laisse-moi me laver et avaler quelque chose.

Son père, ses frères et Fin attendaient eux aussi son rapport. Lorsque Bruce les appellerait aux armes, ils seraient prêts.

Elle ne paraissait pas très heureuse, mais elle eut pitié de lui. Il devait avoir l'air encore plus éreinté qu'il ne le pensait.

— Maintenant que tu es rentré, nous avons le temps, soupira-t-elle. Mais je veux des réponses, Eoin.

Il ignorait ce qu'il redoutait le plus : lui annoncer qu'il repartait ou lui expliquer pourquoi.

12

— C'était tellement passionné, gloussa Tilda. J'ai bien cru que ma mère allait tourner de l'œil. Elle était rouge comme une pivoine !

Margaret savait qu'elle aurait dû être assise sur l'estrade à côté de son mari, mais elle avait préféré prendre sa place habituelle non loin de la grande table avec Tilda. Il lui avait paru plus facile d'être avec quelqu'un avec qui elle pouvait parler. Le père et la mère d'Eoin avaient accepté sa requête avec empressement, trop heureux d'avoir leur fils pour eux sans leur fâcheuse bru dans les pattes.

Pour une fois, le bavardage joyeux de Tilda ne suffisait pas à l'égayer. Elle était trop impatiente d'avoir une longue conversation avec son mari et de l'entendre expliquer l'inexplicable. Elle avait besoin de réponses. Surtout, elle avait besoin qu'il lui prouve qu'elle n'avait pas commis la plus grande bêtise de sa vie.

Elle lui lança un regard et fut soulagée de voir qu'après un bain, un rasage et un repas, les cernes noirs sous ses yeux s'étaient estompés et ses traits s'étaient détendus. Néanmoins, il lui paraissait toujours différent, et ce n'était pas qu'à cause des deux nouvelles cicatrices sur son visage. Il paraissait plus dur, plus féroce, plus sombre. Plus intense. Il était différent de l'homme qu'elle avait épousé.

Tilda ne remarqua pas son silence inhabituel. Elle secoua sa jolie tête blond foncé. Elle avait les mêmes cheveux qu'Eoin et Neil, alors que Marjory et Donald étaient bruns, comme leur mère.

— Je n'avais jamais vu Eoin faire une chose pareille, poursuivit-elle. Il doit vraiment beaucoup, beaucoup t'aimer. J'espère qu'un jour, j'épouserai un homme qui, après un seul regard, me prendra dans ses bras et m'emportera dans une chambre.

Elle poussa un soupir théâtral avant d'ajouter :

— Tu en as de la chance !

De la chance ? Une chance, surtout, que Margaret ne soit pas en train de boire son vin sucré (un breuvage sirupeux considéré comme acceptable pour les dames), sinon elle se serait étranglée et l'aurait recraché d'une manière peu féminine sur la belle nappe. Elle marmonna une réponse inintelligible qui sembla satisfaire Tilda, puis celle-ci reprit son monologue.

Margaret aurait aimé voir sa situation avec les yeux de la jeune fille. Pour elle, leurs ébats frénétiques avaient plutôt ressemblé à un cri de désespoir et à la libération d'émotions et de douleurs trop longtemps contenues.

Elle ne pouvait nier la passion que lui inspirait Eoin. Mais le désir n'était pas l'amour. L'amour, ce n'était pas partager un lit, mais une vie. C'était se faire confiance mutuellement, pouvoir partager ses pensées, savoir que la personne étendue près de vous ferait n'importe quoi pour vous parce que vous feriez n'importe quoi pour elle.

Ce n'était pas disparaître pendant cinq mois sans une explication. Ce n'était pas vivre dans l'ignorance, se sentir seule et malheureuse, entourée de gens qui ne vous trouvaient ni assez bien ni assez intelligente pour le « brillant » guerrier promis à un avenir glorieux.

Son désarroi devait se lire sur son visage car Eoin croisa son regard, glissa un mot à son père, puis se leva. Lady Rignach lança un regard vers elle et, pour une fois, Margaret crut discerner de la compassion dans ses yeux.

Elle comprit rapidement pourquoi. Quelque temps plus tard, assise sur le bord du lit, elle écouta l'homme à qui elle avait donné son cœur le jeter à terre et le piétiner.

Il lui expliquait calmement qu'il s'était trouvé à Lochmaben, dans le comté de Dumfries, avec le comte de Carrick.

— Mais tu m'as dit que tu travaillais pour ton père !

— C'est le cas. Bruce est l'héritier légitime du trône d'Écosse. Mon père en est aussi convaincu que moi.

— L'héritier légitime ? Uniquement parce qu'il a assassiné son rival dans un couvent !

La nouvelle du meurtre du seigneur de Badenoch s'était répandue comme une traînée de poudre à travers toute l'Écosse. Margaret avait été choquée, horrifiée et triste pour son fils. John Comyn était trop jeune pour assumer de telles responsabilités. Ironiquement, elle avait également cru que ce crime convaincrait Eoin de se battre avec son clan. Elle n'aurait jamais imaginé qu'il… *Oh, Seigneur !*

— S'il te plaît, dis-moi que tu n'as rien à voir avec ça !

— Je n'étais pas là lorsque c'est arrivé. C'est regrettable, mais Bruce a été provoqué.

Margaret n'en croyait pas ses oreilles. Son cauchemar empirait. Son mari lui revenait en rebelle. Il avait choisi de se battre non seulement contre sa famille, mais également contre le roi le plus puissant de la chrétienté.

— Tu ne peux pas faire ça, Eoin. Souviens-toi de ce qui est arrivé à Wallace. Le roi Édouard fera bien pire à Robert de Bruce, un homme en qui il avait confiance, ainsi qu'à tous ses partisans. Tu seras traqué comme un animal. Et ma famille ? Il y aura une guerre civile et mon père ne te le pardonnera jamais si tu t'allies à l'assassin de Comyn. Je croyais que tu m'aimais. Comment peux-tu faire passer Bruce avant notre couple ?

— Cela n'a rien à voir avec toi ni avec notre mariage, répondit-il, le front plissé. Ma décision était prise bien avant notre rencontre.

— Mais je croyais… Nous en avons discuté… Tu m'as laissée croire que tu envisageais de te battre aux côtés de ma famille.

Il secoua la tête.

— Je n'ai jamais rien dit de la sorte. Je t'ai répondu que je ne voulais pas en parler. C'est toi qui t'es mis cette idée dans la tête.

C'était son excuse ?

— Je n'ai donc pas mon mot à dire ? Tu deviendras l'ennemi des miens, tu mettras ta vie en danger et je dois me taire ?

— Tu as fait ton choix en m'épousant.

Il atténua la dureté de ses paroles en s'agenouillant devant elle et en prenant ses mains glacées dans les siennes. Grandes et chaudes, elles lui parurent plus calleuses que dans son souvenir.

— Je sais que c'est difficile, Maggie. Mais tu es ma femme. Ta loyauté m'appartient, désormais.

Son cœur se tordit dans sa poitrine, tiraillé dans deux directions opposées.

Il avait raison. Même si elle ne voulait pas l'entendre, elle avait fait son choix en devenant son épouse. Sauf qu'elle n'avait pas eu conscience de ce qu'elle abandonnait. Sans être consultée.

— J'aime ma famille. Je ne peux pas l'oublier.

— Je n'exigerais jamais une telle chose. Je te demande ton soutien et ta loyauté. Je te demande de me faire confiance. Je sais ce que je fais. Je crois sincèrement que c'est la meilleure option pour l'Écosse.

— Pour toi, la meilleure option, c'est la guerre ?

— Oui, si elle permet de mettre le roi légitime sur le trône et d'en finir avec la suzeraineté de l'Angleterre.

— Tu sembles convaincu que Robert de Bruce est notre roi légitime.

La moitié de l'Écosse, y compris son clan, ne le voyait pas du même œil.

— Oui. Je ne te demande pas de croire en lui, mais de croire en moi.

Son cœur se serra.

— C'est le cas.

La politique lui importait peu. Ce qui comptait pour elle, c'était que les gens qu'elle aimait restent en vie.

— Je n'avais pas prévu ces nouveaux développements, avoua-t-il. Je croyais que nous aurions plus de temps ensemble avant que la guerre n'éclate. Crois-moi, si je ne devais pas repartir…

Il s'interrompit soudain en se rendant compte de ce qu'il venait de dire.

— Repartir ? répéta-t-elle d'une petite voix.

Elle ne parvenait plus à faire entrer de l'air dans ses poumons.

— Demain, dit-il d'un air sombre. J'espérais avoir plus de temps, mais nous avons été retardés en chemin. Nous devrons traverser l'Écosse à fond de train pour arriver à temps.

Elle était trop abasourdie pour l'interroger sur ce « nous ». Elle secoua violemment la tête en sentant la panique monter en elle.

— Non, tu ne peux pas repartir. Tu ne peux pas me laisser seule ici.

— Tu n'es pas seule, ma mère…

— Ta mère me méprise. Marjory et elle ne supportent même pas d'être dans la même pièce que moi.

Tu ne peux pas imaginer ce que j'ai vécu depuis ton départ. Tout le monde ici me déteste.

Il parut sincèrement surpris.

— Je sais qu'il est difficile de s'adapter à une nouvelle demeure. C'est peut-être l'impression que tu as, mais...

— Ne me dis pas que j'exagère ou que j'imagine des choses. Ils me prennent pour une sorte de catin calculatrice qui t'aurait contraint à l'épouser.

Malheureusement, les circonstances de leur mariage les avaient suivis jusqu'à Kerrera, ainsi que les commentaires désobligeants sur son clan et sur la belle « pucelle » de Galloway.

Il fronça les sourcils.

— Si quelqu'un a dit quelque chose qui t'a offensée...

— Personne ne me dit rien, c'est la manière dont ils me regardent, dont ils cessent de parler dès que j'entre dans une pièce. Je suis une MacDowell, Eoin. Pour eux, c'est comme si j'étais une païenne dansant nue autour des feux de Beltane. Je ne peux même pas me rendre dans un couvent sans susciter des commérages et des suppositions. La moitié de l'île, y compris ta mère, croit que je manigance quelque chose. Sais-tu que Fin m'a suivie aujourd'hui ? Il m'a pratiquement accusée d'avoir séduit un prêtre !

— Tu as dû mal comprendre. Il m'a raconté ce qui s'est passé. Il ne faisait que ce que je lui ai demandé. Tu ne devrais pas aller et venir toute seule entre le château et Oban.

Margaret s'efforça de rester calme, mais elle commençait à perdre patience.

— J'ai fort bien compris, Eoin. Je suis navrée, mais je n'arrive pas à aimer Fin. J'ai essayé, mais il y a quelque chose chez lui... Il me met mal à l'aise.

Le regard d'Eoin s'enflamma.

— S'il a dit ou fait quelque chose pour te blesser, je le tuerai ! Bon sang, je croyais que cette histoire de course était oubliée. S'il t'en veut encore...

— Ce n'est pas ça. Il n'a rien dit ni rien fait. C'est juste qu'il ne m'inspire aucune confiance.

— C'est mon meilleur ami, Maggie. Je le connais depuis qu'on a sept ans. Je mettrais ma vie entre ses mains.

— Pourtant, tu ne lui as pas dit non plus où tu étais et ce que tu faisais.

Piqué au vif, Eoin pinça les lèvres.

Il cachait quelque chose. Elle s'en était doutée ; à présent, elle en avait la preuve.

— Je lui parlerai, promit-il. De toute façon, tu n'as plus à t'inquiéter de lui.

— Pourquoi ?

— Il partira avec mon père et mes frères dès que la guerre sera déclarée.

Le soulagement sur le visage de Margaret lui fit penser qu'il y avait plus en jeu que la solitude d'une jeune femme et son penchant pour l'hyperbole.

Que Fin aille se faire pendre ! Il le soupçonnait d'avoir aussi peu d'estime pour son épouse qu'elle en avait pour lui. Il avait eu tort de lui demander de veiller sur elle. Il avait espéré qu'ils deviendraient amis.

Il ne s'était jamais senti aussi impuissant. Les gens ne la détestaient pas, ils ne la connaissaient pas. Toutefois, qu'elle exagère ou pas, il ne pouvait nier qu'elle était profondément malheureuse.

Il s'en voulait de ne pas avoir été présent pour l'aider à s'adapter. Elle n'aurait jamais dû passer seule ses premiers mois à Gylen. Mais que pouvait-il faire ? Sa situation était intenable. Il n'aurait même pas dû être là aujourd'hui.

Il tenta sa chance. Il se leva et s'assit auprès d'elle. Constatant qu'elle ne le repoussait pas, il glissa un bras autour de sa taille et l'attira à lui. Quand elle se blottit contre lui et l'enlaça, il sentit poindre en lui une lueur d'espoir.

— Dis-moi ce que je peux faire pour t'aider, demanda-t-il doucement.

Elle leva ses yeux brillants vers lui.

— Ne pars pas.

Il fut lui-même surpris de constater à quel point il aurait aimé accéder à son désir.

— Si je n'y étais pas absolument obligé, je resterais. Mais on a besoin de moi.

— Ce n'est pas que ça, l'accusa-t-elle. Tu *veux* y aller.

Elle était trop perspicace.

— Je resterais avec toi si je le pouvais. Mais, oui, j'ai envie de défendre cette cause. Je suis un guerrier, Maggie. Les guerriers guerroient. Je me suis préparé pour ça durant toute ma vie. Nous avons enfin la possibilité d'être un pays libre et je dois participer.

— Tu me sacrifies donc pour ta guerre ?

Fichtre, ce n'était pas ce qu'il faisait.

— Je ne sacrifie rien. Que voudrais-tu que je fasse, que j'ignore mon devoir ? Demanderais-tu à ton père et à tes frères d'en faire autant ? Ta mère aurait-elle exigé que ton père reste auprès d'elle plutôt que de se battre pour le roi Jean ?

Il pouvait voir la réponse luire dans ses yeux.

Il lui prit le menton et la regarda en face.

— Tu m'aimes, Maggie ?

Il ne s'était pas attendu à ce qu'elle hésite. Comme elle ne répondait pas tout de suite, il sentit son ventre se nouer et comprit qu'il était à deux doigts de la perdre. Il eut une peur bleue.

— Oui, dit-elle enfin.

— Alors ne baisse pas les bras. Si difficile que ce soit, essaie encore un peu. Je sais que tu finiras par les conquérir.

Il esquissa un petit sourire et ajouta :

— Ne me dis pas que toutes ces nouvelles robes et ces voiles t'ont ramollie ?

— Ramollie ?

— Je croyais que tu te moquais de ce que pensaient les gens, que tu ne te laissais pas vaincre facilement. Qu'est-il arrivé à la fille qui portait des vêtements de garçon et battait le meilleur cavalier que je connaisse à la course ? Cette fierté MacDowell n'était-elle que du vent ?

Il crut avoir décroché la lune quand elle sourit enfin.

— Tu voudrais que je porte des culottes demain matin pour le petit-déjeuner ?

Il se mit à rire.

— Grand Dieu, non ! Le choc pourrait tuer ma mère !

Il retrouva un peu de sérieux et poursuivit :

— Je sais qu'elle n'est pas toujours facile mais, quand tu la connaîtras mieux, tu verras qu'elle ne veut que le bonheur de ses enfants.

— C'est bien là le problème.

— C'est toi, mon bonheur. C'est juste qu'elle ne l'a pas encore compris.

Elle sourit à nouveau. Cette fois, il n'avait pas décroché la lune, mais le soleil. C'était comme un beau jour d'été. C'était pour cela qu'il l'aimait. Elle était drôle, légère, scandaleuse et lui rappelait qu'il y avait autre chose dans la vie que la guerre. C'était pourquoi il avait besoin d'elle. Elle était sa lumière dans un monde qui devenait parfois trop sombre.

— Vraiment ? demanda-t-elle.

— Vraiment.

Il s'attacha à le lui prouver, lentement, par un baiser qui traduisait tout ce qu'il ressentait pour elle. Ils avaient toute la nuit devant eux et il ne repartirait pas sans qu'elle sache à quel point il l'aimait.

Elle lui répondit par de longs et lents mouvements de sa langue, dont la tendresse lui étreignit le cœur. Ils exprimaient un désir et un amour qui reflétaient les siens.

Lorsqu'il eut fini de vénérer sa bouche, il vénéra le reste de son corps. Il baisa son menton, son cou, le petit coin tendre sous son oreille puis, s'étant interrompu juste le temps de la déshabiller, la pointe de ses seins. Il s'appliqua, décrivant de petits cercles du bout de la langue autour de ses aréoles, titillant ses tétons, puis les suçant en les prenant profondément dans sa bouche jusqu'à ce qu'elle se trémousse et gémisse.

Elle voulut lui enlever son surcot mais il l'arrêta.

— Pas encore, mon cœur. Si tu me touches, cela se terminera trop vite. Je veux d'abord te donner du plaisir. Laisse-moi faire.

Elle acquiesça et il poursuivit son exploration. Il prit son temps pour savourer chaque parcelle de son corps de sirène. Elle était si douce, sa peau semblait se dissoudre comme du miel sur sa langue. Elle était si délicieuse qu'il voulait la goûter partout. Il voulait poser sa bouche entre ses cuisses, plonger sa langue en elle et la faire jouir contre ses lèvres. À la manière dont elle pressait ses hanches contre lui, elle semblait prête.

Il caressa la courbe douce de sa hanche.

— Dis-moi ce que tu veux, Maggie.

Son regard voilé par le plaisir sous ses paupières mi-closes le bouleversa. Dieu qu'elle était belle !

— Toi, Eoin. Je te veux toi. En moi.

Une profonde satisfaction lui gonfla le torse. Il aimait sa candeur et sa franchise. Margaret ignorait la fausse pudeur.

Il effleura des doigts sa fente soyeuse et moite comme une coulée de nectar.

— Tu veux mes mains, mon sexe... ou peut-être ma bouche ?

Elle écarquilla les yeux, choquée, mais également émoustillée.

— Si je t'embrassais là ? demanda-t-il en exerçant une pression sur son mont de Vénus.

Elle retint son souffle.

— Si je glissais ma langue en toi comme ça ?

Elle cria quand il enfonça un doigt en elle et décrivit de petits cercles.

— Ça te plairait, Maggie ?

Elle ne le regardait plus. Elle fermait les yeux et remuait la tête sur l'oreiller.

— Oui ! gémit-elle. Oh oui ! Je t'en prie.

Il déposa une ligne de baisers le long de son ventre, descendant lentement, savourant chaque instant. Lorsqu'il arriva à son pubis, il lui souleva les hanches et hissa ses jambes sur ses épaules. Il effleura des lèvres l'intérieur de ses cuisses jusqu'à ce qu'elle commence à trembler. Enfin, il posa sa bouche sur sa fente, pressant à peine les endroits où il sentait qu'elle en avait le plus besoin. Lorsqu'elle resserra ses cuisses autour de son cou et enfonça ses talons dans son dos, il lui donna la pression qu'elle demandait. Doucement d'abord, puis de plus en plus fort à mesure que son plaisir augmentait, qu'elle se trémoussait et se contractait.

Il ne pourrait jamais se lasser de son goût. Sa langue plongea toujours plus profondément, sa bouche suça toujours plus goulûment, jusqu'à ce qu'il soit gratifié par les spasmes de sa jouissance contre ses lèvres.

Il fut sans merci, l'amenant au paroxysme encore et encore. Tout au long de la nuit et de la journée du lendemain, entre deux brèves pauses pour se reposer et manger, il lui fit l'amour, avec ses mains, sa bouche et son sexe. Le monde extérieur ne fit que brièvement intrusion, lorsqu'il ôta sa chemise et qu'elle remarqua le bandage qu'il avait enroulé autour de son bras pour cacher son nouveau tatouage, puis quand il se répandit entre ses cuisses plutôt qu'en elle.

Peu avant de devoir partir, il la réveilla une dernière fois. Elle ressemblait à un ange débauché, les draps enroulés autour de ses jambes, sa chevelure étalée sur l'oreiller, sa peau rosie par le frottement de sa barbe. Elle était épuisée, mais il n'avait pas le temps d'attendre. Dieu seul savait quand ils se retrouveraient. Maintenant qu'elle connaissait le plaisir, il devait s'assurer qu'elle saurait le trouver sans lui.

Il lui prit la main, la posa entre ses cuisses et lui expliqua ce qu'elle devait faire.

Elle sursauta et tenta d'écarter son bras.

— Je ne peux pas, dit-elle en rougissant. C'est mal.

— Mais non, répondit-il en maintenant fermement sa main en place. Pense à moi. Imagine que c'est ma main qui te touche, que ce sont mes doigts qui te caressent.

Il remua doucement ses doigts sur les siens, lui montrant ce qu'il voulait.

— C'est à ça que je penserai lorsque je serai loin, ajouta-t-il.

Elle parut surprise, et légèrement intriguée.

— Vraiment ?

Il hocha la tête.

— Je prendrai mon plaisir en pensant à toi en train de te caresser. S'il te plaît, mon cœur. Laisse-moi regarder. Donne-moi un souvenir à chérir.

Il retira lentement sa main.

Elle avait l'air gênée.

— Je ne sais pas comment faire.

— Fais-toi plaisir. Ferme les yeux.

Elle obéit et il faillit grogner de satisfaction en voyant ses doigts délicats titiller maladroitement sa jolie fente rose. Il ne se rendit compte qu'il avait pris son propre sexe dans sa main que lorsqu'elle ouvrit les yeux et le regarda.

Lentement, il commença à se caresser, imitant le rythme des doigts de Margaret le long de son sexe moite.

— Comme ça, mon cœur. Un peu plus vite à présent. Presse un peu plus fort.

Il serra lui-même son membre plus fort et accéléra ses va-et-vient.

— Bon sang, c'est si bon ! Regarde l'état dans lequel tu me mets.

Son membre engorgé palpitait dans son poing.

— Tu es mouillée ? Est-ce que ton sexe est brûlant ?

Elle gémit doucement et ferma progressivement les paupières tandis qu'un voile de volupté descendait sur elle. Il sentait lui aussi cette intimité charnelle s'enrouler autour de lui. Il continua de tisser sa toile sensuelle, accompagnant son éveil par des paroles tandis qu'elle prenait le contrôle de son propre plaisir.

— Quand tu fermes les yeux, je veux que tu te souviennes de la sensation de ma bouche sur ton sexe et de ma langue en toi.

Ses caresses s'accélérèrent encore. Son corps se contractait, ses reins se cambraient.

— Imagine ma main sur ton sein.

Elle suivit inconsciemment ses instructions, prenant son sein dans sa paume et le malaxant.

— Pince ton téton, mon cœur. Oui, comme ça.

La tension dans son entrejambe devint insoutenable. Il ne pouvait plus se retenir.

— Je vais jouir, haleta-t-il. Oh, mon Dieu. Maggie, je jouis !

Sa semence jaillit au moment où elle se désagrégeait. Ils chevauchèrent ensemble la vague culminante du plaisir, leurs corps agités par des spasmes simultanés.

Lorsque ce fut terminé, il la prit dans ses bras et la tint contre lui jusqu'à ce que la lumière faiblisse entre les fentes des volets.

Puis il se glissa hors du lit et commença à s'habiller.

Elle roula sur le côté pour l'observer et tira les draps sous son menton. Elle ne disait rien. Elle n'en avait pas besoin, son regard exprimait toute sa tristesse et son désespoir.

Lorsqu'il eut fini de fixer la dernière pièce de son armure, ses remords étaient si intenses qu'il avait l'impression qu'un rocher lui écrasait la poitrine. Pourquoi était-ce si difficile, bon sang ? Pourquoi ne pouvaient-ils pas avoir plus de temps ?

Il se pencha pour lui donner un dernier baiser. Elle enroula ses bras autour de son cou et le serra si fort qu'il crut qu'elle ne le lâcherait plus. Puis elle le libéra.

Il essuya une larme au coin de son œil, regrettant de ne pouvoir effacer aussi facilement l'acide qui lui rongeait le cœur.

— Je reviendrai dès que je le pourrai.

Elle luttait pour contrôler son émotion et nc put qu'acquiescer.

Comment pouvait-il la quitter ainsi ?

— Cela s'arrangera, Maggie. Fais-moi confiance. Promets-moi d'essayer. Tu veux bien ?

— J'essaierai, murmura-t-elle. Si tu promets de revenir. Quoi qu'il advienne, reviens-moi.

Ils savaient tous les deux qu'il ne pouvait lui faire cette promesse. Dieu et le champ de bataille en décideraient.

— Je ferai tout ce qui est en mon pouvoir.

Il ne pouvait faire mieux, ce qu'elle sembla comprendre. Après un dernier regard qui devait le soutenir au cours des longs mois à venir, il sortit.

13

Margaret essaya. Les semaines qui suivirent le départ d'Eoin furent pires que tout. Le soulagement et la joie de le revoir, même brièvement, avaient rendu le vide de son absence encore plus cruel. Tout l'amour qu'elle éprouvait pour son mari lui était revenu en une vague torrentielle, et son nouveau départ l'avait laissée exsangue. Toutefois, elle lui avait fait une promesse et elle affronta le clan de Kerrera plus déterminée que jamais à s'y faire une place.

Elle sourit quand ils se montraient grossiers à son égard. Elle fit semblant de ne pas entendre les chuchotements dans son dos. Elle se démena pour se rendre utile et agréable. Elle veilla à ne jamais apparaître sans un voile. Elle garda ses opinions pour elle lors des repas, même lorsqu'ils parlaient de la guerre et débitaient sur les MacDowell et leurs alliés des mensonges éhontés qui la faisaient bouillir. Elle ne discuta pas lorsque lady Rignach suggéra qu'elle prenne un garde pour l'escorter lorsqu'elle chevauchait sur l'île ou se rendait à Oban.

Elle se mit même à la broderie, rejoignant Marjory, Tilda, lady Rignach et quelques dames de compagnie, tous les après-midi, pour travailler sur la bannière MacLean qui accompagnerait les hommes à la bataille. Elle capitula lorsqu'elle remarqua de petits trous dans les parties sur lesquelles elle avait travaillé et se rendit compte que ses points étaient décousus pendant la nuit, puis recousus. Elle préféra alors consacrer ses après-midi au projet qui l'avait occupée au cours des cinq premiers mois. Toutefois, la dernière pièce fut bientôt sculptée, la peinture sécha et le jeu d'échecs qu'elle avait confectionné pour l'offrir à Eoin prit la poussière sur une table en attendant son retour… comme elle.

Rien ne parvenait à ébrécher le mur de préjugés contre elle. Elle était la méchante et sauvage MacDowell. Une étrangère. Pire encore, lorsque la guerre éclata et que sa famille se rallia aux Comyn et à Édouard d'Angleterre contre Robert de Bruce, elle devint l'ennemi. Au dédain, à la méfiance et au mépris s'ajoutait à présent la haine.

Elle passait de plus en plus de temps à Oban. Elle ne serait jamais une érudite comme son mari, mais elle n'était plus illettrée. Elle pouvait lire le gaélique, un peu de français, et même quelques mots d'anglais et de latin. Son écriture aurait sans doute été jugée médiocre par lady Rignach et Marjory, mais elle pouvait rédiger un message simple.

Toutefois, ce n'était pas ses progrès en lecture qui impressionnaient le plus les religieuses, mais son aisance avec les chiffres, une aptitude acquise lorsque son père la laissait gérer leur domaine. Un jour qu'un fournisseur livrait une grande quantité de victuailles, elle l'avait entendu faire une erreur de calcul et l'avait corrigé sans même regarder sa liste (elle espérait bien qu'il n'essayait pas de voler les épouses du Christ !). L'abbesse avait été stupéfaite et lui avait demandé si elle ne voulait pas les aider avec l'intendance du couvent. Cela lui donnait une occupation et un moyen de remercier les sœurs pour leur aide.

Même si elle les appréciait, les religieuses ne pouvaient remplacer ses anciens amis de Garthland. Brigid lui manquait cruellement. Rire lui manquait, ainsi que les plaisanteries et les longues conversations animées jusque tard dans la nuit. Elle aurait aimé avoir quelqu'un à qui se confier, avec qui partager ses joies et ses peines.

Le couvent ne pouvait pas non plus remplacer sa maison. Il était silencieux et paisible, aux antipodes de l'ambiance tapageuse du hall de Garthland, où il y avait toujours des convives à recevoir, des frères avec qui chahuter. Le bruit, l'excitation et l'énergie de sa vie d'avant lui manquaient.

Mais ce qui lui manquait surtout, c'était la liberté. Celle de galoper à travers la campagne les cheveux au vent, celle d'aller où bon lui plaisait et de dire ce qu'elle voulait sans craindre d'offenser quelqu'un ou de commettre une faute.

Ils avaient raison : elle était sauvage. À présent, elle avait l'impression d'être en cage. Elle ignorait combien de temps encore elle pourrait le supporter. Elle mourait à petit feu sur cette île. Chaque jour, elle se perdait un peu plus.

Elle ne pouvait s'évader que la nuit, quand elle se raccrochait aux souvenirs de son mari et à son amour pour lui, lorsqu'elle se caressait comme il l'avait caressée. Il lui paraissait alors plus proche. Hélas, quand elle se réveillait, sa solitude était encore plus pesante.

Sa seule joie fut de voir enfin Fin partir avec le père et les frères d'Eoin, peu après le 1er mai, pour répondre à l'appel aux armes de Bruce. Depuis le passage d'Eoin, il ne l'avait plus suivie, mais elle était néanmoins soulagée de ne plus le voir rôder dans les parages.

En revanche, Marjory était abattue. Croyant que partager leur chagrin et leurs craintes pour les hommes partis au combat pourrait les rapprocher, Margaret avait à nouveau fait des avances amicales à sa belle-sœur, pour se voir brutalement rejetée. Elle découvrit qu'elle n'était pas la seule à être consciente de l'attention indésirable que Fin lui portait, sauf que Marjory s'imaginait que celle-ci avait été recherchée. Elle l'accusa d'avoir « badiné » et « joué » avec Fin par ennui, et d'avoir besoin « que tous les hommes se prosternent devant elle ».

Margaret protesta et tenta délicatement de la mettre en garde contre Fin, mais Marjory était aveuglée par l'amour et ne tolérait pas la moindre critique sur le séduisant jeune guerrier. Margaret la laissa à ses illusions en espérant pour elle qu'elle ouvrirait les yeux avant de s'unir à un homme qui, sans nul doute, lui briserait le cœur.

Même Tilda avait changé. Margaret découvrit pourquoi une semaine après le départ d'Eoin, lorsqu'elle lui proposa une balade en bateau. La jeune fille aimait la voile presque autant qu'elle, mais elle secoua la tête en fuyant son regard. À force d'insister, Margaret parvint à lui arracher une explication.

— Mon frère m'a dit que les jeunes filles bien nées ne naviguent pas toutes seules.

Margaret avait tenté de la raisonner, jusqu'à ce qu'elle comprenne que ce n'était ni Neil ni Donald qui lui avait dit cela, mais Eoin. Apparemment, lady Rignach avait menacé de marier Tilda au fils d'un laird voisin si elle ne cessait pas ces « sauvageries ».

Cela n'aurait pas dû être aussi blessant, mais Margaret fut effondrée. Exerçait-elle une influence si néfaste qu'ils préféraient envoyer leur fille au loin plutôt que de la laisser la fréquenter ? Était-ce aussi l'opinion d'Eoin ?

Le plus pénible au cours de ces semaines interminables fut de ne pas savoir ce qui se passait, de vivre dans la peur constante que son mari soit en danger. Sans un mot de lui depuis son départ, elle ignorait où il était, ce qu'il faisait, s'il ne gisait pas grièvement blessé quelque part ou, que Dieu le préserve !, pire encore.

Si lady Rignach savait quelque chose, elle ne le partageait pas avec sa bru MacDowell. Les informations sur les mouvements du « roi » Robert étaient rares et leur parvenaient avec une lenteur insupportable. Début juillet, ils apprirent la désastreuse défaite de Bruce à Methven, survenue deux semaines plus tôt. Ses forces avaient été décimées, écrasées par le puissant roi Édouard Ier qui se faisait désormais appeler « le marteau des Écossais ». Le chef MacLean envoya un message à son épouse pour lui dire qu'ils avaient tous survécu, mais que Neil avait été grièvement blessé à l'épaule par une flèche.

Durant des semaines, Margaret, postée devant la fenêtre, guetta un navire. Elle priait pour qu'Eoin ait compris la futilité de la cause de Bruce et rentre auprès d'elle. Personne, pas même le chevalier charismatique qu'elle avait rencontré à Stirling, ne pouvait vaincre Édouard d'Angleterre, surtout avec seulement la moitié de l'Écosse derrière lui.

Ce ne fut qu'à la fin août qu'elle vit enfin un *birlinn* de guerriers approcher. Elle dévala l'escalier du donjon et se précipita dans la cour juste au moment où des hommes commençaient à franchir la poterne en titubant tels des morts vivants. Certains boitaient, d'autres étaient soutenus par des camarades à peine en meilleur état qu'eux, quelques-uns étaient portés sur des civières.

La gorge nouée, Margaret scruta les visages couverts de crasse et de sang à la recherche de traits familiers. Un homme parlait à lady Rignach et elle reconnut l'un des capitaines du laird. Il avait perdu la moitié d'un bras. Son moignon était enveloppé dans un linge si sale et souillé qu'elle sentit son estomac se retourner.

Quelques instants plus tard, la mère d'Eoin blêmit et poussa un cri de douleur qui s'éleva au-dessus du vacarme.

Margaret se précipita et la retint juste au moment où ses jambes cédaient. Elle n'était pas près d'oublier l'expression sur le visage de la fière lady MacLean. Sa redoutable belle-mère paraissait soudain très fragile.

Elle l'aida à marcher jusqu'au hall, la fit asseoir sur un banc et demanda qu'on apporte du vin. Marjory et Tilda ne tardèrent pas à apparaître. Les sœurs d'Eoin paraissaient aussi anxieuses et effrayées qu'elle. Pour une fois, Marjory n'était pas fâchée de la laisser prendre la situation en main.

Dès que la gouvernante eut apporté le vin, Margaret lui demanda de rassembler les domestiques, de préparer des lits et de la nourriture, et d'envoyer chercher tous ceux qui avaient des connaissances médicales. Les hommes qui déferlaient dans la cour avaient besoin de soins.

Lorsqu'elle se tourna à nouveau vers lady Rignach, celle-ci s'était légèrement ressaisie. Rassemblant son courage, elle lui posa la question qui lui brûlait les lèvres.

— Que s'est-il passé ?

Lady Rignach essuya des larmes au coin de ses yeux.

— C'est fini, dit-elle. La cause de mon neveu est perdue. Son armée a été presque entièrement anéantie hier par les MacDougall à Dal Righ.

Tilda et Marjory poussèrent un cri d'effroi. Margaret sentit ses genoux mollir. *Mon Dieu, Eoin ! Faites que...*

— Et père ? Nos frères ? demanda Tilda.

Lady Rignach baissa la tête.

— Connach n'en est pas sûr, mais il pense qu'ils ont pu s'échapper avec le roi. Le chaos régnait et ils ont été contraints de fuir dans les montagnes. Ceux qui étaient trop mal en point sont rentrés chez eux comme ils ont pu. L'armée a été dispersée. Les MacDougall et leurs alliés traquent Bruce et ce qui reste de ses partisans.

— Et Fin ? demanda Marjory dans un souffle.

— Je ne sais pas, répondit sa mère d'un air navré.

Marjory pivota soudain et fixa Margaret, les traits déformés par la fureur.

— J'espère que vous êtes contente ? Vous et votre famille de traîtres avez gagné. Votre père est peut-être en train de danser sur la tombe de mon frère !

Margaret était horrifiée.

— Marjory, cela suffit ! la réprimanda sa mère. Margaret est la femme de ton frère. Ce n'est pas sa faute si son clan a choisi de rejoindre nos ennemis anglais.

Sa pique déguisée en défense acheva de hérisser Margaret. Cette fois, c'était trop !

— Mon père a choisi de se battre pour *son* roi, le roi Jean, et non pour l'homme qui a assassiné son cousin, rétorqua-t-elle.

Elle tourna le dos à lady Rignach, qui semblait abasourdie, et déclara à Marjory :

— J'aime votre frère. En l'épousant, je lui ai donné ma loyauté. Vous êtes-vous jamais demandé, un seul instant, ce que cela signifiait pour moi ? Pouvez-vous imaginer ce que je ressens en sachant que mon mari se bat contre mon père et mes frères, et le supplice que j'endure chaque jour en me demandant s'ils ne sont pas en train de s'entre-tuer sur le champ de bataille ? Je n'ai pas choisi cette situation et je fais de mon mieux dans des circonstances difficiles. Je sais que vous me haïssez et ne me trouvez pas assez bien pour Eoin. Peut-être avez-vous raison, mais c'est *moi* qu'il a choisie. C'est *lui* qui a voulu m'épouser, que vous l'acceptiez ou non. Alors si vous ne pouvez pas m'accorder le bénéfice du doute, accordez-le au moins à votre frère !

Elles étaient toutes atterrées, même Tilda.

Margaret avait sans doute commis une erreur, mais elle ne pouvait vivre un instant de plus sans dire sa vérité. De toute manière, quoi qu'en pense Eoin, ils ne l'accepteraient jamais.

Sans un mot de plus, elle tourna les talons et s'éloigna. Les hommes dans la cour avaient besoin d'elle. Cela occuperait son esprit et lui permettrait pendant un moment de ne plus se demander si Eoin était vivant ou mort.

Elle avait fait suffisamment d'efforts. Il ne lui restait plus qu'à espérer que son mari tiendrait mieux sa promesse qu'elle.

— J'espère que tu sais ce que tu fais. Le Chef sera furieux quand il découvrira que tu es parti.

Eoin se tourna vers celui qui était devenu son partenaire dans la Garde des Highlands dès le premier jour de leur entraînement sur l'île de Skye, neuf mois plus tôt. Lamont et lui avaient vécu l'enfer ensemble à de multiples reprises au cours des trois derniers mois. Il ne comptait plus les fois où chacun avait sauvé la vie de l'autre. Eoin avait en lui une foi absolue et c'était pourquoi il lui avait confié son projet.

Tor MacLeod ne serait pas seulement furieux, il le réduirait en bouillie. Cette fois, il n'avait pas demandé de permission au chef de la Garde, sachant qu'il ne la lui aurait pas accordée. Toutefois, Eoin ne pouvait quitter l'Écosse pour Dieu sait combien de temps sans prévenir son épouse. À l'exception de MacLeod, dont la femme était au courant de tout et se trouvait à l'abri sur Skye, Eoin était le seul autre membre de la Garde à être marié. Dans des moments pareils, il comprenait pourquoi. Cela lui conférait des responsabilités que les autres n'avaient pas.

— Je ne serai parti que deux jours, pas plus. Je vous rejoindrai à Tarbert. Le Chef aura à peine le temps de se rendre compte de mon absence.

Ils ne le croyaient ni l'un ni l'autre. Le Chef le maudirait dès qu'il le découvrirait parti, à son réveil. Il n'osait pas imaginer le châtiment qui l'attendrait à son retour.

— Les MacDougall surveillent toutes les voies d'eau entre ici et Dunaverty, l'avertit Lamont. Comment comptes-tu passer ?

Depuis la défaite de Dal Righ, Bruce et ce qui restait de ses troupes étaient en fuite. Ils s'étaient réfugiés dans une grotte sur la rive nord du loch Voil à Balquhidder, sur les terres MacGregor. Cependant, traqués par les MacDougall à l'est, par le comte de Ross au nord, et par les Anglais à l'est et au sud, ils n'étaient à l'abri nulle part. Ils n'avaient plus d'autre choix que de quitter l'Écosse. Leur plan était de se rendre à Dunaverty, à l'extrême sud du Kintyre, et de là, d'embarquer sur un navire. Ils espéraient qu'Erik MacSorley, le meilleur marin des Hébrides, parviendrait à les faire passer à travers le blocus anglais.

— C'est pourquoi je compte traverser le bras de mer qui sépare Oban de Kerrera à la nage demain soir. Je ferai le chemin inverse à l'aube, puis parcourrai le comté d'Argyll. Ils ne s'intéresseront pas à un cavalier isolé.

Lamont, dont le nom de guerre était le Chasseur, ne paraissait guère convaincu, mais acquiesça néanmoins.

— *Bàs roimh Gèill*, dit-il simplement.

« La mort plutôt que la reddition. » C'était la devise de la Garde et sa manière de lui souhaiter bonne chance.

Ses paroles accompagnèrent Eoin tout au long de son trajet de quatre-vingts kilomètres sur un terrain traître et sillonné par plus de patrouilles qu'il ne l'avait prévu. Toutefois, moins de vingt-quatre heures plus tard, il se hissait sur la berge de Kerrera. Dégoulinant et transi, mais sain et sauf.

Ne sachant pas à quoi s'attendre, il approcha prudemment de la poterne du château plongé dans l'obscurité. Les MacDougall frapperaient tôt ou tard à la porte de Gylen, mais, pour le moment, ils étaient sans doute trop occupés à traquer Bruce.

La cloche du couvre-feu avait sonné des heures plus tôt et le portail du château était verrouillé. Il épia les sentinelles puis, s'assurant qu'il les connaissait, s'identifia. Elles appelèrent le portier et, quelques minutes plus tard, Eoin était chez lui.

Il réveilla d'abord sa mère. Une fois qu'elle se fut remise du choc, il l'assura qu'ils étaient tous indemnes. Elle lui apporta des vêtements secs pendant qu'il lui racontait ce qu'il pouvait. Son temps étant compté, il lui demanda d'embrasser ses sœurs pour lui, puis alla trouver sa femme.

Le sanglot de soulagement de Margaret et son étreinte passionnée compensaient amplement tous les risques qu'il avait encourus pour la retrouver.

— Dieu soit loué, tu es en vie ! hoqueta-t-elle contre son torse. J'ai eu si peur ! Mais le cauchemar est terminé. Tu es de retour. Tu m'as tellement manqué ! Je ne sais pas si j'aurais tenu encore longtemps.

Il maudit les paroles qu'il devait prononcer, sachant à quel point elles lui feraient mal. Il l'écarta délicatement afin de pouvoir la regarder.

— Ce n'est pas fini, Maggie. Je ne pouvais pas partir sans t'assurer que j'étais vivant… et sans te dire adieu.

Elle cligna des yeux, pensant avoir mal compris.

— Comment ça, adieu ? Bien sûr que c'est fini. Bruce a été vaincu. Sa cause est perdue.

— Ce n'est pas terminé. Bruce a perdu une bataille, mais pas la guerre. Nous nous regrouperons et nous reviendrons quand nous serons prêts à reprendre les combats.

Elle le dévisagea comme s'il avait perdu la raison.

— Vous regrouper ? Tu plaisantes, Eoin. Bruce n'a plus qu'une poignée de partisans. Son armée a été dispersée. Ceux qui n'ont pas été tués pendant la bataille ont renié leur allégeance et se sont rendus à John MacDougall, au comte de Ross ou au comte de Buchan.

Eoin se tendit. Il n'était que trop conscient du nombre de déserteurs. Son propre frère de sang en faisait partie. Cette trahison faisait mal, mais il savait que Fin protégerait sa famille.

— Pas moi, répondit-il. Et je n'ai aucune intention de les imiter.

— Mais il le faut ! dit-elle avec une lueur de panique dans le regard. Tu ne peux pas rester avec lui. Tu seras traqué comme un chien et exécuté. Tu te souviens du sort de William Wallace. Veux-tu finir comme lui ?

Elle s'accrocha à son bras.

— Mon père t'aidera. Si nous allons le trouver maintenant, il veillera à ce que tu ne sois pas puni.

Il détacha doucement ses doigts.

— Je n'irai pas voir ton père, Maggie. Ni maintenant ni jamais. Ma place est aux côtés de Bruce et cela ne changera pas tant qu'il restera en lui un souffle de liberté.

— C'est-à-dire peu de temps, car le roi Édouard ne tardera pas à le trouver. Tout le monde, depuis le comté de Ross jusqu'aux Marches, recherche Bruce et ses hommes. Vous ne pouvez vous cacher nulle part. Où irez-vous ?

Il ne répondit pas. Il n'avait pas le droit de lui dire qu'ils allaient quitter le pays et se réfugier sur les centaines d'îles qui parsemaient la mer des Hébrides.

Il lut la blessure dans son regard.

— Naturellement, soupira-t-elle. Tu ne me le diras pas.

— Je ne peux pas, Maggie. Ce secret ne m'appartient pas. J'ai prêté serment.

— Et cela n'a rien à voir avec le fait que je suis une MacDowell ?

Comme il ne démentait pas, son expression se durcit.

— Ne sois pas idiot, Eoin. Ne donne pas ta vie pour une cause perdue.

Eoin s'efforça de garder son sang-froid. Il s'était douté qu'elle ne comprendrait pas, mais il ne s'était pas attendu à être traité d'idiot. Après s'être battu pour son cousin durant des mois, sa foi en la cause de Bruce n'avait fait que se renforcer. Ce n'était pas ce que son épouse souhaitait entendre. Elle ne pensait qu'à sa sécurité.

— Je ne suis pas venu pour me disputer avec toi, Maggie, mais pour te dire au revoir. J'ignore combien de temps cela prendra, mais je reviendrai.

Elle secoua frénétiquement la tête.

— Non, tu ne peux pas me laisser ici. Si tu refuses d'entendre raison, alors emmène-moi avec toi. Je ne peux plus rester ici sans toi.

Le désespoir dans sa voix lui brisa le cœur.

— Je le ferais si je pouvais, Maggie. Mais c'est impossible. Là où nous allons, il n'y a pas de place pour une femme.

Bruce avait envoyé son épouse, sa sœur, sa fille ainsi que la comtesse de Buchan se mettre à l'abri à Kildrummy, à l'est. Lachlan MacRuairi, dit la Vipère, était chargé de les escorter.

— Je m'en moque. Je te jure que je ne serai pas un fardeau. Mais ne me laisse pas seule ici. S'il te plaît. Je n'en peux plus.

Venir avait été une erreur. Il ne faisait qu'empirer la situation. Elle était furieuse. Il tenta de la calmer en la prenant dans ses bras, mais elle s'était raidie.

— Crois-le, mon cœur, je t'emmènerais avec moi si je le pouvais.

Elle le repoussa sèchement.

— J'en ai assez dc *croire* ! Assez d'attendre seule ici pendant que tu disparais durant des mois sans rien me dire. Nous sommes mariés depuis presque un an et nous avons passé moins de trois semaines ensemble. Nous n'avons partagé un lit qu'une seule nuit. Une seule ! Tu ne peux pas me laisser ici. Je refuse. Soit tu restes, soit tu m'emmènes avec toi, sinon...

Eoin entendait sa colère et s'efforçait d'être compréhensif, mais il n'aimait pas les chantages.

— Sinon quoi, Maggie ? Tu crois avoir le choix ?

Elle pinça les lèvres et détourna la tête. Il pouvait presque entendre ses pensées et elles le rendaient furieux. Les paroles de Fin lui revinrent en mémoire. Ne pouvait-elle pas essayer de comprendre sans vouloir imposer ses exigences ? Lady Barbara aurait su quel était son devoir. Ils étaient en guerre, nom de nom !

Mais Margaret était jeune et impatiente. Il l'avait toujours su.

— Tu es mon épouse. Tu m'attendras ici, chez toi.

— Ce n'est pas chez moi ! Pas sans toi. Je ne peux plus rester ici.

Ce fut comme un coup de poing. Elle ne voulait plus être mariée avec lui. Il sentit son pouls s'emballer et serra les mâchoires.

— Peut-être, mais il est trop tard pour changer d'avis, grogna-t-il. Fais-toi une raison. Qui sait, avec un peu de chance, le roi Édouard mettra fin à ton calvaire.

Elle le dévisagea, bouche bée. Ses yeux s'emplirent de larmes, mais il était trop furieux pour la consoler.

— Comment peux-tu dire une chose pareille ? Je vis dans l'angoisse qu'il t'arrive malheur. Je t'aime, c'est juste que je ne peux plus...

Pourtant, il le fallait. Ils le savaient tous les deux. Elle était sa femme.

Elle le regarda d'un air impuissant, les joues baignées de larmes.

Sa colère l'abandonna aussitôt. Il la prit dans ses bras et, comme il ne trouvait rien à dire pour la réconforter, la tint simplement contre lui pendant qu'elle sanglotait. Ils firent l'amour presque par désespoir ; cela ne sembla que les éloigner davantage.

Lorsqu'il repartit un peu plus tard, elle le regarda à peine. Il était déchiré. Il était revenu pour arranger la situation et n'avait fait que l'aggraver. Le temps et la séparation creusaient entre eux un gouffre qu'il craignait de ne jamais pouvoir combler.

Pour ne pas empirer les choses, il ne lui parla pas de Fin.

Que fais-je ici ?

Debout sur le rempart, Margaret contemplait la mer grise en se demandant comment sa vie avait pu autant changer en une année. Elle n'était plus la « belle pucelle de Galloway », mais l'épouse délaissée d'un hors-la-loi, une indésirable parmi des étrangers, la plupart hostiles.

Tout ça pour quoi ? Attendait-elle pour rien ? Où était Eoin ? Quand reviendrait-il ? Reviendrait-il ?

Après la façon dont ils s'étaient quittés la dernière fois, elle n'était pas sûre qu'il en ait envie. Près d'un mois s'était écoulé depuis la nuit horrible où son mari était réapparu tel un fantôme dans la nuit pour lui annoncer son projet. Elle regrettait amèrement certaines choses qu'elle lui avait dites. Elle avait été désemparée, frustrée et horrifiée d'apprendre qu'il l'abandonnait à nouveau dans ce lieu misérable où elle était coupée de tout ce qu'elle aimait, y compris du mari qui l'y avait conduite.

Les paroles d'Eoin la hantaient. Comment avait-il pu suggérer, même sous l'effet de la colère, qu'elle souhaitait sa mort pour échapper à leur mariage ? Elle l'aimait. Elle voulait seulement être avec lui.

Toutefois, il avait raison. Elle n'avait pas le choix. Elle tourna le dos à la mer et rentra dans la tour. Même si elle en mourait d'envie, elle ne pouvait pas partir.

Qu'il était loin le jour heureux où ils s'étaient promis l'un à l'autre dans la cabane ! Le monde s'était retourné contre eux. Il n'y avait rien de romanesque à être mariée à un homme qui la délaissait depuis un an par loyauté pour un autre.

Tout ça pour une cause perdue ! Elle peinait encore à croire qu'il ait choisi de rester auprès de Bruce. Même son meilleur ami s'était rendu au seigneur de Lorn. Fin, le nouveau lèche-bottes de John MacDougall, était arrivé à Gylen une semaine plus tôt. Le laird MacLean et ses fils ayant été déclarés hors la loi, les terres de leur clan avaient été confisquées par la couronne d'Angleterre. En tant que shérif d'Argyll, représentant l'autorité d'Édouard dans la région, Lorn avait donné à Fin le commandement du château.

Margaret avait d'abord été horrifiée d'apprendre son retour, jusqu'à ce qu'elle en sache la raison. Fin avait demandé la main de Marjory. Le mariage dont rêvait la sœur d'Eoin serait officialisé dès la publication des bans.

Margaret s'efforça d'être heureuse pour sa belle-sœur. Elle espérait sincèrement s'être trompée sur le compte de Fin. À son grand soulagement, il semblait faire de son mieux pour l'éviter.

Hélas, la nuit de leurs fiançailles, elle comprit qu'il n'avait fait qu'attendre le moment propice. En dépit de la joie de la future mariée, la célébration était ternie par l'absence du laird et de ses fils (dont personne n'avait de nouvelles depuis la visite d'Eoin). Bien que les hommes du clan aient été forcés de prêter allégeance à leur nouveau suzerain, ils restaient loyaux à leur chef et considéraient Fin comme un opportuniste, sinon un traître.

Fin les avait assurés qu'il ne cherchait qu'à les protéger et qu'Eoin le comprendrait. Margaret avait du mal à le croire. Elle sentait que lady Rignach n'était pas convaincue non plus, mais elle faisait semblant, faute de mieux.

La fête de fiançailles fut une affaire guindée et empruntée qui se poursuivit tard dans la soirée, plus par devoir que par envie. Souffrant de l'absence de son mari et ayant du mal à cacher son malaise, Margaret s'éclipsa du grand hall étouffant et se rendit dans les écuries pour apporter un cadeau à Dubh : une pomme volée sur la table du banquet.

Elle ignorait qu'elle avait été suivie.

— Que faites-vous ici ?

Elle se tourna avec un sursaut. Son pouls s'accéléra dès qu'elle reconnut Fin. Son angoisse s'accrut quand elle remarqua qu'il s'était débarrassé du palefrenier assis devant la porte et qu'elle était coincée dans une petite stalle. La porte de l'écurie était fermée.

Elle redressa les épaules et le regarda en face.

— Je suis venue vérifier que Dubh allait bien. Excusez-moi, mais j'ai promis à Tilda de la rejoindre rapidement.

Il la retint par le bras.

— Pas si vite. Nous avons à discuter, vous et moi.

Elle sentait le whisky dans son haleine et son regard était voilé par l'alcool. Toutes les alarmes dans son corps retentirent. Si être seule avec Fin la mettait mal à l'aise, être seule avec un Fin ivre la terrifiait.

— Comment avez-vous fait ? demanda-t-il d'une voix traînante.

Il scruta son visage, puis baissa son regard vers ses seins, sur lesquels il s'attarda un long moment avec une lueur concupiscente avant de revenir vers sa bouche.

— Qu'avez-vous fait pour qu'il décide de vous épouser aussi rapidement ? Vous êtes belle, mais il ne s'est jamais laissé embobiner par un joli minois auparavant. Ce doit être autre chose. Vous vous êtes mise à genoux ? Il a toujours eu un faible pour les bonnes suceuses. Comme nous tous, d'ailleurs.

Il éclata d'un rire gras.

Margaret était si choquée et si outrée qu'elle en resta pantoise. Elle libéra son bras d'un geste sec.

— Comment vous permettez-vous ? Quand Eoin rentrera…

— Quand il rentrera ? répéta-t-il en riant de plus belle. Il ne reviendra jamais. Vous ne l'avez pas encore compris ? S'il pointe son nez ici, il est mort. S'il ne l'est pas déjà.

La colère atténua légèrement sa peur. Elle ne supportait pas d'entendre ses propres angoisses sortir de la bouche de ce mufle.

— Comment pouvez-vous dire une chose pareille ? C'est votre ami.

— Certes, mais il a fait son choix et j'ai fait le mien. Nous devons tous deux vivre avec. Je m'étonne que vous le défendiez encore, vu les circonstances.

— Quelles circonstances ?

Elle espérait que sa voix ne tremblait pas, même si son sang s'était glacé. Il lui bloquait le passage vers la seule issue et avançait lentement, l'acculant contre le mur.

— Il vous a abandonnée ici sans protection, susurra-t-il. Une belle femme comme vous. Bien des hommes seraient tentés…

— Ils seraient bien sots, rétorqua-t-elle en lui tenant tête. Si mon mari ne revient pas pour venger mon honneur, mon père et mes frères s'en chargeront.

Cela sembla le faire hésiter un instant, puis il plissa les yeux, l'observant tel un hibou fixant une proie dans la nuit.

— Votre père et vos frères sont loin, mais vous pourriez vous trouver un protecteur plus près d'ici.

— Qui ?

— Je pourrais me laisser convaincre, moyennant certaines compensations, bien entendu.

Si son regard se promenant sur son corps avait encore laissé planer le moindre doute sur ses intentions, son geste suivant fut sans ambiguïté. Il l'attrapa si rapidement qu'elle n'eut pas le temps de réagir avant qu'il ne plaque sa bouche sur la sienne.

Il sentait le whisky et le stupre. Elle aurait eu un haut-le-cœur si elle avait pu respirer. Il était aussi grand et musclé que son mari et son agression l'emplissait de fureur, mais elle était préparée. Remerciant ses frères en silence pour avoir tenu à lui apprendre à se défendre, elle envoya son genou de toutes ses forces dans les parties de Fin.

Il se plia en deux comme une poupée de chiffon en poussant un cri de douleur. Sans perdre une seconde, elle sortit son petit couteau du fourreau accroché à sa ceinture et le lui plaça sous le cou.

— Si vous me touchez encore une fois, je vous tue.

Cette fois, le regard de Fin n'était plus concupiscent mais haineux.

— Tu vas le regretter, sale garce.

Elle ne doutait pas de sa sincérité. Avant qu'il ait pu réagir, elle se précipita hors de la stalle. Elle n'avait pas le choix, elle devait prévenir lady Rignach.

Elle n'en eut pas le temps. Elle tomba nez à nez avec une Marjory hébétée dans le couloir de l'écurie. À voir son expression, il était clair que, si elle n'avait pas tout entendu, elle en avait entendu assez.

Quand la sœur d'Eoin tourna les talons et s'enfuit, Margaret courut derrière elle.

— Attendez ! lança-t-elle en la rattrapant au pied de l'escalier de la tour. Marjory, je suis navrée que vous ayez assisté à cette scène, mais il est sans doute préférable que vous sachiez la vérité dès maintenant.

— Quelle vérité ? s'écria Marjory. Que vous avez trahi mon frère et avez tenté de séduire mon fiancé ? Je vous ai vue l'embrasser. Comment avez-vous pu ?

Son menton tremblait. Voyant sa mine dévastée, Margaret s'efforça de garder son calme. La jeune femme était profondément blessée, mais elle ne pouvait la laisser penser que ce qui venait de se passer était sa faute.

— C'est Fin qui m'a attaquée, Marjory. Il était ivre. Quand il a voulu m'embrasser, j'ai été obligée de me défendre. Vous n'avez pas vu mon couteau ?

— Attaquée ? Vous l'avez provoqué ! Cela fait des semaines, des mois que vous l'aguichez et tentez de le séduire. Et quand il vous prend enfin au mot, vous jouez les prudes et sortez un couteau ?

Elle était à présent secouée de sanglots incontrôlables.

— Vous avez tout fait pour l'embrouiller, poursuivit-elle. Mais Fin m'aime et tout le monde sait que vous êtes une putain !

Le bruit de la gifle résonna dans l'air froid de la nuit. Margaret n'aurait su dire laquelle d'entre elles était la plus surprise. Elles se toisèrent à la lueur des torches.

— Je vous hais, cracha Marjory en se tenant la joue. Tout le monde vous hait. Personne ne veut de vous ici. Je regrette que mon frère vous ait épousée et que vous ne puissiez déguerpir !

Cette fois, lorsqu'elle s'enfuit à nouveau, Margaret ne tenta pas de la rattraper.

Elle gravit les marches d'un pas lourd jusqu'à sa chambre, enfila une cape noire, jeta quelques affaires dans un sac (y compris l'échiquier qui lui avait demandé tant de travail), puis s'éclipsa à travers la foule de fêtards sans que personne ne la remarque.

Le cœur lourd, elle laissait derrière elle son cher Dubh, qu'elle ne pouvait faire sortir du château sans être vue, ainsi qu'un message pour son mari au cas où il reviendrait. Il faisait ce qu'il considérait devoir faire. À présent, elle aussi.

Margaret MacDowell en avait eu assez : elle rentrait chez elle.

14

Près de Garthland Tower, Galloway, Écosse, jour de la Saint-Valentin 1307

Le vent avait dénoué les rubans de ses tresses, libérant sa chevelure qui flottait derrière elle. Margaret se coucha sur l'encolure de son palefroi et fila dans le bois sombre.

Elle entendait son compagnon crier derrière elle, mais il ne la rattrapa que lorsqu'elle fut parvenue au bord du loch et qu'elle eut ralenti.

— Par tous les saints, Maggie *Beag*, vous avez perdu la tête ?

Il se pencha, lui arracha les rênes des mains et força sa monture à s'arrêter.

— Vous voulez vous briser le cou en galopant entre les arbres à cette allure ? poursuivit-il. Vous mériteriez une bonne correction.

Margaret se tourna vers le beau visage familier qu'elle avait rarement vu déformé par une telle fureur. Elle pouvait presque croire toutes les histoires qu'on racontait sur sa férocité au combat en le voyant ainsi. Toutefois, Tristan MacCan était son ami depuis toujours et ce n'était pas son regard noir qui allait l'impressionner.

— Nous faisions la course et je gagnais, vous feraisje remarquer, répondit-elle, agacée. D'autre part, à ce que je sache, vous n'êtes ni mon père ni mon mari, alors cessez de me donner des ordres.

Elle sauta de selle et marcha jusqu'au bord de l'eau. Il lui emboîta le pas et la retint par le bras, l'obligeant à se tourner vers lui.

— Pas encore mais, quand ce sera le cas, je vous donnerai la fessée si vous faites ce genre de chose. À l'allure où vous alliez et dans la pénombre, vous auriez pu percuter une branche basse. Vous m'avez flanqué une frousse bleue !

Il lui faisait toujours le même coup, le misérable. Il l'énervait, puis dissipait d'un coup son agacement en disant quelque chose de tendre. Elle l'avait effrayé et il avait réagi par inquiétude pour elle.

Tristan l'aimait plus qu'elle ne l'avait cru. À son retour de Kerrera, elle avait remarqué des changements : la brume dans son regard lorsqu'il l'observait, teintée d'un peu de possessivité quand il croyait qu'elle ne le voyait pas ; le fait qu'il ne suivait plus toutes les jolies filles qui lui faisaient de l'œil ; la manière dont il s'était efforcé d'apaiser ses relations avec son père et ses frères lors de son retour.

Comme elle, Tristan avait toujours présumé qu'elle ferait un mariage politique. Son union avec Eoin avait changé la donne. Maintenant qu'elle était de retour, il s'imaginait avoir une seconde chance… encouragé par le père de Margaret. Elle lui était trop attachée pour lui donner de faux espoirs. Son cœur appartenait à un seul homme et, tant que ce serait possible, elle l'attendrait.

Quatre mois après être revenue à Garthland, elle se demandait toujours si elle avait fait une erreur. La scène avec Fin et Marjory l'avait profondément ébranlée et elle n'avait pensé qu'à fuir. Avait-elle capitulé trop facilement ? Lady Rignach l'aurait-elle écoutée ? Eoin était-il revenu la chercher depuis ?

Elle n'avait aucune nouvelle de lui, mis à part par des rumeurs selon lesquelles Bruce et une poignée d'hommes avaient fui dans les îles des Hébrides extérieures. Plus récemment, elle avait entendu parler d'un éventuel « retour du roi ». Son père refusait de lui parler de tous les messagers qui entraient et sortaient de Garthland à toute heure du jour et de la nuit, mais les soldats en garnison dans les châteaux voisins étaient oisifs depuis des mois. C'était bon signe. Elle n'avait aucune sympathie pour le roi Édouard, mais elle ne voulait pas que la guerre reprenne. Elle n'aspirait qu'au retour d'Eoin sain et sauf. Quoi qu'en dise son père, elle refusait de croire à sa mort.

Tristan avait lâché son bras, mais il se tenait encore un peu trop près d'elle.

— Je sais ce que souhaite mon père, Tristan. Je ne rentrerai pas dans son jeu pour faire dissoudre mon mariage en prétextant avoir conclu un accord antérieur. Je ne mentirai pas en déclarant que vous et moi étions fiancés en secret.

Elle vit la lueur d'irritation dans les beaux yeux verts de Tristan. Ils brillaient comme des émeraudes.

— Je ne peux pas croire que vous vous accrochiez encore à un homme que vous connaissez à peine, qui vous a abandonnée au milieu d'inconnus, puis a exigé de vous que vous restiez sagement assise près du feu à l'attendre ! Si vous étiez mon épouse, je vous emmènerais avec moi. Rien ne m'empêcherait de vous garder à mes côtés.

Margaret eut un pincement au cœur ; elle savait qu'il disait vrai. Il l'aurait vraiment emmenée avec lui et elle ne pouvait s'empêcher de penser que, si Eoin l'avait vraiment aimée, il en aurait fait autant.

Il soutint son regard en ajoutant :

— Il est probablement mort, vous savez ?

Elle détourna les yeux sans répondre. Si c'était vrai, elle le saurait… non ?

— Même s'il a réussi par miracle à survivre au cours de ces derniers mois, vous croyez vraiment qu'il viendra vous chercher ici ? insista-t-il. C'est vous qui l'avez quitté, Maggie.

Le pincement s'accentua.

— Je vous ai expliqué pourquoi, répliqua-t-elle d'une voix tremblante.

— Parce que vous croyez qu'il se donnera la peine de poser des questions ? Vous lui avez clairement indiqué votre choix en revenant au sein de votre famille, à votre juste place.

C'était là le problème. Elle n'était pas sûre d'avoir encore sa place quelque part. Garthland était toujours Garthland, mais c'était différent. À moins que ce ne soit elle qui ait changé. Elle plaisantait, riait, disait ce qu'elle pensait, faisait ce qu'elle voulait sans demander la permission à personne. Ses journées étaient remplies et utiles. Elle avait retrouvé son rôle de châtelaine et organisé d'innombrables festins depuis son retour. Elle n'était plus malheureuse.

Sans pour autant être heureuse. Comment auraitelle pu l'être quand Eoin était en danger quelque part ? Comme à Gylen, elle ne pouvait parler à personne de son angoisse pour son mari. Pas même à Brigid. La distance qu'elle avait ressentie avant son départ de Stirling s'était encore accentuée. Autrefois, Brigid les aurait accompagnés dans leur cavalcade jusqu'au loch. Désormais, elle préférait passer ses jours à coudre en observant les hommes dans la cour. Margaret était plus que jamais convaincue qu'elle était amoureuse mais, chaque fois qu'elle tentait d'en parler à son amie, celle-ci se refermait comme une huître et refusait de lui répondre.

Comme à Gylen, Margaret était tiraillée entre des loyautés conflictuelles. Elle n'était plus à sa place nulle part, n'appartenant totalement à aucun clan et traitée avec méfiance par les deux.

— Eoin m'aime, répondit-elle à Tristan. Il viendra me chercher quand il le pourra.

Les traits de Tristan se durcirent.

— Dans combien de temps ? demanda-t-il.

Il approcha son visage à quelques centimètres du sien.

— Vous êtes belle et jeune, Maggie. Êtes-vous prête à attendre des années que les tensions soient suffisamment retombées pour qu'il puisse venir vous chercher en douce ? Car ce sera forcément en douce. Tant que votre père et les parents du seigneur de Badenoch vivront, Bruce et ses hommes risqueront la mort en Écosse. Il a tué Comyn devant un autel, bon sang ! N'oubliez pas que je vous ai déjà tenue dans mes bras. Je sais à quel point vous êtes pleine de passion. Êtes-vous prête à vivre des années sans cela ?

Il avait toujours su la surprendre et y parvint à nouveau lorsqu'il se pencha et l'embrassa. Ses lèvres étaient douces et chaudes ; elles avaient un goût de girofle. Il voulut glisser une main sur sa nuque pour l'approcher plus près et introduire sa langue dans sa bouche comme autrefois, mais elle le repoussa violemment. Il tituba en arrière.

Elle posa ses poings sur ses hanches et le fusilla du regard.

— Cela suffit, Tristan ! Que vous prend-il ?

— Je vous montre ce que vous ratez. Je vous prouve que vous seriez bien sotte d'attendre un homme qui ne viendra jamais alors qu'un autre vous tend les bras.

Il avança d'un pas et elle l'arrêta de la main.

— Arrêtez, Tristan. Je ne veux pas.

— Je pourrais vous faire changer d'avis.

Son regard devint intense. Il y avait une note inquiétante dans sa voix qu'elle ne reconnaissait pas et qui lui donna le frisson. Toutefois, Tristan n'était pas Fin MacFinnon. Il ne lui ferait jamais le moindre mal.

— Non, vous ne pourriez pas, répondit-elle fermement. Nous nous connaissons depuis longtemps, Tristan. Si vous persistez, vous briserez notre amitié.

Il sembla vouloir insister, puis ses paroles firent enfin leur effet. Elle pouvait voir la colère et la frustration lutter sur son visage.

— Vous commettez une erreur, Maggie. J'espère que, quand vous l'aurez compris, je ne me serai pas lassé de vous attendre. Je ne dormirai pas seul éternellement. Si vous continuez dans votre entêtement, par contre, cela risque de vous arriver.

Il saisit la bride de son cheval et s'éloigna d'un pas martial. Elle voulut le rappeler, mais il valait sans doute mieux attendre qu'il se calme.

Quelques minutes plus tard, elle le regrettait. Le crépuscule était tombé rapidement et les ombres de la forêt revêtaient un caractère sinistre. Elle fut prise d'un désagréable pressentiment.

Le bruissement du feuillage la fit frissonner. Elle regarda autour d'elle, essayant de percer l'obscurité.

Ce n'était sans doute que le vent.

Pourtant, les poils de sa nuque s'étaient hérissés. Elle sentait quelque chose. Il y avait quelqu'un dans les parages. Quelqu'un qui l'observait.

Elle voulut crier pour rappeler Tristan quand une main se plaqua sur sa bouche et un homme la saisit brutalement par-derrière.

Il n'aurait jamais dû venir. Eoin avait promis à Lamont qu'il ne jetterait qu'un bref coup d'œil au château avant de le rejoindre une heure après. *Personne* ne devait être au courant de sa présence, pas même son épouse fugitive. Trop de vies en dépendaient.

Après avoir rongé son frein durant cinq mois dans les Hébrides extérieures, Bruce avait enfin rassemblé suffisamment de troupes pour reprendre son royaume.

Ils étaient prêts. Demain soir, le roi et environ trois cents hommes lanceraient une attaque plus loin sur la côte, à Turnberry, pendant que neuf cents autres hommes sous le commandement de ses deux frères, Alexander et Thomas, attaqueraient le Galloway par la côte sud.

Les guerriers de la Garde des Highlands avaient repéré les différents lieux de débarquement la nuit précédente : Eoin et Lamont dans le Galloway ; MacSorley, MacLeod et MacGregor dans l'Ayrshire. L'autre moitié de la Garde se trouvait quelque part dans le nord de l'Écosse, conduisant les femmes de Bruce en lieu sûr.

La tâche d'Eoin et de Lamont était simple : évaluer la force et les positions de l'ennemi, et s'assurer que personne ne les attendrait. Le lieu choisi pour le débarquement n'était pas idéal. Eoin avait même tenté de s'y opposer. La crique profonde et étroite au bord du loch Ryan pouvait se refermer sur eux comme un piège, l'ennemi n'ayant plus qu'à les cueillir un à un sur le rivage. Toutefois, en raison des courants, c'était le seul endroit où débarquer autant d'hommes et ses objections avaient été rejetées. Leur réussite reposerait sur l'effet de surprise.

C'était l'une des missions les plus importantes de sa vie et il était en train de la mettre en péril parce qu'il était trop furieux et trop dévoré par la jalousie pour être prudent.

Perché sur un arbre près de l'enceinte du château, il essayait de voir dans la cour pour se faire une idée du nombre d'hommes (et tenter d'apercevoir sa femme), quand le couple de cavaliers s'était élancé hors des portes. En dépit de sa capuche, il l'avait reconnue aussitôt. Son rire léger et son intrépidité quand elle avait foncé entre les arbres avec son cheval le lui avaient rapidement confirmé. Délaissant son poste de guet, il les avait suivis.

Il n'en croyait pas ses yeux. Il s'était reproché pendant des mois de l'avoir quittée sur des paroles blessantes, pour découvrir que non seulement elle était partie en ne lui laissant qu'un bref message vague (quand avait-elle appris à écrire ? Il le conservait dans son *sporran* et le connaissait par cœur, fautes d'orthographe comprises : « *Je t'aime mais ne peu rester ici plu longtemps. Je t'atendrai à Garthland. Pardone moi.* »), mais qu'en plus elle batifolait dans la nature avec un autre homme !

Il ne tarda pas à deviner qu'il s'agissait du fameux Tristan MacCan. Ce fils de catin lui avait donné son premier baiser. Ainsi que son second. Et combien d'autres ? Et que lui avait-il donné encore ?

Ces pensées pernicieuses l'assaillaient dans sa cachette. La jalousie s'enroulait autour de lui, prête à frapper comme un serpent. Elle était encore attisée par le fait que MacCan était renommé sur le champ de bataille et aurait pu rivaliser en beauté avec MacGregor. Lorsque ce crétin l'embrassa, il devint fou de rage. Il fut à un cheveu de se jeter sur lui et de lui arracher les membres un à un.

Si elle ne l'avait pas repoussé, il n'aurait pu se retenir. Heureusement, il parvint à se raisonner.

Pour un temps du moins. Jusqu'à ce qu'elle sente sa présence et ouvre la bouche pour crier. Il ne pouvait la laisser alerter le château et risquer que des gardes quadrillent le terrain. Il fut contraint de se manifester.

— Chut, murmura-t-il à son oreille. À moins que tu ne veuilles que les hommes de ton père me tombent dessus, chère *épouse*.

Même dans sa colère, il était conscient de son corps contre le sien, de ses courbes douces qu'il aimait tant pressées contre lui. Il réagit comme une bête affamée, le sang affluant dans toutes les parties de son corps en contact avec elle.

Dès qu'il la relâcha, elle pivota et se jeta à son cou.

— Oh, Eoin ! sanglota-t-elle. Tu es venu !

Il l'écarta légèrement.

— Oui, et juste à temps, d'après ce que j'ai vu.

Son ton la surprit. Elle le dévisagea avec inquiétude, mais peut-être était-ce à cause de son allure. Tous ces mois d'errance dans la nature avaient laissé leurs traces et il avait tout du brigand. Il se souvint soudain qu'il portait le heaume noir à nasal de la Garde des Highlands et la lâcha le temps de le retirer et de le lancer sur le côté. Puis il attendit.

Elle se mordit la lèvre, visiblement gênée.

— Ce n'était rien, Eoin.

— Rien ? explosa-t-il. Il avait sa bouche sur la tienne, Margaret. Je n'appelle pas ça « rien ». Tu sembles oublier que tu es mariée.

— Bien sûr que non.

— Tu en es sûre ? Dans ce cas, que faisais-tu seule dehors avec lui ? C'est sans doute une question idiote. Nous aussi, nous sommes sortis chevaucher seuls, un jour.

Elle hoqueta d'outrage.

— Qu'insinues-tu ?

— Je n'insinue rien, je te pose une question. Quelle est la vraie nature de ta relation avec Tristan MacCan ?

— Je n'ai pas de relation avec lui. Tu devrais savoir que…

Elle remarqua quelque chose dans son expression et s'interrompit.

— Quoi ? demanda-t-elle.

— Tu n'as pas saigné.

Elle mit un moment pour comprendre, puis elle lui adressa un regard qui lui donna envie de ramper sous terre.

— Et tu en as conclu que je n'étais pas vierge ? La jalousie te rend fou et idiot, Eoin. Toutes les femmes ne saignent pas la première fois. Même moi, je le sais. J'étais vierge quand je t'ai rencontré et je te suis restée fidèle depuis ce jour, même si, à présent, je me demande bien pourquoi !

Elle marqua une pause pour tenter de se calmer, puis reprit :

— Tristan a eu tort de m'embrasser. Je suis désolée que tu aies assisté à cette scène, mais je ne suis pas une putain. Ce n'est pas parce que j'ai couché avec toi que je le ferais avec un autre homme.

Fichtre, à présent c'était elle qui le faisait se sentir coupable. Sauf que ce n'était pas lui qui avait embrassé une autre femme dans la forêt.

— Que fais-tu ici, d'abord ? aboya-t-il. Ma femme devrait être à Gylen. C'est à cause de MacCan que tu m'as quitté ? Tu t'es lassée d'attendre ton mari et as décidé d'en prendre un autre ?

— C'est peut-être ce que j'aurais dû faire ! Ce n'est pas moi qui t'ai laissé seul et sans protection ! Pas moi qui ai disparu durant des mois sans une explication ! Pas moi qui jaillis soudain hors de nulle part en proférant des accusations comme un fou furieux alors que je ne t'ai pas vu depuis des mois ! Des mois durant lesquels je ne savais même pas si tu étais encore vivant. Notre mariage n'en est pas un, Eoin, du moins pas un dont je veuille faire partie.

Sans protection ? Que voulait-elle dire ? Il l'aurait interrogée, mais elle se détourna et il fut pris de panique à l'idée qu'elle s'éloigne. Il craignait déjà de l'avoir perdue.

Il la prit par la taille et approcha ses yeux à quelques centimètres des siens.

— Tant qu'il me restera un souffle d'air dans les poumons, tu m'appartiendras. Si MacCan ou ton père s'imaginent pouvoir changer ça, qu'ils aillent au diable. Je me chargerai même de les y envoyer.

— Je n'appartiens à personne, rétorqua-t-elle. Je ne suis pas un objet qu'on peut s'arracher, je suis ton épouse. Et si c'est là ta façon de traiter quelqu'un que tu prétends aimer, j'en ai assez. Va au diable… ou retourne à ta chère guerre.

Pourtant, il l'aimait, c'était bien là le problème. Il ne pouvait la laisser partir. Il devait la retenir et tenter de réparer les liens brisés entre eux.

Il fit alors la seule chose qui lui venait à l'esprit, une chose qu'elle ne pouvait nier et qui apaiserait la tempête qui faisait rage en chacun d'eux.

Il l'embrassa avec toute la passion, la rage et la peur qui rugissaient en lui. Son besoin d'elle était vorace, intense et féroce. Tel un violent orage, il crépitait, grondait, dardait des éclairs, déchaînait les éléments autour d'eux dans une frénésie de désir.

Elle ouvrit la bouche et enroula sa langue autour de la sienne avec la même faim, le même besoin désespéré. Elle s'agrippa à ses épaules, malaxa ses bras, promena ses mains sur son corps avec la même ferveur.

Il embrassait sa gorge, pétrissait ses seins, ses fesses.

Elle referma ses doigts autour de son membre. Il dénoua ses braies et son érection jaillit au grand air. Il était en feu. Elle aussi.

Il la plaqua contre un arbre, retroussa ses jupes et glissa une main entre ses cuisses.

Seigneur, elle était prête pour lui ! Il ne pouvait attendre un instant de plus. Cela faisait si longtemps…

Il la pénétra d'un grand coup de reins qui les surprit tous les deux. Un coup de reins possessif, exclamatif, incontestable.

Ils appartenaient l'un à l'autre.

Il le lui prouva encore et encore en ondulant des hanches, doucement d'abord, puis de plus en plus profondément et rapidement à mesure que ses petits cris se faisaient insistants et exigeants.

La tension montait en eux, autour d'eux, réclamant à cor et à cri d'être libérée.

— Oh, mon Dieu, Maggie… je t'aime tant !

Les mots résonnèrent dans sa tête tandis qu'il se convulsait et que de puissantes émotions le déchiraient. Il l'emplit de la preuve de son amour en explosant profondément en elle.

Il ne remarqua son silence que lorsqu'il eut repris son souffle.

Quelque chose avait changé.

Après leur première fois dans la cabane, Margaret avait eu l'impression que la manière dont son mari lui faisait l'amour était différente. Elle sentait qu'il se retenait. Mais elle venait seulement de comprendre.

Les autres fois, il s'était retiré d'elle au dernier instant. Comment n'avait-elle pas remarqué plus tôt un détail aussi important ?

— Je suis désolé, Maggie, commença-t-il.

Il passa une main dans ses cheveux, qui étaient beaucoup plus courts que d'habitude. Il avait également changé physiquement. Les vestiges de la jeunesse avaient disparu. Il était devenu un homme, un homme à l'air dangereux. Un homme qui vivait dans l'ombre et appartenait à la nuit. Ce n'était plus celui qu'elle avait épousé.

— Je ne voulais pas que ça se passe comme ça, poursuivit-il.

Elle resta plaquée contre le tronc d'arbre pendant qu'il rajustait ses vêtements.

Pourquoi ? La question bourdonnait à ses oreilles. Elle n'était pas sûre de vouloir connaître la réponse, mais demanda quand même :

— Tu ne voulais pas que cela se passe ainsi ? Pourquoi, tu as oublié quelque chose ?

Il la regarda d'un air perplexe.

— Y a-t-il une raison pour laquelle, jusqu'à présent, tu préférais verser ta semence hors de moi ? demanda-t-elle.

Il ne recula pas devant son regard accusateur.

— J'ai pensé que cela valait mieux.

Elle serra les poings.

— Mieux pour quoi ?

— Il y a moins de risques que tu tombes enceinte.

Elle le dévisagea dans l'obscurité, le souffle coupé, comme si elle avait reçu un coup de poing dans le ventre.

— Tu ne veux pas avoir d'enfant avec moi, murmura-t-elle.

Pas avec son erreur de jeunesse, son épouse sauvage et arriérée.

Il prit sa main glacée dans la sienne.

— Bien sûr que si, mais pas pour le moment. Depuis plus d'un an, je ne sais jamais si je vais vivre un jour de plus, Maggie. J'ai pensé que ce serait plus facile pour toi.

— Comme c'est attentionné de ta part.

Sa voix lui parut terne et lointaine, comme en accord avec ce qu'elle ressentait.

Pourquoi était-elle surprise ? Il l'avait exclue de tous les aspects de sa vie. Il ne l'avait jamais informée de ses plans, l'avait laissée seule durant des mois, avait refusé de l'emmener avec lui, préférant la laisser à la merci d'un « protecteur » qui la haïssait et aurait pu lui faire du mal. Et il décidait soudain de revenir la chercher ?

— Pourquoi es-tu ici, Eoin ? Pourquoi es-tu venu me chercher maintenant ?

Son tic nerveux lui répondit.

— Je vois, dit-elle dans un souffle. Tu n'es pas venu me chercher, n'est-ce pas ?

Il tendit la main vers elle et elle s'écarta.

— J'avais besoin de te voir, répondit-il. Mais je ne peux pas t'emmener avec moi. Pas encore.

— Pourquoi pas ?

Elle ne s'attendait pas à une réponse.

— Ce serait trop dangereux. Je ne devrais même pas être ici aujourd'hui. Tu ne dois révéler ma présence à personne.

— Tu prépares quelque chose, c'est ça ? C'est pour cela que tu es venu ?

Son expression ne révéla rien, mais son ton se fit insistant.

— Je suis sérieux, Maggie, *à personne*. C'est capital. Je compte sur toi. Ma vie et celles d'autres hommes en dépendent. Dès que les voies seront plus sûres, je demanderai à Fin et à ses gardes de te ramener à Gylen.

— Non.

Son ton catégorique le fit tiquer.

— Comment ça, « non » ?

— Je ne retournerai pas à Gylen… et certainement pas avec Fin. Tu ne demandes pas pourquoi je suis partie ? Ton meilleur ami m'a agressée, Eoin. Il m'a embrassée et m'aurait probablement violée si je n'étais pas parvenue à m'enfuir.

Eoin était abasourdi.

— Par tous les saints, Maggie ! Tu en es sûre ? Il ne s'agit pas d'une méprise ? Il est marié à Marjory désormais.

— Naturellement, j'en suis sûre et il n'y a aucune méprise. Ta sœur a tout vu, mais elle s'est convaincue que c'était moi qui l'avais embrassé.

Eoin se tut mais, l'espace d'une fraction de seconde, elle vit le doute dans ses yeux. La douleur fut si vive et pénétrante qu'il aurait aussi bien pu l'avoir poignardée.

Elle le dévisagea, incrédule. Comment pouvait-il affirmer l'aimer et croire une chose pareille, ne serait-ce qu'un instant ?

C'était le coup de grâce. Elle n'en pouvait plus de la jalousie, de la suspicion, de la méfiance et, surtout, d'être seule. Il n'avait jamais assumé ses responsabilités envers elle ni envers leur mariage.

— Va au diable, Eoin. Et n'en reviens pas.

— Qu'est-ce que cela veut dire ? s'énerva-t-il.

— Que j'en ai assez d'attendre que tu me fasses confiance, de devoir faire mes preuves. Comment peux-tu croire une seconde que…

Elle s'interrompit et inspira profondément pour tenter de chasser la brûlure dans sa poitrine.

— Je ne me justifierai plus devant toi ni devant personne d'autre, Eoin. Je ne serai plus une moitié d'épouse. Je ne serai plus un petit secret honteux que tu caches sur une île perdue et à qui tu rends visite chaque fois que ton entrejambe te démange. Notre mariage est une erreur.

La note de finalité dans sa voix l'alarma.

— Tu exagères la situation, Margaret. Essaie un peu de te mettre à ma place. J'ai prêté serment, j'ai un devoir.

— Et ton devoir envers moi ? Tu prétends m'aimer, mais je ne vois pas ton amour, Eoin. Je ne vois que la solitude, les secrets et la suspicion, entrecoupés de quelques moments de plaisir physique.

Il la dévisagea avec une telle impuissance dans le regard que son cœur se serra, mais elle tint bon.

— Je fais de mon mieux, Maggie. Je sais que c'est difficile, mais tâche de patienter encore un peu.

— Non.

Elle marqua une pause, puis répéta plus fermement :

— Non ! J'ai été assez patiente. Je te veux tout entier. Si tu pars sans moi, ne te donne pas la peine de revenir.

Elle savait qu'il n'aimait pas les chantages, mais elle refusait de céder. Pas cette fois. Cela ne pouvait plus durer. S'il ne réagissait pas, il ne resterait bientôt plus rien de leur amour.

Peut-être était-ce déjà trop tard. Il s'était durci, ses traits étaient tendus et froids.

— C'est ce que tu veux vraiment ?

— Oui, répondit-elle, le ventre noué.

Elle voulut retirer sa réponse dès qu'elle eut franchi ses lèvres, mais les choses devaient être dites. Eoin devait choisir.

Elle n'avait simplement pas pensé qu'il choisirait de la quitter.

15

Margaret avait perdu la notion du temps. Elle n'aurait su dire depuis quand elle était assise en larmes au pied de l'arbre. Une minute ? Dix ? Une heure ? Puis, soudain, Brigid fut à ses côtés.

— Maggie, Dieu merci, te voilà ! Tu ne m'entendais pas t'appeler ?

Margaret leva la tête vers son amie. Celle-ci écarquilla des yeux affolés et s'agenouilla auprès d'elle.

— Doux Jésus, que t'est-il arrivé ?

Margaret battit des paupières pour chasser les larmes de ses yeux bouffis, la gorge trop nouée pour répondre.

— C'est Tristan ? demanda Brigid. Je me suis inquiétée quand je l'ai vu rentrer au château sans toi et de méchante humeur. Oh, Seigneur, ne me dis pas que mon frère t'a violentée !

Margaret remarqua soudain l'état de sa tenue. Les lacets de sa robe étaient toujours dénoués et elle devait encore porter la marque des baisers voraces de son mari sur sa bouche et son cou. Elle suivit le regard de Brigid et vit les traces rouges sur sa poitrine, sa peau râpée par la barbe d'Eoin.

Elle secoua la tête.

— N-n-non, ce n'est pas T-Tristan.

Les traits de Brigid se détendirent, avant de se durcir à nouveau.

— Alors qui ? Qui t'a fait ça ? Nous devons rentrer au château prévenir ton père.

Margaret la retint par le bras avant qu'elle se lève.

— Non ! Surtout pas.

— Mais bien sûr que si. Le misérable est peut-être encore dans les parages.

— Non, Brigid. Je t'en prie. Ce n'est pas ce que tu crois. Ils ne doivent pas savoir...

Elle s'interrompit de peur d'en dire trop. Même si Eoin lui avait brisé le cœur, elle ne voulait pas qu'il le paie de sa vie.

Elle se leva péniblement, les jambes molles, et essaya de reprendre son calme. Son amie l'observa attentivement tandis qu'elle remettait tant bien que mal un peu d'ordre dans sa toilette.

— C'était lui, n'est-ce pas ? demanda soudain Brigid. Ton mari. C'est lui qui t'a fait ça. C'est lui que tu essaies de protéger.

Margaret tenta de nier, mais elle mentait mal et Brigid la connaissait trop bien. Au bout du compte, elle fut forcée d'admettre la vérité afin que son amie ne file pas droit chez son père pour tout lui raconter.

— Jure-moi de ne rien dire, Brigid. À personne. Même si c'est fini entre nous, je l'aime encore.

Ses yeux s'emplirent de larmes et elle répéta en sanglotant :

— C'est fini, Brige. C'est vraiment fini.

Son amie la prit dans ses bras et la consola de son mieux, mais elle ne pouvait recoller ce qui était brisé en mille morceaux.

— Tu en es sûre ? demanda-t-elle.

Elle l'interrogeait du regard avec une lueur étrange dans les yeux, intense, presque virulente.

Margaret hocha la tête.

— Oui, j'en suis sûre. Il ne veut plus de moi.

Son amie la serra à nouveau et la berça doucement.

— Alors c'est un imbécile, Maggie *Beag*. Il ne te mérite pas. Peut-être que… peut-être qu'il vaut mieux y mettre un terme une fois pour toutes.

Cela ressemblait presque à une question, mais Margaret était trop dévastée pour y prendre garde.

Elle ne comprit son erreur que le lendemain matin, quand elle se leva après une nuit sans sommeil et voulut ouvrir la porte de sa chambre. L'avantage d'être la seule femme de la famille était qu'elle avait une chambre à elle toute seule, au premier étage du donjon.

Elle appuya plusieurs fois sur la poignée, mais la porte était bloquée de l'extérieur. Elle crut d'abord à une erreur et tambourina contre le panneau de bois pour attirer l'attention de quelqu'un. Puis, lorsque l'un des gardes de son père lui apporta son petit-déjeuner, elle comprit qu'elle avait été enfermée intentionnellement.

Elle harcela le garde de questions, sans obtenir de réponse, puis exigea d'être libérée, sans plus de succès. Il paraissait gêné. Lorsqu'il fut clair qu'elle n'obtiendrait rien de lui, elle demanda à voir son père.

Ce dernier la laissa attendre de longues heures, durant lesquelles elle fut bien obligée de se demander si sa meilleure amie ne l'avait pas trahie.

Cela lui fut confirmé quelques minutes après l'entrée fracassante de Dugald MacDowell dans sa chambre. Il ressemblait à un chat venant de croquer une belle souris bien grasse. Il ôta son heaume, le lança sur la table, puis se laissa tomber dans son fauteuil favori devant le brasero.

Elle tremblait presque de frustration.

— Qu'est-ce que cela signifie, père ? Pourquoi ai-je été enfermée dans ma chambre toute la journée ?

Son ton le fit légèrement sourciller. En d'autres occasions, il l'aurait réprimandée, mais aujourd'hui, il était de trop bonne humeur.

— C'était pour ta protection.

— Ma *quoi* ?

— Je ne voulais pas que tu te trompes de devoir.

Puis il lui expliqua comment elle avait été honteusement trahie. Brigid était allée tout raconter à Dougal, qui l'avait répété à son père. Margaret dévisagea ce dernier, incrédule.

— Mais pourquoi ? Pourquoi aurait-elle fait ça ?

— Quelle importance ? répondit-il avec un haussement d'épaules. Je suppose que c'est à cause de son béguin absurde pour ton frère. Elle a toujours soupiré pour lui.

Vraiment ? Comment cela avait-il pu échapper à Margaret ? Néanmoins, cela ne tenait toujours pas debout.

— J'aurais préféré que ce soit ma propre fille qui m'informe de la présence d'un rebelle sur nos terres.

Le reproche était à peine voilé, mais même son père ne pouvait nier qu'elle devait sa loyauté à Eoin.

— C'est mon mari, père.

— Plus pour longtemps.

Son sang se glaça.

— Je vous en prie, père, vous devez me croire. J'ignore où il est. Je suis sûre qu'il est déjà loin.

— Et je suis convaincu du contraire. Nous nous attendons à une attaque imminente et la présence de ton mari vient de nous la confirmer. Le loch Ryan est l'endroit idéal où faire accoster un nombre important de navires. N'as-tu pas remarqué tous les hommes que j'ai mobilisés au cours du dernier mois ? Je les ai éparpillés dans les châteaux voisins afin que les rebelles ne puissent pas estimer nos forces. Une belle surprise les attend. Je parie que c'est pour ce soir.

Margaret se laissa tomber sur le bord du lit. La chambre tournoyait autour d'elle. Les paroles d'Eoin résonnaient dans sa tête : « *Tu ne dois révéler ma présence à personne.* »

Elle n'avait rien dit, mais Brigid avait deviné la vérité, et elle avait cru le protéger en confirmant ses soupçons. Elle avait fait confiance à sa meilleure amie. Elle n'aurait jamais imaginé qu'elle révélerait son secret.

Cela ne changeait rien. Inconsciemment ou pas, Margaret avait révélé sa présence et, ce faisant, l'avait trahi. Elle ne pouvait permettre que son erreur lui coûte la vie.

— Père, vous vous méprenez. C'est moi qu'il est venu voir, rien de plus. Nous nous sommes disputés. Il m'a aperçue avec Tristan et a mal interprété la scène.

Son père se leva avec une moue ironique.

— Je me demandais justement pourquoi il avait été assez fou pour courir le risque de venir te parler. (Il s'esclaffa.) La jalousie l'aura perdu ! Si tu dis la vérité, tu n'as rien à craindre. Mais si tu mens… Rien ne m'empêchera d'exercer ma vengeance sur les hommes qui ont tué mon cousin. Et s'il s'agit du « glorieux » retour de Bruce pour reprendre son royaume, notre clan aura enfin la reconnaissance qu'il mérite. Comme tu peux l'imaginer, Édouard récompensera largement celui qui lui apportera la tête de ce traître et assassin de « roi voyou ».

Margaret l'implora, tout en sachant que c'était peine perdue. Son père avait arrêté sa décision et le bonheur de sa fille était un petit prix à payer pour satisfaire sa vengeance et son ambition.

Sa tentative maladroite pour sauver son mari risquait de lui coûter la vie. Il l'avait mise en garde. « *À personne… C'est capital.* » Pourquoi ne l'avait-elle pas écouté ?

Elle devait agir.

C'était un véritable massacre. L'estomac d'Eoin se retourna tandis qu'il repoussait des guerriers MacDowell en pataugeant dans le sang et les entrailles de ses compatriotes. Des centaines de corps, des hommes de Bruce pour la plupart, jonchaient la plage ou flottaient dans le loch. Dans la lumière de l'aube, l'eau était d'un gris rougeâtre macabre.

Ils avaient compris le piège trop tard. La flotte et l'armée que Robert de Bruce avait mis cinq mois à rassembler (plus des deux tiers de ses soldats étaient des mercenaires *gallowglass* irlandais) étaient entrées dans la crique par une nuit sans lune, mais elles avaient raté leur effet de surprise. Les ennemis les attendaient et ils étaient bien plus nombreux que prévu.

Eoin ouvrit la gorge de son adversaire d'un coup d'épée et grimaça quand une giclée de sang chaud lui éclaboussa le visage. Il n'eut pas le temps de s'essuyer ni de se demander comment MacDowell avait été mis au courant de leur arrivée, car un autre groupe fondait sur lui. Il devait repousser deux, trois, parfois quatre hommes à la fois. Les hommes de MacDowell tombaient des arbres où ils s'étaient tapis comme une pluie de sauterelles.

Il fallait reconnaître que cette ordure de MacDowell était rusé. Le chef de Galloway avait attendu qu'une première série de *birlinns* soit traînée sur la plage pour envoyer un petit escadron les attaquer, et inciter ainsi le reste de l'armée de Bruce à venir à la rescousse.

Cela avait fonctionné. En volant à l'aide de leurs camarades, la seconde vague de navires fut surprise puis submergée par une force beaucoup plus grande surgissant soudain hors de nulle part.

Faisant partie de l'avant-garde, Eoin et Lamont avaient été parmi les premiers à débarquer.

Comprenant ce qui se passait, Eoin avait tenté d'avertir les autres navires afin qu'ils fassent demi-tour. Mais ses cris n'avaient pas été entendus par-dessus le vacarme des combats et, assailli de toutes parts, il n'avait pu se débarrasser de ses attaquants assez rapidement pour tenter autre chose. Balayant l'espace devant lui de sa grande claymore, il voyait tomber autour de lui un à un les hommes avec qui il s'entraînait depuis des mois.

Finalement, quelqu'un se décida à allumer l'un des fanaux servant à guider les marins dans l'embouchure du loch. Cela alerta les derniers navires du danger et deux d'entre eux parvinrent à rebrousser chemin avant d'être pris dans le piège. Sur les neuf cents hommes de Bruce présents ce soir-là à bord de dix-huit navires, seule une centaine réussit à fuir.

Les autres étaient condamnés à se battre jusqu'à la mort. Eoin combattait comme un possédé, mais ce n'était pas suffisant. Dépassé, Thomas de Bruce, l'un des commandants, sonna la retraite, ce qui revenait à ordonner à ses hommes de s'échapper par tous les moyens. Quelques instants plus tard, Eoin vit avec horreur Thomas et son plus jeune frère Alexander encerclés par les MacDowell et contraints à se rendre.

Une fois leurs commandants faits prisonniers, la bataille se transforma en sauve-qui-peut et en chacun pour soi. Les derniers hommes de Bruce coururent vers les arbres, espérant échapper à la capture en se terrant dans la forêt.

Lamont cria par-dessus le tumulte pour attirer l'attention d'Eoin et lui fit signe de le rejoindre. Eoin hocha la tête et se débarrassa de l'un de ses deux assaillants par un coup d'épée dans les jambes, suivi d'un autre à travers la gorge. Il pourfendit encore quelques ennemis, se frayant lentement un passage vers son partenaire à coups de claymore.

Il n'était plus qu'à quelques mètres de Lamont quand un grand guerrier barra sa route. À la qualité de son armure et de ses armes, Eoin comprit que ce n'était pas un simple homme d'armes, mais ce ne fut que lorsque leurs lames se croisèrent qu'il reconnut le visage derrière le casque et sous la sueur : Dougal MacDowell, le frère aîné de Margaret.

Il jura et recula. Il était furieux contre son épouse, mais il n'était pas question de retourner vers elle en étant l'assassin de son frère. Car, en dépit de sa colère, il avait la ferme intention de récupérer sa femme à la première occasion. Il était inutile de discuter avec elle quand elle se montrait aussi irrationnelle, mais elle ne se débarrasserait pas de lui aussi facilement.

— Laisse-moi passer, Dougal.

— Rends-toi, répondit l'héritier MacDowell. Mon père acceptera peut-être d'épargner ta vie. Après tout, nous te devons une fière chandelle.

Eoin sentit ses os se glacer. *Non.*

Dougal ricana en constatant sa stupeur.

— Contre toute attente, ta dévotion envers notre sœur nous a été bien utile.

Il éclata de rire tandis qu'Eoin avait l'impression d'avoir reçu un coup de couteau dans le ventre. Ou plutôt dans le dos. Il ne pouvait le croire. Elle les avait avertis de sa présence. Il avait su qu'il commettait une erreur en la suivant et en se montrant, mais il n'aurait jamais imaginé un seul instant qu'elle le trahirait.

Elle m'a trahi. Les mots tournoyaient dans sa tête sans pouvoir pénétrer sa conscience.

— MacLean, derrière toi !

Distrait, il entendit le cri de son partenaire une seconde trop tard. Pendant qu'il reculait devant Dougal, un autre MacDowell s'était approché par-derrière. Il pivota juste à temps pour voir l'éclat d'acier de la lame s'abattre sur son crâne avec une force phénoménale.

En s'effondrant, Eoin se dit qu'il était presque soulagé de ne pas avoir à vivre plus longtemps en sachant que son amour pour sa femme avait provoqué un tel désastre.

Margaret était encore loin de Stranraer et de la plage du loch Ryan quand les premiers bruits lui parvinrent. Des bruits affreux. Le fracas du métal contre le métal, les vociférations des guerriers et les cris hideux des agonisants.

Elle arrivait trop tard. Elle avait mis trop de temps pour s'évader et rejoindre le vieux phare de Kirkcolm. Son signal n'avait pas fonctionné. Les navires étaient déjà trop avancés sur le loch.

Mon Dieu, faites qu'il ne lui soit rien arrivé !

Si seulement elle n'avait pas mis aussi longtemps pour allumer le fanal ! Elle avait apporté un briquet à amadou et allumé un petit feu, mais l'ancien gardien n'avait pas laissé suffisamment de réserves et elle avait perdu un temps fou à grimper et descendre l'échelle, rassembler du bois et le placer dans le panier en fonte.

Elle galopait à présent ventre à terre à travers la forêt sombre, priant, implorant, marchandant avec Dieu.

Les bruits empiraient à mesure qu'elle approchait de la plage. Le fracas des épées s'était atténué tandis que la bataille perdait en intensité, mais les cris s'étaient amplifiés. Des cris inhumains qui hanteraient ses nuits durant des années. D'instinct, elle savait ce qu'ils signifiaient : une hécatombe.

Le monde autour d'elle était flou, tant en raison des larmes qui brouillaient sa vue que des images atroces qui défilaient dans son esprit. Lorsqu'elle arriva enfin à Stranraer, elle crut avoir perdu tout sens de la réalité. Elle sauta de cheval et se dirigea vers la plage en se frayant un chemin entre les hommes de son clan en liesse. Des torches avaient été allumées un peu partout. Elle avait la sensation de vivre un hideux cauchemar où tout tournait au ralenti.

Certains hommes la reconnurent. Elle entendit plusieurs exclamations de surprise et des « milady », mais aucun ne tenta de l'arrêter. Elle comprit pourquoi quand elle sortit de la forêt et que la plage en croissant s'étala devant elle : la bataille était terminée.

Son cœur s'arrêta de battre. Il y avait des cadavres et des morceaux de corps partout. À l'exception de quelques taches de sable clair ici et là, on ne voyait plus qu'une mer de sang et de tripes. La puanteur douceâtre et métallique lui souleva le cœur et la fit vomir.

Lorsqu'elle releva la tête, elle ne savait pas où regarder, terrifiée par ce qu'elle pourrait voir.

Eoin. Je vous en prie, pas Eoin.

Les hommes de son père traînaient des corps et les empilaient. Elle comprit pourquoi en apercevant l'éclat soudain des flammes et en sentant les premiers relents âcres de chair grillée.

Avec un cri de désespoir, elle commença à examiner frénétiquement les cadavres. La bile ne cessait de lui monter dans la gorge devant le sinistre spectacle, les visages broyés, les regards vides, les membres tranchés.

Beaucoup étaient très jeunes et peu portaient des cottes de mailles. Aux *leines* safranés et aux *cotuns* matelassés, elle devina que la plupart étaient irlandais. Elle ne voyait nulle part de casque à nasal noir ni de *cotun* en cuir noir clouté.

— Margaret, que fais-tu ici ?

Duncan venait d'apparaître derrière elle. Il lui prit le coude et la tourna vers lui.

— Je ne pouvais le croire quand un des hommes m'a dit t'avoir vue. Tu es folle ? Ce pourrait encore être dangereux. Père serait furieux s'il te savait ici !

— Où est-il, Duncan ? Où est père ? Je dois lui parler. Il sait peut-être quelque chose au sujet d'Eoin.

L'expression de Duncan changea. Il parut… navré ?

— MacLean est mort, Maggie. Dougal l'a vu tomber.

Elle chancela.

— Non !

Elle s'accrocha au bras de Duncan pour ne pas tomber. Eoin ne pouvait pas être mort.

— Non ! répéta-t-elle. Où est-il ? S'il est mort, montre-moi son corps.

— C'est probablement trop tard.

— Que veux-tu dire ?

Il lança un regard vers l'autre bout de la plage, où l'on voyait de hautes flammes derrière un grand attroupement. La panique fusa à travers ses veines glacées.

Elle se mit à courir. Duncan lui cria de s'arrêter, mais ses mots furent noyés par les battements assourdissants de son cœur.

Il la rattrapa alors qu'elle était à quelques mètres du groupe.

— Ne va pas là-bas ! rugit-il en la retenant par la taille et en la soulevant de terre. Crois-moi, tu ne veux pas voir ça.

— Pourquoi ? Que font… ?

L'éclat d'une lame au-dessus des têtes, suivi par des acclamations joyeuses, interrompit sa question. Elle cessa de se débattre et se tourna vers Duncan.

— Certains rebelles sont exécutés, expliqua-t-il.

Elle roula des yeux effarés. Dans sa vengeance, son père se montrait impitoyable et cruel, assurant sa réputation de brute sanguinaire pour des générations.

— Pas ton mari, l'assura-t-il. Il est mort sur le champ de bataille.

Elle refusait de le croire. Tout en elle hurlait le contraire. Elle devait le vérifier de ses propres yeux.

— S'il est sur ce bûcher, je dois le voir, Duncan.

Il perçut le désespoir dans sa voix et eut pitié.

— Je t'aurais prévenue, soupira-t-il en la libérant.

Elle aurait mieux fait de l'écouter. Elle traversa la foule juste au moment où la lame de l'exécuteur décrivait une large courbe fatale et s'abattait sur le cou d'un homme qu'elle reconnut : Duncan de Mar, le jeune frère de l'ancien comte de Mar et le beau-frère de Bruce. Bruce avait été marié à sa sœur, Isabella, et la sœur de Bruce avait épousé le frère de Duncan, Gartnait, l'ancien comte. Elle détourna les yeux, mais pas assez vite.

Elle avait déjà vu des hommes mourir, mais c'était différent. Cette fois, elle avait joué un rôle dans leur mort. Elle fut prise de nausée. Juste ciel, tous ces hommes étaient-ils morts à cause d'elle ?

Elle poussa les curieux et aperçut son père. Il se tenait sur le côté, observant la scène tandis que le cadavre de Duncan de Mar était balancé sur le bûcher et qu'un autre rebelle était poussé à genoux devant le bourreau. Cette fois, cela semblait être un chef irlandais.

Il ne parut pas surpris de la voir, mais il n'était pas ravi non plus.

— La prochaine fois, ma fille, je t'enfermerai dans le grenier.

Elle ne prêta pas attention à sa menace. Elle s'évaderait malgré tout, même si ce serait un peu plus difficile. Cette fois, elle avait démonté une tige du brasero, l'avait coincée en travers de la fenêtre, y avait attaché l'extrémité d'un drap et était descendue en se laissant tomber sur les derniers mètres.

— Où est-il, père ? demanda-t-elle. Où est mon mari ?

Les lueurs rouge orangé du brasier se reflétaient dans ses yeux. Il fit un signe vers le bûcher.

— En route vers les enfers, si le feu fait bien son travail.

Il indiqua un corps consumé par les flammes près du sommet de la pile. Non loin, elle aperçut un casque qui avait dû tomber. Un casque à nasal noir comme celui qu'avait porté Eoin.

Margaret fixa les flammes et sentit une lumière s'éteindre en elle. Le monde s'obscurcit. Elle se laissa tomber à genoux avec un petit cri brisé, anéantie par la douleur insoutenable que les paroles de son père avaient déclenchée.

Eoin était mort. À cause d'elle.

Que Dieu me pardonne.

16

Église St. Mary, près du château de Barnard, comté de Durham, Angleterre, 17 janvier 1313

Eoin ne s'était pas attendu à ce qu'elle s'évanouisse. Et encore moins à être le seul à avoir la présence d'esprit de la rattraper avant qu'elle ne touche le sol.

Sa femme se retrouvait de nouveau dans ses bras et il se demandait pourquoi il ne l'avait pas laissée tomber. Elle l'aurait mérité. Et son parfum ne lui aurait pas chatouillé les narines, il n'aurait pas senti le poids de ses seins sur son bras, ni ce corps voluptueux qui avait hanté ses nuits durant près de six ans pressé contre le sien.

Il n'aurait pas non plus été obligé de baisser les yeux vers ce visage qu'il n'avait jamais pu oublier. Ce n'était pas faute d'avoir essayé.

Il trouvait contrariant qu'elle soit toujours aussi belle, comme si le passage du temps n'avait eu aucun effet sur elle. Ses lèvres étaient toujours aussi rouges, ses yeux de sirène toujours bordés de longs cils noirs, sa peau toujours aussi parfaite et laiteuse, sa chevelure s'échappant des pans de son voile toujours aussi flamboyante.

Elle n'avait pratiquement pas changé depuis la dernière fois qu'il l'avait vue, un peu moins de six ans plus tôt. Il l'avait observée depuis la forêt où Lamont l'avait traîné après qu'il eut reçu un coup sur la tête qui aurait dû le tuer. Il l'avait vue tomber à genoux devant ce qui aurait pu être son bûcher funéraire.

Même de loin, il avait vu sa dévastation, mais il était trop tard. Son cœur s'était fermé. Il valait mieux qu'elle le croie mort, car elle était morte à ses yeux. Il lui avait tourné le dos et n'avait plus jamais jeté un regard en arrière.

Ou presque. Parfois, tard dans la nuit, dans des moments de faiblesse, il se demandait ce qu'était devenue la femme qui avait failli tout lui coûter. Où était-elle ? Avec qui ?

Mariée, pensa-t-il avec amertume. Il était surpris qu'elle ait attendu aussi longtemps.

C'était peut-être en partie sa faute. Il aurait dû régler le problème de ce mariage mal avisé depuis longtemps. Il était grand temps de laisser Margaret MacDowell derrière lui, une bonne fois pour toutes.

Son regard s'attarda encore un instant sur ce visage qu'il avait pensé autrefois pouvoir contempler pour le restant de sa vie. C'était injuste. Ses traits auraient dû refléter ne serait-ce qu'un peu de la noirceur de son âme. Elle ressemblait plus à un ange qu'à la garce qui l'avait trahi et avait envoyé tant d'hommes à leur mort.

Certes, Eoin savait ce que Lamont et ses autres frères de la Garde lui avaient maintes fois répété. Les MacDowell s'étaient préparés à leur venue. Les garnisons de Dugald avaient été emplies d'hommes prêts au combat. C'était leurs propres renseignements qui avaient été défaillants. Le faux pas d'Eoin n'y avait rien changé. Il n'était pas responsable.

Lorsqu'il parvenait à y réfléchir rationnellement, c'est-à-dire rarement, il lui arrivait d'en convenir. Toutefois, cela ne changeait rien à ce qu'elle avait fait.

« *Elle t'entravera. Elle te mettra des bâtons dans les roues.* » Fin et son père avaient vu juste. Il avait perdu la confiance de son cousin et, brièvement, sa place dans la Garde, jusqu'à ce que le Chef convainque Bruce de le réintégrer.

Eoin n'aurait jamais de place dans le gouvernement de Bruce. Si brillants que soient ses plans, si nombreux que soient ses succès, rien ne pouvait compenser le désastre du loch Ryan. Le roi le tenait en partie pour responsable de la mort de ses deux frères. Eoin l'acceptait, mais Dugald MacDowell allait enfin payer pour le reste.

Rappelé à sa mission, il arracha son regard de la femme dans ses bras et contempla les hommes assemblés devant l'église, encore trop stupéfaits par son intervention pour réagir.

C'était l'effet escompté. Un bref regard autour de lui l'informa que ses hommes étaient presque tous en position. Dans quelques instants, l'église serait encerclée.

Il avait envisagé toutes les options et prévu toutes les réactions possibles des MacDowell et des Anglais. Ils auraient pu tenter la manière directe et le « raid de pirates » pour lesquels Bruce et ses hommes étaient devenus célèbres, arriver au grand galop, leurs épées dégainées, et engager un combat bref et féroce, mais cela aurait laissé trop de place au hasard. Recourir à des déguisements était risqué si on les remarquait trop tôt, mais une fois l'église cernée, MacDowell ne pourrait plus leur échapper. Ils n'auraient plus qu'à le cueillir et à repartir ventre à terre en Écosse avec leurs prisonniers avant que les Anglais et la garnison du château n'aient compris ce qui leur arrivait.

Ils devraient neutraliser Conyers et ses hommes, mais leurs cibles étaient le chef MacDowell et ses fils, autant qu'ils pourraient en capturer. Eoin reconnut les deux aînés se tenant à côté de Conyers, de leur père et d'un garçonnet. Ce dernier lui tournait le dos. Il était trop jeune pour être l'un des frères de Margaret. Ce devait être un fils de Dougal.

Celui-ci avait épousé une riche héritière anglaise peu après le loch Ryan, un des cadeaux d'Édouard d'Angleterre pour avoir capturé les deux frères de Bruce et anéanti le front sud de l'attaque. Heureusement, Bruce avait eu plus de chance avec le front nord et la prise de Turnberry. Malgré la perte de près des deux tiers de son armée à loch Ryan, il avait déjoué toutes les attentes et réussi à prendre pied sur son royaume. Une emprise qui n'avait cessé de s'affirmer au cours des dernières années. MacDowell et son cher Galloway constituaient la dernière poche importante de résistance en Écosse.

Eoin serait celui qui y mettrait bon ordre en capturant MacDowell… dès qu'il se serait débarrassé du fardeau dans ses bras (au sens propre comme au figuré). Il s'apprêtait à la pousser vers Conyers qui, en tant que futur marié, se trouvait le plus proche, quand elle ouvrit les yeux.

Rien, pas même six ans d'amertume et de haine, n'aurait pu détourner son regard de celui de la femme dans ses bras.

Il avait cru qu'il ne ressentirait rien et ne s'était pas attendu à l'intense brûlure dans sa poitrine. Il pouvait à peine respirer.

Il était à nouveau sur la plage du loch Ryan, écoutant son frère lui annoncer sa trahison en riant aux éclats. Tout lui revint en une vague déferlante, la colère, la rage, l'incrédulité, la douleur et, surtout, les questions.

Le *pourquoi* n'aurait pas dû compter autant. Il n'avait pas d'importance. Il lui avait fait confiance, elle l'avait trahi. Point. Mais comment avait-elle pu le dire à quelqu'un en sachant ce que cela signifiait ? Avait-elle eu tellement envie de se débarrasser de lui ? Leur mariage commencé dans un tel bonheur lui était-il devenu intolérable à ce point ?

Son sang bouillonnait. Il aurait voulu crier à l'injustice. Pourquoi n'avait-elle pu être plus patiente ? Pourquoi n'avait-elle pu faire son devoir et tenter de comprendre ? Pourquoi n'avait-elle pu être comme les autres épouses ? Depuis la bataille du loch, sept autres frères de la Garde s'étaient mariés, et aucune de leurs femmes ne se plaignait de ce qu'ils faisaient ni de leurs absences.

Margaret ne pouvait voir ce tourbillon d'émotions en lui. Son regard s'adoucit. Ses lèvres, qu'il pouvait encore goûter dans ses rêves, s'incurvèrent en un sourire délectable.

Elle tendit la main et la posa sur sa joue.

— Tu es revenu ! Ce n'était pas un rêve. Tu es vivant. Dieu soit loué, tu es vivant !

Même le plus accompli des menteurs n'aurait pu feindre une telle réaction. Il ne pouvait douter qu'elle était heureuse de le voir. Il hésita, mais un mouvement dans un coin de son champ de vision le rappela à l'ordre.

Quelques secondes d'inattention avaient suffi, de précieuses secondes qu'il avait perdues comme un imbécile dans une sorte de transe à contempler sa femme. Où diable était passé MacDowell ?

Ah non ! Il ne lui échapperait pas à nouveau !

Margaret n'en croyait pas ses yeux. C'était bien lui, en chair et en os. Eoin était vivant, en parfaite santé, et la tenait dans ses bras.

Elle était si heureuse qu'elle ne put s'empêcher de le toucher. Les poils drus de sa barbe sous sa paume faisaient resurgir tant de belles images enfouies ! Elle avait aimé la sensation râpeuse de son chaume contre sa peau quand il l'embrassait.

À la manière dont il la poussa brutalement vers sir John, il était clair que son mari ne partageait pas le même bon souvenir de ses caresses.

— Prenez-la, lança-t-il à sir John avec une moue de dégoût.

— Vous n'avez rien ? lui demanda sir John.

L'air préoccupé, il caressa doucement son front du pouce. C'était un geste affectueux et spontané auquel elle n'aurait accordé aucune importance une heure plus tôt. En présence de son mari resurgi des morts, elle se sentit soudain gênée.

Elle n'avait pourtant aucune inquiétude à avoir. Un bref regard vers Eoin lui indiqua qu'il se souciait d'elle comme d'une guigne.

Elle esquissa un bref sourire pour rassurer sir John et s'extirpa de ses bras dans lesquels elle avait été poussée sans ménagement, comme un vieux sac de blé encombrant.

Ce ne fut qu'en le voyant dégainer son épée qu'elle comprit ce qu'il se passait réellement. Le mouvement qu'elle avait perçu plus tôt était celui des hommes d'Eoin, portant des armures et des surcots de chevaliers anglais et encerclant l'église.

Comment avait-il encore le pouvoir de la blesser après tant d'années ? Il n'était pas venu pour elle, mais pour son père et ses frères. Il avait dû apprendre qu'ils assisteraient à son mariage et espérait utiliser la cérémonie comme un piège en créant une diversion.

Cela avait fonctionné. Pendant que tout le monde le dévisageait, ahuri, ses hommes avaient pris position. Toutefois, l'effet de surprise commençait à passer, cédant la place à un vrai pandémonium. Cela faisait peut-être partie de son plan ? Espérait-il profiter de la cohue pour fondre sur son père et ses frères sans qu'ils puissent se défendre ?

Dans ce cas, il devait être déçu. Alors que, comprenant le danger, les invités se mettaient à courir dans toutes les directions, sir John et ses frères avaient dégainé leurs épées.

C'était de la folie. Avec tant de gens piégés dans un espace confiné, des innocents allaient être…

Mon Dieu, Eachann ! Où était son fils ?

La dernière fois qu'elle l'avait vu, il se tenait avec son grand-père et Dougal de l'autre côté du prêtre, près de la porte de l'église. Elle apercevait Dougal et Duncan toujours au même endroit, mais l'enfant, le prêtre et son père avaient disparu.

Eoin avait dû s'en rendre compte lui aussi. Elle l'entendit crier à l'un de ses hommes de trouver MacDowell. Il s'en serait probablement chargé lui-même s'il n'avait été aux prises avec sir John.

— Vous auriez dû rester mort, MacLean, lui lança ce dernier d'une voix sinistre qu'elle ne lui avait jamais entendue.

— Et vous auriez mieux fait de choisir une femme qui n'était pas déjà mariée, rétorqua Eoin. Cela dit, je ne suis pas venu pour vous… ni pour elle.

Il lança un regard de dédain vers Margaret.

— Nous ne voulons aucun mal à vos invités, reprit-il. C'est MacDowell qui nous intéresse. Ne vous en mêlez pas et j'écrirai moi-même au pape. Je suis sûr que ma femme trouvera une douzaine de raisons pour lesquelles notre mariage devrait être dissous.

Son mépris et son empressement à se débarrasser d'elle auraient dû la blesser, mais elle était trop inquiète pour son fils.

Où était-il ?

Elle essaya de regarder par-dessus la foule, mais trop de monde lui bouchait la vue, y compris sir John et Eoin. Elle devait les contourner. Sir John l'avait poussée derrière lui contre le mur de l'église pour la protéger et, à présent, elle était coincée.

— Écrire au pape ne sera pas nécessaire une fois que j'en aurai fini avec vous, grogna sir John.

Il illustra son propos avec un puissant coup d'épée, qu'Eoin para avec la sienne. Le fracas des lames déclencha un mouvement de panique dans la foule. Une femme se mit à hurler.

Le geste de sir John incita ses hommes à réagir et entraîna d'autres corps à corps autour d'eux.

Margaret jura en comprenant qu'il était désormais inévitable qu'il y ait des victimes. Il n'était pas question que son fils en fasse partie. Eoin avait conduit la guerre à leur porte. Elle le maudirait plus tard, une fois Eachann à l'abri.

En supposant que sir John ne tue pas son mari d'abord. C'était l'un des meilleurs épéistes du roi Édouard. Toutefois, après un regard vers les deux hommes, elle comprit que c'était plutôt pour lui qu'elle devait s'inquiéter.

Elle n'avait encore jamais vu Eoin se battre. Sa férocité et sa force primitive la surprirent. Elle ne s'était pas attendue à ce qu'il soit aussi adroit avec une épée. Il parait les coups sans effort apparent, presque comme s'il jouait avec le puissant chevalier. Lorsque ce dernier s'impatienta et s'approcha de trop près, il lui écrasa le nez d'un coup de coude tout en lui faisant un croc-en-jambe pour le faire tomber à la renverse.

Le chevalier s'effondra sur le sol et ne bougea plus. Margaret espéra qu'il était seulement assommé. Elle aurait sans doute dû s'en assurer, mais Eoin venait de lui libérer la voie et elle se précipita vers le porche de l'église. Dougal et Duncan repoussaient des assaillants tout en faisant entrer leurs autres frères dans l'édifice. Espéraient-ils se réfugier dans l'église ? Elle doutait qu'Eoin et ses hommes respecteraient la loi du sanctuaire.

Duncan l'aperçut et lui fit signe.

— Vite, Maggie ! Nous n'avons pas beaucoup de temps.

— Où est Eachann ?

— En sécurité, répondit-il. Il est avec père.

Margaret poussa un soupir de soulagement et marmonna une prière de remerciement. En suivant son frère à l'intérieur, elle comprit aussitôt qu'ils ne cherchaient pas la protection de l'église. Il y avait une autre porte à l'arrière du bâtiment.

« Tiens-toi toujours prête, Maggie. Prévois toujours une issue de secours. »

Combien de fois son père lui avait-il répété ce conseil au fil des ans ? C'était en suivant ces règles qu'il avait échappé à la capture d'innombrables fois. Aujourd'hui également. Des chevaux attendaient à l'arrière de l'église.

Son père venait de monter en selle et de hisser Eachann derrière lui quand Maggie et ses frères jaillirent à l'extérieur.

— Père, attendez ! s'écria-t-elle.

Elle voulait garder son fils avec elle.

— C'est bon, je m'occupe de lui, répondit-il. Monte avec Duncan et dépêchez-vous.

Il n'y avait pas assez de montures pour eux tous. Plusieurs d'entre eux devraient chevaucher à deux en selle. Il prenait pour acquis qu'elle s'enfuirait avec eux. Était-ce vraiment ce qu'elle souhaitait faire ? Et Eoin ?

Elle n'eut pas le temps d'y réfléchir. Elle vit son père fixer un point derrière elle et blêmir de rage. Il était trop tard.

Prise de panique, elle voulut lui crier de lui laisser Eachann, mais il s'était déjà détourné. Il resserra les bras de l'enfant autour de sa taille et éperonna sa monture. Celle-ci démarra en flèche, filant vers la forêt.

Elle entendit Eoin crier derrière elle :

— Tire, bon sang ! Il va s'échapper !

Elle sentit son sang se figer. Elle pivota sur ses talons et aperçut un autre homme à quelques mètres. Il tenait un arc et pointait sa flèche vers…

Elle réagit d'instinct et bondit.

— Non ! cria-t-elle en se plantant devant lui.

L'archer n'aurait pu arrêter son geste même s'il l'avait voulu. Il avait déjà lâché la corde au moment où elle s'élançait.

La flèche l'aurait sûrement transpercée si, avec un juron épouvantable, Eoin n'avait donné un coup dans l'arc pour le faire dévier à la dernière seconde. Le projectile atterrit non loin, dans l'herbe.

Il se rua vers elle, l'attrapa par le bras et la secoua comme un prunier.

— Tu es complètement folle ? J'aurais dû le laisser te tuer !

Il se tourna à nouveau vers l'archer et aboya :

— Tire encore ! Ne t'occupe pas des autres. Abats MacDowell avant qu'il ne disparaisse.

— Non !

Elle n'avait encore jamais vu Eoin aussi furieux et, compte tenu des circonstances, aurait dû se montrer un peu plus compréhensive. Mais son cœur battait à tout rompre et à son angoisse s'ajoutait à présent sa propre colère.

— Qui est le plus fou des deux ? J'essaie de t'empêcher de tuer ton propre fils !

En tant que membre du corps d'élite le mieux formé du royaume, qui rassemblait des guerriers triés sur le volet par Bruce afin d'effectuer les missions les plus difficiles et les plus périlleuses, Eoin avait essuyé son lot de coups dévastateurs, la plupart assénés par le Chef ou le Brigand sur le terrain d'entraînement. Mais aucun coup sur le crâne ou dans le ventre ne l'avait sonné à ce point.

C'était comme si le sol se dérobait sous ses pieds, comme si le monde penchait soudain selon un angle bizarre ; comme si tout ce qu'il savait, ou avait cru savoir, avait changé en un instant.

Ton fils.

Ce garçon était le sien ? Il tenta de se remémorer ses traits, mais ses souvenirs étaient confus. Il ne lui avait pas vraiment prêté attention, ne pouvant imaginer que…

Il baissa le regard vers Margaret qui le fixait avec un regard noir, un menton provocateur et des lèvres tremblantes de colère. Il ressentit un tel élan de fureur qu'il se retint de lui broyer le bras.

— Répète ce que tu viens de dire.

S'il s'imaginait lui faire peur, il ne savait pas à qui il avait affaire. Margaret MacDowell ne se laissait pas intimider, même quand elle aurait dû. Elle leva encore un peu son menton et lui retourna son regard menaçant.

— Cet enfant que ton archer aurait pu tuer est ton fils, Eachann.

Eachann. L'enfant portait le nom du plus grand guerrier de tous les temps, Hector de Troie, également connu comme dresseur de chevaux. Le parfait hommage à… ses parents ?

Il approcha son visage à quelques centimètres du sien.

— Si tu mens, Maggie, je te jure sur tout ce qui m'est sacré que tu le regretteras.

Elle le repoussa brutalement.

— Je ne te mens pas. Eachann a eu cinq ans en novembre dernier. Je suis sûre qu'un esprit aussi brillant que le tien peut faire le compte. Ta dernière visite m'a laissé plus qu'un cœur brisé. C'est ironique, tu ne trouves pas ? Après tous tes efforts pour ne pas me faire d'enfant, il a suffi que tu baisses la garde une seule fois. L'identité de son père n'est un secret pour personne. Tu n'as qu'à demander autour de toi.

Elle lança un regard à la ronde et constata ce qu'il savait déjà. Ses frères avaient disparu. Ils étaient partis sans elle.

Un fils ? Depuis cinq ans ? Comment avait-elle pu lui faire un coup pareil ?

S'il avait été en mesure de réfléchir, il aurait compris qu'il pouvait difficilement lui imputer l'entière responsabilité de cette naissance, mais il était trop furieux pour se montrer rationnel.

— Ton père a utilisé *mon* fils comme un bouclier humain pour s'échapper ? Je vais mettre cette ordure en pièces !

Il ne se rendait pas compte qu'il hurlait comme un dément.

— Il ne l'utilisait pas comme un bouclier, répliqua-t-elle, outrée. Il veut simplement le mettre à l'abri.

— À l'abri ? En le plaçant entre lui et l'archer ? Il comptait sur le fait que je ne tirerais pas sur lui avec l'enfant dans son dos !

— Il ne ferait jamais une chose pareille. Il adore Eachann. C'est son unique petit-fils et il ne lui ferait jamais le moindre mal. Je sais que tu as des raisons de haïr mon père, mais, quoi que tu lui reproches, ce n'est pas un lâche. Il mourrait plutôt que de laisser qu'il lui arrive malheur. J'étais là, je l'ai vu. Il l'a pris avec lui pour le protéger, rien d'autre.

Eoin entendit la conviction dans sa voix et serra les dents. Même si elle avait raison quant aux motivations de son père, ils ne tomberaient jamais d'accord sur ce sujet. Il soupçonnait Dugald MacDowell d'être capable de tout, même de sacrifier son petit-fils pour sauver sa peau.

Il était inutile de discuter avec elle. Il devait se préoccuper de sauver sa mission. Non seulement MacDowell avait glissé entre les mailles de son filet (comment n'avaient-ils pas vu la seconde porte lors de leurs repérages la nuit précédente ?), mais on lui avait volé son fils, le lui cachant depuis cinq ans.

Échouer était inconcevable. Il devait les récupérer tous les deux.

Oubliant Margaret, il ordonna à l'archer de le suivre et ils retournèrent sur le parvis de l'église. Entre-temps, le Chasseur et les autres avaient maîtrisé les Anglais.

Ils s'étaient déjà trop attardés. Eoin surveillait d'un œil le château dont on apercevait les crénelures au-dessus des arbres. Les portes pouvaient s'ouvrir d'un moment à l'autre pour déverser un flot de soldats.

— Que s'est-il passé ? demanda le Chasseur.

— Je t'expliquerai plus tard, répondit-il. Nous devons récupérer nos chevaux. MacDowell et ses fils ont filé à travers la forêt.

— Ils retournent au château ?

Eoin avait prévu cette éventualité et posté quelques hommes sur la route qui menait de l'église au château. Il n'avait pas prévu la seconde porte. D'ordinaire, il ne commettait pas ce genre d'erreur.

— Non, je crois plutôt qu'ils se dirigent vers la côte.

Lamont jura. Il savait aussi bien qu'Eoin que si MacDowell parvenait à embarquer sur un navire, ils ne pourraient plus le capturer. S'ils avaient été en Écosse, avec le Faucon, ils auraient eu une chance de se faufiler entre les forces navales anglaises. Sans lui, ce serait du suicide.

— Ne t'inquiète pas, lui dit Lamont. Nous l'aurons.

Il siffla et fit signe aux hommes de le suivre.

Eoin allait leur emboîter le pas quand Margaret le retint par la manche.

— Attends !

Il baissa les yeux vers sa main et se dit que le nœud dans sa poitrine était provoqué par la colère. Le contact de ses doigts avait perdu le pouvoir de l'affecter depuis longtemps. Néanmoins, il ne pouvait nier le tambourinement de son cœur.

Percevant sans doute les émotions dangereuses qui bouillonnaient en lui, elle retira sa main.

— Je viens avec vous, annonça-t-elle.

Il en aurait presque ri. Derrière elle, sir John commençait à revenir à lui.

— Je doute que ton fiancé apprécie. En outre, j'ai perdu le goût des rousses traîtresses il y a des années.

— Cela n'a rien à voir avec toi, s'énerva-t-elle. Mon fils a besoin de moi.

Il lui adressa un regard glacial.

— Mon fils a besoin d'un père, rétorqua-t-il.

— Il ne te connaît pas, Eoin. Tu l'effraieras. Je sais que tu me hais, mais ne le fais pas payer à notre fils. Ce n'est qu'un enfant. S'il te plaît, il a besoin de moi. Je te jure que je ne me mettrai pas dans tes pattes.

Il s'esclaffa. Comme si c'était possible ! Elle était dans ses pattes depuis le jour où il l'avait rencontrée.

— Tu sais déjà que je ne vous retarderai pas, insista-t-elle. Je suis bonne cavalière.

— Oui, je m'en souviens très bien, répondit-il avec une grimace cynique. Il n'arrivera rien au garçon. Je ne peux pas en dire autant de ton père quand je le rattraperai.

— Je peux t'aider à le trouver.

Voilà qui était déjà plus intéressant.

— Tu sais où il va ?

— Pas exactement, mais...

— Je m'en doutais, l'interrompit-il. Je n'ai pas besoin de ce genre d'aide. Je me débrouillerai seul.

Lamont était le meilleur traqueur d'Écosse.

— Et si tu ne le trouves pas ? Réfléchis, Eoin. J'ai des connaissances qui pourraient t'être utiles.

Elle avait raison, ce qui ne signifiait pas qu'elle les lui transmettrait... de plein gré. En la torturant, peut-être ? Voilà qui était tentant.

— Tu trahirais ton père aussi facilement ? railla-t-il. Cela ne devrait pas me surprendre.

La colère empourpra ses joues mais elle ne tenta pas de se défendre. Comment l'aurait-elle pu ? Ils savaient tous deux ce qu'elle avait fait. Elle leva le menton.

— Je ferais n'importe quoi pour sauver mon fils… n'importe quoi.

Elle avait beau être une menteuse, il ne pouvait douter de sa sincérité.

Peut-être pourrait-elle lui servir à quelque chose, ne serait-ce que pour faire chanter son père. MacDowell échangerait-il sa vie de mécréant contre celle de sa fille ? Ce serait presque trop beau.

Il se tourna vers l'un de ses hommes.

— Trouve un cheval à la « dame ». Elle pourrait nous servir.

Il se tourna à nouveau vers son épouse traîtresse pour s'assurer qu'elle comprenait les enjeux.

— Si tu mens ou essaies de nous duper d'une manière ou d'une autre, Margaret, je te jure de faire tout ce qui sera en mon pouvoir pour que tu ne revoies jamais cet enfant.

17

La terrible menace la poursuivait encore quelques heures plus tard. Margaret s'efforçait de se convaincre qu'il avait parlé sous l'effet de la colère et ne le pensait pas vraiment. Il ne tenterait pas de lui enlever son fils... si ?

Des années plus tôt, elle ne l'aurait jamais cru. L'homme qu'elle avait épousé n'était pas si cruel. Toutefois, Eoin n'était plus le même et il lui était désormais impossible de deviner ce dont était capable cet inconnu froid et menaçant. Le jeune homme sérieux dont elle était tombée amoureuse était devenu un étranger sinistre et acerbe.

Au fond, l'avait-elle jamais vraiment connu ? Tout s'était passé si vite. L'amour, le mariage, la passion... pas nécessairement dans cet ordre. L'intimité physique qu'ils avaient partagée lui avait donné l'illusion qu'il y avait plus entre eux. Ils n'avaient pas eu le temps d'apprendre à se faire confiance avant que la guerre ne les sépare.

Avec le recul et l'expérience, elle se rendait compte qu'ils n'avaient pas eu la moindre chance de s'en sortir. Ils avaient été trop jeunes, trop passionnés, trop peu sûrs l'un de l'autre. Cela n'avait été qu'un embrasement, avec quelques moments de sentiments plus profonds. Des sentiments qui auraient pu s'épanouir si on leur en avait laissé le temps. Peut-être que s'il n'y avait pas eu la guerre… Mais elle avait éclaté et les liens fragiles tissés entre eux avaient été étirés jusqu'au point de rupture. L'amour, comme toute chose, avait besoin d'être nourri. Autrement, il dépérissait.

Elle avait encore du mal à croire qu'il soit vivant. Toutefois, le premier élan d'espoir qu'elle avait ressenti était retombé lorsqu'elle avait compris qu'il n'était pas revenu pour elle mais pour son père. Naturellement, il ne voulait plus entendre parler d'elle. Quant à elle… elle ne savait plus quoi penser. Elle avait accepté la mort d'Eoin et laissé son amour derrière elle. À présent, tout lui revenait en force.

Ils galopaient ventre à terre depuis trois heures, ne ralentissant que pour s'écarter de la route à l'approche d'un château ou, comme à présent, quand ils parvenaient à une fourche et devaient déterminer quelle direction son père avait prise. Il était clair qu'il se dirigeait vers la côte du comté de Cumbria, mais de nombreux chemins y menaient.

Au cours de ces brèves pauses, elle observait Eoin du coin de l'œil. Il était en train de parler à un autre guerrier à l'air stoïque, celui qui semblait chargé de repérer les traces laissées par son père.

Son mari ne lui avait pas adressé la parole depuis qu'ils avaient quitté l'église et s'efforçait de faire comme si elle n'existait pas. Ce ne devait pas être bien difficile pour lui, après six ans d'entraînement. Même si elle était consciente de la terrible erreur qu'elle avait commise autrefois, elle ne pouvait s'empêcher de lui en vouloir. Comment avait-il pu la laisser croire à sa mort ?

Sa colère augmenta quand la traque reprit. En dépit de leur allure épuisante, son père continuait à les devancer et elle ne savait pas si elle devait le déplorer ou s'en réjouir. Au cours de ces dernières années, il était devenu de plus en plus amer et acariâtre, mais elle l'aimait et ne voulait pas le voir capturé. Après le massacre du loch Ryan et l'exécution des deux frères de Bruce, elle n'osait imaginer le type de vengeance que le nouveau roi lui réserverait. « Le Bruce », comme on l'appelait, s'était montré remarquablement clément envers certains de ses opposants, notamment avec le comte de Ross, qui avait violé le sanctuaire d'une église pour s'emparer de sa femme, de sa sœur, de sa fille et de la redoutable comtesse de Buchan. Aurait-il autant de miséricorde pour celui qui avait livré ses frères en pâture à Édouard d'Angleterre ?

Peut-être. Bruce s'était montré à la hauteur de la foi d'Eoin. Sa « cause perdue » s'était avérée bonne pour l'Écosse. Elle aurait dû avoir davantage confiance dans le jugement de son mari. Cependant, à l'époque, cela avait paru sans espoir et elle avait été terrifiée à l'idée de ce qui lui arriverait si le roi Édouard les capturait.

Ce n'était rien à côté de ce qu'elle ressentait à présent. Sa peur pour son père rivalisait avec son angoisse pour son fils. Le pauvre enfant devait être affolé et épuisé. Elle ne pouvait qu'espérer que son père le tenait fermement pour qu'il ne tombe pas de selle.

À mesure que le ciel s'obscurcissait, sa peur augmentait. Où étaient-ils ? Pourquoi ne les avaient-ils pas encore rattrapés ? Galoper à ce rythme dans la nuit et dans la forêt était trop périlleux.

Lors de leur pause suivante pour abreuver les chevaux, elle n'y tint plus. Elle alla trouver Eoin, encore en train de parler au même guerrier. Les deux hommes s'interrompirent quand elle approcha. En les observant, elle leur trouva une certaine ressemblance. Ils étaient tous les deux grands, carrés et bâtis comme les engins de guerre du roi Édouard. Mais il y avait autre chose, cette manière de se tenir, leur aura d'invincibilité, l'impassibilité de leur expression, comme si leurs traits étaient gravés dans le granit.

Si elle espérait susciter un peu de compassion chez l'un des hommes, elle ne devait pas en attendre du traqueur. Son regard était à peine moins hostile que celui d'Eoin.

Ils se taisaient tous les deux. Apparemment, le traqueur partageait également les manières bourrues et le peu de loquacité de son mari. Ces deux-là devaient s'entendre comme cul et chemise.

Elle fronça les lèvres et décida de s'adresser à l'inconnu.

— Milord, je suppose que vous savez qui je suis. Toutefois, comme « Lazare » ici présent n'a pas jugé bon de faire les présentations, j'ignore à qui je m'adresse.

Il arqua un sourcil surpris et lança un regard à Eoin avant de répondre :

— Ewen Lamont, milady.

Elle lui sourit comme pour dire : « *Alors, ce n'était pas si difficile que ça, n'est-ce pas ?* »

— Que veux-tu, Margaret ? s'impatienta Eoin.

Outre cette brillante conversation ? Outre savoir où il était passé pendant six ans ? Elle ravala les paroles acerbes qui lui brûlaient les lèvres et s'efforça de modérer son ton.

— Nous devons nous arrêter.

— Il y a plein de châteaux dans les environs. Si tu es trop fatiguée pour nous suivre, je suis sûr qu'ils ouvriront leurs portes à la fille de Dugald MacDowell.

Elle se retint de répliquer qu'ils seraient probablement moins accueillants pour l'épouse d'Eoin MacLean.

— Je ne suis pas fatiguée, mais la nuit tombe. Si vous continuez à ce rythme, quelqu'un pourrait avoir un accident. Eachann, par exemple.

Il se raidit. Son compagnon, Ewen Lamont, se tourna vers lui.

— Eachann ?

— Mon fils, expliqua-t-elle. « Notre » fils.

Lamont marmonna un juron corsé et interrogea Eoin du regard.

— Elle affirme que l'enfant avec MacDowell est mon fils, lui dit ce dernier.

Lamont émit un long sifflement en secouant la tête d'un air incrédule. Margaret se mordit la lèvre pour ne pas reprendre Eoin sur son « affirmation », déclarant plutôt :

— Je sais que vous voulez rattraper mon père, mais tant que vous le talonnerez, il ne ralentira pas et Eachann risque d'en payer le prix. Avez-vous une idée de ce que représente ce rythme pour un enfant ?

Eoin serra tant les mâchoires qu'un muscle dans son cou tressauta.

— Que suggères-tu ? Que nous laissions ton père filer ? S'il rejoint la côte et prend un bateau, nous ne pourrons plus le rattraper. Il ira dans un de ses châteaux fortifiés et s'y terrera. Ils ne peuvent avoir plus de quelques kilomètres d'avance. Nous les aurions déjà rattrapés si nous ne devions pas éviter toutes ces patrouilles de soldats anglais que ton père a envoyées à nos trousses. Il n'est pas question que je m'arrête maintenant.

Margaret ne pouvait croire que cette brute intransigeante était son mari. Il lui faisait penser à…

Elle grimaça. Il lui faisait penser à son père.

— Tu préfères mettre la vie de ton fils en danger plutôt que de courir le risque que mon père te file entre les doigts ?

Eoin s'efforça de garder son calme. Il n'avait pas de comptes à lui rendre.

— Ce n'est pas moi qui ai mis sa vie en danger, mais ton père. Viens, Lamont. Nous avons perdu assez de temps.

Il s'éloigna. Juste avant de le suivre, Lamont lança un regard vers elle. Il lui sembla y voir une lueur de compassion.

— Ton fils, Frappeur ? Bon sang, pourquoi ne m'as-tu rien dit ? Je croyais que tu l'avais emmenée parce qu'elle possédait des informations pouvant nous servir ?

Eoin se hissa en selle.

— C'est le cas, et je n'ai pas eu le temps de t'en parler.

Lamont lui lança un regard dubitatif, à juste titre. Découvrir qu'il avait un fils de cinq ans l'avait mis dans un tel état de confusion qu'il avait préféré concentrer toutes ses pensées sur sa mission. D'abord trouver MacDowell, puis essayer de digérer la nouvelle de sa paternité. Il n'avait pas été prêt à en parler et ne l'était toujours pas.

— Elle a raison, poursuivit son partenaire. Ce pourrait être dangereux pour l'enfant. S'il est bien le tien…

— Il l'est, l'interrompit sèchement Eoin.

— Tu en paraissais moins sûr tout à l'heure.

Eoin lui répondit d'un grognement vague.

— C'est ta manière de te venger d'elle ? demanda Lamont.

Eoin lui lança un regard noir.

— Tu me le reproches ? Tu sais aussi bien que moi ce qu'elle a fait.

— C'est vrai, mais…

— Mais quoi ?

Lamont haussa les épaules.

— Je ne sais pas. Elle ne correspond pas à l'image que je m'étais faite d'elle.

— Elle cache ses serpents sous son voile.

Lamont ne prêta pas attention à son sarcasme.

— Elle ne doit pas avoir plus de vingt-trois ans.

— Elle en a eu vingt-cinq en juin dernier.

— Elle a l'air d'aimer sincèrement cet enfant. Et j'ai vu son expression quand elle t'a reconnu devant l'église. Elle n'avait pas la tête d'une femme qui t'a envoyé à la mort sans sourciller.

— C'est pourtant ce qu'elle a fait.

Lamont lui lança un regard étrange.

— Tu avais également oublié de me dire qu'elle était plutôt… séduisante.

Eoin sentit ses muscles se nouer. Son épouse avait toujours attiré le regard des hommes, sans doute encore plus à présent. Qu'avait dit Fin : « *mûre comme une pêche prête à être cueillie* » ?

— Je ne pensais pas que cela avait de l'importance, répliqua-t-il.

— Tu as raison, mais j'ai quand même été surpris. Je n'imaginais pas qu'on pouvait rivaliser en beauté avec la femme de MacLeod.

Eoin se tourna vers lui avec un regard assassin.

— Et la tienne, tu l'oublies ?

Lamont esquissa un sourire narquois et Eoin jura intérieurement. Son partenaire l'avait piégé pour lui faire dire plus qu'il ne voulait. S'il ne l'aimait plus, pourquoi était-il encore jaloux ?

— Si tu en as terminé avec tes questions, j'aimerais qu'on retourne sur la piste avant de la perdre à nouveau.

MacDowell était un renard fourbe. Il savait également brouiller les pistes. Toutefois, s'il avait laissé la moindre trace, Lamont saurait la trouver, même dans l'obscurité.

Cependant, à mesure qu'ils chevauchaient de plus en plus profondément dans la forêt faiblement éclairée par le clair de lune, il ne put s'empêcher de se dire qu'il aurait été facile pour un cheval de glisser ou de buter contre une racine ; d'envoyer un cavalier et un jeune garçon voler dans les airs. Un jeune cou frêle se brisait si facilement… Et puis toutes ces branches basses… l'une d'elles pouvait facilement vous arracher un œil ou…

Bonté divine, elle avait encore réussi ! Elle lui avait empli la tête d'images horribles afin d'obtenir ce qu'elle voulait. Ils nc pouvaient pas s'arrêter. MacDowell leur échapperait… avec son fils ! Assiéger une forteresse prendrait des mois. Et quand bien même ils s'arrêteraient, cela ne signifiait pas que MacDowell en ferait autant. Son fils serait toujours en danger s'il interrompait la traque.

La décision lui échappa quelque temps plus tard. Ils avaient ralenti pour que Lamont puisse chercher des empreintes. Ce dernier jura et demanda qu'on lui apporte une torche.

— Que se passe-t-il ? lui demanda Eoin.

— Je crois qu'ils se sont séparés.

Eoin sentit la fureur grimper en lui.

— Qu'est-ce qui te fait dire ça ?

— Je vois moins d'empreintes.

Il descendit de cheval et décrivit des allées et venues sur le sentier, comptant les chevaux à l'aide de ce qui semblait n'être qu'un enchevêtrement de traces. Travaillant avec lui depuis des années, Eoin savait que son partenaire était capable d'identifier chaque cheval à l'aide d'une marque particulière, si subtile soit-elle. Il en compta quatre. MacDowell et ses fils étaient partis sur cinq montures.

— Il en manque un, conclut-il en remontant en selle.

— Depuis quand ?

— Probablement depuis la dernière croisée. Mince, je peux pas croire que je l'aie raté.

— Ce n'est pas ta faute.

Eoin savait que c'était la sienne. Dans sa hâte à capturer sa proie, il les avait trop pressés. C'était lui qui, arrivé au niveau du précédent croisement de chemins près de Cockermouth, avait dit à Lamont : « *Ne perdons pas de temps. Nous allons bientôt les rattraper.* »

Ils ne les rattrapèrent jamais. Ils rebroussèrent chemin jusqu'au croisement, prirent l'autre chemin et, quelques kilomètres plus loin, arrivèrent dans un gros village où MacDowell avait changé de cheval. Le temps qu'ils repèrent les nouvelles empreintes, il était trop tard. La côte et la petite ville portuaire de Wyrkinton n'étaient plus qu'à quelques kilomètres, tout comme la grande garnison commandée par sir Gilbert de Curwen. Ils ne pourraient échapper aux Anglais et capturer MacDowell à temps. Ils les avaient perdus.

— Que fait-on ? demanda Lamont.

— Nous les attraperons dans le Galloway.

— Il y a là-bas au moins six châteaux où ils pourraient se réfugier. Il nous faudra des semaines pour les retrouver.

Eoin ne s'était pas aperçu que Margaret les avait rejoints.

— Il ira à Dumfries, déclara-t-elle. C'est le plus fortifié et le plus facilement accessible par le fleuve.

— Tu parais bien sûre de toi, lui dit Eoin.

— Autant que possible. C'est là qu'il comptait se rendre après le… à son retour d'Angleterre.

Après le mariage, comprit Eoin. Il serra à nouveau les dents.

— Et je devrais te croire sur parole ? Il pourrait aussi aller à Buittle. Le château est également accessible par le fleuve et lourdement gardé.

— C'est vrai, mais je crois qu'il ira à Dumfries, insista-t-elle. C'est son château préféré et le gardien est l'un de ses hommes les plus loyaux.

— Qui est-ce ?

Même dans la pénombre, il vit ses joues rosir.

— Tristan MacCan.

Eoin se tendit. Voyant qu'il ne répondait pas, elle ajouta :

— Je ne m'attends pas à ce que tu me fasses confiance, puisque ça n'a jamais été le cas, mais j'ai pensé que tu voudrais mon avis.

— En effet. Et je t'ai fait confiance autrefois.

Il soutint son regard et y lut la culpabilité qu'elle ne pouvait cacher. Elle sembla sur le point de dire quelque chose, puis, après un regard vers Lamont et les autres hommes qui faisaient semblant de ne pas les écouter, soupira.

— Je n'ai aucune raison de te mentir, Eoin. Je t'ai déjà dit que je ferais tout pour récupérer mon fils. C'est bien pour ça que tu m'as amenée, n'est-ce pas ? Si tu crois connaître mon père mieux que moi, je t'en prie, fais comme tu voudras. Pour ma part, je vais à Dumfries.

Certaines choses ne changeaient jamais. Elle avait peut-être l'air d'une dame comme il faut (il avait été surpris par son allure plus sobre et ses manières posées), mais c'était toujours la même fille effrontée et trop sûre d'elle pour son bien. Elle n'avait jamais reculé devant un défi autrefois, et n'était pas prête à reculer à présent.

Il avait su d'emblée qu'elle était source d'ennuis. Il n'avait simplement pas mesuré à quel point.

— Dis aux hommes de prendre quelques heures de repos, ordonna-t-il à Lamont. Nous partons pour la frontière à l'aube.

Lorsque celui-ci se fut éloigné, Margaret demanda :

— Nous allons dormir ici ?

— Autrefois, dormir à la belle étoile ne te dérangeait pas.

Il n'avait pas besoin de lui rappeler ces nuits qu'ils avaient partagées près du feu. Elle était surprise qu'il s'en souvienne.

— Je faisais allusion au fait que nous ne sommes qu'à quelques kilomètres de Wyrkinton.

Il s'esclaffa.

— Les Anglais n'ont pas le courage d'attaquer les hommes de Bruce la nuit dans une forêt. Ils ne sortiront pas de leur château avant l'aube. Tu n'as pas à t'inquiéter pour ta sécurité.

Il marqua une pause avant d'ajouter avec une moue sarcastique :

— Mais tu risques d'avoir froid dans ta belle robe. Je serais toi, je resterais près du feu.

— Je ne porterais pas une robe de mariée si j'avais su que j'avais encore un mari, s'échauffa-t-elle. Comment as-tu pu, Eoin ? Tu avais promis de revenir me chercher si c'était en ton pouvoir. Comment as-tu pu me laisser croire que tu étais mort pendant toutes ces années ? N'avais-je pas le droit de savoir que mon mari vivait toujours ?

Certes, il avait promis, mais c'était avant qu'elle ne tente de l'envoyer dans la tombe.

— Le droit ?

Il avança d'un pas menaçant vers elle, montrant presque ses dents.

— Après ce que tu as fait, tu as perdu le « droit » de savoir quoi que ce soit. Je me rappelle que, toi aussi, tu avais fait des promesses, Maggie. Je ne te dois rien.

— Et Eachann, tu ne lui dois rien non plus ?

Il s'immobilisa.

— J'ignorais son existence.

— À qui la faute ?

Il serra les poings contre ses flancs pour se retenir de la toucher. Qu'y avait-il chez cette femme qui lui donnait autant envie de la prendre dans ses bras et d'effacer cet air de défi par un baiser ?

La colère de Margaret retomba brusquement. Elle parut soudain triste et vaincue, ce qui le troubla encore plus.

— Tu ne me dois peut-être rien, mais ne crois pas qu'il se soit passé un seul jour sans que je regrette ce qui est arrivé. Je n'ai jamais voulu te trahir, Eoin. Je t'aimais.

Elle l'aimait tant qu'elle l'avait quitté ! Elle l'aimait au point de discuter de la meilleure manière de dissoudre leur mariage avec son ancien soupirant juste avant que celui-ci ne l'embrasse. Elle l'aimait tellement qu'elle lui avait demandé de partir et de ne jamais revenir.

— Ce n'était donc qu'une grossière erreur ? se gaussa-t-il. Ton frère m'a menti ? Tu n'as parlé à personne de ma présence ce soir-là ?

— Non, ce n'était pas une erreur. J'en ai effectivement parlé à quelqu'un en croyant te protéger.

— En me trahissant ?

Elle ne releva pas son sarcasme.

— Brigid m'a trouvée peu après ton départ. Elle menaçait de dire à mon père que j'avais été violée si je ne lui racontais pas ce qui s'était passé. J'ai commis l'erreur de faire confiance à une femme qui était comme une sœur pour moi. J'ai pensé que je n'avais pas le choix.

— Et le choix de te taire ? s'écria-t-il. Pouvais-je être plus clair ? « *À personne* », « *En aucun cas* », « *Ma vie en dépend* », ça te paraît ambigu ? Je te faisais confiance, bon sang ! J'ai failli à tous ces hommes morts sur la plage parce que je croyais que ma femme, celle que j'aimais plus que n'importe qui au monde, saurait fermer sa grande bouche ! Tous ceux qui sont morts se moquent bien de tes intentions.

Elle était abattue. Ses yeux s'emplirent de larmes tandis qu'elle tentait de s'expliquer :

— Je suis désolée. Je ne pouvais pas deviner ce que tu avais projeté. Je ne voulais pas risquer que les hommes de mon père quadrillent la campagne à ta recherche. Je croyais te protéger, je ne pouvais imaginer que Brigid irait le dire à mon frère.

Il aurait dû être soulagé que sa trahison n'ait pas été une forme de vengeance mesquine comme il l'avait pensé, mais six années de haine avaient formé autour de lui une épaisse couche d'acier qui ne pouvait être facilement pénétrée. Elle avait parlé. Ses raisons n'importaient pas. Le résultat avait été le même.

Il était néanmoins surpris par le rôle qu'avait joué son amie.

— Pourquoi a-t-elle fait ça ? demanda-t-il.

— Elle était amoureuse de Dougal et espérait s'attirer les bonnes grâces de mon père afin qu'il consente à leur mariage. L'ironie veut que Dougal ait effectivement reçu une épouse pour avoir remporté la bataille, mais ce ne fut pas Brigid.

Il vit son expression peinée et ne put s'empêcher de demander :

— Que s'est-il passé ?

— Brigid s'est jetée de la falaise près du château de Dunskey peu après le mariage de Dougal. Elle ne s'est jamais pardonné ce qui s'est passé cette nuit-là. Tous ces hommes...

Elle frissonna, puis leva les yeux vers lui.

— Elle n'aurait jamais pu imaginer ce qui est arrivé, et moi non plus.

Comme il ne disait rien, elle reprit :

— Je ne te demande pas de me pardonner. Tu m'as confié un secret et je l'ai trahi. J'aurais dû laisser Brigid dire que j'avais été attaquée et peut-être que...

Elle s'interrompit et redressa le dos.

— J'ai commis une erreur, mais c'était celle de me fier à une amie alors que je n'aurais pas dû. Quand j'ai compris ce qu'elle avait fait, j'ai essayé de vous aider, mais il était trop tard.

— Que veux-tu dire par « nous aider » ?

— Mon père m'avait enfermée dans ma chambre. Je suis descendue par la fenêtre et j'ai allumé le vieux phare près de Kirkcolm. Malheureusement, vos navires avaient déjà atteint la plage.

Il resta silencieux, pris de court par cette nouvelle. C'était elle qui avait allumé le fanal ? Il s'était toujours interrogé sur cette aide mystérieuse.

— Pas tous, déclara-t-il. Deux navires ont pu s'échapper.

— Tant mieux, dit-elle doucement.

Même s'il la croyait, cela ne changeait rien. Il s'était passé trop de choses entre eux. Trop d'années s'étaient écoulées.

Lui qui était connu pour tout voir sur le champ de bataille, il ne l'avait jamais vue venir.

Elle lui avait fait ressentir des émotions qu'il n'avait jamais éprouvées. Leur passion avait été incomparable, mais cela avait été bien plus que cela. Pendant si longtemps, sa vie avait été entièrement consacrée à la guerre, à devenir le meilleur guerrier physiquement et mentalement. Il n'avait pensé qu'à ça jusqu'à ce qu'il la rencontre. Pendant un bref moment, elle avait rendu le monde plus grand que le champ de bataille. Elle lui avait appris à aimer autre chose.

Il l'avait payé cher. Il avait commis de graves erreurs rien que pour la voir, pris des risques qu'il n'aurait pas dû prendre.

Peut-être était-ce là la clef du problème. S'il lui reprochait ce qui s'était passé, il se le reprochait plus encore. Il n'aurait jamais dû se montrer à elle ce soir-là. Cela n'aurait peut-être rien changé, mais c'était néanmoins une erreur. Il n'aurait jamais dû lui confier une information aussi capitale. Bruce le savait. Il ne pouvait reprocher à son cousin de douter de ses capacités de jugement. Dès qu'il s'agissait de Margaret MacDowell, il était incapable de réfléchir correctement.

Même à présent, il ne pouvait la regarder sans avoir une érection. Les souvenirs le submergeaient. Il se souvenait de chaque centimètre de peau laiteuse sous cette maudite robe qu'il crevait d'envie de lui arracher ; de ces seins généreux exhibés dans toute leur perfection sous son corsage moulant ; de l'odeur de sa peau ; de son goût de miel ; de ses gémissements quand il la faisait jouir ; de la manière dont ses hanches se soulevaient pour accueillir ses coups de reins, le prenant plus profondément, plus fort, plus vite.

Doux Jésus.

Il recula d'un pas. Il valait mieux en finir rapidement. La dissolution de leur mariage serait retardée maintenant qu'il connaissait l'existence de son fils, mais cela ne changeait pas son intention d'y mettre fin. La guerre serait bientôt terminée. Bruce avait laissé entendre que des terres lui seraient données pour le remercier de ses services, ainsi que, s'il le souhaitait, une épouse. Étonnamment, il le souhaitait. Voir ses frères d'armes bien mariés lui avait fait prendre conscience d'un manque dans sa vie. Il était seul depuis trop longtemps.

Même Lachlan MacRuairi était heureux. À l'instar d'Eoin, la Vipère avait fait un premier mariage désastreux et avait été trahi par sa femme. Cela ne l'avait pas empêché de trouver le bonheur avec sa seconde épouse. Il y avait donc de l'espoir.

Comme si elle avait deviné ses pensées, Margaret demanda :

— Qu'allons-nous faire à présent, Eoin ?

Il la regarda durement.

— À ton avis ? Il n'est pas question de revenir en arrière.

— Nous pourrions essayer d'aller de l'avant.

Agacé par la douleur vive dans sa poitrine, il répondit plus sèchement qu'il ne l'aurait voulu :

— À quoi bon ? Tu sembles trouver l'Angleterre bien plus à ton goût que Kerrera.

Elle tiqua.

— En effet, rétorqua-t-elle. Sir John a toujours veillé à ce que je sois bien accueillie chez lui et a tout fait pour que je m'y sente bien. Il voulait partager sa vie avec moi. *Toute* sa vie.

La pique fit mouche. La douleur cuisante le fit presque tressaillir. Ce n'était pas normal. Après toutes ces années, elle n'aurait pas dû pouvoir l'atteindre aussi facilement.

— Tant mieux pour toi, répondit-il.

Il voulut s'éloigner, mais elle le retint.

— Je sais que je n'étais pas le genre d'épouse que tu souhaitais, Eoin. Mais si tu voulais une lady Barbara, pourquoi ne l'as-tu pas épousée ?

— Tu as raison, cela aurait mieux valu pour tout le monde.

C'était la vérité, même s'il n'avait pas voulu frapper si fort. En voyant son regard, il se rendit compte de la blessure qu'il venait de lui infliger.

Cela ne pouvait plus durer. Plus ils passeraient du temps ensemble, plus ils se feraient du mal.

Dans le clair de lune, il contempla les beaux traits de la femme qui avait hanté ses rêves pendant trop longtemps.

— Une fois que tout ceci sera terminé, je crois qu'il vaudrait mieux que nos chemins se séparent définitivement.

Elle ravala son souffle et se redressa. Elle scruta son visage comme si elle y cherchait une fissure.

— Si c'est ce que tu veux, répondit-elle.

Pour le moment, il voulait surtout la prendre dans ses bras et l'embrasser jusqu'à ce qu'il ne la sente plus s'infiltrer sous sa peau, palpiter dans ses veines et envahir ses os.

Il hocha la tête et s'éloigna.

18

Que nos chemins se séparent définitivement…

Après toutes ces années, cela n'aurait pas dû être aussi douloureux. Il était sans doute normal qu'il ne veuille plus jamais la voir, mais l'entendre dire sans équivoque qu'il voulait mettre un terme à leur mariage (comment comptait-il s'y prendre sans faire d'Eachann un bâtard ?) faisait horriblement mal.

Tout en se tournant et en se retournant sur le sol dur et froid (dormir à la belle étoile était nettement moins confortable sans Eoin contre elle) durant cette longue nuit sans sommeil qui aurait dû être sa nuit de noces avec un homme qu'elle avait appris à apprécier, un homme généreux qui avait toujours été bon pour elle et son fils, elle sentit grandir son ressentiment envers Eoin. Elle avait peut-être mérité d'être méprisée et malheureuse, mais pas sir John ni Eachann. Qu'Eoin lui ait fait croire à sa mort durant six ans, la laissant le pleurer, souffrir, s'accabler de reproches et élever leur fils seule, pour réapparaître le jour de son mariage alors qu'elle s'autorisait enfin à être heureuse, était aussi impardonnable.

Elle aurait pu être heureuse, ou du moins essayer de l'être. Pauvre sir John ! Elle avait dû l'abandonner précipitamment, ayant tout juste le temps de balbutier quelques excuses avant de sauter sur un cheval pour rattraper Eoin qui était déjà parti.

Elle lui écrirait à la première occasion pour lui dire… quoi ? Qu'elle était désolée de ne pouvoir l'épouser car le mari qu'elle avait pleuré pendant six ans, un mari qui la méprisait, avait décidé de réapparaître et de mettre sa vie sens dessus dessous ?

Même si Eoin faisait dissoudre leur mariage, Margaret savait qu'elle ne pourrait pas retourner vers sir John. Ce serait injuste envers lui. Si son premier mari était mort, ils auraient eu une chance, mais tant qu'Eoin était vivant, comment pouvait-elle envisager la vie avec un autre ?

Oui, ce fut une nuit pénible, emplie de colère, de frustration, de désillusion et de chagrin.

Elle aurait peut-être été consolée le lendemain matin en apprenant qu'ils allaient à Dumfries, si elle n'avait soupçonné que ce n'était pas dû au fait qu'Eoin se fiait à son jugement. Il en était simplement arrivé à la même conclusion.

Lorsqu'ils arrivèrent, tard le lendemain soir, Margaret était épuisée. Elle protesta à peine quand Eoin la laissa avec les sœurs bénédictines dans l'abbaye de Lincluden pour la nuit, pendant que ses compagnons et lui se rendaient dans un lieu qu'il ne lui divulgua pas pour rejoindre d'autres hommes de Bruce.

Elle en profita pour écrire sa lettre à sir John. Cela fut plus difficile que prévu et la solitude lui fut utile pour trouver les mots justes, ceux qui exprimaient ses regrets et sa déception tout en lui faisant comprendre que leur relation s'arrêtait là.

Une fois sa tâche accomplie, elle commença à craindre que sa solitude ne devienne permanente. Enfin, trois jours plus tard, la prieure lui annonça qu'elle avait de la visite.

Eoin l'attendait dans le jardin du cloître. Comme elle, il s'était lavé et changé. Il ne portait plus le haubert des soldats anglais, mais un *cotun* en cuir noir et des chausses assorties. Étrangement, il paraissait encore plus imposant sans sa lourde armure.

Juste ciel, qui était cet homme ? Cette machine de guerre austère à l'air féroce était-elle vraiment le jeune guerrier sérieux mais encore capable de sourire qu'elle avait épousé ? Son mari était peut-être en vie, mais ce n'était plus l'homme dont elle se souvenait. Il était devenu un inconnu et cela accentuait encore la douleur dans sa poitrine.

Il haussa légèrement les sourcils en apercevant sa tenue de religieuse.

— Je vois qu'elles t'ont bien prise en main, railla-t-il.

Comme il lui était facile de rouvrir d'anciennes plaies !

— Je sais que tu penses que la capuche jaune des prostituées m'aurait mieux convenu, mais elles n'avaient rien d'autre à me proposer qu'une robe noire.

Il fronça les sourcils.

— Je n'ai jamais pensé ça.

— Ah non ? s'esclaffa-t-elle. Je me souviens pourtant que tu as mis en doute ma virginité. Et tous mes déplacements à Oban ? Sans parler du fait que j'ai tenté de séduire ton meilleur ami. Je suis sûre que ta sœur t'en a reparlé.

Pour la première fois depuis qu'il était réapparu dans sa vie, il abaissa son masque de haine impénétrable. Il paraissait sincèrement contrit.

— J'étais fou de jalousie cette nuit-là, Margaret. J'étais incapable de réfléchir rationnellement. Je ne voyais que la femme qui m'avait quitté dans les bras d'un autre. Je n'ai jamais douté de ton innocence et je n'ai jamais pensé que tu étais infidèle. Et je te dois des excuses au sujet de Fin. Je ne voulais pas croire que mon plus vieil ami...

Il reprit son souffle et la regarda dans les yeux.

— Il m'a avoué t'avoir embrassée dans l'écurie. Il a dit qu'il était ivre et n'avait pas voulu te faire peur. Je suis désolé. Tu étais ma femme et j'aurais dû te protéger.

Margaret sentit ses yeux brûler. Les paroles qu'elle avait désespérément voulu entendre arrivaient six ans trop tard. Elle détourna les yeux.

— Tu étais parti, tu ne pouvais rien faire.

Il lui prit le bras et la força à se tourner vers lui.

— J'aurais pu t'écouter quand tu m'as exprimé tes inquiétudes au sujet de Fin. J'aurais pu m'assurer que ma mère était au courant de la situation. J'aurais pu tenter de l'empêcher d'épouser ma sœur.

Elle vit la rage et la culpabilité dans son regard et, d'instinct, voulut les apaiser. Elle était bien placée pour comprendre. Elle aussi, elle avait eu confiance en son amie.

— C'était il y a longtemps, Eoin. Il y a tant de choses que nous aurions faites différemment si nous avions su ce qui arriverait. Tu as raison : il ne sert à rien de revenir en arrière.

Il parut sur le point de dire quelque chose, puis se ravisa. Il lâcha son bras et recula.

— En tout cas, tu t'es bien défendue, déclara-t-il. Il paraît qu'il est resté alité pendant des jours. Rappelle-moi de ne jamais te mettre en colère.

Elle n'aimait pas se réjouir des souffrances des autres, mais elle était prête à faire une exception pour Fin.

— Compte sur moi.

Il sourit un bref instant, puis se ressaisit.

— Je suis venu te dire que tu avais raison. Ton père s'est retranché dans le château de Dumfries.

— Et Eachann ? demanda-t-elle. Il n'a rien ?

— On a vu un enfant avec ton père. Nous n'en savons pas plus. Tes frères se sont réfugiés à Buittle.

Elle n'était pas surprise qu'ils se soient séparés.

— As-tu tenté de communiquer avec mon père ?

Il acquiesça.

— Il refuse de libérer l'enfant.

Même si elle s'y était attendue, son cœur se serra.

— Il ne lui fera rien, Eoin.

Il ne répondit pas. Il semblait en douter. Pourtant, elle savait que son père adorait Eachann. Il ne lui ferait pas de mal… intentionnellement.

Elle s'efforça de refouler son angoisse.

— Que va-t-il se passer à présent ?

— Édouard de Bruce assiège le château.

Elle blêmit.

— Non ! Tu ne peux pas le laisser faire ça. Notre fils en pâtira avec les autres.

— Je ne peux rien faire.

Elle lut une angoisse équivalente à la sienne dans son regard, ainsi que de la rage. Il avait essayé.

— Maintenant que nous encerclons ton père, il ne peut plus s'échapper. Le siège de Perth est terminé, le château est tombé. Le roi ne tardera pas à nous rejoindre.

— Bruce vient ici ?

Il acquiesça.

— Les châteaux de Galloway sont les prochains sur sa liste.

Les anciennes places fortes de Balliol et des MacDowell : Dumfries, Buittle, Dalswinton et Caerlaverock. Les uns après les autres, Bruce reprenait les châteaux écossais aux Anglais, puis les détruisait afin qu'ils ne puissent plus être utilisés contre lui.

— Mais Eachann…

Elle frissonna, imaginant ce qu'un long siège lui ferait endurer.

— Laisse-moi parler à mon père, reprit-elle. Il m'écoutera.

Eoin fit non de la tête.

— Carrick ne voudra pas en entendre parler.

Il avait utilisé le nouveau titre que Robert de Bruce avait accordé à son jeune frère Édouard. Il l'avait également nommé seigneur de Galloway.

Eoin tenta de la consoler.

— Ne t'inquiète pas, cela ne durera pas longtemps. Le château n'a pas été convenablement approvisionné depuis des mois. Ton père acceptera rapidement de négocier.

— Tu ne le connais pas. Il ne se rendra jamais à Bruce. Il préférera mourir de faim.

Il ne répondit pas mais, à son air sombre, elle devina qu'il était d'accord avec elle.

— Je dois y aller, annonça-t-il. Je voulais juste te tenir informée. J'essaierai de te faire parvenir des nouvelles régulièrement.

— Tu ne crois tout de même pas que je vais rester ici ?

C'était précisément ce qu'il attendait d'elle. Il dévisagea la femme outrée qui aurait réussi à faire bouillir son sang même vêtue d'un sac de jute. La preuve en était son membre dur qui palpitait contre son bas-ventre. C'était exaspérant.

— Et où comptes-tu aller ? demanda-t-il patiemment.

— Avec toi.

Sous sa tente ? Par tous les saints ! Il réprima un frisson.

— C'est impossible.

— Pourquoi ?

Parce que apparemment, en six ans, sa verge n'avait rien appris.

— Le camp n'est pas une place pour une dame.

— Peut-être, mais il y a bien des femmes, non ?

Avant qu'il ait pu lui expliquer le genre de femmes qu'on trouvait dans les camps de soldats, elle s'approcha pour plaider sa cause. Leurs corps se touchaient presque.

— Je t'en prie, Eoin. Je ne dérangerai personne. Je te jure que je ne t'embarrasserai pas. J'ai changé.

— De quoi parles-tu ? demanda-t-il, perplexe.

Elle baissa les yeux.

— Je ne suis plus la petite ignare que tu as épousée. Je ne parlerai pas à tort et à travers, je ne ferai pas de sottises en déplaçant des pièces d'échecs. Je sais lire et écrire désormais. Je ne ferai pas la course avec tes amis et je ne parierai pas sur qui boira une chope de bière le plus vite. Je n'ai pas porté de culottes d'homme depuis longtemps. Je ne suis plus la créature arriérée et irrévérencieuse que tu devais transformer en épouse convenable.

Eoin était abasourdi. Était-ce ce qu'elle avait pensé ?

— Ce n'est pas ce que…

Fichtre. C'était effectivement ce qu'il avait souhaité, mais il n'avait jamais songé qu'elle en déduirait qu'il avait honte d'elle. Il aurait simplement aimé qu'elle se fasse moins remarquer, qu'elle soit moins scandaleuse, qu'elle ne le lorgne pas comme si elle avait hâte d'être dans un lit avec lui, qu'elle montre un peu de retenue et de décorum. Qu'elle soit davantage comme les autres dames.

Mais s'il voulait une femme comme lady Barbara, pourquoi avait-il épousé Margaret ?

Parce qu'elle était différente. Elle était fraîche, douce et, oui, scandaleuse. Parce qu'elle le faisait rire, le taquinait, le provoquait et le rendait fou de désir. Parce qu'elle entrait dans une pièce comme si elle était chez elle, avec sa chevelure libre et sauvage, et qu'il savait qu'il n'y aurait jamais d'autre femme pour lui.

C'était elle qu'il avait voulue. Pourquoi avait-il tenté de la transformer en une autre ?

Les remords lui nouèrent les tripes.

— Je n'ai jamais eu honte de toi, dit-il sur un ton bourru.

Elle esquissa une moue sceptique.

— C'était il y a longtemps, Eoin. Cela n'a plus d'importance.

Elle voulut s'écarter et, sans se rendre compte de ce qu'il faisait, il glissa une main sous son menton et tourna son visage vers lui.

— Si, c'est important. Je suis sincèrement désolé si c'est ce que tu as ressenti. J'avais cru qu'il serait plus facile pour toi de t'intégrer si tu étais plus…

— Comme tout le monde ? acheva-t-elle pour lui.

Il acquiesça, gêné.

— Tu n'as pas à t'excuser, Eoin. Mais, s'il te plaît, emmène-moi avec toi. Je ne peux pas rester ici sans savoir ce qu'il se passe. J'ai besoin d'être sur place. Je te promets que tu ne te rendras même pas compte de ma présence.

Comme si c'était possible ! Il avait toujours été beaucoup trop conscient de sa présence. Néanmoins, il comprenait son angoisse. Elle s'inquiétait pour son fils.

Elle le sentit hésiter.

— Je peux vous être utile, insista-t-elle. Je connais le château et je sais comment raisonner mon père. Je pourrais vous aider à faire sortir Eachann, j'en suis sûre.

— Ta présence n'est pas désirée, Margaret. Elle ne ferait que compliquer encore la situation.

Elle se méprit sur le sens de ses paroles et baissa les yeux.

— Je sais que tu ne veux pas de moi. Tu m'as clairement exprimé tes sentiments à mon égard. Je ne me mêlerai pas de ta vie. S'il y a une autre femme dans ta tente, je dormirai dehors pour vous laisser votre intimité.

Il ne lui devait aucune explication. Après tout, c'était elle qui avait été sur le point d'en épouser un autre.

Il n'aurait pas dû se soucier de ce qu'elle pensait. De fait, tout aurait été plus facile s'il avait vraiment eu une autre femme l'attendant dans sa tente.

Toutefois, ce n'était pas lui qui ne désirait pas sa présence au camp, mais les autres. Trop de gens savaient ce qu'elle avait fait. Ses frères d'armes, le roi, ses conseillers. Elle était la fille de Dugald MacDowell, et donc l'ennemi.

Il durcit ses traits, refusant de se laisser fléchir.

— Tu resteras ici pour le moment. Je te ferai parvenir un message dès qu'il y aura du nouveau.

— Mais…

— Je ne te demande pas ton avis, Margaret, l'interrompit-il.

Ses yeux dorés s'embrasèrent. Elle se redressa de toute sa hauteur.

— Apparemment, toutes ces années d'entraînement t'ont transformé en tyran. Tu n'as aucun droit de me donner des ordres.

— Ah non ? Je te rappelle que je suis toujours ton mari.

Il marqua une légère pause avant d'ajouter avec un air entendu :

— Pour l'instant.

— Un fait que tu sembles avoir oublié pendant six ans parce que cela t'arrangeait.

Malheureusement pour lui, il n'avait jamais pu l'oublier. Ce n'était pas le moment de faiblir. Se trouver avec elle minait ses résolutions. Il devait se souvenir qu'il la haïssait.

Il l'avait considérée comme une garce pendant six ans. Cependant, après avoir entendu ses explications, la situation ne lui apparaissait plus aussi tranchée qu'il l'aurait aimé. Elle ne l'avait pas trahi intentionnellement. Elle n'avait pas révélé sa présence à son père pour se venger. Elle n'avait pas voulu qu'il soit capturé ou tué. Le savoir émoussait sa colère et sa haine.

D'ailleurs, ce qu'il ressentait à présent n'était pas de la haine, même si l'émotion était aussi intense et aussi ardente. Six ans ou soixante, cela ne ferait probablement aucune différence : il la désirerait toujours.

Il lui lança un regard noir pour cacher son trouble.

— Je n'ai pas été le premier à l'oublier. Pour une fois, tâche de te souvenir que tu es mariée et fais ce que je te dis.

Préférant ne pas entendre sa réponse, qui promettait d'être incendiaire, il tourna les talons et déguerpit.

Finalement, ce n'était peut-être pas une si bonne idée. Consciente des regards sur elle, Margaret resserra le col de sa cape autour de son cou. Elle regrettait de ne pas avoir de capuche. Son voile en tulle doré ne cachait pas assez sa longue chevelure rousse.

Elle n'aurait peut-être pas dû changer de tenue ? Son habit de religieuse en aurait découragé plus d'un. Toutefois, quand le paquet était arrivé la veille au couvent, elle avait supposé que la robe et le voile étaient un présent de son mari, une manière de s'excuser pour son ton autoritaire quelques jours plus tôt.

Enfin, peut-être pas une excuse. Il avait paru bien trop sûr de lui dans son rôle de « seigneur et maître ». Mais cela lui fournissait néanmoins un bon prétexte pour venir le trouver.

Comment était-il parvenu à se procurer une aussi belle toilette en si peu de temps ? Elle aurait presque cru que la robe en velours vert mousse ornée de broderies au fil d'or avait été confectionnée pour elle si elle n'avait été un tantinet trop étroite au niveau de la poitrine et des hanches.

Quoi qu'il en soit, la moindre des choses était de porter son cadeau, surtout qu'il ne serait pas ravi de la voir. Mais s'il s'imaginait qu'elle allait rester sagement et passivement dans son coin...

Elle serra les poings en se souvenant de son ordre impérieux de rester au couvent. Elle n'avait pas changé à ce point.

Elle n'avait pas prévu qu'il serait si difficile de le trouver. Le camp était beaucoup plus grand que ce qu'elle avait pensé. Des centaines d'hommes s'étaient rassemblés pour le siège, transformant la lande autour du château de Dumfries en un village improvisé de tentes, de carrioles, d'étals, de cuisines et d'enclos pour le bétail et les chevaux.

Elle se faufila à travers la cohue, bravant une foule de soldats à la mine patibulaire. Son premier réflexe aurait été de baisser les yeux et d'éviter de croiser leurs regards, mais elle savait qu'il ne fallait pas montrer de faiblesse. Aussi avançait-elle la tête haute et le dos droit, s'efforçant de ne pas remarquer les regards lascifs ni les commentaires salaces sur son passage. Eoin l'avait prévenue. L'attitude des hommes indiquait clairement quel genre de femmes fréquentait les camps militaires.

Les hommes de Bruce étaient connus pour être de vrais brigands et elle devait reconnaître qu'ils étaient à la hauteur de leur réputation. La plupart ne semblaient pas avoir vu un rasoir ou une baignoire depuis des mois, et s'ils fréquentaient les barbiers, ce devait être pour faire recoudre leurs plaies plutôt que pour profiter de leurs ciseaux. Leurs traits durs et austères, striés de cicatrices, étaient à moitié cachés par des barbes hirsutes et de longs cheveux gras. Ils étaient massifs, rendus encore plus imposants par l'abondance d'armures et d'armes qui les entouraient. Apparemment, elle était arrivée à l'heure où ils entretenaient leurs armes. Bon nombre d'entre eux étaient assis devant leurs tentes, affûtant ou nettoyant toutes sortes d'épées, de haches, de piques et de masses.

Si elle avait su, elle aurait choisi de venir à l'heure de la sieste.

En vérité, ils n'étaient pas très différents des guerriers de son père, à la nuance près que ces derniers la connaissaient tous et ne se seraient jamais permis de la reluquer avec une telle grossièreté.

Elle avait hâte de trouver les tentes des supérieurs. Quand elle avait rencontré Eoin, il n'était encore qu'un simple homme d'armes au service de son clan, mais elle ne doutait pas qu'il avait rapidement grimpé dans la hiérarchie au fil des ans. Même son père avait été conscient de son potentiel. Ce genre de détail avait toujours été important pour lui, peut-être même était-ce tout ce qui lui importait.

Ayant aperçu des tentes plus grandes en lisière du camp, elle s'avançait dans cette direction quand un bras s'enroula autour de sa taille par-derrière. Elle se retrouva plaquée contre un corps dur revêtu d'une cotte de mailles. En se contorsionnant, elle aperçut brièvement le visage buriné d'un guerrier brun et râblé. Il dégageait une forte odeur âcre et écœurante de vieille sueur mâle.

Une haleine chaude chargée de bière lui souffla dans l'oreille.

— Pas si vite, ma cocotte. Dis donc, t'es un sacré beau brin !

Bonté divine, il était complètement ivre ! Elle sentit sa main remonter vers sa poitrine. Elle se débattit, mais il parvint à lui pincer un sein.

— Malcolm et moi, on aurait besoin d'un peu de compagnie. Pas vrai, Malcolm ?

Un autre soldat, plus grand et plus mince, se planta devant elle. Il était aussi débraillé que son camarade et il lui manquait quelques dents, mais il sentait moins fort. À moins que la pestilence de l'autre n'étouffe tout le reste. L'estomac de Margaret se retourna ; elle risquait de rendre ses tripes si elle n'inspirait pas une bouffée d'air frais rapidement.

— Ma foi, je dirais pas non, opina Malcolm en la regardant de haut en bas. Ça fait un bail qu'on n'a pas vu un morceau de choix comme toi. Regarde un peu la taille de ces nibards !

Son regard s'était arrêté sur sa poitrine qui, grâce au tripotage de son camarade, n'était plus cachée sous la cape. Sa nouvelle robe au corsage trop serré mettait ses seins un peu trop en évidence.

Il fronça les sourcils.

— Dis donc, c'est une belle robe pour une putain.

— C'est parce que je n'en suis pas une, rétorqua Margaret. Lâchez-moi !

Elle envoyait des coups de coude dans les côtes de celui qui la tenait, ce qui revenait à tenter de cabosser une coque en acier.

— Que se passe-t-il ? demanda une voix grave. Cette jeune femme n'a pas l'air intéressée, capitaine.

— Ne te mêle pas de ça, MacGowan. Ça ne te regarde pas.

— Maintenant, si.

L'homme s'était approché et vint se placer entre Malcolm et celui qu'il avait appelé capitaine. Margaret avait vu son lot de beaux hommes dans sa vie, mais elle fut néanmoins impressionnée. Si elle n'avait eu un faible très marqué pour les blonds aux yeux bleu nuit et à l'air taciturne, celui-ci aurait pu la faire changer d'avis. Les cheveux bruns presque noirs, les yeux bleu acier, l'air dangereux, il était légèrement plus grand qu'Eoin et aussi musclé. Il avait le genre de beauté qui inspirait toutes sortes de pensées indécentes. À en juger par sa carrure, il devait également être redoutable sur un champ de bataille.

— Laissez-la partir, capitaine.

— Tu oublies à qui tu t'adresses, MacGowan. C'est moi qui te donne des ordres et pas l'inverse. Dégage avant que je te fasse mettre au pilori ou fouetter pour insubordination.

MacGowan se tourna vers Margaret.

— Vous êtes consentante ?

— Certainement pas !

Il fronça les sourcils, remarquant dans sa voix et son allure quelque chose qui avait échappé aux deux rustres avinés.

— Comment vous appelez-vous, ma dame ?

Elle allait fièrement rétorquer qu'elle était Margaret MacDowell, fille du chef MacDowell, puis se ravisa. Ce n'était pas le meilleur public pour cette information.

— Je suis l'épouse d'Eoin MacLean, répondit-elle.

Le capitaine la lâcha brusquement en la faisant tituber en avant.

— MacLean n'est pas marié, observa-t-il.

MacGowan dut percevoir l'incertitude dans sa voix car il lança :

— Je l'espère pour vous !

Le teint de Malcolm avait viré au grisâtre.

— On est désolés, milady. C'était un malentendu.

Margaret aurait filé sans demander son reste si le capitaine n'avait décidé de défouler sa frustration sur son sauveur. Sans prévenir, il lui envoya son poing dans la mâchoire, suivi d'un autre coup dans les côtes, puis d'un troisième. Tout en frappant, il marmonnait des phrases à peine compréhensibles où il était question de « savoir rester à sa place » et de « cul-terreux ».

Constatant que MacGowan ne se défendait pas, elle voulut s'interposer. Malheureusement, le capitaine était trop furieux, trop belliqueux ou trop saoul pour se rendre compte que son poing ne fusait pas vers l'épaule du jeune guerrier mais droit vers le visage de Margaret.

Elle sentit sa tête partir en arrière tandis que la douleur explosait dans son crâne. La dernière chose qu'elle entendit avant de s'effondrer et d'être engloutie par les ténèbres fut un puissant rugissement.

19

Un tapage à l'extérieur interrompit la réunion.

Édouard de Bruce poussa un soupir agacé et se tourna vers son écuyer.

— Va voir ce qui se passe.

Le jeune homme courut hors de la tente et Eoin tenta de reprendre le fil de la conversation. Des quatre frères du roi, Édouard était le seul encore en vie et le seul qu'Eoin n'aimait pas. Après avoir combattu à ses côtés durant cinq ans, son antipathie n'avait fait que croître.

Bruce l'avait chargé de pacifier le Sud séditieux et les Marches, assisté par sir James Douglas et sir Thomas Randolph, ainsi que par quatre membres de la Garde des Highlands : Eoin, Lamont, Boyd et, avant qu'il ne déserte pour rejoindre l'ennemi, Seton. Bien que ces derniers soient parfois appelés ailleurs pour diverses missions, Eoin avait passé le plus clair de son temps dans le Sud avec Édouard depuis leur retour en Écosse.

Au meilleur de sa forme, Édouard était arrogant, pédant, impétueux et lunatique. Il était à la fois farouchement loyal à son frère et profondément jaloux de lui. Il était incapable d'inspirer à ses hommes la même dévotion que Bruce inspirait aux siens. Il n'était pas difficile de comprendre pourquoi : il n'avait pas la moitié des qualités de chef de son frère. Il n'aimait pas recevoir de conseils et tirait toujours la couverture à lui, ce qui entraînait régulièrement des tensions avec les membres de la Garde... comme en ce moment.

— Nous pouvons nous infiltrer dans le château, répéta Eoin en s'efforçant de rester calme. Que risque-t-on à essayer ?

— Vous risquez de vous faire tuer. Que dirait mon frère si j'ordonnais une mission qui nous coûtait certains de ses chers guerriers d'élite ? Non. Nous maintenons le siège. MacDowell ne pourra plus tenir longtemps. Grâce à toi et à tes frères d'armes, le château n'est plus approvisionné depuis des mois.

Eoin était à bout de patience. Édouard se souciait comme d'une guigne qu'ils soient tués, il voulait être celui qui capturerait MacDowell. Il avait à peine caché sa joie lorsqu'ils étaient rentrés d'Angleterre sans lui.

Sauf qu'il ne s'agissait plus uniquement de MacDowell.

— Mon fils se trouve dans ce château.

Édouard se raidit, n'appréciant guère le ton presque menaçant d'Eoin.

— C'est fâcheux, répondit-il. Mais je suis sûr qu'il ne lui arrivera rien. Après tout, c'est le petit-fils de MacDowell.

Son mépris était patent. Édouard ne laisserait jamais Eoin oublier que son épouse et sa belle-famille étaient responsables de la mort de ses deux frères. Eoin ne lui avait jamais reproché ce sentiment mais, depuis peu, cela le hérissait. Ils auraient probablement eu un échange de mots acerbes si l'écuyer n'était pas revenu à ce moment-là.

— C'est une bagarre, milord, rapporta-t-il. Le capitaine et un de vos hommes d'armes se battent à cause d'une fille.

— Une fille ? demanda Édouard.

— Oui, milord. Une très belle rouquine.

Le sang d'Eoin se figea. Les belles rousses ne manquaient pas, mais il savait déjà que c'était elle. Il s'était plus ou moins attendu à ce qu'elle lui désobéisse. De fait, il était surpris qu'elle ait attendu trois jours.

Les ennuis commencent.

Il sortit de la tente sans un mot. Dès qu'il fut à l'extérieur, il les entendit. Mais ce fut surtout ce qu'il vit qui le cloua au sol. C'était bien Margaret, au beau milieu d'une rixe. La fureur le prit. Que fabriquait-elle ? Elle allait se faire tuer !

Il vit le poing de l'homme partir, mais il était trop loin pour pouvoir l'arrêter. Il ne put qu'éructer un rugissement sauvage tandis que Margaret volait en arrière sous l'impact du coup dans sa mâchoire.

Elle ne bougeait plus.

Eoin bondit. Il ne pouvait plus penser. Un voile rouge s'abattit devant ses yeux. À l'instar de ses ancêtres vikings, il se transforma en *berserk* pris d'une fureur sacrée. Il se rua sur le capitaine et le roua de coups qui l'auraient tué si Boyd, Lamont et Douglas n'étaient intervenus pour le retenir.

Il fallut trois hommes.

— Qu'est-ce que c'est que ce cirque, MacGowan ? demanda Douglas.

À son ton mordant, il était clair qu'il n'appréciait pas le jeune guerrier brun.

Le voile rouge commença à se déchirer et l'esprit d'Eoin s'éclaircit peu à peu. Il comprit vaguement que MacGowan s'était battu avec le capitaine. À présent, il aidait Margaret à se redresser. Il le trouvait un peu trop attentionné et partageait un peu de l'animosité de Douglas.

Toutefois, Margaret ne regardait pas le jeune guerrier. Elle dévisageait Eoin. Elle paraissait inquiète pour lui.

— Je n'ai rien, murmura-t-elle.

Eoin pinça les lèvres. Elle n'avait pas rien. Il pouvait voir l'ecchymose qui se formait déjà sur le bas de sa joue. Bon sang, elle aurait pu être tuée !

Il serra les poings. Elle dut craindre qu'il achève le capitaine car elle insista :

— Ce n'était qu'un malentendu, Eoin.

— Quelqu'un va-t-il enfin m'expliquer ce qui se passe ici ? tonna Édouard de Bruce. Qui est cette femme ?

— Mon épouse, déclara aussitôt Eoin.

Il savait déjà ce que cette réponse allait provoquer.

Édouard de Bruce devint livide. Il lança un regard haineux vers Margaret avant de se tourner à nouveau vers Eoin.

— Que fait-elle ici ? Tu as perdu la tête ? Comment as-tu pu introduire une espionne dans notre camp ?

Margaret se leva en chancelant. Eoin voulut s'élancer vers elle, mais MacGowan la soutint.

— Je ne suis pas une espionne, répondit-elle. Je suis ici pour faire libérer mon fils.

Édouard ne l'écouta pas. Il fusilla Eoin du regard.

— Emmène cette garce loin d'ici. Elle est responsable de la mort de mes frères. C'est une putain de MacDowell !

Il ne disait rien qu'Eoin n'ait pensé des centaines de fois au cours des six dernières années, mais l'entendre de la bouche d'un autre, surtout de celle d'Édouard de Bruce, était intolérable. Il ne pouvait laisser passer un tel affront.

Il avança d'un pas, l'air menaçant.

— Elle est également ma femme et, tant qu'elle le restera, vous la traiterez avec le respect qui lui est dû. Ce qui s'est passé n'était pas sa faute. Elle a commis une erreur, mais elle n'a jamais eu l'intention de nous trahir. S'il vous faut un coupable, choisissez-moi plutôt.

À voir la mine d'Édouard, c'était déjà le cas. Néanmoins, il avait déjà vu Eoin se battre et eut le bon sens de ne pas insister. Ou plutôt, Douglas parvint à détourner son attention en s'en prenant de nouveau à MacGowan.

— Tu vas te décider à dire ce qui s'est passé ? Tu sais que je pourrais te faire punir pour avoir frappé un supérieur ? Carrick devrait peut-être te renvoyer d'où tu viens ?

— Ne te mêle pas de ça, Jamie, répondit MacGowan. En outre, je croyais que tu étais content de me savoir loin de Douglas.

Eoin n'avait encore jamais entendu quelqu'un appeler sir James « Jamie ».

Douglas serra les poings. Il paraissait sur le point de le frapper quand Édouard intervint.

— Laisse-le tranquille, Douglas. MacGowan est un de mes hommes et un bon soldat. Je me moque de votre passé. Ne t'occupe pas de ça.

Il se tourna vers MacGowan.

— Néanmoins, dans ce cas précis, je suis d'accord. J'espère que tu as une bonne excuse.

— Il en a une, déclara Margaret. Il me protégeait.

— De quoi ?

Elle se mordit la lèvre et rosit légèrement.

— Ces hommes m'ont prise pour quelqu'un d'autre. MacGowan est intervenu pour corriger leur erreur et le capitaine en a pris ombrage. MacGowan ne se défendant pas – je suppose qu'il respectait un protocole voulant qu'on ne frappe pas un commandant –, j'ai voulu m'interposer et j'ai reçu le coup à sa place. Ce n'est qu'ensuite qu'il a frappé le capitaine. J'espère qu'il ne sera pas puni par ma faute.

Ils avaient tous compris pour qui on l'avait prise. Eoin aurait été furieux s'il n'avait été aussi fier. Après les insultes d'Édouard quelques instants plus tôt, il ne pouvait qu'admirer le naturel et l'aplomb avec lesquels elle tenait tête à son détracteur.

Même Édouard fut pris de court. Comme son frère, il avait baigné dans l'esprit de chevalerie toute sa vie.

— Je ne punirai pas un homme pour avoir défendu l'honneur d'une femme… qui qu'elle soit, déclara-t-il.

Margaret ne sourcilla pas, contrairement à Eoin. Elle afficha un sourire radieux.

— Dans ce cas, oublions cet incident, répondit-elle.

Elle sentit les yeux d'Eoin sur elle. Leurs regards se croisèrent. Quand elle se mordit à nouveau la lèvre, il sut qu'elle avait reçu son message : il n'était pas près de tirer un trait sur cette affaire.

Margaret se répéta que cela ne voulait rien dire, mais comment pouvait-elle ignorer ce qu'il avait fait ? Il était venu à son secours. Non seulement il avait presque tué cet horrible capitaine pour l'avoir frappée (elle avait jugé plus prudent de ne pas mentionner ses attouchements ; cette brute l'avait suffisamment payé avec ses os brisés et ses contusions), mais il avait également dit à Édouard de Bruce qu'elle n'était pas responsable.

Le pensait-il vraiment ?

Malheureusement, elle savait qu'elle aurait des comptes à rendre avant de le découvrir. Son calme tandis qu'il la conduisait vers sa tente ne présageait rien de bon. Un orage grondait. Étrangement, cela l'excitait plus qu'autre chose.

Dès qu'il eut fermé le rabat derrière eux, il attaqua :

— Qu'est-ce qui t'a pris de venir ici seule ?

— J'ai cru que tu avais changé d'avis.

— Tu as cru *quoi* ?

Elle grimaça en l'entendant crier.

— Tu ne braillais pas autant autrefois.

Aux lignes blanches qui se formaient autour de ses lèvres, elle sentit qu'il commençait à perdre patience.

— J'aimerais pouvoir dire qu'autrefois tu me causais moins d'ennuis, mais ce ne serait pas vrai, n'est-ce pas ? répliqua-t-il.

— Sans doute, répondit-elle en souriant malgré elle. Quoique, pour ta gouverne, j'en cause beaucoup moins qu'avant.

Il fit une moue sceptique.

— Qu'est-ce qui a bien pu te faire croire que j'avais changé d'avis ?

Elle écarta les pans de sa cape pour lui montrer sa toilette.

— Mais cette belle robe, pardi ! J'ai pensé que c'était ta façon de t'excuser d'avoir été aussi têt... despotique.

Il n'apprécia pas plus cette épithète que celle qu'elle avait ravalée.

— Tu sais très bien que ce n'était pas pour m'excuser.

— Ah non ? dit-elle en feignant la surprise. Ç'aurait pourtant été justifié.

Elle lui lança un regard de biais.

— Tout va bien ? Tu as l'air un peu tendu.

En le voyant frémir, elle regretta presque de l'asticoter ainsi. Mais elle ne s'était pas autant amusée depuis... depuis les premiers jours de leur mariage.

— J'aurais dû te laisser habillée en nonne, grommela-t-il. Tu n'aurais pas attiré tous les hommes à la ronde tels des chiens en rut.

— Peut-être.

Il n'y avait qu'un homme dont elle voulait ce genre d'attention, et il ne voulait plus d'elle.

Ou si ? Vu comme il semblait avoir du mal à se contenir, on pouvait se poser la question.

— Je te ramène au couvent, annonça-t-il.

— Je reviendrai. Tu devras leur demander de m'enfermer à clef.

— Ne me tente pas.

Tout en parlant, elle lançait des regards autour d'elle, craignant ce qu'elle verrait. Quand elle ne constata aucune trace de présence féminine, elle fut soulagée.

Le décor était on ne peut plus simple. De chaque côté se trouvait un lit de camp en bois recouvert de quelques plaids et de peaux de bêtes. Dans un coin, qu'elle supposa être celui d'Eoin, un bureau était jonché de rouleaux de parchemin. Outre deux malles, il y avait quelques tabourets, plusieurs lampes à huile et un brasero. Rien d'autre.

Lady Rignach aurait été horrifiée.

— Tu ne partages pas ta tente avec une femme ?

Elle ne pensait pas qu'il répondrait mais, après un long silence, il fit non de la tête.

— Non, avec Lamont.

— Alors laisse-moi rester, Eoin. S'il te plaît. Je te promets de ne pas te déranger. Je pourrais t'aider.

Elle se rendit compte qu'elle le touchait en le voyant baisser les yeux vers sa main.

— Comment ? demanda-t-il.

— Laisse-moi parler à mon père. Je le convaincrai de laisser partir Eachann.

— Absolument pas. C'est trop dangereux.

— Mon père ne me ferait jamais aucun mal.

— Il est aux abois. Il est probablement capable de tout.

Il était sans doute trop tôt pour pousser Eoin dans ses derniers retranchements, mais l'occasion était trop tentante.

— Je ne pensais pas que ma sécurité t'importait autant. Après tout, ce serait un bon moyen de te débarrasser de moi.

Elle vit un muscle tressauter sur son cou, une réaction viscérale, même s'il s'efforça de le cacher.

— Je pense surtout au danger pour le garçon.

— Oui, bien sûr.

Elle ne le croyait pas. Il se souciait d'elle, au moins un peu, même si c'était à son corps défendant.

Elle avait de bonnes raisons de rester, à plus d'un titre.

— Je t'en prie, Eoin. Tu ne peux pas me renvoyer au couvent.

Il resta silencieux un moment, l'étudiant attentivement.

— Si j'étais malin, c'est ce que je ferais.

Elle sentit poindre une lueur d'espoir.

— Mais... ? demanda-t-elle.

— Va savoir dans quel pétrin tu vas encore te fourrer si je ne te surveille pas de près.

Sans réfléchir, elle se jeta à son cou.

— Oh, Eoin ! Merci !

Dès qu'il la sentit contre lui, Eoin sut qu'il avait commis une erreur. Comment diable allait-il pouvoir partager une tente avec elle sans la toucher, l'embrasser, lui faire l'amour, alors que toutes les fibres de son corps le réclamaient ? Non, il avait déjà emprunté ce chemin-là. Il ne pouvait pas la laisser lui embrouiller l'esprit.

Il l'écarta délicatement.

— Nous allons devoir instaurer quelques règles.

Elle battit des paupières.

— Des règles ?

— Parfaitement. Tu ne te mêleras pas de mes affaires, tu ne fouineras pas, tu feras tout ce que je te dirai et tu ne te jetteras pas sur moi. Je t'ai déjà dit que les rousses ne m'intéressent plus.

— Je ne me suis pas jetée sur toi ! s'indigna-t-elle.

Elle plissa les yeux et baissa le regard vers une partie de son anatomie qui contredisait son affirmation.

— Et tu ne m'as pas paru si désintéressé, ajouta-t-elle sournoisement.

Il se crispa.

— J'entends les religieuses qui t'appellent, Margaret.

Elle semblait avoir envie de lui lancer un objet à travers la figure, mais, pour une fois, la retenue l'emporta. Son sourire était bien trop charmant pour être honnête.

— Je promets de ne plus me « jeter » sur toi, de ne pas me mêler de tes affaires et de ne pas fouiner. Je serai la parfaite épouse docile et ferai tout ce que tu me demanderas.

Il ne la croyait pas une seconde, mais il sourit néanmoins en sachant l'effort que cela lui avait coûté.

— Dans ce cas, bienvenue dans ton nouveau logis. J'enverrai chercher tes affaires au couvent.

— Ce n'est pas la peine. Je ne porterai plus la robe dans laquelle je suis venue et je n'avais rien d'autre avec moi.

— Dans ce cas, dresse-moi une liste de ce dont tu as besoin et j'enverrai quelqu'un en ville pour te le procurer.

— Je n'ai pas d'argent avec moi, uniquement ce que j'avais préparé pour la quête à l'église.

— Je m'en occupe.

— Merci, je te rembourserai.

Elle pouvait toujours courir !

Elle regarda autour d'elle.

— Où dormirai-je ?

Il lui montra le lit sur la droite. Il prendrait celui de Lamont. Il préférait ne pas analyser ses raisons de ne pas vouloir qu'elle dorme dans le lit de son partenaire.

— Et où dormira ton ami ? s'inquiéta-t-elle.

— Il se trouvera une place dans une autre tente.

Elle prit un air navré.

— Je ne voulais pas le chasser de son lit.

— Lamont n'y verra pas d'objection, la rassura-t-il. J'en fais autant quand sa femme l'accompagne.

— Il est marié ?

— Tu as l'air surprise.

— C'est que… il n'est pas très loquace.

Il ne put s'empêcher de sourire en pensant à l'épouse de Lamont, Janet de Mar. Un vrai moulin à paroles.

— Sa femme parle pour deux. Quand tu la rencontreras…

Il s'interrompit en se souvenant que c'était très peu probable. « … *Que nos chemins se séparent définitivement*. » C'était ce qu'il voulait.

Il y eut une pause gênée au cours de laquelle il perçut la blessure dans les yeux de Margaret. Ce fut elle qui brisa le silence.

— Tu as eu des nouvelles d'Eachann ?

— Aucune.

— Comment projettes-tu de le faire évader ?

Il la regarda, surpris.

— Qu'est-ce qui te fait croire que j'ai un plan ?

Elle leva les yeux au ciel.

— Je sais comment tu fonctionnes. Tu as toujours un plan.

— Peut-être, mais cette fois, il ne me servira pas à grand-chose, dit-il sans cacher son amertume. Carrick l'a rejeté.

— En quoi consistait-il ?

Il ne répondit pas. Il ne pouvait rien lui confier. Ce n'était pas uniquement parce qu'il ne lui faisait pas confiance, mais également parce que, moins il parlait de la Garde, mieux cela valait. La récente révélation de l'identité de MacGregor, ainsi que l'enlèvement de sa fiancée par les Anglais, leur avait rappelé à tous l'importance de rester anonymes.

Il ne voulait pas qu'elle pose trop de questions, ce qui ne manquerait pas de se produire s'il lui parlait d'un petit groupe de guerriers hautement qualifiés se préparant à attaquer furtivement toute une garnison.

Garder le secret serait encore plus difficile une fois Bruce et le reste de la Garde dans le camp. Enfin, le reste de la Garde à l'exception de MacGregor. Le guerrier réputé être le plus bel homme d'Écosse semblait avoir quelques difficultés avec sa fiancée. Habitué à voir toutes les femmes se jeter au cou du célèbre archer, Eoin était curieux de rencontrer celle qui avait dompté l'indomptable.

Quand il avait accepté que Margaret reste dans le camp, il n'avait pas pensé à l'arrivée imminente de ses frères d'armes. Elle était trop observatrice. Cela rendrait la situation encore plus compliquée qu'elle ne l'était déjà.

— Je préfère ne rien dire, répondit-il enfin. Mais j'aurai peut-être plus de chance quand le roi sera là.

Elle cligna des yeux. Ils lui semblèrent un peu humides et il sentit sa poitrine se serrer.

— Je comprends, dit-elle doucement. Quand l'attends-tu ?

— Bientôt.

Elle hocha la tête et baissa les yeux. Elle paraissait tellement abattue qu'il fut à un cheveu de tendre la main vers elle avant de se reprendre.

Bigre. Pourquoi fallait-il qu'il se comporte comme un idiot quand elle était là ? Où étaient passées sa rage et son amertume alors qu'il en avait plus que jamais besoin ? Sans elles, il était vulnérable.

Il n'oublierait jamais ce qui s'était passé. Le loch Ryan se dresserait toujours entre eux. Elle n'était pas la garce traîtresse qu'il avait pensé, mais son erreur, leurs erreurs lui avaient coûté trop cher.

Néanmoins, il avait sérieusement intérêt à retrouver son sang-froid. Autrement, les jours à venir seraient un supplice.

20

« Supplice » était un euphémisme. Même s'il trouvait toutes les excuses imaginables pour rester à l'écart, chaque fois qu'il entrait sous sa tente et la voyait, ou percevait des effluves de la concoction florale dans laquelle elle avait décidé de s'immerger ce jour-là, sa détermination en prenait un coup.

Deux jours plus tôt, il avait commis l'erreur de repasser dans sa tente après le petit-déjeuner et l'avait trouvée dans son bain. Elle avait convaincu le jeune palefrenier qui lui servait d'écuyer d'« emprunter » une cuve en bois quelque part. Cette dernière ne cachait pas grand-chose de sa personne et, avant de tourner les talons et de fuir, il avait aperçu une étendue de chair laiteuse qui ne cessait de le hanter depuis, nuit *et* jour.

Il avait du mal à se souvenir pourquoi il ne devait pas la toucher. Une petite voix sournoise lui chuchotait qu'il pouvait bien l'avoir, et la laisser ensuite.

Ce n'était que de la luxure, rien de plus. Les émotions n'avaient pas à intervenir. Au bout de six ans, ne l'avait-il pas mérité ?

Heureusement, la raison l'emportait toujours, lui rappelant que cela ne ferait que compliquer les choses entre eux.

Faire annuler le mariage n'était plus envisageable. Son fils ne serait pas un bâtard. Cela ne lui laissait que l'option complexe d'un divorce. Il serait difficile à obtenir et pourrait prendre des années, mais il ne voyait pas d'autre solution. Pas s'il voulait se débarrasser d'elle. Ce qui était le cas, non ? Il n'avait pensé qu'à ça pendant six ans.

Mais la revoir…

C'était plus difficile qu'il ne l'aurait cru. Et l'existence d'Eachann rendait la situation doublement compliquée. Il voulait connaître son fils, mais il ne pouvait l'enlever à sa mère.

Lorsque Bruce et le reste de la Garde arrivèrent enfin après trois jours de torture, Eoin était à cran. Son humeur était plus noire que jamais. Même Lamont l'évitait.

Il trépignait d'impatience, voulant mettre son plan à exécution. Plus vite le siège serait levé, plus vite son fils serait libéré, plus vite il serait débarrassé de cette femme qui le rendait fou.

Bien qu'Édouard ait parlé à son frère le premier et que Bruce ait été furieux d'apprendre la présence de Margaret dans le camp, Eoin parvint à le convaincre de laisser la Garde user de subterfuge pour prendre le château. Après des victoires similaires à Douglas, Linlithgow et Perth, le roi avait confiance dans le jugement de ses guerriers d'élite. Bruce n'aimait pas les longs sièges et était aussi pressé qu'Eoin de voir Dumfries tomber. Il faudrait ensuite prendre les autres châteaux de Galloway avant d'attaquer enfin les morceaux de choix : Stirling, Édimbourg et Roxburgh. En perdant ces dernières forteresses, les Anglais perdraient leur emprise sur l'Écosse et tout le royaume serait à lui.

Mais, avant tout, il fallait en finir avec l'emprise de MacDowell sur le Galloway. Le plan d'Eoin était relativement simple et il ne leur fallut pas longtemps pour en peaufiner les détails. Margaret lui avait fourni des informations supplémentaires sur le château.

Peu de temps après, les guerriers quittèrent la tente du roi pour dîner et se reposer avant leur expédition nocturne. Outre neuf des dix Gardes des Highlands – MacLeod, MacSorley, Campbell, MacRuairi, MacKay, Sutherland, Lamont, Boyd et Eoin –, Douglas et Randolph seraient de la partie.

Eoin marchait avec Douglas lorsqu'il entendit MacSorley siffler.

— Sapristi, Frappeur, c'est elle ?

Eoin suivit son regard et se raidit en apercevant les tresses rousses sur lesquelles le coucher de soleil faisait danser des reflets d'or et de cuivre. Ce n'était pas sa tête nue qui lui avait figé le sang, mais son tête-à-tête avec un guerrier brun accroupi à côté d'elle.

— Oui, confirma-t-il. C'est bien elle.

Pour une fois, le marin toujours prompt à lancer une boutade ne plaisantait pas. Le regard qu'il lança à Eoin était même empreint de compassion.

— Décidément, les apparences sont trompeuses. On a du mal à croire qu'elle a envoyé tant d'hommes à leur mort.

Eoin résista à la tentation de la défendre. Ses amis ne comprendraient pas. De fait, même lui n'était pas sûr de saisir.

— Avec qui est-elle ? demanda Boyd. Sa tête me dit quelque chose.

— Thom MacGowan, répondit Douglas d'une voix grinçante.

— L'ami d'enfance dont ta sœur a parlé à ma femme ? s'étonna Boyd.

Peu d'hommes oseraient adresser un regard cinglant au guerrier réputé le plus fort d'Écosse, mais James Douglas « le Noir » n'avait peur de rien.

— Oui, c'est le fils du forgeron de notre village. Nous nous fréquentions avant que je parte faire mon apprentissage chez Lamberton, mais ce n'est certainement plus un ami, ni pour moi ni pour ma sœur.

Son ton virulent révélait plus qu'il n'en avait l'intention. Eoin devina que sa sœur, Elizabeth, était pour quelque chose dans son animosité envers le jeune homme.

— Le fils d'un forgeron ? s'étonna Randolph. Comment est-il devenu un homme d'armes d'Édouard ?

— Thom n'a jamais su rester à sa place, grommela Douglas.

Il s'interrompit puis ajouta au bout de quelques instants :

— Sa mère était la fille d'un chevalier. Je crois qu'elle lui a laissé un peu d'argent à sa mort.

Eoin se souciait comme d'une guigne des origines de MacGowan, il voulait savoir ce qu'il trafiquait encore avec sa femme. Et que faisait-elle hors de la tente ? Il lui avait interdit de se déplacer seule dans le camp. Elle ne devait pas attirer l'attention. Comme si c'était possible ! Elle était toujours le centre de l'attention, pour le meilleur et pour le pire.

Elle dut sentir son œil noir sur elle car elle leva la tête. Leurs regards se rencontrèrent, et un courant puissant et pénétrant passa entre eux.

Elle reçut le message. Elle esquissa une grimace coupable, glissa quelques mots à MacGowan et fila en direction de la tente qu'elle n'aurait jamais dû quitter.

Concentré sur son épouse, Eoin n'avait pas remarqué que le roi s'était approché derrière lui. Ses traits pincés exprimaient sa colère.

— Que fait-elle vraiment ici, Frappeur ?

Eoin perçut la question sous-jacente. Non, une réconciliation n'était pas au programme.

— Comme je vous l'ai dit, elle s'inquiète pour son fils et voudrait nous aider.

— Comme elle a « aidé » à tuer mes frères ?

Eoin le regarda dans les yeux.

— C'était autant ma faute que la sienne.

Bruce ne le contredit pas. Au bout de quelques instants, il se ressaisit. Il redevint le roi et cessa d'être l'homme qui avait perdu ses frères et d'innombrables amis.

— MacDowell était préparé et savait que nous arrivions, déclara-t-il. Les informations transmises par ta femme n'ont fait que le lui confirmer.

Il marqua une pause et réfléchit avant de reprendre :

— Je suis prêt à admettre qu'elle ne nous a pas trahis intentionnellement, mais je ne lui fais pas confiance pour autant. Souviens-toi de ton serment et veille à ce qu'elle n'apprenne rien qui pourrait mettre en péril notre mission ici. Elle est ta responsabilité, mon cousin.

Ce rappel de leur lien de parenté était sans doute sa manière de s'excuser de lui avoir manifesté sa colère et son ressentiment en dépit de tout ce qu'il avait fait pour sa cause au fil des ans. Ils étaient néanmoins toujours présents. Eoin ne parviendrait jamais à expier sa faute.

Il acquiesça, tout en se demandant si, en ce qui concernait Margaret, il n'avait pas surestimé ses forces.

Margaret s'était attendue à voir son mari faire irruption sous la tente immédiatement. Aussi fut-elle surprise quand la nuit tomba sans qu'il soit apparu.

Il avait été furieux de la trouver avec Thom MacGowan. Elle avait une explication à lui donner, mais encore fallait-il pouvoir lui parler.

Depuis qu'elle s'était installée dans sa tente, elle l'avait à peine vu. Il lui arrivait de passer en coup de vent durant la journée, lui laissant à peine le temps de l'interroger sur le siège. Il avait déplacé ses malles dans une autre tente, et elle supposait qu'il se lavait et s'habillait ailleurs.

Il dormait probablement ailleurs également. La veille, pour le vérifier, elle avait fait semblant de dormir. Il était entré bien après minuit. Il s'était approché si près de son lit qu'elle avait senti l'air froid de la nuit sur sa peau. Elle avait fait un effort surhumain pour ne pas ouvrir les yeux, sachant qu'il l'observait. Il s'était tenu immobile durant de longues minutes jusqu'à ce que sa respiration tremblante ne la trahisse.

Il avait lâché un juron et était ressorti.

Elle avait failli le rappeler mais, pour une fois, elle avait décidé de le laisser en paix. Il était tiraillé par des sentiments contradictoires à son égard et elle craignait qu'un faux pas de sa part ne le fasse basculer. Restait à savoir de quel côté. La renverrait-il ou céderait-il au désir contre lequel il luttait ?

Que voulait-elle ? En vérité, elle ne le savait plus. Elle était, elle aussi, tiraillée par ses propres contradictions. Deux semaines plus tôt, elle s'apprêtait à épouser un autre homme. Un homme pour lequel elle éprouvait une profonde affection même si elle ne l'aimait pas.

Elle n'était plus convaincue que l'amour soit le plus important. Des années plus tôt, elle avait aimé Eoin de tout son cœur et cela n'avait pas suffi. Il ne l'avait jamais laissée entrer dans sa vie. Il ne s'était jamais vraiment engagé envers elle ni envers leur mariage. Il ne lui avait jamais fait confiance.

Dans le cas contraire, le pire aurait pu être évité. S'il lui avait expliqué ce qu'il faisait et quels étaient les enjeux, elle n'aurait rien dit à Brigid. Elle aurait laissé son amie croire qu'elle avait été attaquée sans lui laisser deviner qu'Eoin se trouvait dans les parages.

Elle avait trahi sa confiance et les conséquences avaient été catastrophiques, mais elle avait pris la meilleure décision compte tenu des informations dont elle disposait alors.

Ce fut comme une révélation. Une partie de la culpabilité qui la rongeait depuis des années se dissipa. Ce n'était pas que sa faute. Elle l'avait trahi ce jour-là, mais il l'avait trahie chaque fois qu'il était parti sans rien lui dire. Et plus que jamais en la laissant croire à sa mort pendant six ans.

Elle l'aimait encore et soupçonnait qu'elle l'aimerait toujours, mais cela ne suffisait pas. Elle n'était plus une ingénue de dix-huit ans. Sir John lui avait montré ce que pouvait être un mariage. Il lui avait fait confiance et avait partagé sa vie avec elle. Elle n'accepterait rien de moins.

Mais était-ce seulement possible, alors qu'Eoin lui faisait encore moins confiance qu'avant ?

Elle l'ignorait et avait la ferme intention de le découvrir dès que son fils serait libre.

L'idée de ce que vivait son fils dans ce château assiégé dominait ses pensées. Tant qu'Eachann ne serait pas en sécurité, ses sentiments pour son mari resteraient en arrière-plan.

Elle espérait que l'arrivée de Robert de Bruce les rapprocherait d'une issue et de la libération de son fils. Elle l'avait aperçu plus tôt derrière Eoin. L'ancien comte de Carrick avait changé depuis qu'elle l'avait vu à Stirling, mais elle l'aurait reconnu n'importe où.

Elle peinait à croire tout ce qu'il avait accompli, mais il l'avait payé au prix fort. Il avait perdu trois frères ; sa femme, sa fille et ses sœurs étaient prisonnières des Anglais. L'une d'elles avait même été suspendue dans une cage au sommet d'une tour.

Apprendre l'arrivée de Bruce valait bien le savon qu'Eoin ne manquerait pas de lui passer pour avoir violé une de ses « règles ». Curieuse de savoir ce qu'il se passait, elle s'apprêtait à désobéir à nouveau pour aller à sa recherche quand il daigna enfin l'honorer de sa présence.

Il était vêtu tout de cuir noir et d'acier, harnaché de toutes les armes possibles et imaginables. Son allure sinistre rendait son regard torve d'autant plus efficace et elle devait reconnaître que, pour une fois, elle était intimidée.

Néanmoins, le soupçonnant de l'avoir fait attendre aussi longtemps pour la punir, elle leva fièrement le menton et lui retourna son regard noir. S'il était prêt pour la bagarre, elle aussi.

— Si tu as quelque chose à dire, dis-le, déclara-t-elle.

— Qu'est-ce qui te fait penser que j'ai quelque chose à dire, Margaret ? Serait-ce parce que je t'avais clairement demandé de ne pas quitter la tente et que je t'ai trouvée batifolant dans le camp avec MacGowan ?

Il avait pratiquement craché le nom du jeune guerrier.

— Je ne « batifolais » pas. Je m'assurais que Thom s'était remis de ses blessures après m'avoir secourue l'autre jour. J'espère que cela ne t'ennuie pas, je lui ai donné un peu de l'argent que tu m'avais laissé pour qu'il s'achète une nouvelle épée.

— *Quoi ?*

— Je te rembourserai.

— Je ne veux pas de ton argent ! Et d'après ce qu'on m'a dit, il est capable de fabriquer sa propre épée. Tu ne devrais pas offrir quoi que ce soit à ce « Thom », ni à aucun autre homme.

Elle arqua un sourcil en réprimant un sourire.

— Pourquoi pas ?

— Ça ne se fait pas, bon sang !

Elle ne put résister à l'envie de l'asticoter encore un peu.

— Tu n'as aucune raison d'être jaloux, tu sais.

Elle n'aurait pas cru possible que des yeux bleus puissent devenir aussi noirs.

— Je ne suis pas jaloux, nom d'un chien !

— Ah non ? Tant mieux. Tu me diras, ce serait compréhensible. Il est vraiment très beau. Cette combinaison de cheveux noirs et d'yeux bleus est saisissante.

Elle prit un air songeur pendant qu'il luttait pour ne pas exploser.

— J'ai toujours aimé les hommes grands, reprit-elle. Il doit mesurer plus d'un mètre quatre-vingt-dix, tu ne crois pas ?

Quand il émit un grondement sourd du fond de sa gorge, elle décida qu'elle était allée suffisamment loin. Il semblait hésiter entre l'étrangler à mains nues ou la jeter sur le lit. Même si la deuxième option n'aurait pas été pour lui déplaire, Margaret n'était pas prête. La passion embrouillait l'esprit.

Elle le prit de court en sautant du coq à l'âne.

— Bruce a-t-il accepté ton plan ? demanda-t-elle. C'est pour cela que tu es habillé pour la bataille ?

Son expression soudain neutre répondit à sa question. Elle scruta ses traits, cherchant un moyen de pénétrer son masque.

— Dis-moi une seule chose : c'est dangereux ?

Comme il ne répondit pas, son cœur se serra.

— Bien sûr que c'est dangereux, soupira-t-elle.

Elle était déchirée entre le souhait de voir son fils et la peur qu'Eoin soit blessé. Elle l'implora à nouveau :

— Tu es sûr que tu ne veux pas me laisser d'abord parler à mon…

— Non. Nous en avons déjà discuté, Margaret. Il n'est pas question de vous mettre en danger, toi et le garçon. Je sais ce que je fais. Laisse-moi faire mon métier.

Elle ressentit soudain une émotion si forte que ses yeux se brouillèrent de larmes. Elle n'était pas sûre de savoir pourquoi. Était-ce la peur ? La nostalgie ? Le regret des années perdues ou de l'amour qu'ils avaient partagé ?

Il parut sur le point de dire quelque chose, puis inclina la tête et tourna les talons.

— Attends !

Elle courut derrière lui et le rejoignit au moment où il soulevait le rabat.

— Quoi ?

— Ça.

Elle se hissa sur la pointe des pieds et déposa un baiser sur ses lèvres. Ce fut bref et chaste, mais suffisamment long pour raviver bien des souvenirs. Elle avait oublié leur douceur, le goût subtil d'épices, la manière dont son cœur se mettait soudain à battre plus fort.

Quand elle s'écarta, elle eut la satisfaction de voir qu'elle était parvenue à le désarçonner.

— Cette fois, tâche de rester en vie, dit-elle pour rompre le silence. Et, au fait, je n'appelle pas ça « me jeter sur toi ».

Il esquissa un sourire.

— Merci pour l'éclaircissement, et j'essaierai.

Un instant plus tard, il avait disparu dans la nuit noire. Elle resta un long moment à fixer l'obscurité.

« *Il vaut mieux que nos chemins se séparent définitivement.* »

Comment pourrait-elle le laisser partir à nouveau ?

Robert de Bruce ne possédait pas de trébuchets aux noms inquiétants comme le « Loup de guerre », il avait mieux. Les guerriers de sa Garde des Highlands étaient aussi destructeurs que les puissants engins de siège anglais, mais bien plus agiles. En outre, ils ne nécessitaient pas des dizaines de charrettes pour être déplacés ni des semaines de montage.

Après sept ans et demi de combats dans les pires conditions, sa Garde secrète fonctionnait comme une arme de guerre parfaitement réglée. Ses membres communiquaient en silence et anticipaient les mouvements de leurs camarades. Ils étaient toujours parés à l'imprévu. Néanmoins, contrairement aux légendes qui faisaient d'eux des surhommes ou des fantômes, ils n'étaient ni indestructibles (la mort du Templier William Gordon le leur avait rappelé) ni infaillibles (l'échec de la prise du château de Berwick l'année précédente en était la triste illustration).

Pour le moment, tout se déroulait selon le plan d'Eoin.

Le donjon en pierre du château de Dumfries était perché sur un haut talus dont les flancs escarpés servaient de défenses naturelles, empêchant les envahisseurs d'approcher trop rapidement. Les Anglais avaient remplacé la palissade en bois qui protégeait autrefois le donjon et la cour intérieure par une muraille fortifiée après que la Garde avait fait évader l'épouse de MacLeod sept ans plus tôt, déclenchant la série d'événements qui avait abouti au couronnement de Bruce. Une douve profonde ceignait la muraille.

Le château possédait deux entrées : une porte intérieure au-dessus de la douve permettant d'accéder à l'escalier menant au bâtiment principal ; et une porte plus grande, équipée d'un pont-levis et d'une herse, qui ouvrait sur la cour intérieure. Pour prendre le donjon, les assaillants devaient franchir les deux.

La Garde n'emprunta ni l'une ni l'autre. Invisibles dans la nuit noire, Eoin et ses frères approchèrent par l'arrière du talus. Entre la douve, la pente raide et l'épaisse muraille entourant le donjon, cette partie du château était réputée la plus impénétrable. C'était précisément la raison pour laquelle la Garde l'avait choisie. « Impénétrable » signifiait « moins gardée ».

Une armée n'aurait pu lancer une attaque surprise par ce côté, mais un petit groupe d'hommes, si. Comme lors du sauvetage de Christina MacLeod, ils traversèrent la douve fangeuse à la nage et rampèrent jusqu'au pied de la muraille. Douglas avait récemment mis au point un dispositif ingénieux pour leur permettre d'escalader des murs bien plus hauts que ceux de Dumfries : des échelles de corde équipées d'échelons en bois et de grappins. Ils s'en étaient déjà servis avec succès à Berwick et à Perth.

Une fois la muraille franchie, ils se séparèrent. Eoin et MacRuairi iraient chercher l'enfant ; Lamont, MacSorley, John (le frère de MacGregor), Boyd, MacLeod et Douglas monteraient le guet et couvriraient leurs arrières si nécessaire ; les autres ouvriraient les deux portes afin de laisser entrer le reste de l'armée de Bruce qui attendait dans la forêt.

L'objectif d'Eoin était de mettre son fils à l'abri avant que l'alerte ne soit donnée et que les combats n'éclatent. Il était essentiel qu'ils ne soient pas repérés, d'où la présence de MacRuairi à ses côtés. Ce dernier n'avait pas gagné son surnom de Vipère uniquement en raison de son tempérament reptilien ; tel un serpent, il savait également entrer et sortir de n'importe où sans se faire voir.

Ils neutralisèrent sans difficulté les soldats qui gardaient le donjon, puis Eoin convainquit l'un d'eux (à la pointe d'un coutelas) de leur montrer où se trouvait le garçon. Connaissant les MacDowell, il ne fut pas surpris quand le fourbe tenta de les conduire dans une salle emplie de guerriers endormis. Après quelques petites pressions d'encouragement du bout de la lame, le soldat se montra plus raisonnable et les entraîna vers un escalier.

Eoin trépignait d'impatience. Son fils était tout proche et, bientôt, il serait en sécurité.

Ils s'arrêtèrent sur le palier du deuxième étage et traversèrent une petite antichambre avant que leur guide ne pointe un doigt vers une porte en hochant la tête. Eoin le remercia en l'assommant d'un coup sec sur la nuque. Il fit signe à MacRuairi de se tenir prêt en cas de nouvelle surprise, prit une profonde inspiration, puis ouvrit.

La pièce était sombre et il fallut un moment avant que ses yeux ne s'accommodent à l'obscurité. Le reflet d'une torche dans le couloir lui permit de distinguer une forme recroquevillée sur le lit sous une épaisse couverture en fourrure. La forme remua et une petite tête se redressa.

Eoin réagit à la vitesse de l'éclair. Il s'élança et plaqua une main sur la bouche de l'enfant avant que le cri n'ait jailli de ses poumons.

Leurs regards se rencontrèrent dans la pénombre et il vit dans les yeux du garçon une lueur de reconnaissance qui reflétait la sienne.

Sapristi, ce qu'il me ressemble !

Personne ne pouvait douter qu'il s'agissait de son fils.

Eoin en resta étourdi. Apprendre qu'on avait un fils était une chose, se retrouver devant la preuve vivante de sa paternité en était une autre. Une preuve âgée de cinq ans.

Les regrets et une foule d'autres émotions complexes lui nouèrent la gorge.

— Tu sais qui je suis ? demanda-t-il à voix basse.

L'enfant acquiesça, puis écarquilla les yeux et voulut crier à nouveau.

Eoin lança un regard par-dessus son épaule.

— Bon sang, Vipère, tu lui fais peur !

Avec ses yeux verts brillant sous son casque à nasal noir, MacRuairi avait tout du croque-mitaine. Tout le reste de son visage était invisible.

— Vos retrouvailles devront attendre, dit-il. Nous devons sortir d'ici. Assure-toi qu'il ne fasse aucun bruit.

Eoin ne perdit pas une seconde. MacRuairi avait raison. Sans enlever sa main de la bouche de l'enfant, il le souleva hors du lit comme s'il ne pesait rien (ce qui n'était pas loin de la vérité) et le porta hors de la chambre. Bien qu'Eachann ne résistât pas, il ne voulait courir aucun risque tant qu'ils n'étaient pas sortis du donjon. Une fois dehors, il le déposa sur le sol, posa un genou devant lui et le regarda droit dans les yeux.

— Je vais ôter ma main, mais si tu émets le moindre son, je serai obligé de te bâillonner. Tu m'as compris ?

L'enfant hocha la tête.

Eoin l'étudia attentivement.

— Tu me le promets ?

Le garçon acquiesça à nouveau, cette fois avec nettement moins d'enthousiasme. Eoin réprima un sourire. Il imaginait sans mal ce qui se passait dans sa tête. Toutefois, le fait qu'il n'aimait pas qu'on lui arrache une promesse signifiait sans doute qu'il la tiendrait. Il écarta sa main.

L'enfant aspira plusieurs longues goulées d'air tout en observant Eoin d'un air méfiant.

Eoin décrocha une gourde de son épaule et la lui tendit.

— Tu as soif ?

Eachann acquiesça vigoureusement. Eoin jura intérieurement en le voyant boire à grandes gorgées comme s'il n'avait rien avalé depuis des lustres. La disette était apparemment plus grave qu'ils ne l'avaient pensé et l'idée que son fils souffre…

Dugald MacDowell avait de la chance de ne pas se tenir devant lui en ce moment.

MacRuairi lui fit signe de se dépêcher.

— Attends un peu, bon sang, rétorqua Eoin. Tu ne vois pas comme il a soif ? Et il doit probablement être mort de faim.

Il fouilla dans son *sporran* et en sortit un morceau de bœuf séché.

— Prends ça, dit-il au garçon. J'aurais dû en apporter plus. Dès que tu seras dans le camp, tu pourras manger tout ce que tu voudras.

Son fils écarquilla les yeux comme si on lui avait offert un royaume. Il se mit à mâcher la viande avec voracité et chaque bouchée augmentait encore la colère d'Eoin.

Il leva la tête vers Lamont et MacSorley qui venaient de les rejoindre.

— Des problèmes ? demanda-t-il à son partenaire.

Lamont fit non de la tête.

— Tout est calme. Il y a une cinquantaine de soldats dans le donjon.

— Parfait, c'est moins que ce que nous imaginions. Allons-y.

Ils s'apprêtaient à descendre le talus quand les autres dévalèrent les marches dans leur direction. Affolé, Eachann se blottit d'instinct contre Eoin. Celui-ci posa une main sur son épaule pour le rassurer.

— Ne crains rien. Ce sont des amis.

L'enfant se raidit.

— Je ne les crains pas. Je suis un MacDowell. Les MacDowell n'ont peur de rien.

Eoin allait lui rétorquer qu'il était un MacLean quand il aperçut l'expression de Douglas. Outre Eoin, qui n'avait pas voulu effrayer son fils, Douglas était le seul à ne pas porter de casque. Le grand guerrier se moquait pas mal qu'on reconnaisse « Douglas le Noir ».

— Nous avons un problème, annonça-t-il. Nous ne pouvons pas ouvrir la porte.

— Pourquoi ? demanda MacRuairi.

À la surprise d'Eoin, ce fut son fils qui répondit :

— Les gardes n'ont pas les clefs. C'est mon grand-père qui les a sur lui.

MacLeod regarda le garçon, puis se tourna à nouveau vers Eoin.

— Peu importe. Nous retraverserons la douve à la nage pour ouvrir la porte principale. La Glace préparera un de ses sacs de poudre pour faire sauter celle-ci.

Ils s'éloignaient déjà, sauf Eoin qui fixait toujours son fils. Il lui trouvait un petit air bizarre...

Oh non !

— La porte principale ne s'ouvrira pas non plus, n'est-ce pas ? devina-t-il.

Eachann ne répondit pas, mais un coin de ses lèvres se souleva.

— Les clefs sont aussi avec ton grand-père ?

Eachann acquiesça.

— Avec les cordes de la herse, précisa-t-il.

Les autres s'étaient arrêtés et, comme Eoin, fixaient l'enfant d'un air incrédule.

— Qui a suggéré ces mesures à ton grand-père ? lui demanda Eoin.

Il connaissait déjà la réponse.

Eachann se tut, mais son petit air satisfait le trahit.

Lamont s'esclaffa et déclara à Eoin :

— Pas de doute, c'est bien ton fils.

Que je sois pendu ! Eoin ne pouvait détacher les yeux de l'enfant. La fierté qui gonflait sa poitrine menaçait de la faire éclater.

Eachann sembla s'amadouer et esquissa même un petit sourire timide. Puis il se souvint de quelque chose et s'écarta brusquement d'Eoin comme s'il avait la lèpre.

— Je ne suis pas votre fils ! Je suis un MacDowell et vous êtes un traître de *batère* ! Je vous hais et je préférais quand vous étiez mort !

Eoin tressaillit.

Eachann profita de son choc pour entrer en action. Avant que les autres n'aient pu réagir, il prit ses jambes à son cou et fila vers le donjon. Revenant sur sa promesse, il se mit à hurler à pleins poumons.

21

Sachant déjà qu'elle ne pourrait pas fermer l'œil, Margaret n'essaya même pas. Depuis combien de temps étaient-ils partis ? Une heure ? Deux ?

Elle arpentait la petite tente dans la lueur vacillante des lampes à huile, s'arrêtant de temps à autre pour écarter le rabat et regarder à l'extérieur.

La tente étant perchée sur une petite butte, elle pouvait apercevoir la silhouette du château. Le château sombre où...

Son cœur fit un bond quand il s'anima soudain. Des torches s'allumèrent un peu partout autour du donjon. Une clameur s'éleva dans l'air de la nuit.

Eoin avait-il été découvert ou cela faisait-il partie de son plan ? Seigneur, que se passait-il ? Pourquoi ne l'avait-elle pas obligé à lui expliquer son projet ?

Elle observa avec effroi les hommes de son père s'aligner sur les remparts. Des hommes d'armes, mais également des archers.

Une pluie de flèches fusa dans le noir, visant des cibles en contrebas.

Pas Eachann ! Pas Eoin ! Je vous en prie !

Quelques secondes plus tard, le camp autour d'elle s'anima. Des hommes couraient dans tous les sens. Ils étaient déjà en armure et prêts à l'attaque. Sauf qu'ils n'attaquaient pas. *Quelque chose cloche.* Le cœur battant, elle tenta d'en interroger quelques-uns qui passaient devant la tente, mais aucun ne s'arrêta.

Les archers de Bruce ripostèrent, visant les remparts pour couvrir ceux qui se trouvaient au pied des murailles.

Je vous en supplie…

Cinq minutes plus tard, sa prière fut exaucée. Une douzaine de guerriers émergèrent des ténèbres à la lisière du camp. *Eoin ?* Elle scruta les silhouettes imposantes, puis son cœur s'arrêta de battre quand elle vit un homme soutenu par deux de ses compagnons. Même de loin, elle le reconnut.

Oubliant sa promesse de ne pas quitter la tente, elle se précipita. Un attroupement s'était déjà formé et elle dut jouer des coudes entre les hommes. Lorsqu'elle le vit, elle s'arrêta, un cri dans la gorge. Elle se serait jetée à son cou s'il n'y avait eu ses deux camarades qui le portaient.

— Tu es blessé !

— Ce n'est rien, maugréa-t-il.

Il voulut le lui prouver en posant le pied au sol et grimaça.

— Je me suis juste tordu un genou.

Elle remarqua alors que les deux guerriers qui l'accompagnaient portaient le même casque à nasal qu'Eoin avait porté six ans plus tôt. La douzaine d'hommes autour d'eux étaient tous vêtus de noir des pieds à la tête : leurs manteaux de guerre, leurs hauberts, leurs bottes en cuir, leurs casques, tout était noir. Certains s'étaient même barbouillé le visage d'une sorte de cirage. Ils semblaient se fondre dans la nuit.

Ils lui donnaient la chair de poule. Qui étaient-ils ?

Son attention fut détournée par l'une des armoires à glace qui soutenait Eoin. Il était irrité.

— Il n'est peut-être que tordu, mais il pourrait aussi être déchiré ou brisé. Alors ne t'avise pas de poser le pied par terre avant qu'Helen t'ait examiné.

Elle avait beau regarder, elle ne voyait son fils nulle part. Elle croisa le regard d'Eoin et celui-ci comprit sa question implicite. Il secoua la tête d'un air sombre. Cela n'avait pas marché. Ils n'avaient pas pu libérer Eachann.

— Que s'est-il passé ?

Elle reconnut la voix de Robert de Bruce, même si rien ne le distinguait des autres guerriers en heaumes et cottes de mailles qui encerclaient le groupe de guerriers noirs. Aucun ne portait de blasons ni d'armoiries, remarqua-t-elle. On racontait que Bruce régnait sur une armée de brigands et de pirates. Elle comprenait pourquoi.

— Nous nous sommes fait rouler par un bambin, répondit sèchement l'un des hommes.

Margaret sursauta et lança un regard à Eoin.

— Eachann ?

Il acquiesça et expliqua au roi :

— Nous n'avons pas pu ouvrir les portes. Les clefs avaient disparu, comme les cordes permettant de hisser la herse. MacDowell a anticipé notre attaque furtive. Il savait que, même si quelques hommes parvenaient à s'introduire dans les lieux, ils ne pourraient faire entrer le reste de l'armée assez rapidement pour prendre le château. C'est une mesure défensive simple mais efficace.

Il marqua une brève pause, puis ajouta fièrement :

— C'est une idée de mon fils.

— Tu plaisantes ? s'échauffa Bruce. Je croyais qu'il n'avait que cinq ans !

— Il ne plaisante pas, dit l'un des hommes qui tenaient Eoin. (Elle reconnut la voix de Lamont.) Nous avons tous entendu le garçon.

Margaret sentit le regard du roi sur elle. Il semblait la tenir pour responsable. Elle lui adressa un petit sourire.

— Mon fils sait aussi très bien jouer aux échecs, sire.

Il y eut un long silence, puis Bruce éclata de rire.

— Je m'en souviendrai, dit-il.

Eoin semblait lui aussi se retenir de rire. C'était la première fois qu'elle lui voyait un semblant de gaieté depuis qu'il était revenu d'entre les morts. Ces sourires si difficiles à lui arracher l'avaient fait fondre autrefois. Apparemment, cela n'avait pas changé.

Elle s'approcha de lui et demanda :

— Mais si vous avez parlé à Eachann, pourquoi n'est-il pas avec vous ?

Une ombre passa sur son visage.

— Il m'a fui, répondit-il.

Un autre homme se hâta de combler le silence gêné :

— Nous avons dû repartir par là où nous étions venus. MacLean s'est blessé en sautant du mur et Randolph a été égratigné à l'épaule par une flèche. Nous avons eu de la chance.

Le deuxième homme qui soutenait Eoin, celui qu'elle ne connaissait pas, commençait à fatiguer.

— Nous devons l'allonger, sire. Le Chef pourra vous raconter le reste.

— Helen est dans les parages ? demanda le roi.

— Elle n'est pas loin. J'irai la chercher cette nuit.

Bruce se tourna vers Margaret.

— Je suppose que vous pouvez lui prodiguer les premiers soins en attendant l'arrivée de notre guérisseuse ?

— Puisque je vous dis que ce n'est rien, grommela Eoin.

Margaret et le roi ne l'écoutèrent pas.

— Oui, sire, répondit-elle.

Le roi ordonna à Lamont :

— Veille à ce qu'elle ait tout ce dont elle aura besoin.

Il se tourna ensuite vers l'un des guerriers les plus imposants de l'assemblée tandis que les deux hommes portaient Eoin jusqu'à sa tente.

Ils étaient tous trempés et sentaient vaguement la vase. Elle fronça le nez. Ils avaient sans doute traversé la douve à la nage.

Ils allaient le déposer sur le lit quand elle les arrêta :

— Attendez !

Elle saisit un vieux plaid et l'étala sur le lit pour le protéger. Lorsqu'elle se rendit compte qu'ils l'observaient d'un air amusé (la literie n'était pas vraiment de première qualité), elle leva fièrement le menton.

— Il pourrait attraper froid, expliqua-t-elle.

Peter, le palefrenier qui servait d'ordonnance à Eoin, arriva au pas de course. Lamont l'envoya chercher des vêtements propres et de l'eau.

Il devint vite apparent que son mari ne serait pas un patient facile. Ils l'avaient à peine déposé sur le lit qu'il se plaignait déjà. Il n'avait pas besoin d'une guérisseuse, bougonnait-il. Quand Lamont lui demanda s'il voulait de l'aide pour ôter son armure, sa réponse cinglante écorcha les oreilles de Margaret, pourtant habituée au langage de charretier de ses frères.

Après avoir fait son possible pour l'installer confortablement, Lamont capitula.

— Amusez-vous bien, milady. Je demanderai au garçon de vous apporter du whisky pour calmer la douleur.

— Je n'ai pas besoin de ton foutu whisky, grogna Eoin.

— Ce n'est pas pour toi, mais pour elle, répliqua Lamont.

Margaret se mit à rire.

— Merci, mais ce ne sera pas nécessaire. Je crois que je m'en sortirai.

Lamont paraissait dubitatif, mais il s'inclina et sortit.

Il avait dû prévenir Peter de l'humeur massacrante d'Eoin, car le palefrenier revint peu après avec un seau d'eau et du linge de rechange, puis repartit aussi sec.

Eoin s'assit pour se débarrasser de ses armes et de son armure. Lorsque Margaret voulut l'aider à ôter sa tunique, il la repoussa.

— Je peux le faire seul, dit-il sur un ton bourru.

Elle sentit ses joues s'empourprer. L'aider à se déshabiller n'était sans doute pas une bonne idée, la situation étant déjà suffisamment intime. Quand elle se retourna vers lui, il avait déjà nettoyé le gros de la boue collée à son corps et enfilé une nouvelle chemise.

En revanche, il ne protesta pas quand elle lui retira ses bottes, conscient qu'il ne pouvait le faire seul avec sa jambe blessée. Même avec son aide, les mouvements indispensables déclenchaient une douleur considérable.

— Je suis désolée, dit-elle. Est-ce que… Tu veux… Tu ne vas pas… ?

Ses traits s'affaissèrent. Elle ne supportait pas de le voir souffrir.

Il lui prit le menton.

— Ce n'est rien, Margaret. Vraiment. Certes, ça fait un peu mal…

Voyant son regard torve, il esquissa un sourire et rectifia :

— D'accord, ça fait un mal de chien. Mais cela ira beaucoup mieux dans quelques jours.

— Tu en es sûr ? demanda-t-elle d'une voix rauque.

Il acquiesça.

Puis, comme si c'était la chose la plus naturelle du monde, il se rallongea et l'attira à lui. Elle posa sa joue contre son torse en sentant les larmes lui piquer les yeux. Combien de fois s'était-elle lovée contre lui ainsi, des années plus tôt ? Elle ne s'était jamais sentie aussi sereine et protégée que lorsqu'elle était dans ses bras et entendait le battement régulier de son cœur contre son oreille.

Oh, pourquoi, Eoin ? Que leur était-il arrivé ? Ils auraient pu être si heureux. Tous les trois.

— Tu le tenais presque, murmura-t-elle.

Il resta silencieux un moment, puis répondit d'une voix triste :

— Oui.

— C'est ton fils, Eoin. Tu t'en es sûrement rendu compte. C'est ton portrait craché.

— Il m'a fui, Margaret. Il savait qui j'étais et il a préféré s'enfuir.

Il paraissait affligé.

— Il avait peur, répondit-elle.

— Ce n'était pas ça. Il me déteste. Je l'ai vu dans ses yeux. Comment pourrais-je le lui reprocher ? J'ai laissé la haine régir ma vie et cela m'a coûté mon fils.

Il baissa les yeux vers elle.

— Tu avais raison. Je ne peux m'en prendre qu'à moi-même.

— Ce n'est qu'un petit enfant, Eoin. Il ne te déteste pas, il ignore qui tu es. Ce qu'il sait de toi, il le tient surtout de ma famille. C'est ma faute. J'aurais dû lui parler de toi plus souvent, mais c'était trop douloureux. Il est profondément perturbé par les événements. Une fois qu'il te connaîtra, tout changera. Laisse-lui du temps. Il n'est pas rancunier comme mon père.

— Ou comme moi ?

Ils se dévisagèrent longuement.

Surprise, Margaret ne savait pas quoi penser. Venait-il d'admettre quelque chose ? Regrettait-il le ressentiment qui les avait tenus éloignés l'un de l'autre si longtemps ?

Eoin savait que les regrets ne servaient à rien, mais il était encore sous le choc d'avoir vu son fils, avec ce petit visage qui ressemblait tant au sien.

Cinq ans. Il avait perdu cinq ans de la vie de son fils parce qu'il était trop têtu, trop empli de haine et de colère contre la femme dont la trahison lui avait fait tant de mal.

À présent, par un cruel retour de justice, son fils le haïssait. Il le haïssait au point qu'il préférait mourir de faim plutôt que de partir avec lui. *La haine engendre la haine.*

C'était sa faute. Il aurait dû revenir des années plus tôt. Il avait craint que son inimitié et sa colère ne suffisent pas, que la revoir le rende faible. Il avait redouté que sa trahison n'ait pas effacé l'amour qu'il avait pour elle. Par lâcheté, il s'était tenu à l'écart.

Il voulait croire Margaret, mais il avait vu l'intensité du regard de l'enfant, similaire à la sienne. Comment pouvait-il espérer le pardon de son fils quand il ne pouvait se pardonner à lui-même ?

Margaret rompit le silence la première.

— Tu avais de bonnes raisons, Eoin.

— Vraiment ? Les choses ne me paraissent plus aussi tranchées qu'autrefois. J'aurais dû te donner une chance de t'expliquer.

— Tu crois que cela aurait changé quelque chose ?

À l'époque, probablement pas. Ses émotions étaient à fleur de peau. Les conséquences de leurs erreurs avaient été trop terribles pour qu'ils puissent les comprendre.

— Je ne sais pas. Mais j'aurais su que j'avais un fils et il ne croirait pas que je l'ai abandonné.

— Ce n'est pas le cas.

Ils se turent un long moment, puis il hocha la tête. Il ferait tout pour rattraper le temps perdu… Dès qu'il aurait sorti son fils du château.

Son air sombre trahit ses pensées. Elle se tendit, semblant se préparer au pire.

— Comment l'as-tu trouvé ? Avait-il l'air... bien portant ?

Il s'efforça de chasser les images de l'enfant se jetant sur l'eau et le bœuf.

— Il va bien, Margaret. D'après ce que j'ai pu voir, il est en bonne santé.

Elle scruta son visage comme si elle voulait désespérément le croire.

— Il ne souffre pas ? Il est si petit, j'ai peur que... Il a suffisamment de nourriture ?

Il ne lui répondit pas directement.

— Le siège ne dure pas depuis si longtemps. Quelles que soient leurs réserves, je suis sûr qu'il est servi en priorité.

Peut-être, mais jusqu'à quand ?

Elle parut satisfaite, cependant il se demanda si elle avait remarqué combien sa réponse était prudente.

Il remua légèrement et grimaça quand une douleur cuisante traversa sa jambe. Il sentait la tension croître autour de son genou enflé, provoquant des élancements. En dépit de ses protestations, il n'était pas certain de n'avoir rien de déchiré ou de brisé.

Margaret poussa soudain un petit cri d'effroi.

— J'ai oublié de bander ton genou ! L'homme qui est parti chercher la guérisseuse m'a expliqué comment faire. Tu vas penser que je ne suis pas très douée pour soigner quelqu'un...

— Il s'appelle Magnus MacKay, dit-il avant de pouvoir se retenir.

De toute manière, elle apprendrait sans doute son nom bientôt, quand le grand Highlander reviendrait avec son épouse.

— La guérisseuse, Helen, est sa femme.

Elle inclina la tête sur le côté d'un air songeur.

— Vu sa taille, je me doutais que c'était un Highlander. Les autres hommes qui t'accompagnaient aussi ? (Elle feignit un frisson.) Quand je les ai aperçus tous ensemble, j'ai cru voir apparaître une bande de fantômes.

Eoin jura intérieurement, trouvant qu'à travers ses plaisanteries, elle s'approchait un peu trop de la vérité. Ne voulant pas risquer d'autres questions, il remua à nouveau, intentionnellement cette fois, et grimaça de douleur (qui n'était pas feinte, elle). Elle s'alarma aussitôt et se dépêcha d'aller chercher le linge pour bander son genou.

Elle revint rapidement puis s'arrêta et baissa les yeux vers ses jambes. Elle se mordit la lèvre et hésita.

— Il faut que tu enlèves tes chausses. Tu veux que je t'aide ?

Il faillit s'écrier : *Surtout pas !*

— Je peux me débrouiller, répondit-il calmement.

La douleur serait infiniment préférable à la sensation de ses mains sur lui. Sentir ses doigts si près de…

Il frissonna.

Serrant les dents, il s'assit et dénoua ses lacets. Quelques minutes et de nombreuses contorsions plus tard, il ne restait plus entre lui et une montagne d'ennuis que sa tunique et des braies en lin fin.

— C'est affreux ! s'écria-t-elle en voyant sa plaie. Ton genou a doublé de volume et il est tout violacé. Cela doit faire horriblement mal. Tu es sûr de ne rien vouloir contre la douleur ?

Ce qu'il voulait vraiment ne ferait que l'aggraver.

Il fit non de la tête.

— Fais-moi juste un bandage, demanda-t-il.

Elle s'exécuta. Ce n'était pas une bonne idée non plus. Elle devait s'asseoir sur le bord du lit et se pencher sur lui. Ses seins frôlaient son membre et sa chevelure se répandait sur son torse. Il mourait d'envie d'enfouir son visage dans cette masse soyeuse. Il était si tendu qu'il en oublia de respirer.

— Tout va bien ? lui demanda-t-elle en achevant de nouer les bandes de lin autour de sa jambe. Je te fais mal ?

— Oui, répondit-il entre ses dents. Mais pas comme tu penses.

Elle le regarda, perplexe.

— Ce n'est pas mon genou, Maggie.

Au bout de quelques instants, elle écarquilla les yeux et les baissa vers l'endroit en question, augmentant encore sa tension et lui arrachant un grognement.

— Oh, fit-elle doucement.

Ils se dévisagèrent. Il pouvait lire les questions dans ses yeux. Des questions auxquelles il ne pouvait répondre.

— Eoin, je...

Il comprenait ses hésitations parce qu'il les ressentait aussi.

— Je ne crois pas que ce soit une bonne idée, acheva-t-elle.

Il acquiesça.

— Probablement pas.

— Cela ne ferait que nous embrouiller l'esprit, poursuivit-elle. Tu ne penses pas ?

Elle semblait espérer qu'il lui dirait le contraire.

Son esprit était déjà suffisamment confus. Même si toutes les fibres de son corps réclamaient qu'il la contredise, il ne le pouvait pas.

— Si.

Ne sachant pas quoi dire d'autre, il se tut. Il l'attira à nouveau à lui et elle se blottit contre lui comme si elle avait toujours été là, sa joue et sa paume sur son torse.

Il fixa le plafond en caressant ses cheveux et réfléchit pendant de longues heures.

Margaret s'éveilla la première et sortit de la tente. Elle avait besoin d'être seule un moment. Elle marcha jusqu'à un ruisseau de l'autre côté de la colline, mit ses mains en coupe et s'aspergea le visage d'eau glacée. Si elle avait espéré se rafraîchir les idées, ce n'était guère efficace.

Faire l'amour aurait été déroutant, mais ce qui s'était passé l'était encore plus. L'intimité d'un rapport sexuel pouvait facilement être interprétée comme un élan de luxure, un moment de folie passagère. Ce n'était pas le cas de l'intimité et de la tendresse qu'elle avait ressenties en passant la nuit dans les bras de son mari.

Sachant à quel point il était facile de se laisser emporter par les émotions, elle s'efforça d'être réaliste. À l'instar d'une nuit de passion, une nuit de tendresse ne suffisait pas pour bâtir un mariage.

Elle ne saurait s'ils pouvaient aller plus loin qu'une fois Eachann libre. Son cœur se serra. Elle s'était efforcée de ne pas montrer sa déception à Eoin lorsque sa tentative avait échoué. Il s'en voulait déjà suffisamment lui-même.

Eachann va bien, se répéta-t-elle. Néanmoins, elle ne pouvait se défaire de l'impression qu'Eoin ne lui avait pas tout dit. Il lui cachait quelque chose. Il fallait qu'elle agisse.

Assise au bord de l'eau, elle savoura la quiétude du petit matin et contempla le lever du soleil sur le paysage austère et hivernal de la campagne. Lorsque les premiers bruits du camp rompirent sa solitude, elle se leva du rocher sur lequel elle était assise et reprit lentement le chemin de la tente.

Entendant des éclats de voix, elle hâta le pas. Lorsqu'elle se glissa sous le rabat, trois personnes se tournèrent vers elle en sursautant. Eoin fulminait. Magnus se tourna vers elle et déclara :

— Nous l'avons surpris en train d'essayer de sortir du lit.

Eachann avait manifestement hérité de son père son air buté et renfrogné quand il était pris en flagrant délit de bêtise.

— Où étais-tu ? demanda Eoin sur un ton accusateur. Tu m'as laissé seul à la merci de ces deux-là.

Margaret lança un regard vers la femme qui se tenait près du lit, surprise de ne pas l'avoir remarquée plus tôt. Elle était ravissante, avec de longs cheveux roux et fins, un teint clair, des yeux verts et des traits délicats lui donnant un petit air de lutin. En revanche, son expression était celle d'un commandant en chef.

La guérisseuse lui lança un regard froid avant de se tourner à nouveau vers Eoin. Elle lui tendait une tasse.

— Ne fais pas l'enfant, bois. Cela te fera du bien.

Eoin détourna la tête d'un air dégoûté.

— C'est infect. Puisque je te dis que je me sens très bien. Tu l'as dit toi-même, c'est juste une torsion.

La guérisseuse posa un poing sur sa hanche.

— J'ai dit qu'il ne semblait pas y avoir de déchirure, mais que je ne pouvais en être sûre, répondit-elle patiemment. Je sais que c'est très douloureux, alors ne me fais pas ton numéro de grand guerrier coriace. (Elle leva les yeux au ciel avec un signe de tête vers son mari.) Dieu sait que celui-ci me le fait suffisamment.

Eoin repoussa à nouveau la tasse.

— Il n'a qu'à le boire, lui.

Magnus frissonna et recula d'un pas.

— Pas question. Ça a un goût de purin. Chaque fois que je renifle, elle essaie de me faire avaler une de ses concoctions immondes.

La guérisseuse, Helen si Margaret s'en souvenait bien, haussa les épaules d'un air exaspéré.

— Seigneur ! Vous êtes donc tous nés avec un goût pervers pour la douleur ?

Elle lança un regard torve à Eoin.

— Je croyais que c'était toi le plus intelligent.

Magnus se racla la gorge et lança un bref regard à Margaret tandis que sa femme pinçait les lèvres.

Margaret se demanda ce qu'elle avait encore fait, puis s'approcha du lit.

— Tu fais confiance à cette femme ? demanda-t-elle à Eoin.

Il parut décontenancé.

— Les yeux fermés, répondit-il. C'est la meilleure guérisseuse que je connaisse.

Margaret s'assit sur le bord du lit, saisit la tasse de la main d'Helen, la posa délicatement sur le matelas, puis attendit. Eoin était intelligent. Il finirait par comprendre tout seul.

Cela ne lui prit pas longtemps. Il grommela dans sa barbe, prit la tasse et la but d'un trait. Margaret se retint de sourire devant ses grimaces.

Helen l'interrogea du regard et Margaret expliqua :

— Il vient juste de comprendre que vous étiez la mieux placée pour savoir ce qu'il lui fallait et que, si vous vouliez lui faire avaler cette boisson, c'était pour son bien.

Eoin lui lança un regard noir. Il ne semblait pas ravi qu'elle le connaisse si bien.

— Si seulement tous mes patients pouvaient être aussi raisonnables, soupira Helen avec un regard entendu vers son mari.

Elle étudia Margaret avec un air un peu moins froid. Margaret ne pouvait lui reprocher sa réserve, devinant qu'elle connaissait son rôle dans la bataille du loch Ryan. Elle devait s'attendre à de l'animosité de la part de tous les partisans de Bruce, ainsi que des amis d'Eoin (dont ces deux-là faisaient manifestement partie). Cela n'en était pas moins difficile à supporter.

Eoin perçut son malaise.

— Helen, Magnus, déclara-t-il. Je vous présente mon épouse, Margaret.

La jolie guérisseuse arqua un sourcil, aussi surprise que Margaret par son inflexion sur le mot « épouse ».

— J'ai beaucoup entendu parler de vous, déclara-t-elle sur un ton ouvert à toutes les interprétations.

Magnus lui lança un regard de reproche et Eoin sembla sur le point d'intervenir, mais Margaret le devança. Elle n'avait besoin de personne pour se défendre.

— Je n'en doute pas, répondit-elle. Et tout ce que vous avez entendu est probablement vrai.

— « Probablement » ?

— Tout est une question de point de vue. J'espère seulement que vous aurez rassemblé tous les éléments avant d'arrêter votre jugement.

Helen esquissa un petit sourire et déclara à son mari :

— C'est ce qu'on appelle se faire remettre poliment à sa place.

Quand Margaret voulut protester, elle l'arrêta d'un geste.

— Non, vous avez raison. Je me ferai ma propre opinion, et, d'après ce que j'ai déjà vu, vous êtes au moins une personne raisonnable. Je ne peux pas en dire autant de votre mari.

Eoin grogna, mais elle ne lui prêta pas attention et donna à Margaret ses instructions, qui consistaient principalement à lui faire boire de force sa préparation pendant plusieurs jours, à l'obliger à se reposer et à veiller à ce qu'il ne s'appuie pas sur sa jambe.

— Pour ce qui est de son côté grincheux, je crains de ne pas avoir de remède, ajouta-t-elle. Ils sont tous pareils quand ils sont blessés.

— Ils ?

Helen parut légèrement décontenancée par sa question, puis se ressaisit rapidement.

— Oui, les guerriers, les Highlanders. Vous savez, toute cette bande de grandes brutes.

Margaret se retint de sourire.

— Ils présentent néanmoins quelques avantages, déclara-t-elle.

Les deux femmes échangèrent un regard. Margaret sut qu'Helen l'avait comprise quand elle lança un bref coup d'œil vers le puissant poitrail de son mari.

— Je ne vous le fais pas dire.

Magnus plissa le front, ne comprenant pas de quoi elles parlaient. Margaret soupçonnait qu'Eoin n'aurait pas compris non plus, mais il s'endormait déjà.

— Oui, le remède a parfois un effet sédatif, précisa Helen.

Quelques jours plus tard, le siège s'éternisant sans qu'aucune solution ne se dessine, cela donna une idée à Margaret.

Ce soir-là, bien que l'état d'Eoin se soit considérablement amélioré et qu'il ait même commencé à clopiner dans la tente en s'appuyant sur une béquille improvisée, elle ajouta quelques gouttes supplémentaires de la potion d'Helen dans sa tasse. Il protesta comme d'habitude, n'acceptant de boire que lorsqu'elle l'assura que c'était la dernière fois.

Une fois qu'il fut profondément endormi, elle sortit et se mit en quête du roi.

22

Eoin s'éveilla plus assommé qu'à l'accoutumée. Il ne pouvait nier que la potion d'Helen soulageait la douleur, mais il détestait l'engourdissement qu'elle entraînait. Maintenant qu'il se sentait mieux, Margaret ne parviendrait plus à le convaincre d'en boire une goutte de plus. La mixture n'avait pas seulement l'odeur du purin, elle en avait également le goût.

Il s'étira, regarda autour de lui et se demanda où elle était encore passée. Il s'était habitué remarquablement vite à la présence d'une épouse aux petits soins pour lui. Il s'était également fait à ce qu'elle transgresse son ordre de ne pas sortir de la tente.

Elle n'allait jamais bien loin. En outre, tous les hommes la connaissaient désormais. Néanmoins il commençait à s'inquiéter quand Peter arriva avec le pain, le fromage et les fruits de leur petit-déjeuner.

— Tu as vu lady Margaret ? lui demanda-t-il.

Le malaise du garçon acheva de l'alarmer.

— Pas depuis la nuit dernière, milord.

— La nuit dernière ?

— Quand elle m'a demandé de la conduire au roi.

Eoin bondissait déjà hors du lit, oubliant son genou. Il réprima un cri de douleur, saisit la béquille que lui avait confectionnée MacKay et ordonna au palefrenier de l'aider à s'habiller.

Après des efforts considérables, quelques trébuchements et moult jurons, il fit irruption dans la tente du roi à peine quinze minutes plus tard.

— Où est-elle ?

Les hommes assis autour de la grande table ne parurent pas surpris de le voir. Il s'agissait des plus proches conseillers du roi : Tor MacLeod, Neil Campbell, Édouard de Bruce, Douglas et Randolph.

— Prends garde, Frappeur, déclara MacLeod en entendant son ton.

Eoin se moquait bien de l'étiquette, il voulait sa femme. Sa femme qui ne faisait jamais ce qu'on lui disait de faire. N'avait-elle pas promis de rester à l'écart ?

— Je suppose que tu veux parler de ton épouse ? demanda le roi.

— Oui.

— Elle est au château.

Avoir la confirmation de ce qu'il soupçonnait déjà n'atténua pas le choc, ni la colère. Il en oublia sa blessure, les formalités et la déférence due à son souverain. Il se pencha sur la table et dévisagea l'homme qui avait été son cousin bien avant d'être son roi, même si Bruce n'aimait pas toujours qu'on le lui rappelle.

— Que fabrique-t-elle là-bas ?

Bruce ne sourcilla pas et leva la main pour faire taire les autres avant qu'ils n'interviennent.

— Laissez-nous, ordonna-t-il.

Ses chiens de garde ne parurent pas ravis, mais obtempérèrent néanmoins.

Lorsqu'ils furent sortis, Bruce répondit à sa question.

— Elle m'a demandé de la laisser tenter de négocier la reddition de son père.

Le sang d'Eoin bouillait, littéralement. Il crut que sa tête allait exploser.

— Et vous l'avez laissée entrer dans ce nid de vipères sans protection ?

— J'ignorais qu'elle avait besoin de protection. MacDowell est son père.

— MacDowell est un animal aux abois. Vous savez aussi bien que moi que cette ordure est capable de tout, y compris d'exploiter sa fille et son petit-fils si cela peut servir sa cause.

L'assurance de Bruce faiblit légèrement.

— Elle a beaucoup insisté, se justifia-t-il. Elle est convaincue que son père l'écoutera. Elle m'a dit qu'elle voulait nous aider… et racheter le passé.

— Comment ? En risquant sa vie ou en mourant de faim ? Bon sang, Rob ! (Le vieux surnom de Bruce lui avait échappé.) Elle ne pouvait pas deviner ce qui se passerait. Elle ne voulait pas plus la mort de Thomas et d'Alexander que moi. Vous l'avez connue. Ce n'était qu'une jeune fille, un peu sauvage et intrépide peut-être, mais incapable d'envoyer tous ces hommes à leur mort intentionnellement.

— C'était pourtant ton opinion jusqu'à récemment, lui rappela Bruce.

Eoin ne sourcilla pas ; sa pique était justifiée.

— Je me trompais, répondit-il simplement.

Il avait été fou de jalousie, blessé qu'elle l'eût quitté puis écœuré par le massacre du loch Ryan. Il avait été dominé par la rage et l'amertume, incapable de réfléchir rationnellement et trop rongé par sa propre culpabilité pour voir au-delà.

Sa jambe finit par céder. Il se laissa tomber sur une chaise et prit sa tête entre ses mains. Mon Dieu, qu'avait-il fait ?

Au bout d'une minute, Bruce déclara :

— Je suis sûr qu'il ne lui arrivera rien.

— J'espère que vous avez raison, répondit Eoin en levant la tête. S'il lui arrive quoi que ce soit, je vous en tiendrai pour personnellement responsable.

— Je croyais que tu ne voulais plus entendre parler d'elle.

— Je le croyais aussi.

C'était une sorte de déclaration, même s'il n'était pas sûr de la comprendre. Imaginer ce qui était en train de se passer dans ce château le faisait sortir de ses gonds.

Deux jours plus tard, il était à moitié fou d'inquiétude.

Le troisième soir, lorsque le portail s'ouvrit enfin et qu'il la vit sortir, il était au bord du délire.

Margaret savait qu'il serait fâché mais pas à ce point. Cela dépassait tout ce qu'elle avait craint.

Elle sentit son regard sur elle dès qu'elle passa sous la herse et s'avança sur le pont-levis. Brûlant, pénétrant, irradiant la colère.

Elle maudit son père et son sale caractère. La marque violacée sur sa joue n'allait pas arranger la situation.

Elle s'était plus ou moins attendue à ce qu'Eoin soit le premier à venir à sa rencontre. Quand il n'en fit rien et resta en marge du groupe qui l'attendait devant le camp. Elle fut légèrement déconcertée.

Cela ne fit qu'accentuer sa nervosité. Il faisait penser à un serpent enroulé se préparant à bondir. Refusant de se laisser intimider, elle leva le menton pour soutenir son regard avec assurance. Elle avait fait son devoir. Eachann serait sauf.

Sa bravade ne dura pas longtemps. Leurs regards se rencontrèrent à peine ; ce qu'elle lut dans le sien lui fit baisser les yeux.

Doux Jésus ! Elle se sentait telle une souris observée par un rapace affamé.

Ce n'était probablement pas le moment de le provoquer. Quelque chose lui disait qu'il n'était pas en état d'entendre raison. Son pouls s'accéléra et ses paumes devinrent moites. Elle dut se retenir de faire demi-tour et de prendre ses jambes à son cou.

Elle fut donc soulagée lorsqu'on la conduisit directement à la tente du roi pour faire son rapport.

Cependant, elle sentait sa présence prédatrice dans son dos et soupçonnait que le tremblement de ses mains n'était pas dû à la présence du roi.

Le regard de Bruce se posa sur sa joue tuméfiée.

— Vous êtes blessée, milady ?

— Ce n'est rien, sire, juste une réaction malheureuse à l'égard du messager. Je vais bien.

Il y eut un mouvement vif derrière elle. Si Lamont et un autre homme qu'elle ne connaissait pas n'avaient pas encadré Eoin, elle ne doutait pas qu'il aurait bondi. Bruce lui lança un regard de mise en garde puis se tourna à nouveau vers elle.

— Que s'est-il passé ?

— Vous aviez raison. La garnison est à court de provisions. Ils survivent avec quelques sacs de blé, un fond de bière et de la viande de chat et de chien. Les hommes ont faim, sire.

Elle lança un regard de reproche à son mari. Il avait considérablement minimisé les conditions de vie au château. Eachann ne souffrait peut-être pas autant que les autres, mais ce n'était qu'une question de temps, de jours. Elle avait blêmi en voyant la pâleur de son fils. Elle n'avait pas voulu le laisser derrière elle, mais il le fallait pour transmettre le message de son père.

— Mon père a d'abord refusé de m'entendre, mais j'ai fini par le convaincre que, cette fois, il n'y avait pas d'autre issue possible. Qu'il pouvait regarder ses hommes mourir un à un, ou se soumettre et les laisser vivre.

— Et il a accepté ? demanda Bruce, incrédule.

— Oui. Vous pouvez envoyer une délégation ce soir pour discuter avec lui des termes de la reddition. Il vous remettra les clefs du château demain matin et se soumettra à votre autorité royale. Toutefois, comme nous en avions discuté vous et moi, ses hommes et lui seront autorisés à s'exiler.

Bruce appréciait probablement d'obtenir la soumission de son père sans avoir à accueillir l'assassin de ses frères dans ses rangs. Elle s'était attendue à du soulagement, voire à de l'euphorie. Pourtant, un silence étrange régnait sous la tente où s'entassaient une quinzaine de guerriers, la plupart aussi grands et imposants que son mari. Bruce exprima ce qui devait être la préoccupation de tous :

— Comment pouvons-nous être sûrs que ce n'est pas une nouvelle ruse ?

— Vous ne le pouvez pas, sire. Mais je crois mon père sincère ; autrement, je ne serais pas repartie sans mon fils. Si vous le souhaitez, je conduirai vos hommes moi-même.

Bruce esquissa un petit sourire ironique.

— Ce ne sera pas nécessaire, milady. Ne croyez pas que ce soit par ingratitude. Je vous suis profondément reconnaissant pour tout ce que vous avez fait.

Sa mission accomplie, Margaret fut soudain submergée par la fatigue.

— Si vous n'y voyez pas d'objection, sire, j'aimerais me retirer dans ma tente. Je n'ai pas beaucoup dormi ces derniers jours.

Le roi acquiesça et elle dut faire un effort surhumain pour conserver sa dignité et ne pas détaler comme un lapin.

Il l'aurait rattrapée de toute manière.

Elle le sentait derrière elle tandis qu'elle se faufilait à travers le camp. Elle courait presque, mais les pas d'Eoin résonnaient avec un bruit menaçant, lents et réguliers. *Pam. Pam. Pam.* Le sol en tremblait presque. Elle avait entendu trop de contes de fées avec des ogres affamés.

N'était-il pas censé boiter ? Comment pouvait-il marcher aussi vite avec une béquille ?

Elle ne pourrait lui échapper et elle le savait, mais elle aurait aimé que la tente eût une porte, de préférence avec un grand verrou en fer. Même si elle doutait que cela l'empêcherait d'entrer.

La souris était piégée.

Lorsqu'elle se tourna enfin vers lui pour s'expliquer, elle couina presque.

— Écoute, Eoin, je sais que tu es en colère mais...

Elle s'interrompit en l'entendant émettre un grognement sourd. Il se tenait sur le seuil de la tente, frémissant des pieds à la tête tel un possédé. Tous ses muscles semblaient bandés, prêts à entrer en action.

Elle se mordit la lèvre. Finalement, elle ne le connaissait peut-être pas aussi bien que ça. Il ne semblait guère civilisé, pour ne pas dire qu'il ressemblait à un sauvage. De toute évidence, elle n'était pas la seule à n'avoir rien avalé et à n'avoir pas fermé l'œil depuis trois jours. Il ne s'était pas rasé non plus et elle devait reconnaître que son air de brigand était plutôt émoustillant.

— Nous devrions peut-être attendre demain pour avoir cette conversation, déclara-t-elle d'une voix chevrotante. Nous serons plus reposés et un peu plus lucides.

Ce n'était pas la chose à dire. Il s'approcha d'elle beaucoup plus rapidement qu'il ne l'aurait dû, compte tenu de sa jambe blessée. Il la surplomba, menaçant, mais sans la toucher.

— Je ne crois pas, *a leanbh*. Me reposer n'est pas du tout ce que j'ai en tête en ce moment.

Sa voix rauque la fit frissonner. Elle ne laissait planer aucun doute sur ses intentions.

— Je croyais que nous avions décidé que ce n'était pas une bonne idée.

— Au diable les bonnes idées, Maggie. Déshabille-toi parce que, sinon, dans deux secondes, je t'arrache tes vêtements et dans cinq, je suis en toi. Si tu as de la chance, tu pourras compter jusqu'à soixante avant qu'on se mette tous les deux à crier.

Elle n'aurait pas dû trouver cela aussi excitant !

— Eoin…

Il se pencha plus près, la regardant dans les yeux.

— Un.

— Tu ne veux pas essayer de…

Il ne lui laissa pas le temps de finir. Le bruit de la déchirure de son corsage fut étouffé par son grognement de satisfaction quand il fondit sur ses lèvres.

Il suffit d'un baiser et le reste du monde s'effaça. Il ne pensait plus qu'à être en elle.

Il en avait besoin, plus que tout au monde.

Il l'embrassa tel un homme affamé… ou un homme qui avait passé trois jours dans les affres de l'angoisse.

Il lui arracha ses vêtements, la voulant nue afin d'inspecter chaque parcelle de son corps et de vérifier qu'il ne portait pas d'autres traces de coups qu'elle lui aurait cachées.

Lorsqu'il pensait à la marque bleutée sur son visage…

Il l'embrassa plus fort, plus profondément, laissant les mouvements de la langue de Margaret contre la sienne émousser peu à peu son inquiétude et sa rage.

Il gémit quand la chaleur et les sensations s'emparèrent de lui. Il avait oublié à quel point c'était extraordinaire.

Il l'étendit sur le lit avec une délicatesse dont il ne se serait pas cru capable, interrompant leur baiser le temps de l'admirer. Un poing se resserra autour de son cœur. Elle était belle à couper le souffle.

Combien de fois l'avait-il imaginée ainsi, nue devant lui ? La femme sous ses yeux surpassait la jeune fille de ses souvenirs. Ses courbes étaient plus pleines et plus sensuelles. Comment s'étonner que tous les hommes soient à ses pieds ? C'était une enchanteresse avec un corps conçu pour le plaisir.

Son plaisir. Elle était à lui.

Il le lui prouva, encore plus rapidement qu'il ne l'avait prédit.

Il se débarrassa de ses vêtements en un quart de tour et s'étendit sur elle. L'instant suivant, elle avait enroulé ses jambes autour des siennes et il glissait en elle. Ce fut comme si leurs corps se reconnaissaient et se joignaient de leur propre chef. Il n'aurait su dire si c'était d'instinct ou de mémoire. Il savait juste que c'était une réaction naturelle et parfaite, comme si ces six années ne s'étaient pas écoulées.

Il la regarda dans les yeux et fut envahi par un profond sentiment de paix.

Il ne dit rien. Il n'en avait pas besoin. Ses émotions à vif se lisaient sur son visage. Il l'aimait. Il l'avait toujours aimée et l'aimerait toujours.

L'enchevêtrement de sentiments confus qui l'avaient torturé au cours des derniers jours se démêla quand il commença à bouger en elle. D'abord lentement, puis de plus en plus vite à mesure qu'elle l'encourageait.

La tension en lui grimpa en flèche, insistante, puissante, exigeante.

Il avait été un peu optimiste en pensant qu'il tiendrait soixante secondes. Le seul réconfort pour sa fierté fut qu'elle cria la première.

Eoin se retira et roula sur le côté en la gardant contre lui. Il fallut quelques minutes à Margaret pour retrouver son souffle et pouvoir parler. Elle posa son menton sur sa poitrine et le dévisagea.

— Tu te sens mieux ?

Il arqua un sourcil.

— Si tu crois que cela a suffi à me soulager, tu ne sais pas ce qui t'attend.

Il glissa une main sur ses fesses et la pressa contre lui.

Elle se redressa en sursaut.

— Mon Dieu, ton genou ! J'avais oublié. Je ne t'ai pas fait mal ?

Il sourit.

— Je peux t'assurer que je n'y ai pas pensé une seconde. Tout va bien.

Il lui adressa un regard entendu en ajoutant :

— La potion d'Helen a fait des miracles.

Elle rosit, sachant pertinemment à quoi il faisait allusion.

— Je suis désolée, mais c'était la seule manière de t'empêcher de me retenir.

— En me droguant ?

— Je sentais que tu ne me disais pas tout, répondit-elle avec un haussement d'épaules. Je savais aussi qu'il ne me restait plus beaucoup de temps. Je ne t'ai donné que quelques gouttes de plus que ce qui était recommandé.

Le voyant faire les gros yeux, elle ajouta :

— Tu sais très bien que tu ne m'aurais pas laissée partir.

— À raison !

Il lui prit le menton et inclina son visage à la lumière.

— Je le tuerai, maugréa-t-il.

— Tu n'en feras rien. C'est mon père, Eoin. Je ne cherche pas à l'excuser… Enfin, si, peut-être un peu, mais il n'est pas vraiment dans le meilleur état d'esprit. Il n'a rien mangé depuis des jours. Il laisse toutes ses rations à ses hommes et à Eachann. Je l'ai poussé un peu trop loin, lui disant ce qu'il ne voulait pas entendre, et il a réagi sans réfléchir. Je me suis juste trouvée sur son chemin.

— Ce n'est pas une excuse.

— C'est vrai, admit-elle, mais il s'est ensuite senti si coupable que cela m'a aidée à le convaincre qu'il n'avait pas d'autre solution. Eachann y a contribué également. Il aime sincèrement son petit-fils et ne supporte pas de le voir souffrir.

— Que fera-t-il ?

— Il ira en Irlande ou sur l'île de Man, sans doute. Il devra éviter l'Angleterre pendant un moment. Édouard ne sera pas ravi lorsqu'il apprendra qu'il a perdu un château aussi important.

Elle s'interrompit, hésitant à aborder le sujet tout en sachant qu'il le fallait.

— Il veut emmener Eachann avec lui.

— Il faudra d'abord qu'il me passe sur le corps !

Elle jugea préférable de ne pas lui dire que c'était précisément ce que son père avait proposé.

— Et tu devras passer sur le mien si tu comptes me l'enlever.

Il haussa des sourcils surpris et constata qu'elle n'exagérait pas. Elle le pensait réellement.

Toutefois, proférer des menaces ne les mènerait à rien. Elle devait le raisonner.

— Tu ne peux pas me l'enlever, Eoin. Il ne te connaît même pas.

— Je sais, et j'ai bien l'intention que ça change. En outre, je ne compte nullement te l'enlever.

Elle retint son souffle.

— Je croyais que nous devions nous séparer définitivement ?

Il contempla son corps nu et les draps froissés tombés au pied du lit.

— On n'en prend pas vraiment le chemin, tu ne crois pas ?

— Qu'es-tu en train de dire ?

— Que j'aimerais que tu reviennes à Kerrera avec moi et notre fils.

Kerrera. Elle se raidit en pensant à ce lieu où elle avait été si malheureuse. Il perçut sa réaction et caressa doucement son dos.

— Cette fois, ce sera différent, Maggie. Je serai avec toi. Du moins, pour un moment. Le roi m'a accordé une permission le temps que mon genou guérisse. Même ensuite, ce ne sera pas comme la dernière fois. Je pourrai vous retrouver plus souvent. La guerre touche à sa fin.

Elle hésita, ne voulant pas poser la question mais sachant qu'elle le devait.

— Cela signifie que tu m'as pardonné ?

Il caressa sa pommette du bout du pouce comme s'il touchait une porcelaine précieuse.

— Oui. Nous avons tous les deux commis des erreurs. Nous ne pouvons pas retourner en arrière, mais nous pouvons essayer de nous construire un avenir.

Margaret n'en croyait pas ses oreilles. Elle refoula le malaise et l'anxiété suscités par la perspective de retourner sur l'île qu'elle avait fuie des années plus tôt. Gylen était la demeure d'Eoin et, si elle voulait faire partie de sa vie, elle devrait en faire la sienne. Pour le bien d'Eachann aussi bien que pour le sien.

Le sourire d'Eoin lui gonfla la poitrine.

— Bien, cette question est donc réglée, déclara-t-il.

Il l'attira sur lui en ajoutant :

— Mais nous en avons d'autres en suspens.

Il glissa une main sur sa nuque et l'autre sur ses fesses.

— Cette fois, tu vas m'aider à me sentir mieux plus lentement. Très, très lentement.

23

Le lendemain midi, Bruce était en possession du château de Dumfries. Le père de Margaret avait ravalé sa fierté suffisamment longtemps pour prononcer les paroles qui le soumettaient à l'autorité du « roi Robert ». Margaret lui avait fait ses adieux sous le regard noir de son mari qui, en dépit de ses implorations, ne faisait rien pour cacher ses sentiments à l'égard de l'homme qui l'avait frappée.

Dugald MacDowell vaincu, le roi et ses hommes célébrèrent leur victoire sur le dernier résistant écossais par un banquet dans le grand hall du château, qui serait incendié le lendemain. Dumfries, comme toutes les autres forteresses reprises aux Anglais, serait détruit pour éviter que l'ennemi n'y installe une autre garnison.

Compte tenu des circonstances, Margaret n'était pas d'humeur à faire la fête et préféra rester dans la chambre qui avait été préparée pour elle et son fils.

La journée avait été pénible. Non seulement elle avait essuyé la colère de son père quand il avait appris qu'elle restait avec son mari, mais elle avait dû également affronter la réaction de son fils.

Il ne montrait aucun changement. Même après un copieux repas comportant ses plats favoris, y compris du mouton provenant de la réserve du roi et des prunes confites qu'Eoin avait dégotées comme par magie, ainsi qu'un bain chaud, l'enfant était toujours au bord des larmes lorsqu'elle le borda dans son lit. Il continuait de poser les mêmes questions que lorsqu'il était sorti du château avec son grand-père.

— Mais pourquoi on doit aller avec *lui* ? Pourquoi on ne peut pas aller avec grand-père sur l'île de Man ou retourner en Angleterre chez sir John ? Je croyais que vous vouliez l'épouser ?

— C'est vrai, mon chéri, mais je pensais alors que ton père était mort. C'est mon mari, Eachann, et même si je le voulais, ce qui n'est pas le cas, je ne pourrais épouser personne d'autre.

Le petit visage qui ressemblait tant à celui d'Eoin se froissa de colère.

— J'aimerais qu'il soit mort. C'est un traître de bâtard et je le hais !

À défaut d'autre chose, il avait au moins appris à prononcer le mot correctement. Margaret ne voulait pas se montrer dure avec lui après ce qu'il avait enduré, mais elle ne pouvait laisser s'enraciner ce genre de sentiments. Elle prit un air sévère.

— Je sais que tu es bouleversé et un peu perdu, mais souhaiter la mort de quelqu'un est très grave. Ton grand-père n'aurait jamais dû tenir ce genre de propos devant toi et j'ai eu tort de le laisser faire. Ton père n'a jamais été un traître. Il s'est toujours battu pour ce en quoi il croyait, même si sa cause n'était pas la même que celle de ton grand-père. J'ai honte pour toi quand je t'entends condamner un homme sans même le connaître.

Eachann battit des paupières, ses grands yeux bleu nuit s'emplissant de larmes.

— Mais pourquoi il me veut maintenant alors qu'il ne voulait pas de moi avant ?

Margaret sursauta.

— Qui t'a dit ça ?

C'était une question idiote. Elle le savait déjà.

— Ton grand-père se trompe. Ton père était absent parce qu'il était fâché contre moi. Il m'avait confié un secret et je l'ai répété à quelqu'un d'autre. À cause de ça, beaucoup d'hommes sont morts et ton père a failli être tué. Il ignorait ton existence. Autrement, rien ne l'aurait empêché d'être avec toi.

Il sembla accepter son explication.

— Si vous avez été si méchante, pourquoi veut-il que vous retourniez avec lui ? demanda-t-il d'un air grave.

— Parce que ton père est un homme juste, Eachann. Il me donne une seconde chance et j'espère que tu en feras autant avec lui.

Il réfléchit quelques instants, puis acquiesça. Margaret poussa un soupir de soulagement. Ce n'était qu'une petite victoire, mais c'était encourageant. Elle déposa un baiser sur son front.

Elle allait se lever quand il demanda :

— C'est quoi une catin ?

Elle pâlit.

— Où as-tu entendu ce mot ?

Il rougit en se rendant compte de son impair.

— C'est un des gardes de grand-père qui l'a dit.

— Qu'a-t-il dit exactement ?

Il baissa les yeux vers ses pieds pointant sous la couverture.

— Rien.

— Tu peux me le dire, mon chéri. Je ne me fâcherai pas.

— Il a dit que vous étiez aussi loyale qu'une catin à deux sous. (Il hésita.) Ce n'est pas gentil, n'est-ce pas ?

— Non, et il se trompe, Eachann. J'aime ton grand-père et je serai toujours sa fille, mais ma loyauté appartient à ton père depuis le jour où je l'ai épousé et il en est désormais de même pour toi. Tu m'as bien compris ?

Les conflits de loyauté avaient miné son mariage autrefois. Elle veillerait à ce que cela ne se reproduise plus.

Il hocha solennellement la tête.

— Très bien, dit-elle avec un sourire. Essaie de dormir un peu. Une longue journée nous attend demain.

Elle l'embrassa à nouveau puis ferma derrière elle la porte de la petite mansarde attenante à sa chambre. Elle sursauta en voyant une ombre bouger dans la pièce, puis se détendit en reconnaissant Eoin.

— Depuis combien de temps es-tu là ? demanda-t-elle à voix basse.

— Assez longtemps. J'aurais dû tuer cette ordure. Comment a-t-il pu dire à mon fils que je ne voulais pas de lui ?

Margaret l'ignorait et ne comptait pas excuser son père.

— Eachann connaît la vérité désormais. C'est l'essentiel.

Eoin ne se laisserait pas apaiser aussi facilement.

— Ton père a monté mon fils contre moi. Dieu sait quels autres mensonges il a pu lui raconter !

Margaret n'osait même pas les imaginer.

— Eachann finira par découvrir que ce ne sont que des mensonges. Laisse-lui le temps.

— J'en ai déjà trop perdu, dit-il en se passant une main dans les cheveux. Il a cinq ans, Maggie. Cinq ans !

En voyant ses traits abattus, Maggie eut une idée.

— Quand il était bébé, il pleurait tout le temps, surtout au milieu de la nuit. Je n'ai pas dormi pendant presque un an. Il poussait des cris qui me transperçaient les oreilles. J'ai cru devenir folle.

— Vraiment ? s'étonna Eoin.

— Oui, c'était épouvantable, mais pas autant que les langes sales.

— Les langes ?

Elle frissonna.

— Tu n'imagines pas tout ce qu'un si petit corps peut produire comme excréments. Et je ne te parle pas de l'odeur !

Il esquissa un sourire amusé.

— C'est dégoûtant.

— Pas autant que nettoyer ses couches quand sa nourrice n'était pas là, je t'assure.

Il la dévisagea longuement.

— Tu essaies de me réconforter, comprit-il.

— Peut-être un peu, répondit-elle avec un sourire. Mais je veux surtout que tu saches que cela n'a pas toujours été une partie de plaisir. J'ai souvent eu envie de m'arracher les cheveux. Et ce n'est pas fini. Je ne doute pas qu'il te donnera du fil à retordre à ton tour.

— Merci… Enfin, je crois.

Elle se mit à rire, puis demanda :

— Tu voulais quelque chose ? D'après les bruits que j'entends en bas, les célébrations commencent tout juste.

— Je voulais d'abord m'assurer que vous ne manquiez de rien.

— Tout va bien, Eoin. Tu n'as pas besoin de t'inquiéter pour nous. Profite de la fête. C'est un moment que vous attendiez tous depuis longtemps.

Elle ne pouvait lui tenir rigueur de savourer leur victoire, même si elle était aux dépens de son père et de son clan.

Que deviendrait le fier clan MacDowell ? Eoin avait sa loyauté inconditionnelle, mais cela ne signifiait pas qu'elle cesserait d'aimer sa famille.

Il s'approcha et elle sentit aussitôt son pouls s'accélérer. La passion qu'ils avaient partagée la nuit précédente n'avait fait qu'accentuer ses réactions physiques dès qu'il se tenait près d'elle.

Elle avait oublié à quel point il était délicieux de se laisser emporter par le plaisir, par la sensation de son corps sur elle, de son membre en elle. Surtout, elle avait oublié à quel point il était merveilleux de se désagréger en un million de petits fragments de bonheur.

Six années d'abstinence ne pouvaient être rattrapées en une nuit d'amour. D'autres hommes avaient tenté d'avoir des relations intimes avec elle. Tristan d'abord, avant qu'il ne se lasse d'attendre, puis sir John. Elle n'avait pas voulu, mal à l'aise, ayant l'impression d'être déloyale envers son mari même si elle le croyait mort.

C'était ironique compte tenu de…

Elle s'efforça de repousser cette pensée qui s'était logée dans sa tête la veille quand elle avait remarqué la différence dans les attentions d'Eoin. Il faisait l'amour comme un homme, un homme expérimenté, avec toute l'assurance et la pratique de celui qui sait exactement comment donner du plaisir à une femme.

Elle n'avait aucun droit d'attendre de lui qu'il ait été chaste pendant six ans, mais cela piquait un peu.

— J'attends ce jour depuis longtemps, dit-il, mais, bizarrement, je n'ai pas très envie de le fêter avec les hommes en bas.

Son regard coquin était éloquent, mais Margaret était résolue à ne pas tomber à nouveau dans le piège de la passion. Elle voulait être proche de lui, mais pas uniquement physiquement, et elle sentait que les guerriers avec qui il passait tout son temps détenaient la clef d'un mystère.

Elle recula d'un pas.

— Parle-moi d'eux.

— De qui ? demanda-t-il.

— Les hommes avec qui tu es tout le temps. Ewen Lamont, Magnus MacKay, le grand brun qui l'accompagne toujours, Robbie Boyd, les trois autres venus des îles qui ont l'air si effrayants…

Si elle ne l'avait pas observé aussi attentivement, elle n'aurait pas remarqué sa surprise avant que son masque impassible ne retombe devant son visage. *Il cache quelque chose*.

— Que veux-tu savoir ?

— Je ne sais pas. Vous paraissez très proches. C'est étonnant de voir des hommes de clans différents se battre ensemble plutôt qu'avec les leurs.

Elle fronça les sourcils. La plupart des membres de la suite de Robert de Bruce étaient célèbres : Douglas, Randolph, Édouard de Bruce, James Stuart, Robert Keith, Neil Campbell, Alexander Lindsay, David Barclay et Hugh de Ross.

— Tu fais partie de la suite du roi ? demanda-t-elle.

— Pas vraiment, même si je me bats souvent à leurs côtés.

Il s'avança vers elle, l'acculant au meuble le plus imposant de la pièce, à savoir le lit, ce qui n'était sans doute pas une coïncidence.

— Qu'est-ce qui t'intrigue autant, Maggie ?

Il caressa sa joue de l'index, glissa ses doigts le long de son cou, puis de sa gorge, jusqu'au renflement de ses seins.

— Devrais-je être jaloux ? susurra-t-il.

— Bien sûr que non, s'indigna-t-elle.

— Tant mieux, parce qu'ils sont tous mariés et heureux en ménage.

— Je ne…

Il l'interrompit par un baiser. Un long et lent baiser qui lui vida l'esprit.

C'était probablement intentionnel, mais elle décida de le laisser faire. Elle devait se montrer patiente. Elle voulait tout connaître de lui, mais la confiance ne se construisait pas du jour au lendemain. Et, en attendant…

Il savait merveilleusement bien lui vider l'esprit.

Les éclats de rire lui nouèrent les muscles de la nuque. Eoin dut faire un effort pour ne pas se tourner à nouveau. Il savait déjà ce qu'il verrait.

Finalement, ils auraient peut-être mieux fait d'entreprendre le voyage par la route. Toutefois, lorsque le Faucon, qui rentrait voir sa famille sur l'île de Spoon à bord de son *birlinn*, avait proposé de faire un détour pour les déposer à Gylen, Eoin avait sauté sur l'occasion. Cela leur épargnerait de pénibles semaines en selle, surtout avec son genou blessé. Par la mer, ce n'était qu'une question de jours. Bien que les mers entre Dumfries et la côte d'Argyll soient périlleuses (Eoin ne s'y serait pas aventuré seul), il ne doutait pas qu'avec le meilleur marin d'un royaume de marins à la barre, ils parviendraient à bon port sans histoire.

MacSorley avait sauvé leur peau d'innombrables fois et Eoin n'avait pas hésité à remettre entre ses mains non seulement sa vie, mais également celle de sa femme et de son fils. Mais avait-il besoin d'être aussi *aimable* ?

MacSorley était drôle, léger, charmant et ne prenait jamais rien trop au sérieux. En bref, il était l'opposé d'Eoin. C'était pourquoi voir son fils (qui lui avait à peine adressé trois mots) suspendu aux lèvres de ce bandit et totalement sous le charme du grand *Gall-Gaedhil* (qui paraissait plus viking que celte) lui écorchait les nerfs. Margaret n'arrangeait rien. Elle riait autant que son fils.

Il n'aurait pas dû être surpris. Le Faucon et Margaret semblaient avoir été coulés dans le même moule. Lorsqu'il avait rencontré le Faucon, il avait été frappé par les similitudes de leurs tempéraments.

Dès que la côte de Galloway disparut dans la brume, ce fut son tour de prendre les rames. Il s'efforça de se concentrer sur le rythme lancinant des pales s'enfonçant dans les vagues plutôt que sur la conversation derrière lui, mais il pouvait toujours les entendre.

— J'ai un fils qui doit avoir à peu près ton âge, dit la voix grave de MacSorley.

— Vraiment ? demanda Eachann. Quel âge exactement ?

— Il aura cinq ans au prochain solstice d'été.

— Moi je les ai déjà, dit fièrement Eachann. Je suis né le jour de la Toussaint.

Eoin eut un pincement au cœur. Il ne le savait même pas.

— Je m'en serais douté, dit MacSorley en riant. Tu es beaucoup plus grand que Duncan.

— C'est vrai ? Mon grand-père dit que je dois manger plus, sinon je ne serai jamais assez grand et assez fort pour devenir guerrier.

— Tu peux être ce que tu veux, déclara fermement sa mère. Tu n'as pas besoin d'être aussi grand que le capitaine pour être guerrier, si c'est ce que tu souhaites.

Devant l'empressement de Margaret à intervenir, Eoin devina que la taille de l'enfant était un sujet sensible. Était-il vraiment si petit ? Eoin n'avait pas beaucoup d'expérience avec les garçons de son âge. Eachann était bâti comme son frère Donald. Donald avait deux ans de plus que lui, mais, à treize ans, Eoin le dépassait déjà d'une tête. Donald avait un physique maigre et nerveux, contrairement à Eoin et à leur frère aîné Neil, qui étaient larges d'épaules et massifs. Cela lui avait donné des complexes à lui aussi, jusqu'à ce qu'il trouve sa vocation. À l'instar de MacSorley, c'était un marin hors pair.

MacSorley semblait avoir lui aussi remarqué le point sensible.

— Ta mère a raison, mon petit gars, dit-il. Je connais une fille qui est capable de m'envoyer sur les fesses en moins de deux. D'ailleurs, elle l'a déjà fait plusieurs fois.

— Elle doit être très grande, observa Eachann, peu convaincu.

— Penses-tu ! Elle est à peu près de la taille de Peter.

Il pointa le menton vers le jeune palefrenier qui mesurait un mètre soixante tout au plus et ne devait guère peser plus de cinquante kilos.

— Vous vous moquez, répondit Eachann.

— Pas du tout. Elle s'appelle Cate et est fiancée à un de mes amis. Enfin, ils étaient fiancés jusqu'à ce que… Bah, peu importe. Il se trouve aussi qu'elle est la fille du roi.

— Mais la fille du roi est enfermée dans un couvent en Angleterre, objecta Eachann.

— Je crois qu'il veut dire la fille naturelle du roi, précisa Margaret.

— Vous voulez dire que c'est une bâtarde ?

Eoin pinça les lèvres. Il n'avait pas besoin de se tourner pour sentir le regard de son fils sur son dos.

— Eachann…, commença Margaret.

MacSorley, lui, se contenta de rire.

— Oui, je suppose que c'est le terme juste. Cela dit, à ta place, j'éviterais de le lui dire ou c'est toi qui vas te retrouver sur les fesses.

Lassé d'écouter le Faucon charmer son fils, Eoin abandonna les rames. Il comptait demander à Eachann s'il voulait apprendre quelques principes de navigation quand il entendit MacSorley lui demander :

— Tu veux tenir les voiles un moment ?

— Moi ? Vraiment ? Vous êtes sérieux ?

Eoin se rassit rapidement en percevant l'enthousiasme dans la voix de son fils. Les vieilles cartes maritimes et la boussole solaire ne pouvaient rivaliser avec le maniement des gréements.

Quelques instants plus tard, Margaret vint s'asseoir près de lui.

— Ton ami est très drôle, lui glissa-t-elle. Il me fait penser à quelqu'un mais je ne trouve pas qui.

Eoin réprima un sourire. Elle s'en apercevrait bien assez vite.

Elle baissa encore la voix.

— Eachann a peur. Il ne cherche pas délibérément à te blesser. Il ne sait pas quoi te dire. Ton ami MacSorley est plus facile et, avec lui, il n'y a pas d'enjeu.

Fichtre, il était donc si transparent que ça ? Il ne tenta pas de nier.

— J'ai essayé de lui parler ce matin avant notre départ, dit-il, mais il n'avait qu'une envie : se débarrasser de moi.

— De quoi avez-vous parlé ?

— De rien en particulier. Je lui ai demandé quelle était son arme favorite et je lui ai dit que j'avais hâte de m'entraîner avec lui quand nous serons sur Kerrera.

Elle se tut.

— Je n'aurais pas dû ?

Elle se mordit la lèvre, hésitante. Au bout d'une minute, elle sembla être parvenue à une décision.

— Je ne crois pas qu'Eachann s'intéresse beaucoup à la guerre.

Il fut surpris.

— Je croyais que tous les petits garçons s'intéressaient à la guerre.

Lui-même n'avait pensé à rien d'autre.

— Pas Eachann.

Il la sentait légèrement sur la défensive et devina que, comme la taille du garçon, il s'agissait d'un sujet sensible. Il n'était pas difficile de comprendre pourquoi. Dugald MacDowell n'avait élevé que des guerriers. Sincèrement, dans la mesure où lui-même ne connaissait rien d'autre jusqu'à ce qu'il rencontre

Margaret, il avait pensé qu'il en irait de même pour son fils.

— À quoi s'intéresse-t-il ?

— Aux livres. Il lit tout ce qui lui tombe sous la main. Il aime aussi construire des choses.

Elle indiqua la boussole solaire.

— Cela lui plairait probablement. Il adore comprendre comment tout fonctionne.

Eoin esquissa un sourire. Peut-être son fils lui ressemblait-il à d'autres égards.

— Il est intelligent ? demanda-t-il.

— Très, répondit fièrement sa mère. Il me bat déjà aux échecs.

— Ça ne veut rien dire.

— Eoin ! s'exclama-t-elle en lui donnant un coup dans l'épaule. Ce n'est pas très gentil.

— Mais c'est vrai, répliqua-t-il en riant. La patience n'a jamais été ton fort. Heureusement, tu as… hum… d'autres talents.

Le regard entendu qu'il lui lança la fit rougir et elle se redressa avec un air un peu guindé.

— Toi non plus, tu n'es pas très patient quand il s'agit de certaines choses.

Il rit à nouveau. Elle avait raison. Ils avaient six ans à rattraper et il piaffait d'impatience d'être à Kerrera pour se mettre à l'œuvre.

Leurs rires avaient attiré l'attention d'Eachann. Dès qu'il croisa le regard de son père, l'enfant détourna les yeux. Eoin soupira en se rendant compte qu'il allait devoir faire preuve de *beaucoup* de patience pour apprivoiser son fils.

Margaret était navrée de devoir se séparer du fringant capitaine. Ce n'était pas uniquement qu'Erik MacSorley lui était très sympathique (elle n'avait pas autant ri depuis des années), cela signifiait également qu'ils arrivaient à destination.

Lorsque les versants verdoyants et les falaises sombres de l'île de Kerrera se dessinèrent au loin, elle ne put refouler un élan d'appréhension. Toutefois, elle ne doutait pas d'avoir pris la bonne décision. Il lui suffisait de se rappeler les deux têtes blondes penchées l'une vers l'autre pour la première fois. Son cœur se serrait rien que d'y penser.

Lorsqu'ils avaient quitté la petite île au large de l'Irlande où ils avaient passé la nuit, Eoin avait suivi son conseil et demandé à Eachann s'il voulait apprendre la navigation. Bien qu'hésitant, l'enfant était bien trop curieux pour résister à la planche de bois sur laquelle étaient gravées les ombres du soleil projetées par un cadran vertical. Il avait posé des dizaines de questions auxquelles Margaret avait rapidement cessé de s'intéresser. Elle devait admettre être soulagée que quelqu'un d'autre se charge de répondre aux incessantes interrogations de son fils, qui voulait toujours tout savoir dans les moindres détails et qui mettait parfois sa patience maternelle à rude épreuve.

Elle pouvait presque voir tourner les rouages de son esprit tandis qu'il cherchait un moyen d'améliorer l'instrument rudimentaire. Eachann aimait construire, pas des châteaux en boue et en brindilles comme les autres garçons, mais des objets utiles. Des objets qui rendaient la vie des gens plus facile. Elle n'oublierait jamais la fois où il avait lu un livre sur la grande horloge de la cathédrale de Canterbury qui donnait l'heure à l'aide de cloches. Elle fonctionnait avec des contrepoids plutôt qu'avec de l'eau. L'enfant s'était mis en tête de construire sa propre horloge et n'avait parlé que de ça durant des semaines.

Il paraissait à présent aussi passionné, sauf que, cette fois, il s'adressait à un public aussi intrigué que lui. Elle sourit. Plutôt qu'un public, il semblait avoir trouvé un complice enthousiaste.

Si Eoin avait été surpris d'apprendre qu'Eachann ne s'intéressait pas à l'art de la guerre, il s'en était rapidement remis. Il n'avait pas semblé déçu. En fait, à mesure qu'il discutait avec lui, il paraissait très fier de son fils.

Revigorée par les premiers signes d'une entente entre son fils et son mari, Margaret prit congé du beau marin au sourire irrésistible qui avait hâte de retrouver son épouse et ses enfants, puis, tenant fermement la main d'Eachann, elle suivit Eoin vers l'escalier qui grimpait vers le donjon carré de Gylen. Le château était perché au bord d'une falaise, dominant la mer. Lorsqu'elle vit le couple qui les attendait en haut des marches, son pouls s'accéléra et une angoisse familière s'enroula autour d'elle tel un plaid trempé, alourdissant ses pas.

Eoin avait envoyé une lettre à ses parents pour leur annoncer l'existence d'Eachann, mais il n'avait pas eu le temps de les prévenir de leur arrivée. Margaret ne se berçait pas d'illusions : ses beaux-parents ne l'accueilleraient pas à bras ouverts. Elle espérait néanmoins que, pour Eachann, ils parviendraient à cacher leur mépris.

L'idée de baisser dans l'estime de son fils lui était intolérable.

Eoin avait pris un peu d'avance, sans doute pour préparer ses parents. Cela s'avéra inutile. Le regard de lady Rignach se posa immédiatement sur elle. Derrière sa surprise, Margaret crut voir quelque chose qui ressemblait à du soulagement avant qu'elle ne baisse les yeux vers l'enfant à côté d'elle. Elle pâlit et se serait sans doute effondrée si son mari ne l'avait pas retenue.

Le fier chef de clan paraissait aussi ébranlé que son épouse.

Eachann n'était pas un enfant timide mais, devant les deux inconnus qui l'observaient comme s'il était une étrange créature dans une ménagerie, il se blottit contre sa mère.

Lady Rignach porta une main à ses lèvres. Ses yeux noirs scintillaient de larmes.

— Mon Dieu, Eoin. C'est ton portrait craché. J'avais craint que…

Elle n'acheva pas sa phrase. Margaret se tendit en comprenant ce qu'elle s'était retenue de dire : elle avait craint que l'enfant ne soit pas de lui.

Quelques instants plus tard, elle se demanda si elle ne s'était pas trompée. Le regard de sa belle-mère sur elle n'était pas empli de dérision et d'animosité, mais de gratitude.

— Merci de nous l'avoir amené. Après ce qui s'est passé, je pensais que rien n'aurait pu vous faire revenir.

Margaret aurait pensé qu'elle en aurait été plutôt ravie, mais un soulagement évident se peignait sur son visage.

Ayant l'impression d'avoir soudain pénétré dans une autre dimension, Margaret ne savait plus quoi dire. La petite main qui serrait la sienne au point de la broyer la rappela à l'ordre. Elle se pencha vers son fils.

— Eachann, voici tes grands-parents. Lady Rignach et laird Gilliemore, chef du clan MacLean.

L'air grave, l'enfant effectua une petite courbette formelle et murmura qu'il était enchanté de les rencontrer.

Lady Rignach regardait l'enfant avec une telle tendresse que Margaret crut qu'elle allait tenter de le prendre dans ses bras.

Eoin dut avoir la même impression. Pour éviter au garçon d'être encore plus submergé qu'il ne l'était déjà, il se plaça devant lui.

— Si nous entrions ? proposa-t-il. Le voyage a été long et nous sommes fatigués.

— Bien sûr, répondit le laird. Ta mère va faire préparer vos chambres.

— « Notre » chambre, le corrigea fermement Eoin. Ma femme et moi dormirons ensemble et notre fils prendra l'antichambre.

Si un doute subsistait quant à la place de Margaret, il venait d'être dissipé. Elle était la première surprise par le ton péremptoire d'Eoin.

Elle suivit son mari et ses beaux-parents en s'efforçant de ne pas rire. Le grand hall n'avait guère changé depuis son départ. La salle aurait pu rivaliser avec n'importe quel palais. De belles tapisseries étaient suspendues devant les murs fraîchement repeints à la chaux. Des nappes vivement colorées recouvraient les rangées de tables et celle sur l'estrade était ornée de précieux chandeliers en argent et de vaisselle luxueuse.

Il était tard dans l'après-midi et le hall était calme. Comme ils n'étaient pas attendus, aucun banquet n'avait été préparé. Lady Rignach les assura que ce serait le cas dès le lendemain. Tout le clan voudrait connaître le petit-fils du laird. Son *premier* petit-fils. Marjory n'avait pas encore d'enfant. Sentant qu'il s'agissait là d'un sujet douloureux, Margaret se garda de poser des questions.

D'après le peu qu'Eoin lui avait dit sur sa sœur et son frère de sang, Fin avait fait la paix avec Bruce et était désormais l'écuyer du laird. En attendant qu'une nouvelle tour soit construite pour Marjory et lui-même, ils vivaient dans le village.

Lorsque, le premier jour de leur voyage, Eoin lui avait annoncé que Fin se trouvait toujours à Kerrera, Margaret avait failli rebrousser chemin. Seule sa fierté l'avait retenue. Elle ne fuirait pas à nouveau devant Fin. Elle n'était pas aussi convaincue qu'Eoin qu'il avait changé, mais elle était prête à tirer un trait sur le passé.

Néanmoins, leurs retrouvailles ne pressaient pas et elle fut soulagée de ne pas le voir parmi la poignée d'hommes du clan présents dans le hall.

Sans réfléchir, elle allait prendre place à la table sous le *hie burde* qu'elle avait souvent partagée avec Tilda (qui s'était mariée et avait déménagé des années plus tôt) quand Eoin la prit par la main et la conduisit sur l'estrade où les attendait sa mère. Elle s'assit entre son mari et son fils au bout du long banc. Lady Rignach parut tentée de se glisser entre eux, mais son mari l'entraîna vers le milieu de la table.

Eoin et son père monopolisèrent le gros de la conversation tandis qu'ils partageaient un repas léger de volaille rôtie, de mouton, de fromage et de pain. Eachann était très silencieux, mais il s'anima quand on plaça devant eux un assortiment de desserts.

Margaret rit en elle-même en remarquant qu'Eoin et lui choisissaient la même tartelette aux prunes et le même gâteau aux épices. Levant les yeux, elle croisa le regard humide et attendri de lady Rignach qui l'avait remarqué aussi. Pour la première fois, les deux femmes qui n'avaient rien en commun partagèrent un moment de complicité.

Margaret ne savait plus quoi penser. Elle s'était attendue à ce que sa belle-mère la traite avec courtoisie, mais cela allait plus loin. Peut-être n'était-elle pas la seule à vouloir tirer un trait sur le passé ?

Avant qu'ils ne se retirent dans leurs chambres, lady Rignach l'attira à l'écart.

— Je vous dois des excuses, déclara-t-elle.

Margaret fut trop surprise pour répondre.

— Vous étiez l'épouse de mon fils et j'aurais dû faire en sorte que vous vous sentiez chez vous. J'aurais dû vous faire comprendre que vous pouviez venir me trouver si Finlaeie vous causait des ennuis. (Elle fit une grimace.) Je sentais bien que quelque chose n'allait pas. Je n'aurais jamais dû laisser Marjory l'épouser, mais elle était tellement convaincue qu'il l'aimait !

Elle se reprit en sentant qu'elle en avait déjà trop dit.

— Mon plus grand regret est que vous ayez considéré que votre seul choix était de partir. Je... J'ai été sotte et j'ai prêté trop d'attention aux commérages. Vous aviez raison, j'aurais dû me fier au jugement de mon fils.

Apparemment, Eoin l'avait tenue en partie pour responsable de son départ.

Voir la fière aristocrate s'abaisser ainsi aurait été gratifiant autrefois, mais la mère d'Eoin n'était pas la seule à nourrir des regrets. Margaret avait commis son lot d'erreurs. Elle avait fait irruption dans leur vie sans prêter garde à leurs règles et à leurs coutumes. Elle avait fait ce qu'elle voulait sans penser que cela pouvait ternir la réputation de son mari et de sa famille.

Elle doutait qu'elles pussent jamais être amies, mais elles pouvaient apprendre à s'accepter l'une l'autre. En outre, elles avaient à présent deux personnes en commun : Eoin et Eachann.

— C'était il y a longtemps, répondit-elle. Nous avons toutes les deux fait des choses que nous regrettons. Nous ne pouvons les changer, mais peut-être pouvons-nous prendre un nouveau départ ?

— Cela me plairait, répondit gravement lady Rignach.

Eoin était revenu sur ses pas sans que Margaret s'en rende compte.

— Mère ? demanda-t-il. Il y a un problème ?

Margaret n'avait pas besoin qu'il vole à sa rescousse, même si elle appréciait l'attention.

— Tout va bien, répondit-elle en posant une main sur son bras. J'allais demander à ta mère si elle aimerait venir à Oban avec Eachann et moi lundi prochain. J'aimerais qu'il connaisse les sœurs du couvent.

— Je peux vous y emmener, proposa-t-il en anticipant sans doute le refus de sa mère.

Ce n'était pas nécessaire. Lady Rignach sauta sur l'occasion de passer du temps avec son petit-fils.

— Je serais enchantée de vous accompagner, dit-elle.

Margaret sourit. Il leur restait un long chemin à parcourir, mais c'était un début. Elle lança un regard ému vers son mari.

Un nouveau départ. Pour le moment, elle ne pouvait espérer mieux.

24

Margaret gémit et se tordit dans son lit. Son corps paraissait lourd, alangui. Elle se cambra, une délicieuse sensation entre les cuisses. Des cercles lents, une petite intrusion, la caresse d'une…

Elle ouvrit brusquement les yeux. D'une langue !

Dans la faible lumière qui filtrait par les fentes des volets, elle distinguait à peine entre ses jambes la tête blonde de l'homme qui l'avait extirpée de son sommeil.

Non pas qu'elle s'en plaignît, surtout quand il…

Elle gémit à nouveau quand sa langue s'enfonça profondément en elle. Elle sentait le chaume de ses joues râper l'intérieur de ses cuisses. Puis il la lécha à nouveau, tendrement, voracement.

C'était divinement bon.

Elle se mit à trembler. Ses tétons s'étaient tendus sous le drap. Ses hanches se soulevèrent pour accueillir les baisers intimes de son mari. Des vagues chaudes de plaisir la parcouraient. Elle sentait les sensations s'intensifier, s'accumuler…

— Oh, mon Dieu, je…

Elle se rendit compte qu'elle avait crié lorsqu'il leva la tête.

— L'intimité, tu te souviens ?

Il n'oserait tout de même pas arrêter !

— Eoin !

Elle baissa vers lui un regard assassin qui le fit pouffer.

— Je ne veux pas réveiller Eachann, chuchota-t-il.

— Il a un sommeil de plomb.

— J'espère que tu dis vrai parce que je vais te faire hurler.

Il glissa ses mains sous ses fesses et se remit à la lécher et à la sucer jusqu'à ce qu'elle soit folle de plaisir.

Puis, lorsqu'elle fut au bord du précipice, il la tint en suspens, forçant les spasmes à se prolonger, plus profonds, plus lents, plus puissants, avant qu'elle ne soit emportée par une vague étourdissante.

Lorsqu'elle fut redescendue sur terre, elle lui tendit l'oreiller qu'elle avait utilisé pour étouffer ses cris.

Il allait en avoir besoin.

Eoin ne comprit pas tout de suite ce qu'elle faisait. Lorsqu'elle lui avait tendu l'oreiller et avait pris son membre dans sa main, il avait souri, se souvenant de leurs petits jeux dans les bois des années plus tôt. Ce n'était pas une main, même celle de Margaret, qui lui ferait perdre la tête au point de crier.

Son sourire s'effaça lorsque les petits baisers qu'elle déposait sur son torse descendirent vers son nombril.

Ils ne s'arrêtèrent pas.

Il se tendit. La main qui caressait son sexe s'était arrêtée elle aussi.

Elle approcha les lèvres à quelques centimètres de son gland turgescent et leva les yeux. Il y avait juste assez de lumière pour qu'il distingue son sourire félin.

Il savait exactement ce qu'elle comptait faire, et elle aussi.

Ses poings se crispèrent sur le drap.

Elle se mit à rire.

— Finalement, je crois que l'oreiller va te servir.

Il ne pouvait pas parler. Sa bouche était trop proche et il était si tendu qu'il ignorait combien de temps encore il pourrait supporter ses taquineries avant de l'implorer.

Suce-moi...

Une petite goutte perla au bout de son gland.

Elle la lécha, puis laissa courir sa langue tout autour de l'extrémité sensible de sa verge comme s'il s'agissait d'une prune bien juteuse.

Il crut défaillir, mais ce n'était encore rien comparé à la sensation exquise de sa bouche qui se referma sur lui, l'engloutissant profondément entre ses lèvres rouges.

Même dans ses rêves les plus torrides, il n'avait jamais imaginé un plaisir aussi intense. Le supplice de son fourreau doux et chaud allant et venant sur son membre le plongeait dans une volupté inouïe.

Elle savait ce qu'elle faisait et ne tarda pas à l'amener au bord de l'extase. Il se serait retiré, mais elle ne le laissa pas faire. Elle le prit jusqu'au fond de sa gorge, caressant sa veine épaisse de la langue. Il ne put plus se retenir. Il explosa en jets puissants et brûlants qui lui arrachèrent un rugissement de plaisir. Il aurait probablement dû utiliser deux oreillers.

Où a-t-elle appris...

Il n'acheva pas la question qu'il n'avait pas le droit de poser. Il l'avait laissée croire à sa mort. Pourquoi lui serait-elle restée fidèle ? Elle avait même été fiancée à un autre homme.

S'interroger ne pouvait que lui faire du mal. Il valait mieux pour tous les deux effacer ces six années de leur mémoire et ne jamais en parler.

Cela ne serait pas facile. Dès qu'il s'agissait de sa femme, sa jalousie refusait d'entendre raison.

Margaret ne pouvait pas se plaindre. Ses premiers jours à Gylen s'étaient déroulés bien mieux qu'elle ne l'avait présagé. La prudence naturelle d'Eachann s'était émoussée et il commençait à se faire à l'idée d'avoir de nouveaux grands-parents, notamment une grand-mère qui ne cachait pas son intention de le gâter au-delà du raisonnable.

En la voyant avec Eachann, Margaret découvrait une autre facette de sa redoutable belle-mère. Elle pouvait imaginer comment elle avait été avec ses propres enfants, les adorant et les protégeant férocement telle une lionne avec ses lionceaux. L'arrivée d'une belle-fille qui mettait la vie de son fils sens dessus dessous avait dû être perçue comme une menace. Cela n'excusait pas sa froideur, mais l'expliquait un peu.

Eachann était encore réservé avec son père. Sa méfiance se dissipa considérablement lorsque Eoin lui montra sa bibliothèque et lui promit de faire venir son ancien précepteur pour lui donner des leçons. L'excitation de l'enfant fut sans bornes. Il se détendit même au point de rejoindre un jour les autres garçons qui s'entraînaient dans la cour.

Le mur d'animosité et de soupçon qui avait entouré Margaret lors de son premier séjour s'était effrité, même s'il en demeurait des vestiges. Certains membres du clan continuaient de murmurer dans son dos et plusieurs lui rappelèrent plus ou moins subtilement son statut de fille de l'un des plus grands ennemis de Bruce. L'un des gardes *luchd-taighe* du laird se tournait vers elle chaque fois que le mot « traître » était prononcé, un autre chaque fois que l'on faisait allusion à John de Lorn et à ses cohortes de rebelles. Apparemment, le chef MacDougall en exil avait été chargé de la flotte anglaise et compliquait l'approvisionnement de Bruce depuis l'Irlande et la France.

Son bref voyage à Oban avec sa belle-mère et Eachann s'était bien déroulé. Après le départ de Margaret, lady

Rignach avait appris ce qu'elle faisait au couvent et avait fait un don conséquent aux religieuses. Celui-ci avait servi à construire une école dans le village.

Le moment le plus dur à passer fut le banquet auquel participa Fin. En tant qu'époux de Marjory, elle pouvait difficilement l'éviter. Heureusement, après des salutations un peu raides, la sœur d'Eoin et son mari gardèrent leurs distances. Margaret savait qu'elle pouvait en remercier Eoin.

Le genou de celui-ci s'était suffisamment rétabli pour qu'il puisse marcher sans la béquille que lui avait confectionnée Magnus, et il avait promis de bientôt l'emmener faire une balade à cheval sur l'île.

Il passait le plus clair de ses journées enfermé avec son père, mais ses nuits lui étaient réservées. Comme toujours, leur passion était explosive. Ils faisaient l'amour avec fougue et tendresse, partageant une intimité à laquelle elle n'aurait jamais osé rêver.

Tout était presque parfait, mais elle ne pouvait se défaire de l'impression que quelque chose le tracassait. Quatre jours après leur arrivée à Gylen, elle n'y tint plus. Elle devait savoir. Comme toujours, Eoin se leva dès les premières lueurs du jour. Il avait déjà enfilé sa tunique et nouait les lacets de ses braies quand elle lui demanda :

— J'ai fait quelque chose de mal ?

Il se tourna vers elle, l'air surpris.

— Non, pourquoi ?

Elle tira le drap sur sa poitrine et s'adossa à la tête de lit.

— Tu sembles préoccupé. Je l'ai remarqué depuis notre premier jour ici.

Une pensée lui traversa l'esprit et elle précisa :

— Depuis que je t'ai… hum. Cela ne t'a pas plu ?

Il s'assit sur le bord du lit et posa une main sur sa joue.

— Tu es folle ? Bien sûr que ça m'a plu. Tu n'entendais pas mes cris ?

Elle se laissa presque duper par son sourire juvénile. Il paraissait si détendu, aux antipodes de l'homme sinistre qui était apparu devant l'église. Cependant, elle savait qu'elle ne rêvait pas.

— Ne fais pas ça, Eoin. Si quelque chose ne va pas, tu dois me le dire. Je ne veux plus de secrets entre nous. Ne vois-tu pas ? Autrement, cela ne pourra jamais marcher.

Ses traits durcirent et il s'écarta.

— Certains secrets doivent rester enfouis. La vérité n'est pas toujours la panacée. Elle peut parfois blesser.

— Quel rapport avec moi ? Je n'ai pas de secrets pour toi.

— Ah non ?

À présent, il était en colère, son regard était dur et ses lèvres pincées.

— Dans ce cas, je devrais peut-être te demander où tu as appris ça ? Devrais-je savoir avec quels hommes tu as couché ? Devrais-je entendre tous les détails croustillants ? Cette vérité serait-elle bonne pour moi ?

Elle écarquilla des yeux horrifiés.

Juste ciel ! Ce qui le tracassait était précisément ce à quoi elle s'efforçait de ne pas penser. Il avait sans doute raison : certains secrets ne pouvaient que vous faire mal.

— C'est Fin qui m'a appris, répondit-elle.

— *Quoi ?* Pourquoi ne m'as-tu rien dit ? Je le tuerai, ce salaud ! Beau-frère ou pas !

Elle le retint par le bras avant qu'il puisse bondir du lit.

— Je voulais simplement dire que c'est lui qui m'a dit que tu aimais ça. Il m'a demandé si c'était ainsi que je t'avais convaincu de m'épouser. Je n'ai jamais fait ça à un autre homme, Eoin.

Il la dévisagea un long moment, sa fureur retombant peu à peu.

— Tu me croyais mort, Margaret. Tu étais libre. Tu n'as pas d'explications à me donner.

— Peut-être, mais je t'en donnerai une quand même. Contrairement à mon premier mariage, j'attendais d'être vraiment mariée avant de partager un lit avec mon second époux. Si tu étais apparu un jour plus tard, je ne pourrais probablement pas en dire autant, mais je n'ai eu de relations intimes qu'avec toi.

Il étudia son visage.

— Tu n'as pas besoin de me le dire. Si tu avais connu un autre homme, cela ne changerait rien. Cela me ferait mal, mais je m'en remettrais.

— Peut-être, mais c'est la vérité. Mes souvenirs de toi étaient si forts que j'avais presque peur d'essayer avec un autre. Je t'aimais tellement. C'était différent pour toi, tu me haïssais.

Il fronça les sourcils, puis comprit ce qu'elle voulait dire et secoua la tête.

— Pas si différent parce que, contrairement à toi, j'étais toujours marié.

Margaret ne comprit pas.

— Mais tu as quand même brisé tes vœux ?

— J'essaie de te dire que non.

— Mais tu l'as forcément fait ! s'entêta-t-elle.

Il la regarda comme si elle était folle.

— Pourquoi ?

— Parce que… parce que tu n'es plus pareil.

Il resta perplexe quelques instants, puis sourit.

— Je me suis beaucoup entraîné.

Elle pâlit.

— Je croyais que tu avais dit que…

— Pas comme tu le penses. Je me suis entraîné tout seul, comme je t'ai montré.

Il s'était caressé en pensant à elle.

— Je pensais à ce que je voulais te faire, comment je voulais te toucher, avec moult détails, expliqua-t-il. Je me suis entraîné avec toi pendant six ans.

Elle retint son souffle, n'osant pas espérer.

— Tu n'as jamais… avec une autre femme ?

Il haussa les épaules, presque comme s'il avait honte de l'admettre.

— J'en avais envie. Je te haïssais et m'en voulais de toujours te désirer. J'ai essayé une fois… mais nous ne sommes pas allés bien loin.

Margaret ne savait plus quoi dire. Elle était stupéfaite et indéniablement soulagée. Elle avait été prête à accepter l'inévitable mais était heureuse de ne pas devoir le faire.

— J'en suis ravie.

— C'était humiliant, répliqua-t-il avec un regard noir.

— Je devrais avoir de la peine pour toi, peut-être ?

Il esquissa un sourire.

— Compte tenu des circonstances, peut-être pas.

— Tu n'as pas d'autres secrets à me confier ? demanda-t-elle en plaisantant.

Son masque impassible retomba aussitôt sur son visage.

— Comme quoi ?

— Comme ce que tu caches sous cette tunique et pourquoi tu ne me laisses jamais te voir à la lumière ?

Il jura dans sa barbe et passa ses doigts dans ses cheveux.

— Ce n'est rien.

— Alors pourquoi ne puis-je pas voir ?

Il ne lui répondit pas directement. Avait-il honte ?

— C'est juste un dessin sur mon bras.

— Tu veux dire, comme un tatouage ?

— Oui, nous l'avons fait avec quelques amis.

Était-ce une sorte de pari entre jeunes hommes ? Une plaisanterie qu'il regrettait à présent ? Toutes sortes de possibilités défilaient dans sa tête.

— Je peux le voir ?

Il ôta sa chemise, se pencha et fit gonfler son biceps pour lui montrer le dessin en haut de son bras. On distinguait un lion rampant et un étrange filet qui ceignait son bras comme un brassard. Elle remarqua la même inscription que celle qui était gravée sur son épée : *Oppugnare acriter*.

— Qu'est-ce que ça veut dire ?

— C'est du latin. Cela signifie plus ou moins « frapper avec force ».

Elle réfléchit un instant.

— C'est ce que tu fais sur le champ de bataille.

— Si l'on veut, répondit-il, surpris.

Il déposa un baiser sur le bout de son nez.

— À présent, si la curiosité de ma dame est satisfaite, je dois partir.

Il se redressa et indiqua son *sporran* oublié sur le lit.

— Tu peux me le donner ?

Elle le saisit et sentit une petite masse dure à l'intérieur.

— Qu'est-ce que tu gardes là-dedans ?

— Rien.

Il voulut le lui prendre, mais elle l'avait déjà ouvert et avait sorti l'objet. Découvrant ce que c'était, elle le tint dans sa paume, le contemplant d'un air émerveillé.

— Bon sang, Maggie. Tu ne peux respecter aucune règle ? J'avais dit : ne pas fouiner.

Elle ne releva pas son allusion à ses règles ridicules (il ne pouvait pas sincèrement s'imaginer qu'elle les respecterait !), émue aux larmes par la petite pièce d'échecs qu'elle avait volée à Stirling toutes ces années plus tôt.

— Tu l'as gardée tout ce temps !

S'il l'avait haïe, il l'avait également aimée. Il avait gardé sur lui une partie d'elle, un symbole de leur amour.

Il grommela dans sa barbe, gêné d'avoir été surpris en flagrant délit de sentimentalisme. Puis, comme s'il reconnaissait les faits, il sortit autre chose de son *sporran*.

— J'ai gardé ça aussi. Je le lisais toujours avant d'aller au combat.

Elle reconnut aussitôt le petit morceau de parchemin. C'était le billet qu'elle lui avait laissé en partant. Ce fut son tour d'être embarrassée en voyant l'écriture maladroite et les fautes d'orthographe.

— Tu aurais dû le jeter, dit-elle en préférant en rire. À moins que tu n'aies voulu te souvenir de la petite ignare que tu avais épousée par erreur et de la chance que tu avais d'être débarrassé d'elle.

Il prit son menton et tourna son visage vers lui.

— C'était pour me rappeler que j'étais un imbécile. C'était un souvenir de la fille qui m'avait aimé au point de supporter toutes les médisances et les humiliations pour moi ; qui avait appris à lire et à écrire pour me plaire parce que je l'avais laissée croire qu'elle n'était pas assez bien pour moi. Mais je me trompais, Maggie. Tu étais parfaite telle que tu étais et je m'en veux que tu aies cru devoir changer pour moi.

Elle détourna les yeux, chassant les souvenirs.

— Je n'étais qu'une petite sauvage païenne et arriérée. Je ne sais pas ce que tu as vu en moi.

— Tu étais forte, belle, drôle, scandaleuse et sensuelle comme une déesse et je t'ai aimée dès le premier jour.

— C'est vrai ?

— Je n'ai jamais cessé, Maggie. Dieu sait que cela m'aurait rendu la vie plus facile. Mais tu es dans mon cœur et tu y resteras toujours.

— Moi aussi, je t'aime.

Il sourit et l'embrassa si tendrement qu'elle ne put douter que, cette fois, ce serait différent.

25

Son fils aîné, Neil, ayant été nommé gardien du château de Tarbert par Bruce, et son cadet Donald étant commandant de la flotte de galères du roi, le chef MacLean se reposait de plus en plus sur son benjamin, qui lui faisait office de *tánaiste*. À peine arrivé à Gylen, Eoin avait été assailli par une multitude de problèmes à résoudre, le principal étant John de Lorn, désormais chef des MacDougall et aspirant à devenir le prochain seigneur d'Argyll.

Eoin n'était certainement pas le seul à regretter qu'Arthur Campbell ait laissé Lorn s'échapper après la bataille de Brander quatre ans et demi plus tôt. Campbell, surnommé la Vigie au sein de la Garde, était tombé amoureux de la fille du félon et, pour elle, l'avait laissé s'enfuir en exil. Eoin pouvait comprendre son dilemme mieux que personne (combien de fois avait-il rêvé de pourfendre son beau-père de son épée !), mais la clémence de Campbell avait été punie de nombreuses fois au cours de ces dernières années. Si Bruce le capturait à nouveau, Lorn n'aurait pas autant de chance.

— Comment peux-tu être sûr que c'était lui ? demanda Fin au pêcheur venu leur faire son rapport. Il te l'a dit ?

Eoin s'efforça en vain de ne pas crisper les mâchoires en écoutant l'interrogatoire de son frère de sang. Par égard pour sa sœur, il lui avait pardonné son comportement envers Margaret (il avait paru si sincère dans ses excuses et ses remords), mais les dernières révélations de son épouse avaient ravivé sa colère. Il voulait l'étriper à nouveau, pas seulement pour l'avoir touchée, mais également pour lui avoir parlé aussi crûment. Il avait eu du mal à conserver son sang-froid toute la matinée, depuis qu'ils s'étaient réunis dans les appartements privés du laird avec les autres membres de la *meinie* de son père.

— Je sais que c'était lui ! s'entêta le vieil homme sans se laisser intimider.

Compte tenu de la taille de son interlocuteur, c'était courageux de sa part. Fin s'était considérablement musclé au fil des ans, en plus de sa grande taille, et était devenu le guerrier le plus redoutable du chef de clan.

— J'ai reconnu un des hommes qui ont volé ma prise, ajouta-t-il.

Fin tenta de le piéger.

— Je croyais qu'ils portaient tous des heaumes.

— C'est vrai, mais celui-là avait une grande balafre. (Il traça un trait en travers de son nez et de sa joue.) Je l'ai vue quand il a remonté sa visière.

Eoin lança un regard noir à Fin puis posa quelques questions supplémentaires au vieil homme avant de le remercier et de le renvoyer chez lui.

Bien que plusieurs membres de la *meinie*, dont Fin, pensent qu'il valait mieux attendre d'autres preuves que le témoignage d'un vieux pêcheur, arguant qu'il aurait pu s'agir d'une simple bande de maraudeurs irlandais, le père d'Eoin déclara qu'il fallait prévenir Bruce. Si des hommes de Lorn avaient été vus si loin au nord et si près de son ancienne forteresse de Dunstaffnage, le roi tiendrait à le savoir. Lorsqu'il fut également décidé d'envoyer quelqu'un à Dunstaffnage pour savoir si son gardien avait eu vent de quelque chose, son père parut soulagé quand Eoin se porta volontaire.

Il était le seul autour de la table à savoir que le gardien de l'ancienne forteresse des MacDougall, Arthur Campbell, appartenait comme Eoin à la Garde des Highlands. À eux deux, Eoin et Campbell seraient capables de faire face à toute menace émanant de celui qui avait été autrefois l'homme le plus puissant du « royaume des îles ».

La réunion prit fin et les hommes retournèrent à leurs tâches respectives. Ayant proposé de rédiger le message destiné à Bruce, Eoin resta en arrière. Il ne remarqua pas tout de suite que quelqu'un d'autre était resté dans la salle.

— Je viens avec toi, déclara Fin.

Eoin leva les yeux vers lui.

— Ce ne sera pas nécessaire.

— Et ton genou ?

— Je n'y vais pas à pied mais en bateau. En outre, il est presque guéri.

— Ça veut dire que tu vas bientôt reprendre ton entraînement à l'épée ? demanda Fin avec un sourire. J'attends toujours ma revanche.

Les doigts d'Eoin se crispèrent autour de sa plume jusqu'à ce que ses articulations blêmissent. Cette manière qu'avait Fin de faire comme si tout allait pour le mieux entre eux achevait de l'horripiler.

— Tu l'auras, répondit-il sèchement.

La dernière fois qu'ils s'étaient entraînés ensemble, il s'était retenu. La prochaine fois, il ne l'épargnerait pas.

— Qu'est-ce que tu as ? demanda Fin. C'est encore à cause de ta femme ? Je croyais qu'on avait décidé d'enterrer le passé. Je me suis excusé. J'étais saoul, je ne savais pas ce que je faisais.

— Tu ne savais pas non plus ce que tu disais ?

Voyant l'air perplexe de Fin et se rendant compte que Margaret n'aimerait pas qu'il en parle, il secoua la tête.

— Laisse tomber.

— Je ne demande pas mieux, répliqua Fin. C'est toi qui n'y arrives pas. Je ne te comprends pas. Après ce qu'elle t'a fait, comment as-tu pu lui pardonner ? Comment as-tu pu la ramener ici ?

Eoin serra les dents. Il savait que Fin ne faisait qu'exprimer ce que beaucoup d'autres pensaient. Il avait remarqué la froideur de certains hommes du clan à l'égard de sa femme. Les Highlanders avaient la mémoire longue. Ils ne lui pardonneraient pas facilement d'être une MacDowell, ni de l'avoir quitté. En outre, plusieurs membres de la *meinie* de son père, dont Fin, savaient qu'elle l'avait trahi au loch Ryan.

— Je pourrais en dire autant de toi, et pourtant tu es toujours là, rétorqua-t-il.

Les traits de Fin s'empourprèrent.

— Elle a eu sa vengeance, non ? Tu n'étais pas là, mais j'ai bien failli perdre une couille à cause d'elle.

— Si j'avais été là, tu aurais perdu les deux.

Fin fulminait et semblait se retenir de lui lancer quelque chose à la figure.

— Puisque je te dis que j'étais ivre.

Était-ce une excuse ? Eoin se rendit compte qu'il ne lui avait pas complètement pardonné. Il inspira profondément. Il ne lui devait aucune explication, mais il lui en donna une quand même.

— C'était plus compliqué que ce que je croyais. Margaret s'imaginait m'aider.

— Peuh ! Et tu lui fais à nouveau confiance ?

— C'est ma femme et la mère de mon fils.

Bien qu'Eoin n'ait pas voulu lui lancer de pique, Fin tiqua. Marjory et lui essayaient d'avoir un enfant depuis des années et il avait très mal pris la récente fausse couche de sa femme. Il se hérissait dès que le mot « enfant » ou « bébé » était prononcé, le prenant comme une critique implicite de ses capacités.

— Donc, on pardonne tout et on recommence, c'est ça ? railla-t-il. Prends garde à ce qu'elle n'apprenne rien qu'elle pourrait retourner contre toi. Que vas-tu lui dire au sujet de Campbell ?

— Que veux-tu dire ?

— Rien, mais fais bien attention à ce que tu dis devant elle. Le vieux MacDowell s'est probablement allié à John de Lorn.

Eoin se tenait sur ses gardes. Fin était intrigué par son rôle dans l'armée de Bruce et par ses absences non expliquées. Soupçonnait-il ce que Campbell et lui faisaient ? Parfois, il aurait juré qu'il avait deviné la vérité. Margaret n'était pas la seule à avoir été blessée par sa vie secrète. Elle avait également affecté son amitié avec Fin.

Les paroles de Margaret résonnèrent dans sa tête. « *Je ne veux plus de secrets entre nous. Autrement, cela ne pourra jamais marcher.* »

Leur conversation l'avait profondément troublé. Elle avait raison, mais que pouvait-il faire ? Pouvait-il la laisser dans l'ignorance indéfiniment ? Les secrets les avaient séparés des années plus tôt. Étaient-ils condamnés à répéter les mêmes erreurs ?

Toutes les autres épouses étaient au courant des activités de leurs maris. N'en avait-elle pas le droit, elle aussi ?

Comme autrefois, sa position était intenable, à la différence que, cette fois, il savait qu'ils fonçaient droit contre un mur. Il ne pouvait disparaître pendant des semaines et s'attendre à ce qu'elle ne pose pas de questions. Il ne pouvait lui demander son amour, sa confiance et sa loyauté sans rien donner en retour.

Mais pouvait-il lui faire confiance après ce qui s'était passé ? Il le voulait. Avec le recul, il comprenait qu'elle avait été dans une position aussi intenable que la sienne. Il lui avait confié des informations dangereuses, mais pas les moyens de prendre la bonne décision. Il ne pouvait lui en vouloir. Ses intentions avaient été bonnes.

Il l'avait mise dans une situation impossible en ne lui révélant pas la raison de sa présence. Son maudit cousin ne lui en avait guère laissé le choix.

— Laisse-moi m'occuper de ma femme, répondit-il à Fin. De toute manière, même si elle savait où était son père, elle n'a aucun moyen de le contacter.

Avant que Fin ait pu répondre, il aperçut Eachann se tenant sur le seuil. Depuis combien de temps était-il là ?

— Je suis désolé, s'excusa le garçon. Le chef a dit que la réunion était finie. Je peux revenir une autre fois si vous préférez reporter la partie.

Mince, leur partie d'échecs ! Eoin l'avait presque oubliée.

— Non, non, répondit-il précipitamment. Nous en avons terminé.

La lettre pour Bruce attendrait.

Fin acquiesça et salua joyeusement Eachann avant de sortir. Eoin avait néanmoins aperçu la lueur chagrine (et peut-être autre chose ?) dans ses yeux lorsqu'il avait aperçu l'enfant.

Après son départ, il y eut un silence gêné tandis qu'Eoin cherchait ses mots. Il devait marcher sur des œufs. En sa présence, l'enfant était aussi nerveux qu'un jeune poulain.

Il n'était pas le seul. Comment un enfant de cinq ans pouvait-il l'intimider à ce point ?

Le garçon se dandina sur place et Eoin se rendit compte qu'il le fixait depuis une minute. Il se leva et alla chercher le jeu sur la console.

— Ta mère m'a dit que tu savais bien jouer, lança-t-il en glissant la planche sous son bras et en rassemblant les pièces. Il paraît que tu la bats déjà.

Comme Eachann ne répondait pas, il se tourna vers lui et se rendit compte qu'il réfléchissait à sa réponse.

— Oui, mais… commença-t-il. Elle est bien plus forte que moi en calcul.

Eoin sourit. Son fils avait l'étoffe d'un diplomate. Il posa la planche et plaça les pièces.

— Je ne crois pas que ta mère ait jamais vraiment développé de goût pour ce jeu.

Eachann esquissa un sourire timide.

— Elle est trop impatiente, dit-il, et…

— Elle passe toujours à l'attaque trop vite, acheva Eoin pour lui.

Le sourire d'Eachann s'agrandit et illumina tout son visage.

— Mère vous a fait un jeu à vous aussi ? demanda-t-il en examinant l'une des jolies pièces sculptées et peintes.

— Non, je l'ai trouvé à…

Oban, acheva-t-il en lui-même. Il venait de comprendre. Il avait trouvé le jeu dans une boutique d'Oban environ six mois après le départ de Margaret. Le marchand l'avait assuré qu'il s'agissait d'un ensemble unique en son genre. Un prêtre était venu le lui échanger contre d'autres articles.

C'était donc ainsi qu'elle était partie. Il s'était toujours demandé où elle avait trouvé l'argent pour son voyage.

Il saisit une pièce à son tour, sentant sa gorge se nouer en voyant tout l'amour qu'elle avait mis dans son travail.

Son fils l'observait d'un air intrigué.

— Oui, rectifia-t-il. Elle l'a fabriqué pour moi.

Sauf qu'il n'avait pas été présent pour qu'elle le lui donne.

— Quelque chose ne va pas ? demanda Eachann.

Eoin inspira profondément et fit non de la tête en essayant de chasser l'émotion qui lui brûlait les poumons et la gorge. Il se demanda s'il s'en débarrasserait un jour.

— Tout va bien, se reprit-il. À présent, si tu me montrais ce que tu sais faire ? Ne crois pas que je vais te rendre la tâche facile.

Son fils le regarda d'un air grave.

— Je ne vous faciliterai pas la tâche non plus.

— Tant mieux, dit Eoin avec un sourire. Me voici prévenu.

Ce n'était pas une menace en l'air. Au bout d'une douzaine de coups, il se rendit compte qu'il avait intérêt à se concentrer s'il ne voulait pas se faire battre à plate couture par un gamin de cinq ans.

— Les draps sont changés le vendredi et lavés le samedi, répéta la servante d'un air buté. On vérifiera les accrocs et on les raccommodera à ce moment-là.

Margaret s'efforça de ne pas s'énerver. Pourquoi fallait-il que la moindre de ses requêtes rencontre une telle résistance ?

Elle sourit aimablement.

— J'ai bien compris mais, comme j'ai remarqué une petite déchirure dans nos draps, je voudrais emprunter du fil pour la recoudre maintenant avant qu'elle ne s'agrandisse.

— Aujourd'hui, c'est mercredi, s'obstina la servante.

Margaret serra les dents, son sourire pâlissant.

— Oui, je le sais.

— Il y a un problème ?

Les deux femmes sursautèrent en entendant Eoin derrière elles. Comme à son habitude, il s'était matérialisé dans le couloir en semblant surgir de nulle part.

Voyant son air mauvais, Margaret posa une main sur son bras, l'implorant en silence de ne pas intervenir.

— Non, répondit-elle gaiement. Aucun problème. Morag et moi discutions des jours de lessive.

Il parut sur le point de dire quelque chose de peu amène, mais parvint à se retenir et hocha la tête. La servante le prit pour un congédiement et fila dans l'escalier sans demander son reste. Eoin la suivit d'un regard noir.

— Je crois que tu lui as fait peur, observa Margaret.
— Tant mieux, maugréa-t-il. Ils te rendent la vie impossible, n'est-ce pas ?

Ce n'était pas vraiment une question. Elle esquissa un sourire.

— J'ai la peau dure. Je le supporte mieux depuis que j'ai compris que ce n'est pas vraiment moi qu'ils détestent, mais le fait que je sois une MacDowell.
— Tu es ma femme, cela devrait leur suffire.
— Cela va mieux, cette fois. Ta mère fait des efforts pour Eachann.
— Et pour toi, déclara-t-il. (Il marqua une pause.) Quand j'ai appris que tu étais partie, j'étais dévasté. Ma mère a laissé entendre que c'était pour le mieux et je lui ai fait savoir qu'elle se trompait sans mâcher mes mots. Je suis navré, Maggie. Je ne voulais pas le croire. Peut-être même que je ne *pouvais* pas le croire.
— C'est différent, cette fois, le rassura-t-elle. La présence d'Eachann les aidera à m'accepter. Nous devons être patients.

Il parut comprendre qu'elle lui demandait de ne pas s'en mêler. Il acquiesça, même s'il ne semblait pas du même avis.

— En parlant de notre fils, reprit-il, tu avais raison au sujet des échecs. Il joue remarquablement bien pour un garçon de son âge.
— Il t'a battu, toi aussi ? dit-elle, ravie.
— Bien sûr que non ! Mais il m'a donné du mal.
— Tu ne peux pas en dire autant de moi, n'est-ce pas ?

Il esquissa un sourire.

— Je n'ai pas dit ça.
— Mais tu l'as pensé fortement.

Il se mit à rire, puis déclara :

— Eachann a beaucoup aimé mon jeu d'échecs. Il m'a dit qu'il ressemblait au sien.

Il sortit un objet de son *sporran*.

— Ça te rappelle quelque chose ?

Ahurie, elle regarda la petite figurine peinte qu'il lui montrait. C'était l'une des pièces d'échecs sur lesquelles elle avait tant travaillé des années plus tôt.

— Où l'as-tu trouvé ?

— Je l'ai acheté en ville. J'ai eu un coup de cœur en le voyant. Je n'en reviens pas que tu aies fait ça, Maggie. Il est magnifique.

Il leva la pièce à la lumière et la fit tourner entre ses doigts. C'était un roi.

— C'est moi, n'est-ce pas ?

Elle acquiesça.

— J'aurais dû me douter de quelque chose en voyant que la reine était rousse !

— C'était pour te rappeler qui commande ici, s'esclaffa-t-elle.

Il la prit dans ses bras.

— Ah oui ?

Elle hocha la tête et il l'embrassa longuement avant de la libérer.

— Hmm... reprit-il. Cela reste à voir. Tu me le prouveras cette nuit, mais en attendant, quelqu'un demande à te voir.

Margaret ne pouvait imaginer qui, à Kerrera, avait envie de la voir. Même lorsqu'il la conduisit dans l'écurie et lui demanda d'attendre, elle ne se douta de rien, jusqu'à ce qu'il réapparaisse en tirant le grand étalon noir derrière lui. Elle sentit ses genoux mollir.

— Dubh ?

Au son de sa voix, le cheval dressa les oreilles. Elle se précipita vers lui et jeta ses bras autour de son encolure. Elle murmura des mots doux pour le calmer, et se calmer elle-même. Lorsqu'elle se tourna à nouveau vers son mari, son regard était voilé de larmes reconnaissantes.

— Tu l'as gardé tout ce temps ?

— En fait, c'est Fin, admit-il. Il me l'a rendu quand je suis revenu.

— Tu veux dire quand les MacDougall ont été vaincus et qu'il a à nouveau retourné sa veste pour rejoindre Bruce ?

Il acquiesça et elle n'insista pas. Fin n'avait jamais caché qu'il voulait l'animal et elle ne tenait pas à parler de lui ni de son opportunisme. Elle était trop heureuse d'avoir retrouvé son vieil ami.

— Si on se dégourdissait un peu les jambes ? proposa-t-il.

— Mais… ton genou ? hésita-t-elle.

— Tu es aussi insupportable qu'Helen, geignit-il.

— C'est une réponse ? demanda-t-elle en arquant un sourcil.

Il leva les yeux au ciel.

— Je te promets d'aller doucement.

Elle y veilla.

Ce fut un après-midi parfait. Ils chevauchèrent jusqu'à la pointe nord de l'île, puis s'assirent sur un rocher et regardèrent passer les bateaux de pêche en route vers le grand large. Pour la première fois, elle remarquait la beauté du paysage. Chaque fois qu'ils croisaient quelqu'un sur la route, Eoin mettait un point d'honneur à s'arrêter et à présenter son épouse. La tendresse dans son regard et la manière dont il tenait sa main sous son coude ne laissaient planer aucun doute sur l'importance qu'elle revêtait à ses yeux.

Ils riaient encore en grimpant l'escalier vers leur chambre pour se changer avant le dîner. Margaret le taquinait au sujet de son genou, qu'il tenait pour responsable de sa défaite lorsqu'ils avaient fait la course jusqu'au château.

Elle ouvrit la porte de la chambre et poussa un cri en voyant l'objet sur leur lit.

26

Le cœur d'Eoin avait fait un bond en entendant le cri de Margaret ; il s'arrêta un instant de battre quand il vit le lit et en comprit la raison.

Bouillonnant de rage, il retira précipitamment le vieux plaid sur le lit, ainsi que l'oiseau mort déposé dessus, les sortit de la chambre et appela l'un des serviteurs pour qu'il les jette. Il les interrogerait tous plus tard mais, d'abord, il devait s'occuper de sa femme.

Elle était encore pâle quand il revint. Il se dirigea vers la console et lui servit un verre de whisky.

— Bois ça, ordonna-t-il en le lui tendant.

Elle s'exécuta sans broncher, puis le lui rendit avec un petit rire nerveux.

— Au moins, nous n'avons pas besoin de nous demander à qui ce petit message était destiné.

Eoin pinça les lèvres. En effet, ce n'était pas n'importe quel oiseau, mais un corbeau, le symbole des MacDowell.

— Je trouverai le coupable, promit-il.

La menace dans sa voix inquiéta Margaret. Elle posa une main sur son bras pour le calmer.

— Je suis sûre que ce n'est rien de bien méchant, juste une mauvaise plaisanterie ou une manière de m'encourager à rentrer chez moi. Mais c'est ici chez moi à présent, Eoin, et cette fois, je ne me laisserai pas intimider. J'ai été surprise, c'est tout. En faire tout un plat risque d'aggraver la situation.

— Tu ne t'imagines tout de même pas que je vais laisser passer un affront pareil ! s'indigna Eoin. Appelle ça comme tu veux, mais quelqu'un a cherché à te faire peur.

— Peut-être, mais je ne m'effraie pas si facilement. (Elle lui adressa un sourire ironique.) Je sais bien que tu dois réagir, je te demande seulement de ne pas en faire trop. Tu ne m'aideras pas à me faire des amis en soumettant toute l'île à une inquisition.

— Je sais par où commencer, répondit-il sombrement.

— Fin ne commettrait pas une erreur aussi grossière.

Eoin en doutait aussi, mais personne n'avait été plus mécontent que lui du retour de Margaret.

L'incident jeta une ombre sur le reste de la soirée. Lors du dîner, Eoin expliqua à ses parents ce qui s'était passé. Ils parurent aussi scandalisés que lui, surtout sa mère qui souligna qu'Eachann aurait pu découvrir l'oiseau mort. Elle semblait prendre ce message personnellement et insista pour interroger les domestiques à son tour lorsqu'il en aurait terminé avec eux.

Son père envoya chercher Fin et ses autres gardes. Eoin les interrogea les uns après les autres, mais la plupart, y compris Fin, avaient passé tout l'après-midi à patrouiller le long des côtes nord et ouest. Ils n'étaient rentrés qu'une fois le dîner commencé.

Son enquête n'aboutit à rien. Personne n'avait rien vu.

Au cours des jours suivants, Eoin ne perdit pas de vue Margaret et Eachann (qui, heureusement, ne savait rien de l'histoire), les laissant rarement seuls. Toutefois, tout semblait en ordre. Le lâche avait dû flairer le danger et rentrer dans sa tanière.

Margaret avait probablement raison. Plus qu'une menace réelle, cela n'avait été qu'un moyen de la faire se sentir indésirable. Néanmoins, il ne voulait courir aucun risque. Il ne pouvait plus retarder son voyage à Dunstaffnage et envisageait de les emmener avec lui (même si revoir Campbell aussi rapidement aurait déclenché une avalanche de questions de la part de Margaret), quand le problème fut résolu pour lui. Sans pour autant que cela lui simplifie la tâche.

Son père l'envoya chercher alors qu'il était à l'entraînement. En entrant dans ses appartements privés, Eoin eut la surprise d'y trouver Campbell. Il comprit rapidement qu'il ne s'agissait pas d'une visite purement amicale. Même si les membres de la Garde étaient entraînés à ne jamais rien montrer de leurs sentiments, il avait perçu la nervosité de son ami.

Pour s'assurer qu'ils ne seraient pas dérangés et que personne ne pourrait entendre leur conversation, son père décida de monter lui-même la garde devant la porte.

Dès qu'il fut sorti, les traits de Campbell devinrent graves.

— Je sais que tu es en permission, mais j'ai besoin de ton aide, annonça-t-il.

— Cela n'aurait pas un rapport avec ton beau-père, par hasard ?

— Comment l'as-tu deviné ? répliqua Campbell avec une moue cynique.

Eoin lui raconta ce qu'avait vu le vieux pêcheur.

— Cela lui ressemble bien, marmonna Campbell. Nous avons reçu plusieurs rapports d'attaques de « pirates » ces dernières semaines, et nous avons appris que des hommes étaient venus dans la région réclamer des fermages à ses anciens métayers.

Eoin n'était pas surpris. Au cours de son exil durant l'automne 1306, Bruce avait financé son retour en envoyant Eoin, Lamont, Boyd et MacGregor collecter les loyers de ses métayers (ou « anciens » métayers selon le roi Édouard) à Ayr. À l'époque, Campbell, infiltré dans le camp anglais, les avait aidés en leur fournissant des informations. Désormais, ils se basaient sur des renseignements fournis par une autre source anonyme au château de Roxburgh, qu'ils appelaient simplement « le Spectre ».

— C'est la raison de ma visite, expliqua Campbell. J'ai besoin que tu m'aides à les piéger.

Il disposait d'informations crédibles selon lesquelles les MacDougall étaient en route vers Appin, une péninsule coincée entre le loch Linnhe et le loch Creran. Il voulait les y attendre.

Les MacDougall possédaient un petit fort appelé Stalker sur un îlot situé à environ deux kilomètres de la côte du loch Linnhe. Ils comptaient de nombreux partisans dans la région. En dépit de la victoire de Bruce à Brander quelques années plus tôt, et du fait qu'il avait fait de Dunstaffnage son château royal dans les Highlands, bon nombre des hommes de clan étaient toujours fidèles aux anciens seigneurs d'Argyll qui avaient régné en maîtres sur cette partie de l'Écosse durant des siècles. Les MacDougall avaient été le clan le plus puissant de l'ouest du pays, mais leur décision mal avisée de soutenir les Comyn plutôt que Bruce avait laissé le champ libre aux MacDonald et aux Campbell.

— Dans combien de temps peux-tu être prêt ? demanda Campbell.

Eoin allait répondre, puis hésita. *Margaret*. Non seulement il n'avait pas encore découvert qui avait laissé le corbeau, mais son départ précipité allait susciter des questions.

Campbell se méprit sur la raison de son silence.

— C'est à cause de ton genou ? Tu n'es pas encore assez remis pour pouvoir te battre ?

— Non, j'ai repris l'entraînement hier.

— Tu hésites à laisser ta femme ?

La perspicacité de son ami avait cessé de le surprendre des années plus tôt.

— Elle voudra une explication et tu ne peux pas la lui donner, comprit Campbell.

Eoin n'avait pas besoin de lui en dire plus. Bruce n'était pas le seul à ne pas vouloir que Margaret sache ce qu'il faisait. S'il était prêt à lui faire confiance, cela ne signifiait pas que ses frères de la Garde partageaient sa foi en elle.

— Je n'aurais pas dû venir, déclara Campbell. Je trouverai quelqu'un d'autre. Peut-être que le Faucon…

— Tu n'as pas le temps d'aller le chercher et d'être en position avant la tombée de la nuit, l'interrompit Eoin.

— Il y a toujours mes frères. Je pourrais les emmener avec quelques hommes, cela devrait suffire.

Dugald et Gillespie, qui servaient le roi avec Arthur à Dunstaffnage, étaient d'excellents guerriers.

Mais ils n'étaient pas la Garde des Highlands.

C'était son travail, sa responsabilité, et il ne laisserait pas tomber un de ses frères d'armes sans une excellente raison. Il ne se le pardonnerait jamais s'il lui arrivait malheur parce qu'il n'avait pas été à ses côtés pour l'épauler.

Il ne serait parti que quelques jours. Son père protégerait Margaret et Eachann au péril de sa vie. Et si Margaret voulait savoir où il allait…

Bigre, il allait bien devoir régler ce problème un jour ou l'autre. Autant le faire aujourd'hui.

— Donne-moi une demi-heure et je serai prêt.

— Et ta femme ?

— Je trouverai une solution.

Il aurait seulement aimé savoir laquelle.

Cela recommence !

Margaret dévisagea Eoin en s'efforçant de ne pas dramatiser, mais elle ne pouvait se défaire d'une impression de déjà-vu. Le sol de la chambre tanguait sous ses pieds. Sa tête tournait.

Je dois partir.

Elle s'en était doutée quand elle avait aperçu un cavalier franchir le portail et avait reconnu l'un des guerriers de Dumfries. Durant le siège, il avait été plus silencieux que les autres et s'était fondu dans le décor, au point qu'elle ne l'avait pas remarqué tout de suite. Arthur Campbell était le plus jeune frère de Neil Campbell, le chef qu'elle avait vu avec Robert de Bruce des années plus tôt à Stirling et qui semblait ne pas l'avoir quitté d'une semelle depuis.

Margaret sentit un picotement d'angoisse dans sa nuque. La réalité les avait rattrapés. Toutefois, si ce devait être leur première épreuve, elle commençait mal. Il ne lui avait pas encore dit où il allait ni pourquoi.

Eoin paraissait navré.

— Je t'en prie, Maggie, ne me regarde pas comme ça. Je déteste devoir partir aussi vite, mais il le faut. Je ne serai absent que quelques jours. Tu seras en sécurité, mon père y veillera personnellement.

— Ce ne sera pas nécessaire.

— Je sais que tu penses que cette affaire de corbeau n'est pas grave, mais je ne veux courir aucun risque et…

— C'était Marjory.

Il la regarda bouche bée et elle poursuivit :

— Je te cherchais justement pour te le dire, mais ton père m'a dit que tu étais en réunion et qu'il ne fallait pas te déranger.

Elle savait à présent pourquoi. *Encore des secrets.*

— Comment le sais-tu ?

— Eachann l'a vue entrer dans notre chambre avec un « présent ». Il l'a interrogée à ce sujet aujourd'hui quand elle est venue travailler avec ta mère sur la nouvelle tapisserie.

Il lâcha un juron épouvantable.

— Ta mère a eu la même réaction, observa-t-elle. Même si elle l'a exprimée moins crûment. Je ne l'avais jamais vue aussi furieuse. J'ai emmené Eachann hors de la pièce, puis j'ai vu Marjory partir quelque temps plus tard en larmes. Je suis sûre que cela ne se reproduira plus.

— Je suis désolé, Maggie. Ma propre sœur, bon sang !

— Tu n'as pas à t'excuser pour elle. Marjory n'est pas ta responsabilité.

— J'en parlerai à Fin dès mon retour.

— Non. Cela ne ferait qu'aggraver la situation. En outre, j'ai l'impression que le ménage de ta sœur bat suffisamment de l'aile comme ça.

Et le sien ? Elle aspirait désespérément à la confiance d'Eoin, mais peut-être était-ce trop demander ? Devait-elle se contenter de son pardon ?

Cela suffirait-il ?

Au fond d'elle-même, elle savait que non. Elle n'avait pas besoin de connaître tous les détails, mais il ne pouvait l'exclure de la moitié de sa vie comme autrefois. D'un autre côté, elle ne pouvait le contraindre.

— Je te verrai à ton retour, dit-elle en se détournant.

Il la retint par le coude.

— Ne fais pas ça, Maggie. Je veux te le dire, mais je ne peux pas.

Elle baissa les yeux pour qu'il ne voie pas sa déception et sa blessure.

— Je comprends.

— Non, tu ne comprends pas. Et tu ne devrais pas avoir à le faire. C'est juste que… c'est compliqué.

Elle acquiesça, préférant ne pas ouvrir la bouche. Elle ignorait si elle allait se mettre à pleurer ou à hurler. Dans un cas comme dans l'autre, cela ne les avancerait à rien.

Patience, se rappela-t-elle. Mais pour combien de temps encore ?

Eoin parvint jusqu'au quai, puis, n'y tenant plus, pivota sur ses talons. Il ne pouvait pas la laisser ainsi.

Cela lui rappelait trop la dernière fois... mais en pire. Cette fois, il n'y avait eu ni accusations ni exigences pour alimenter sa colère, pour l'aider à se convaincre qu'il prenait la bonne décision.

Ce n'était pas la bonne décision. Il ne pensait qu'à la douleur et à la désillusion dans ses yeux. Une pierre s'était logée dans sa poitrine et elle n'avait fait que s'alourdir lorsqu'il l'avait laissée dans la cour à côté de ses parents, serrant la main d'Eachann comme si elle se raccrochait à une bouée. Il ne supportait pas de la voir aussi vulnérable. Margaret était forte, sûre d'elle, exubérante. Il était en train de lui briser le cœur. Comme six ans plus tôt.

« *Cela ne marchera pas...* »

Elle avait raison. S'ils voulaient un avenir, il devait lui faire confiance.

— Je reviens, déclara-t-il à Campbell.

Celui-ci avait déjà sauté dans le *birlinn* et préparait les gréements. Étrangement, il ne parut pas surpris.

— Tu as oublié quelque chose ?

— Oui, de dire à mon épouse où j'allais.

Cet aveu brutal fit à peine sourciller son ami.

— Tu y vois une objection ? demanda Eoin.

— Pas si tu n'en as pas toi-même.

Autrement dit, Campbell se fiait à son jugement. Eoin le savait déjà ; ils avaient tous remis leur vie entre les mains de leurs frères d'armes à de multiples reprises. Mais, cette fois, c'était différent. D'un signe de tête, il remercia son ami pour sa déclaration de foi.

Campbell esquissa un sourire.

— Ce n'est pas toujours facile d'être marié à la fille de son ennemi, pas vrai ?

Eoin sourit à son tour.

— Je ne te le fais pas dire. Donne-moi quelques minutes.

Il grimpa les marches quatre à quatre en espérant qu'elle serait toujours dans la cour. Le groupe qui s'était assemblé afin de lui souhaiter un bon voyage pour ce qui était censé n'être qu'une brève visite à Dunstaffnage s'était déjà dispersé.

Il courut vers le donjon et manqua de bousculer son père qui en sortait.

— Tu as oublié quelque chose, mon fils ? s'étonna ce dernier.

— Avez-vous vu Margaret ?

— Elle est partie vers les écuries. Il me semble l'avoir entendue dire qu'elle voulait faire courir son cheval.

Elle devait être profondément blessée. Il se souvenait que cela avait été sa première réaction lorsqu'elle avait été insultée par la sœur de Comyn à Stirling.

Il la trouva dans la stalle de Dubh avec un palefrenier, occupée à seller sa monture.

Elle sursauta en le voyant apparaître soudain.

— Eoin ! Je croyais que... Tu m'as fait peur. Quelque chose ne va pas ?

— Oui, répondit-il.

Il demanda au garçon d'aller chercher des carottes pour Dubh et de leur laisser quelques minutes d'intimité. Dès qu'il fut parti, il la prit dans ses bras.

— J'ai oublié de te dire quelque chose.

Elle battit des cils, déroutée par son étrange comportement.

— Quoi donc ?

— Tu ne m'as pas demandé où j'allais.

Elle soutint son regard un long moment.

— Je croyais que c'était un secret, dit-elle enfin.

— Ça l'est, mais je te fais confiance.

Elle écarquilla les yeux. Elle paraissait tellement surprise qu'il en eut honte.

— Cette fois, je veux que ce soit différent entre nous, lui dit-il doucement.

— Moi aussi.

Il prit une profonde inspiration. Il n'était pas facile de partager soudain des choses qu'il avait l'habitude de garder pour lui.

— John de Lorn nous cause à nouveau des soucis. Ses hommes ont été vus dans la région, essayant de récolter des fonds. Nous avons de bonnes raisons de croire qu'ils se rendent à présent sur ses anciennes terres à Appin. Nous allons leur tendre un piège et tenter d'apprendre ce qu'ils trament.

Elle n'avait pas besoin de connaître les détails. Techniquement, il ne rompait pas sa promesse à Bruce puisqu'il ne lui avait rien dit au sujet de la Garde des Highlands. Il savait néanmoins que son cousin n'apprécierait pas. Il aurait une conversation sérieuse avec lui lors de leur prochaine rencontre. Soit Bruce le libérerait de sa promesse, soit Eoin quitterait la Garde. Le secret de son rôle dans l'armée secrète était trop important pour qu'il le cache à sa femme. Elle devait savoir ce qu'il faisait.

Margaret avait raison : il avait un devoir envers elle autant qu'envers son cousin.

Il veilla à insister sur la gravité de ce qu'il lui confiait.

— En dehors de ceux qui participent à la mission, personne n'est au courant à part toi, Margaret. Même mon père ne sait rien. Il faut que cela reste ainsi.

Elle se mordit la lèvre.

— Ce sera dangereux ?

— Ce n'est rien que je n'aie déjà fait des centaines de fois. Cela dit, je ne te mentirai pas : il y a toujours un élément de danger, mais l'effet de surprise limite les risques.

Il lui sourit en ajoutant :

— C'est toujours plus drôle d'être dans le camp des pirates, n'est-ce pas ?

— Je croyais que vous appeliez ce jeu « Les Vikings et les Highlanders » ? Qui sont les pirates ?

— Les deux.

Elle se mit à rire et il déposa un baiser sur ses lèvres. Un baiser doux qui s'échauffa rapidement lorsqu'elle glissa les bras autour de son cou et pressa ses seins contre son torse. Il glissa les mains sous ses fesses et la souleva contre lui. Cela aurait vite dégénéré si Campbell ne l'avait pas attendu.

Il s'écarta au prix d'un effort considérable.

— Il faut que j'y aille, Maggie.

Elle acquiesça, légèrement étourdie.

Il allait s'éloigner lorsqu'elle le rappela :

— Eoin ?

— Oui ?

— Merci.

Jamais il n'oublierait le sourire qui illuminait son visage. Il brillait comme un diamant rare et était mille fois plus précieux à ses yeux.

— Je t'aime, dit-elle doucement.

Une onde de chaleur lui gonfla le torse, l'emplissant d'un sentiment de contentement qu'il n'avait encore jamais connu. Il avait pris la bonne décision.

— Moi aussi, je t'aime, *a leanbh*.

Quelques instants plus tard, il était parti, laissant derrière lui les ombres de l'écurie… et sa fenêtre grande ouverte.

27

Margaret était passée du désespoir à l'allégresse en quelques minutes. Si elle n'avait pas été inquiète pour Eoin, son bonheur aurait été complet.

Pour la première fois depuis les débuts de son mariage, elle croyait en leur avenir. Eoin et elle venaient de franchir une étape importante. Sa patience avait été récompensée. Il s'était confié à elle. Sans doute ne lui avait-il pas tout dit (elle savait qu'il cachait autre chose d'important), mais c'était un premier pas décisif.

Il avait confiance en elle et elle se jura d'en être digne.

Naturellement, elle ne s'était pas attendue à ce que ce serment soit mis à l'épreuve moins de vingt-quatre heures plus tard.

Elle avait passé la matinée avec lady Rignach et l'intendant de Gylen pendant qu'Eachann travaillait avec son nouveau précepteur. Elle avait été surprise que sa belle-mère l'ait incluse dans la réunion, et plus encore lorsqu'elle lui avait demandé son avis sur plusieurs achats. Apparemment, elle avait appris comment Margaret avait remercié les religieuses du couvent pour lui avoir appris à lire et à écrire.

La fière lady Rignach n'était pas prête à lui céder son rôle de châtelaine, mais elle lui signifiait clairement qu'elle considérait que Margaret faisait partie de la maisonnée. Et peut-être même, un jour, de la famille.

La personne la plus rétive à cette idée demanda à la voir après le déjeuner. Pendant que lady Rignach emmenait Eachann à l'écurie voir un poulain nouveau-né, Margaret retrouva Marjory dans le jardin, celle-ci étant venue lui présenter ses excuses.

Marjory n'avait que vingt-six ans, un an de plus que Margaret, mais les épreuves de ces dernières années avaient laissé leurs marques. Il ne restait plus grand-chose de la jolie jeune fille sous les rides de désillusion et de chagrin. Margaret n'aurait su dire si le responsable était son mariage ou ses difficultés à avoir un enfant. Peut-être les deux, mais la jeune beauté fière et capricieuse d'autrefois n'était plus qu'une ombre triste et délaissée.

— Je ne voulais pas vous faire peur, dit-elle en se tordant les mains. Je voulais juste… (Ses yeux se brouillèrent de larmes.) … que vous vous en alliez, comme la dernière fois.

— Votre vie était-elle donc si parfaite après mon départ ?

Margaret avait parlé doucement, mais Marjory écarquilla les yeux comme si ses paroles avaient résonné telle une bombe. Elle parut choquée. La première larme coula le long de sa joue et ses lèvres tremblèrent.

— Non, ce n'était pas parfait du tout, reconnut-elle. Fin ne m'a jamais aimée. Je crois qu'il m'a épousée uniquement pour se rapprocher d'Eoin. Quand vous êtes partie, il a prétendu que c'était ma faute.

— C'est absurde ! Vous savez très bien pourquoi je suis partie.

Marjory acquiesça.

— Oui, j'ai tout vu, mais je ne voulais pas le croire. Je pensais qu'il m'aimait. Je me suis convaincue que vous l'aviez provoqué pour qu'il vous embrasse. Mais, au fond de moi, je savais.

Margaret soupira.

— Dans ce cas, pourquoi l'avez-vous épousé ?

— Je croyais que, une fois que vous seriez partie, je parviendrais à me faire aimer de lui. Peut-être en lui donnant un fils. Fin dit que je suis inféconde, mais je sais que ce bébé était un signe et, la prochaine fois...

Margaret eut de la peine pour elle. Elle craignait que Marjory ne mise tous ses espoirs sur le mauvais cheval. Un bébé ne lui apporterait pas l'amour de son mari. Elle n'était même pas sûre que Fin soit capable d'un tel sentiment. Elle n'était pas surprise qu'il lui fasse porter toute la responsabilité de leur couple stérile.

Marjory leva les yeux vers elle.

— Mais à présent, vous êtes de retour et il vous veut à nouveau.

— Vous vous trompez, l'assura Margaret. C'était peut-être le cas il y a longtemps. Il me méprise plus qu'autre chose. Il ne me regarde plus comme autrefois.

Il la regardait comme s'il trépignait d'impatience de la voir déguerpir. Il y avait de la glace dans son regard. Elle en frissonna.

— Peut-être qu'il a appris à mieux le cacher, insista Marjory.

— J'en doute fort.

Que ce soit vrai ou l'imagination de Marjory, cela n'avait pas d'importance.

— J'aime votre frère, dit-elle. Je l'ai toujours aimé. Il n'y a jamais eu personne d'autre pour moi depuis le jour où je l'ai rencontré.

La jeune femme la dévisagea longuement, voyant peut-être la vérité pour la première fois. Margaret n'était pas une menace. Si elle voulait blâmer quelqu'un pour son mariage malheureux, elle devrait chercher ailleurs.

Ayant l'impression d'avoir enfin mis les choses au clair avec sa belle-sœur, Margaret quitta le jardin encore plus optimiste pour l'avenir.

Hélas, alors qu'il semblait qu'elle parvenait enfin à s'intégrer dans sa nouvelle existence, son ancienne vie revint en force pour miner tous ses progrès.

Tard un après-midi, elle se dirigeait vers l'écurie lorsqu'elle remarqua un moine de l'autre côté de la cour, près de la poterne. Il portait une bure brune et, bien que le ciel soit dégagé, sa capuche était rabattue sur sa tête, cachant son visage. Toutefois, ce n'était pas ce détail qui avait attiré son attention, mais sa démarche. Il marchait le dos droit, fier, tel un guerrier, et non comme un humble homme d'Église.

Intriguée et mal à l'aise, elle regarda autour d'elle pour s'assurer qu'ils n'étaient pas seuls. La cour n'était pas bondée, mais une demi-douzaine de guerriers s'entraînaient non loin, suffisamment proches pour qu'ils l'entendent crier en cas de besoin.

Rassurée par leur présence, elle se dirigea vers le religieux qui n'était plus qu'à quelques mètres.

— Bienvenue, mon père. Puis-je vous…

Elle manqua de s'étrangler en apercevant enfin ses traits.

— Pas ton père, mais ton frère, chuchota Duncan en lui prenant les mains comme s'il s'apprêtait à la bénir.

Margaret était trop stupéfaite pour réagir. Elle était clouée sur place.

— Bon sang, Maggie *Beag*, tu veux que je sois jeté dans un cachot ? Fais comme si tu m'indiquais la direction de la chapelle.

Il la lâcha et elle se ressaisit suffisamment pour remarquer qu'il avait laissé un message dans sa paume. Elle le glissa dans sa poche d'une main et pointa le portail de l'autre.

— Que fais-tu ici ? chuchota-t-elle.

Il s'éloignait déjà.

— Je suis venu te sauver, répondit-il. Tiens-toi prête.

Le cœur de Margaret battait encore à tout rompre lorsqu'elle déplia le parchemin dans sa chambre, quelques minutes plus tard. Dans son trouble, elle dut lire plusieurs fois les mots griffonnés à la hâte pour comprendre que son frère et ses hommes mouilleraient dans une petite crique de l'autre côté de l'île le lendemain au crépuscule. Ils les attendraient, Eachann et elle, afin de les conduire en sûreté sur l'île de Man où ils seraient enfin réunis avec leur famille.

Apparemment, ses frères avaient abandonné le château de Buittle à Bruce et avaient rejoint leur père en exil. Duncan croyait qu'Eachann et elle avaient été contraints par la force de suivre Eoin.

Margaret maudit son père, sachant qu'il était responsable de ce mensonge. Elle se demanda s'il se rendait compte du danger qu'il faisait courir à Duncan en lui faisant croire de telles sornettes, sans parler des problèmes qu'il créait à sa fille. Bien qu'elle soit touchée que son frère ait pris tant de risques pour elle, son intrusion n'allait pas arranger sa situation.

Désormais, Eoin n'était plus le seul à avoir des secrets.

Eoin gravit l'escalier creusé dans la falaise quelques heures avant l'aube. Son genou grinçait à chaque pas et lui faisait un mal de chien, mais c'était secondaire. Il pouvait s'estimer heureux d'être encore en vie.

Il était furieux. Il avait à peine échangé un mot avec Campbell durant tout le voyage du retour, mais il avait senti la question qui brûlait les lèvres de son ami. Une question qu'Eoin ne voulait pas entendre.

Ce n'était pas elle, nom de nom !

Comment avaient-ils pu échouer à ce point ? Non seulement le plan parfait d'Eoin avait été déjoué, mais c'étaient eux qui s'étaient retrouvés pris au piège.

Avant le crépuscule, Eoin, Campbell ainsi qu'une équipe des meilleurs guerriers de ce dernier (une quinzaine d'hommes en tout) avaient pris position sur la crête ouest du Glen Stockdale dominant le loch Linnhe et le fort Stalker. De là, ils pourraient voir les hommes de Lorn débarquer sur la côte d'Appin et se tenir prêts à les attaquer lorsqu'ils s'enfonceraient dans les terres pour collecter les fermages des métayers à Glenamuckrach.

Ils avaient attendu en vain toute la nuit. Le lendemain, ils s'étaient réfugiés dans des grottes voisines pour se reposer et étaient ressortis à la nuit tombée pour reprendre leurs postes.

Les MacDougall les attendaient. Une pluie de flèches s'était abattue sur eux par-derrière. Pendant que les hommes de garde surveillaient l'ouest, les MacDougall avaient fait un détour par l'est, rejoignant Appin par la terre et non par la mer. Comme s'ils avaient su qu'ils étaient attendus.

Cinq des hommes de Campbell avaient été tués dès les premières minutes. Campbell avait reçu une flèche dans le dos, mais l'épais cuir et les clous d'acier de son *cotun* l'avaient empêchée de pénétrer sa chair. Eoin avait eu la chance de porter une coiffe en mailles et un casque ; autrement, la flèche qui l'avait atteint juste sous l'oreille l'aurait tué sur le coup.

Bien que leurs forces aient été réduites d'un tiers, ils s'étaient regroupés et avaient repoussé leurs assaillants deux fois plus nombreux. Les MacDougall avaient fini par battre en retraite. Trois autres hommes de

Campbell étant morts et quatre autres blessés, ils n'avaient pas pu les poursuivre.

Ce n'étaient pas que des MacDougall, lui rappela une petite voix qui refusait obstinément de se taire. Eoin n'avait pas besoin qu'on lui rappelle qu'il avait vu Duncan, le frère de Margaret, ainsi qu'une douzaine d'autres MacDowell, se battant aux côtés de leurs lointains cousins.

Cela ne signifie rien. Il n'y avait rien de surprenant à ce que les MacDowell se soient joints aux MacDougall. Ils avaient tous su que la soumission de MacDowell ne durerait qu'un temps.

Campbell et lui avaient rassemblé les hommes et remis le cap sur Gylen. Ce n'était pas vraiment une défaite, mais cela y ressemblait bigrement.

Que s'était-il passé ? Quelqu'un les avait-il prévenus ? C'était impossible. Personne n'avait connu leur plan. Sauf...

Eoin savait ce que pensait Campbell... parce que la même idée lui avait traversé l'esprit. Néanmoins, Margaret ne pouvait les avoir trahis. Quand bien même elle en aurait été capable, ce qu'il refusait de croire, il aurait fallu qu'il lui pousse des ailes pour prévenir les autres à temps.

Il devait y avoir une autre explication. Il la trouverait, autant pour Campbell que pour sa tranquillité d'esprit.

Son père avait sûrement ordonné aux gardes de guetter son retour car la porte était ouverte quand Eoin parvint en haut de l'escalier. Il serait allé droit aux cuisines pour se laver et se débarrasser des traces de combat, mais son père l'attendait dans ses appartements. Il n'était pas seul. Fin l'accompagnait.

Le chef MacLean le regarda de haut en bas.

— Tu es blessé ? s'inquiéta-t-il.

— Non, répondit-il. Ce sang n'est pas le mien.

— À ta mine, je devine que ton voyage ne s'est pas bien passé ?

Eoin fronça les sourcils et lança un bref regard vers Fin.

— En effet.

L'air sombre du chef MacLean s'accentua encore. Il avait compris le message silencieux de son fils et expliqua :

— Fin est ici pour une raison. Il dispose de… euh… d'informations troublantes.

Eoin se tourna vers son frère de sang.

— Ça ne va pas te plaire, le prévint celui-ci. Il y a peut-être une explication.

Dormir quelques heures dans une grotte, tomber dans une embuscade et manquer d'être tué ne vous rendaient pas particulièrement patient.

— Viens-en au fait, Fin.

— Ta femme a été vue avec un moine hier.

Où voulait-il en venir ?

— Et alors ?

— L'homme m'a paru étrange, alors je l'ai suivi jusqu'à la chapelle du village. Une fois à l'intérieur, il m'a assommé par-derrière. Quand je suis revenu à moi, il avait disparu.

À la manière dont Fin et son père l'observaient, Eoin devina qu'il n'allait pas aimer la suite. Il ne se trompait pas.

— Juste avant qu'il me frappe, j'ai aperçu ses traits. C'était Duncan MacDowell.

Eoin resta de marbre, mais il avait l'impression que tous ses os étaient broyés, réduits en un million d'échardes. Il ne tenait debout que par la force de sa volonté, mais il aurait suffi d'une chiquenaude pour le faire tomber.

Cela ne signifie rien.

Ou peut-être que si.

Margaret fut éveillée par la chaleur du soleil filtrant sous les volets. Elle s'étira paresseusement, telle une chatte repue, puis ouvrit les yeux.

Elle fit un bond en apercevant un homme qui l'observait, assis dans un coin de la chambre. Puis elle le reconnut et un sourire de soulagement éclaira ses traits.

— Eoin, c'est toi ! Tu es rentré ! Que fais-tu assis dans l'ombre ? Tu m'as fait peur.

Il resta parfaitement immobile.

— Je te regardais dormir. On aurait dit un ange.

Son ton ressemblait plus à une accusation qu'à un compliment. Un frisson d'appréhension la parcourut.

Il se leva et marcha vers le lit.

Elle tressaillit en le voyant à la lumière et écarquilla les yeux. Son visage et sa tenue étaient éclaboussés de boue et de sang. On aurait dit un homme sorti tout droit des fosses de l'enfer.

— Mon Dieu, que s'est-il passé ? Tu es blessé ?

Quand elle tendit la main vers lui, il lui retint le poignet et baissa son bras.

— Je n'ai rien.

Pourtant, il était clair que quelque chose n'allait pas du tout, du tout. Margaret était habituée à être observée par ces yeux bleus pénétrants, mais c'était différent. Elle se sentait comme un insecte examiné sous une loupe, le moindre de ses mouvements analysé.

— Que s'est-il passé ? répéta-t-elle.

— C'est ce que j'aimerais bien savoir.

— Tu as trouvé les MacDougall ?

— Si l'on peut dire. Et toi, Margaret ? demanda-t-il en changeant de sujet. Qu'as-tu fait en mon absence ?

Sa question la prit de court. Elle répondit d'une manière hésitante, se demandant ce qu'il voulait vraiment savoir. Il était tendu comme un arc.

— Ta mère m'a demandé mon aide avec l'intendance hier, pendant qu'Eachann travaillait avec son nouveau précepteur. Il est aux anges !

Elle rit, alors qu'il restait étrangement silencieux.

— Rien d'autre ?

— J'ai parlé à Marjory. Elle s'est excusée. Je crois qu'elle regrette sincèrement son geste.

Là encore, aucune réaction de sa part. Il continuait de l'observer avec la même intensité. Le pouls de Margaret commença à s'accélérer. Savait-il quelque chose ?

Elle voulait lui parler de Duncan, mais elle ne pouvait pas mettre son frère en danger.

Eoin accepterait-il de ne rien faire tant que Duncan se trouvait dans les parages ?

Elle connaissait la réponse : comme elle, il serait piégé par des loyautés conflictuelles. S'il utilisait cette information, il la trahirait. S'il ne faisait rien et que Duncan agissait contre Bruce, il aurait l'impression d'avoir failli à son roi.

Elle ne voulait pas le mettre dans la position de devoir choisir entre ses deux loyautés. Elle lui dirait, mais uniquement quand Duncan serait parti.

— Rien d'autre ? insista-t-il.

Elle fit non de la tête.

Il ne la quittait pas des yeux.

— Nous avons été piégés par les hommes de Lorn hier soir, annonça-t-il.

— Oh, Eoin !

Soulagée qu'il n'ait pas été blessé, elle se redressa sur les genoux et voulut glisser ses bras autour de son cou, mais il s'écarta.

— Je crois qu'ils ont été prévenus, ajouta-t-il.

— Mais comment ? Je croyais que personne ne connaissait votre plan.

— Personne, confirma-t-il.

Elle comprit soudain la raison de sa froideur. Elle recula en le dévisageant avec horreur.

— Tu ne crois tout de même pas que j'ai parlé ?

Pourtant, c'était clairement le cas. La blessure fut cuisante, mais elle s'efforça de garder son calme.

— Ce n'était pas moi, Eoin. Je suis consciente du danger. Je n'aurais jamais trahi ta confiance.

— Je veux te croire.

— Alors, crois-moi. C'est la vérité.

— Et la visite de ton frère hier ? Celle que tu as oublié de mentionner ? C'est la vérité aussi ?

Elle blêmit. Il avait su dès le départ. Juste ciel, elle aurait dû le lui dire. Il devait à présent croire le pire. Comment lui faire comprendre ?

— Je comptais te le dire, mais je ne voulais pas te mettre dans une position inconfortable.

— Tu te moques de moi ? s'échauffa-t-il. Tu voudrais me faire avaler que tu m'as menti « pour mon bien » ?

Son ton la hérissa.

— Je ne t'ai pas menti. J'allais te le dire une fois Duncan parti. C'est mon frère, Eoin. Je n'ai pas envie qu'il lui arrive du mal. J'ai choisi la solution qui m'a semblé la meilleure compte tenu des circonstances. Qu'aurais-tu fait si je te l'avais dit ? Aurais-tu trahi ma confiance et te serais-tu lancé à sa poursuite ? Ou aurais-tu ignoré ton devoir envers Bruce en le laissant partir ?

Il pinça les lèvres, n'appréciant pas qu'elle le questionne à son tour.

— Ce n'est pas si simple, répliqua-t-il. Et il ne s'agit pas de moi.

La prenant par le coude, il la tira hors du lit.

— Qu'as-tu dit à Duncan, Margaret ?

— Rien, absolument rien ! Nous avons à peine échangé deux mots.

Son regard l'implorait de la croire, mais l'expression d'Eoin était impénétrable, comme figée dans le marbre.

— C'est donc une coïncidence si ton frère apparaît ici et, le même soir, non seulement les MacDougall déjouent notre piège mais le retournent contre nous ? Un piège que, j'ajoute, personne ne connaissait sauf toi ?

Elle leva le menton.

— Quelqu'un d'autre devait être au courant, car je n'ai rien dit. Mon frère n'est pas venu pour t'espionner ou recueillir des informations, mais pour proposer de nous emmener, Eachann et moi. Il croyait que nous étions ici contre notre gré et que nous avions besoin d'être secourus.

— Et que lui as-tu dit ?

— Je n'ai pas eu l'occasion de lui dire quoi que ce soit, mais, si j'en avais eu le temps, je lui aurais répondu que j'étais parfaitement heureuse ici et que je n'avais pas besoin de son aide.

Elle en était moins sûre à présent.

— Et je ne lui ai certainement pas dit où tu étais ni ce que tu faisais, poursuivit-elle. Pourquoi l'aurais-je fait ? Cela ne tient pas debout.

— Je n'en sais rien. J'essaie moi-même de comprendre. N'as-tu rien laissé échapper accidentellement ? Vous a-t-il menacés, toi et Eachann ?

— Puisque je te répète que je ne lui ai rien dit ! C'est si difficile à croire ?

Il ne répondit pas, se contentant de la dévisager froidement, durement.

Margaret sentit sa colère monter à son tour. Elle avait cru qu'ils avaient dépassé ce stade. Elle s'était trompée. La confiance retrouvée qui l'avait rendue euphorique quelques jours plus tôt s'effondrait dès la première épreuve.

— Cela ne changera donc jamais ? demanda-t-elle. Au moindre problème, je serai la première soupçonnée quoi que je fasse ? Et tout ce que tu m'as raconté,

Eoin, ça ne voulait rien dire ? Je croyais que tu avais confiance en moi ?

— C'était le cas, autrement je ne t'aurais pas parlé de mon plan.

— Et à présent ?

— À présent, je regrette d'avoir ouvert ma grande gueule.

Elle tiqua, ses joues la brûlant comme s'il l'avait giflée.

— Je ne suis pas seulement suspectée, je suis déjà jugée coupable et condamnée, c'est ça ?

— Bon sang, Maggie, regarde les faits. Que veux-tu que je croie ?

— C'est sans doute trop te demander de croire que je puisse dire la vérité ?

Son silence fut éloquent.

— Je ne revivrai pas ça, Eoin. J'ai commis une erreur il y a six ans, mais je n'étais pas la seule fautive. Si j'avais su ce que tu préparais et le danger que tu courais, je n'aurais jamais parlé à Brigid. Il ne peut pas y avoir de secrets entre nous. Je ne serai pas une moitié d'épouse. Je t'aime, mais je refuse de passer ma vie à être soupçonnée de tous les maux. J'ai besoin de ta confiance. Maintenant, ici. Même si les « faits » te disent le contraire.

— Sinon quoi ? aboya-t-il. Tu vas encore essayer le chantage ? C'est ma foi aveugle ou rien ? Ça ne fonctionne pas ainsi, Margaret. Tu es ma femme, pas mon confesseur.

Un bruit à la porte les fit sursauter. Eoin alla ouvrir et accepta un billet que lui apportait l'un des gardes de son père. Il le parcourut rapidement et se tourna à nouveau vers elle.

Elle savait ce qu'il dirait avant même qu'il n'ouvre la bouche.

— Je dois y aller. Nous finirons cette discussion plus tard.

Plus tard. Avec lui, c'était toujours « plus tard ». Elle ne passait jamais d'abord. « Il faut que j'y aille. » « Sois patiente, Margaret. » « Reste ici, Margaret. » « Ne pose pas de questions, Margaret. » « Sois gentille, Margaret, je te revaudrai ça plus tard au lit. »

— Bien sûr, dit-elle d'une voix neutre.

Surpris par son ton, il fronça les sourcils.

— Je n'en ai pas pour longtemps.

— Et si je te demandais où tu allais ?

Il pinça les lèvres. Sa réponse était claire.

— Ne t'inquiète pas, reprit-elle. Je ne te le demanderai pas.

Elle lui tourna le dos pour ne pas lui montrer son cœur en lambeaux. Elle était submergée par un profond sentiment d'impuissance. Elle l'aimait, mais cela ne suffisait pas. Il n'y avait rien à faire. Peut-être que, dans six ans, il se rendrait compte qu'elle avait dit la vérité, mais elle n'attendrait pas sagement en espérant que vienne ce jour hypothétique.

Une fois de plus, la passion l'avait aveuglée en lui faisant croire l'impossible. Rien n'avait changé. Il partagerait son lit avec elle, mais rien de plus.

Elle avait fait son possible pour regagner sa confiance, mais ce ne serait jamais assez. *Elle* ne serait jamais assez. Elle était une vilaine MacDowell. Une ennemie et une étrangère.

Elle n'avait plus rien à prouver à personne. Qu'il aille au diable. Qu'ils aillent tous au diable !

28

Campbell attendait Eoin à Dunstaffnage. À peine était-il rentré chez lui après avoir déposé son frère d'armes à Gylen qu'une vieille femme d'un village voisin avait demandé à le voir de toute urgence. Dès qu'il avait entendu son témoignage, il avait à nouveau envoyé chercher Eoin.

Son message avait été bref et précis : un des hommes de MacDougall se trouvait dans le village.

Une petite-fille de la vieille villageoise avait fréquenté un des guerriers MacDougall avant qu'il ne soit contraint à l'exil. Il revenait parfois la voir en douce quand il était dans les parages. La dernière fois, il l'avait laissée enceinte et avec un œil au beurre noir, ce qui lui avait valu la haine de la grand-mère. Celle-ci avait sauté sur l'occasion de se venger en rapportant sa présence au gardien du château du roi.

Eoin, Campbell et une poignée d'hommes de Campbell encerclèrent la chaumière dans la matinée et attendirent qu'il sorte pour se soulager. Surpris sans armes et les fesses à l'air, il ne leur opposa guère de résistance. Cependant, après des heures d'interrogatoire, il ne leur avait toujours rien appris.

Ils l'avaient laissé méditer sur son sort au fond d'un cachot pendant qu'ils déjeunaient. Même s'il n'avait rien mangé depuis vingt-quatre heures, Eoin ne put avaler que quelques bouchées. Il ne parvenait pas à se débarrasser de l'angoisse qui le tenaillait depuis son départ de Gylen.

Il l'avait d'abord attribuée à sa colère contre son épouse. Toutefois, plus le temps passait, plus il y réfléchissait, plus son malaise augmentait.

— Il nous faut la Vipère, annonça-t-il dans la salle des gardes alors qu'ils attendaient qu'on remonte le prisonnier du cachot.

Lachlan MacRuairi n'avait pas son pareil pour soutirer des informations.

Campbell l'observa attentivement.

— Tu as besoin d'une confirmation ? Je te croyais convaincu que ta femme avait laissé échapper des indices devant son frère.

— C'est la seule explication qui tienne debout.

— Mais… ?

Eoin se passa nerveusement une main dans les cheveux.

— Je ne sais pas. Quelque chose ne colle pas.

Il avait beau repasser sa conversation avec Margaret dans sa tête, il ne percevait rien d'autre que son choc et sa blessure devant ses accusations. Certes, elle avait eu l'air coupable, mais uniquement pour lui avoir caché la présence de son frère sur l'île. Sur tout le reste, elle avait été catégorique et… *affligée*.

Campbell semblait comprendre son dilemme.

— En cas de doute, j'écoute toujours mon instinct, lui glissa-t-il.

Ce n'était pas peu dire. Campbell était devenu le meilleur éclaireur d'Écosse grâce à une prescience hors du commun.

— Et quand il s'agit de ta femme ?

Son ami esquissa un sourire.

— Dans ce cas, mon instinct est un peu brouillé. Je dois simplement tendre l'oreille un peu plus.

— Margaret n'a rien dit à personne, déclara soudain Eoin. Je veux bien parier ma vie là-dessus.

Ce fut plus facile qu'ils ne l'avaient pensé. Si le MacDougall refusait de dire quoi que ce soit contre les hommes de son clan, il était beaucoup plus loquace dès qu'il s'agissait de vitupérer le traître qui avait donné l'information à Duncan MacDowell sur l'île de Kerrera. Ce renégat les avait eux-mêmes trahis précédemment.

Devant l'énormité de son erreur, le sang d'Eoin ne fit qu'un tour et il rentra précipitamment à Gylen. Il faisait déjà sombre lorsque la silhouette noire du donjon se détacha sur la falaise. Son instinct ne s'était pas trompé au sujet de sa femme, mais c'était une piètre consolation face à l'angoisse d'arriver trop tard.

« *J'ai besoin de ta confiance. Maintenant, ici.* »

Il sentit la panique monter en lui et une sueur froide glacer sa peau. Quelle erreur monumentale avait-il commise ? Exaspéré par sa réaction, il en avait oublié ce qu'elle avait fait autrefois. Elle l'avait quitté, et il lui avait donné toutes les raisons de le quitter à nouveau.

— Où allons-nous ?

Margaret baissa les yeux vers l'enfant qui marchait à côté d'elle et s'efforça de lui adresser un sourire rassurant.

— C'est une surprise, répondit-elle avec une gaieté forcée.

Même dans la faible lumière, elle distingua la mine renfrognée de son fils.

— Je n'aime pas les surprises.

Le portrait craché de son père.

Son cœur se serra et elle s'efforça de ne pas penser à sa douleur. Elle pouvait le faire. Ne l'avait-elle pas déjà fait autrefois ?

— Je sais, mon chéri, mais je crois que celle-ci te plaira.

Elle se tourna. Le donjon n'était plus visible. Ils n'étaient donc plus très loin. Le mouillage se trouvait dans la baie, juste de l'autre côté de l'îlot d'Eilean Orasaig.

— Tu n'as pas envie de revoir ton oncle préféré ? reprit-elle.

— Oncle Duncan ? s'exclama l'enfant. Il est ici ?

Après ce premier élan d'enthousiasme, il regarda sa mère en fronçant les sourcils.

— Lui aussi, il a décidé de se battre pour le vil usurpateur ?

Margaret grimaça en se rendant compte que son bref séjour sur Kerrera n'avait pas effacé toutes les traces de la hargne de son grand-père.

— Non, il vit avec ton grand-père et tes autres oncles sur l'île de Man. Il est juste venu nous chercher pour aller leur rendre visite.

Il s'arrêta et lâcha sa main.

— Mais… mais… et mon père ?

Elle s'agenouilla devant lui. Par-dessus son épaule, elle voyait le soleil sombrer dans la mer. La nuit ne tarderait pas à tomber. La situation devait être très déroutante pour l'enfant et elle se jura de faire tout son possible pour qu'il ne pâtisse pas de sa décision. Même si cela signifiait se séparer de lui de temps à autre… Que Dieu lui vienne en aide !

— Tu pourras venir le voir quand tu voudras, mais…

Sa voix se brisa. Que pouvait-elle lui dire ?

— Mais je ne peux plus rester ici, acheva-t-elle.

L'expression de son fils devint si grave qu'elle dut se retenir de le serrer dans ses bras et de ne plus le lâcher.

— Il ne veut plus de nous ? demanda-t-il.

— Bien sûr que si, mon chéri. Il t'aime beaucoup.

— Alors, pourquoi nous enfuyons-nous ?

— Nous ne nous…

Elle s'interrompit. Il avait raison. Elle fuyait. Comme la dernière fois. Peut-être étaient-ils condamnés à toujours répéter les mêmes erreurs, après tout.

Elle cherchait encore une réponse logique quand elle aperçut un point blanc au loin. Une voile. Elle se leva et reprit sa main.

— Viens, mon chou. Ton oncle nous attend.

Eoin était arrivé trop tard. Ils étaient partis.

La chambre qu'il avait partagée avec Margaret était vide. Il n'avait pas besoin de regarder dans la mansarde attenante pour savoir qu'Eachann n'y serait pas non plus.

C'était comme si une muraille s'était effondrée sur lui. Il revivait ce qu'il avait vécu six ans plus tôt, mais en pire. Cette fois, il avait perdu une épouse et un fils.

Il ne lui fallut pas longtemps pour comprendre comment ils avaient fui : son frère. Dans sa colère d'avoir vu son plan échouer, il n'avait pas pensé à lui demander comment Duncan comptait les « sauver ». Il avait sûrement prévu de passer les prendre à son retour d'Appin… aujourd'hui.

Ses soupçons furent confirmés lorsqu'il interrogea les gardes de faction devant les portes du château. La dame et l'enfant étaient sortis plus d'une heure plus tôt pour une promenade jusqu'au village. En fait de village, Eoin comprit qu'ils s'étaient rendus dans l'un des mouillages de l'île. Il y en avait trois, en comptant celui situé au pied du château. Celui du nord-ouest, face à Oban, était trop fréquenté, même à cette heure du soir. Ce devait donc être celui de la côte est de l'île, facilement accessible pour un navire de maraudeurs descendant le Firth de Lorn et ne voulant pas attirer l'attention.

Il se trouvait à une trentaine de minutes à pied. S'ils étaient partis depuis plus d'une heure, ils avaient probablement déjà embarqué. Il devait néanmoins s'en assurer. Il se dirigeait vers l'écurie pour prendre un cheval quand une ombre s'avança sur son chemin.

— Elle est partie, annonça Fin.

Eoin dut faire un effort surhumain pour ne pas se jeter sur lui et le tuer. Seul le fait qu'il soit marié à sa sœur le retint d'abattre sur son crâne la hache de guerre qui avait valu sa renommée à son grand-père. Sa main le démangeait de décrocher l'arme suspendue à sa ceinture.

Inconscient du danger, Fin ajouta :

— Je l'ai vue monter à bord d'un navire avec l'enfant à Bar-nam-boc.

Eoin avança d'un pas vers lui, serrant les poings. Jamais il n'avait eu une telle envie de frapper quelqu'un.

— Et tu n'as rien fait pour les arrêter ?

Fin haussa les épaules, se méprenant sur la menace qui émanait d'Eoin, qu'un guerrier aussi entraîné que lui avait forcément perçue.

— J'ai pensé que c'était pour le mieux. Elle t'a encore trahi. Il vaut mieux pour tout le monde que cette garce rejoigne sa bande de sauvages.

— Tu veux dire que cela vaut mieux car, ainsi, je ne découvrirai jamais la vérité ?

L'assurance de Fin flancha légèrement, mais un instant seulement. Il se redressa, adoptant une posture un peu plus défensive.

— La vérité, tu la connais déjà, répondit-il.

— En effet.

Eoin avança encore d'un pas, tous ses muscles se contractant.

— Je t'ai dit que son frère Duncan était venu ici, insista Fin.

— C'est vrai. Mais tu as omis de mentionner que c'était toi qui l'avais informé de mon plan. Tu te trouvais dans l'écurie, n'est-ce pas ?

C'était la seule explication logique et celle qu'Eoin n'avait pas envisagée tant il était occupé à condamner sa femme. Quelqu'un les avait entendus. C'était sa faute. Dans sa précipitation, il n'avait pas vérifié qu'ils étaient vraiment seuls.

Fin hésita. Il semblait se demander si cela valait la peine de nier. Il dut se rendre compte que c'était futile car il haussa les épaules. Comme si ce n'était rien de bien grave. Comme si sa trahison n'avait pas tout coûté à Eoin.

— Je me trouvais de l'autre côté de la fenêtre. Je t'ai vu revenir et ça m'a intrigué.

— Tu m'as espionné puis tu as décidé de me trahir ?

Eoin ne pouvait plus contenir sa rage. Il frappa du poing contre le mur en pierre de la cour.

— Je te faisais confiance ! rugit-il. Tu étais comme un frère pour moi !

Le masque de Fin tomba enfin, révélant une colère et une amertume qui couvaient depuis des années.

— Nous étions comme des frères, oui, jusqu'à ce que tu la rencontres et que tu l'épouses !

Il émit un petit rire de dédain.

— Je n'en reviens toujours pas. Avec toutes ces rumeurs qui couraient sur elle... Je n'aurais jamais cru que tu jouerais les chevaliers errants pour voler à son secours.

Eoin mit un moment à comprendre.

— C'était toi ! C'est toi qui as fait croire qu'elle avait tenté de te séduire dans la bibliothèque de Stirling !

Fin ne se donna pas la peine de démentir.

— Elle l'avait mérité, cette petite prétentieuse qui se croyait tout permis. Elle n'était pas pour toi, mais tu étais aveuglé. Cela dit, je ne t'ai jamais espionné. J'étais curieux. Je croyais qu'elle voulait que tu me chasses pour ce qu'avait fait Marjory. Je n'aurais jamais parlé, mais quand j'ai vu MacDowell le lendemain...

— Tu as sauté sur l'occasion en sachant que j'incriminerais Margaret, c'est ça ?

Salaud d'opportuniste ! Fin en avait fait autant durant la guerre. Eoin lui avait toujours trouvé des excuses, mais plus maintenant. Il le saisit par la peau du cou comme le chien qu'il était et le secoua.

— Des hommes sont morts. De braves hommes. J'ai failli être tué ! Tout ça pour que tu défoules ta haine sur une femme qui ne t'a jamais rien fait et qui aurait pu être ton amie si tu lui en avais laissé la possibilité ?

— Mon amie ? ricana Fin en dépit de la main qui lui serrait le cou. Je ne voulais pas de son amitié, je voulais juste la baiser.

Le poing d'Eoin s'écrasa sur sa mâchoire avant même qu'il ait fini sa phrase. Une rigole de sang coula sur son menton.

— Elle doit être aussi bonne qu'elle en a l'air pour avoir réussi à te retourner contre moi aussi vite.

Eoin ne l'écoutait plus, trop occupé à le rouer de coups. Il le frappait au visage, dans le ventre, dans les côtes. Il lui fallut une minute avant de se rendre compte que Fin ne se défendait pas. Il était à moitié à genoux, plié en deux.

Eoin l'attrapa par le col de son *cotun*, le poing brandi pour lui asséner un dernier coup.

— Elle n'a jamais tenté de me retourner contre toi. Elle n'en avait pas besoin. Tu t'en es chargé toi-même en l'agressant.

Les yeux de Fin brûlaient de rage.

— J'ai déjà suffisamment payé, non ?

Supposant qu'il parlait de leur amitié, Eoin demanda :

— Et tu as donc décidé de me faire tuer ?

— Je savais bien que Campbell et toi ne couriez pas de vrai danger, répliqua-t-il. N'êtes-vous pas les fantômes indestructibles de Bruce ?

Il ricana en voyant l'air ahuri d'Eoin.

— Tu me prends vraiment pour un idiot ? cracha-t-il. Tu t'imagines que je n'avais pas deviné depuis toutes ces années ?

Eoin dévisagea celui qui avait été son meilleur ami et sentit sa fureur émoussée par le dégoût et par une profonde tristesse. Il venait de perdre une amitié qui avait beaucoup compté à ses yeux.

Il laissa tomber son poing. Il était incapable de le tuer, mais ils ne pourraient jamais plus être amis.

— Disparais de ma vue. Je pars chercher ma femme et mon fils. Je veux que Marjory et toi soyez partis avant mon retour.

Il entendit un petit cri derrière lui et se tourna pour découvrir sa sœur roulant des yeux effarés. Toutefois, il la vit à peine, n'ayant d'yeux que pour les deux personnes qui se tenaient à côté d'elle.

— Nous sommes toujours là, Eoin.

Le sourire de Margaret et la manière dont elle le regardait lui firent se demander ce qu'elle avait entendu au juste. Il était étourdi.

— Je vous croyais partis.

Elle baissa les yeux vers son fils et exerça une légère pression sur sa main.

— Quelqu'un m'a rappelé à temps que fuir n'était jamais la bonne solution et que les MacDowell ne baissaient jamais les bras.

— Même devant des bougres d'ânes obtus et grincheux, ajouta fièrement Eachann.

Margaret baissa vers lui des yeux horrifiés.

— Eachann ! Tu n'étais pas censé entendre ça.

Elle lança un regard navré vers son mari.

— Je réfléchissais à voix haute, s'excusa-t-elle.

Submergé par la joie et le soulagement, il sourit béatement.

— Assez fort, apparemment !

Concentré sur sa femme, il ne vit pas le danger. Le visage tuméfié et sanglant, Fin s'était élancé vers elle.

Un éclat métallique brilla à la lueur des torches.

Eoin cria, mais trop tard. Fin enroula son bras autour du cou de Margaret et pressa une lame contre sa gorge.

— Tu m'as déjà volé mon fils et, maintenant, je vais être banni par ta…

Il n'acheva pas sa phrase. Il roula des yeux stupéfaits et émit un étrange gargouillis. L'instant suivant, il s'effondra sur le sol dans un bruit sourd. Le manche du couteau de Marjory saillait de sa nuque.

29

Il était tard lorsque Margaret put enfin parler à Eoin en tête à tête. Il s'était occupé de sa sœur en état de choc pendant qu'elle s'efforçait de calmer l'agitation de son fils qui avait vu sa mère frôler la mort avant d'assister au meurtre de son oncle par sa tante.

Il se passerait du temps avant que les événements de la journée soient oubliés, mais du lait chaud, un gâteau au beurre parfumé à la cannelle et de nombreux câlins avaient considérablement apaisé le désarroi de l'enfant. Il dormait paisiblement lorsque Eoin entra enfin dans la chambre.

Il lança un regard interrogateur vers la porte de la mansarde.

— Il va bien, le rassura-t-elle. Je ne suis pas sûre qu'il ait bien compris ce qui se passait. Sincèrement, moi non plus.

Les traits las, Eoin se débarrassa de ses armes, puis lança son *cotun* sur un banc avant de s'asseoir au bord du lit en face d'elle.

— Qu'as-tu entendu ? demanda-t-il.

— Assez pour savoir que tu venais me chercher.

Elle l'examina attentivement, le reflet des braises du brasero faisant briller ses yeux.

— Tu as enfin compris que je disais la vérité ?

— Je l'aurais compris plus tôt si j'avais été capable de réfléchir rationnellement. Mais je n'en suis jamais capable quand il s'agit de toi.

Il lui expliqua ce qui s'était passé à Dunstaffnage ainsi que le rôle de Fin.

— Comment va Marjory ? demanda-t-elle.

— Elle est sous le choc, répondit-il avec un haussement d'épaules. Mais, au fond, je la crois également soulagée. Elle comprenait mieux que nous la profondeur du ressentiment et de l'amertume de Fin. Elle vivait avec tous les jours et n'a pas été surprise qu'ils se transforment en violence. Je le voyais toujours comme l'ami avec lequel j'ai grandi, mais la guerre, le temps et les déceptions l'ont transformé en quelqu'un d'autre.

— Je ne peux pas croire qu'il m'ait haïe à ce point, dit-elle en réprimant un frisson. Qu'a-t-il voulu dire par « *Tu m'as volé mon fils* » ?

— Je crois qu'il imputait à ton coup de genou son incapacité à engendrer.

— Pourtant, il a accusé Marjory d'être stérile.

Elle se mordit la lèvre, puis demanda :

— Tu crois que c'est vrai ?

— Je crois surtout que c'était dans sa tête. Tu étais une cible facile. Tu servais simplement d'exutoire à sa rage.

— Il m'accusait également de m'être mise entre vous.

Il hocha la tête.

— Il se trompait. La vie nous aurait éloignés l'un de l'autre de toute façon.

Elle arqua un sourcil ironique.

— À cause des fantômes ?

— Tu as entendu ça aussi ?

— C'est la raison pour laquelle tu ne me disais jamais rien de tes activités ? Fais-tu vraiment partie des fameux fantômes de Bruce ?

— J'ai juré de me taire, soupira-t-il. Ce n'était pas que pour ma sécurité, mais également pour protéger les autres. Je comptais néanmoins te le dire après avoir parlé à Bruce.

C'était la dernière pièce manquante, le grand secret qu'il n'avait pu lui dire. Cela n'avait rien d'étonnant.

— Les hommes dans le camp à Dumfries, ceux sur lesquels je t'ai interrogé…

Il ne confirma ni ne démentit rien, mais elle avait deviné.

— Je sentais bien qu'il y avait quelque chose d'étrange entre vous tous ! Mais je n'aurais jamais imaginé que tu…

Elle s'interrompit et lui lança un regard accusateur.

— J'aurais dû me douter que tu t'enrôlerais dans ce qu'il y a de plus dangereux ! Je parie que tu es toujours en première ligne. Tu aurais pu te faire tuer ! Je devrais être folle de rage contre toi, mais…

Ses yeux s'emplirent soudain d'émotion. Il lui prit le menton et tourna son visage vers lui.

— Mais ?

— Je suis très fière de toi.

Un large sourire illumina le visage d'Eoin.

— Vraiment ?

Elle lui donna un coup sur le torse du bout des doigts.

— Ne prends pas cet air si content de toi. Je n'ai pas dit que je te pardonnais.

Il lui prit la main, la porta à ses lèvres et déposa un doux baiser sur le bout de ses doigts.

— Me pardonneras-tu ? J'aurais dû savoir que, quoi qu'il advienne, tu ne trahirais jamais ma confiance. En fait, je le savais, mais il m'a fallu un peu de temps pour le comprendre.

— Je sais maintenant pourquoi tu estimais préférable que je ne sache rien. C'était trop dangereux.

Elle réfléchit un instant avant de reprendre :

— J'apprendrai à me contenter de ce que tu pourras me dire. Je n'ai pas besoin de détails ; je voulais uniquement faire partie de ta vie et savoir que je comptais pour toi.

— Bien sûr que tu comptes, plus que tout. Je ne pensais qu'à toi ; je ne me battais que pour pouvoir rentrer auprès de toi ; tu étais ce qui m'empêchait de sombrer dans les ténèbres de la guerre. Sans toi, plus rien n'avait d'importance.

Devant son air sceptique, il se mit à rire.

— Si tu ne me crois pas, interroge Lamont. Il te parlera de mon humeur massacrante ces six dernières années. Sans toi… le monde était plus sombre. Tu étais ma lumière.

— Comme c'est mignon, dit-elle, attendrie.

Il frémit et lança un regard autour d'eux pour s'assurer que personne ne l'avait entendue.

— Juste ciel, Maggie, ne redis jamais ce genre de chose, surtout devant le Faucon.

— Qui ?

— MacSorley, répondit-il sans hésiter.

Elle comprit.

— Son nom de guerre ! Tu en as un aussi ?

— Le Frappeur.

Elle se souvint des mots sur son bras : « Frapper avec force. »

— Le tatouage ?

Il acquiesça et changea de sujet.

— Qu'est-ce qui t'a convaincue de revenir ?

Elle esquissa un petit sourire.

— Je crois qu'Eachann a fini par se plaire ici. Il ne voulait pas partir et, en y réfléchissant bien, moi non plus.

Elle marqua une pause avant de poursuivre :

— Je ne voulais pas continuer à répéter les mêmes erreurs. J'ai décidé de revenir et de faire entendre raison à cet esprit supposé brillant.

— Pas toujours. Tu te souviens, je t'ai dit un jour que, en ce qui te concernait, j'étais incapable de réfléchir.

Ils se dévisagèrent longuement, se souvenant de cet après-midi pluvieux où ils s'étaient déclaré leur amour, s'étaient mariés et avaient consommé leur union dans la foulée. Elle lui sourit, les larmes aux yeux.

— Je regrette qu'il nous ait fallu tout ce temps pour comprendre.

— Moi aussi, dit-il en la prenant dans ses bras. Mais nous avons toute la vie devant nous pour nous rattraper. En commençant dès maintenant.

Elle se laissa porter vers le lit sans rechigner et déclara avec une lueur espiègle dans le regard :

— Finalement, tu n'es pas si sot que ça.

Épilogue

Château de Garthland, Galloway, 15 février 1315

Eoin n'avait aucune envie d'être ici. Les souvenirs étaient trop vifs, la douleur trop fraîche, les fantômes trop présents. Huit ans ne suffisaient pas à oublier. De fait, toute une vie n'y suffirait pas. Toutefois, sachant combien c'était important pour Maggie, il avait accepté de revenir dans cet endroit maudit marqué par tant de morts et de désespoir.

Il baissa les yeux vers le petit paquet couronné d'une chevelure flamboyante dans ses bras et ressentit une profonde gratitude. S'il voulait se rappeler sa chance, il lui suffisait de regarder le visage des siens. Celui de Margaret, celui de son fils désormais âgé de sept ans et celui de la petite diablesse rousse dans ses bras qui, à en juger par ses premiers pas, promettait de lui causer bien des sueurs froides dans les années à venir.

— Ah, tu es là ! déclara Margaret en entrant dans la pièce. J'aurais dû m'en douter.

Elle se pencha sur le bébé, ses propres boucles rousses tombant par-dessus ses épaules. Elle ne portait pas de voile et ressemblait plus que jamais à la jeune fille effrontée de ses souvenirs.

— Elle a l'air si angélique quand elle dort, n'est-ce pas ? chuchota-t-elle. On en oublierait presque le petit monstre qu'elle est le reste du temps.

Il grimaça.

— Presque. Elle a encore lancé une des pièces du jeu d'échecs par la fenêtre ce matin.

Margaret tenta de masquer son sourire, sans grand succès.

— Cette enfant fait preuve d'un manque de respect scandaleux pour ton jeu, le taquina-t-elle.

— Oui, je me demande bien de qui elle tient ça.

Margaret posa une main sur son ventre. Leur troisième enfant naîtrait à l'été. Si c'était un garçon, elle menaçait de lui donner le prénom de la Vipère, avec qui, pour des raisons incompréhensibles, elle s'était liée d'amitié.

— Tu auras peut-être plus de chance avec le prochain, dit-elle. Et, qui sait, Eachann aura peut-être enfin un adversaire à sa hauteur.

— Il ne m'a battu qu'une seule fois, s'indigna-t-il. Et, comme je te l'ai dit, c'était un accident.

Leurs regards se croisèrent et ils éclatèrent de rire. Cela n'avait rien eu d'un accident. Eachann était d'une intelligence surprenante. Eoin l'avait surnommé « le *solutionneur* de problèmes ». Il ne doutait pas que son fils deviendrait un grand inventeur.

— De toute manière, quelqu'un m'a dit un jour que les échecs n'étaient qu'un jeu d'enfants ennuyeux, lui rappela-t-il.

Elle se mit à rire, lui prit le bébé des bras et le déposa dans le petit lit qu'on leur avait fourni.

— Viens, dit-elle. Marsaili veillera sur elle.

— Comme elle a veillé sur toi ? s'exclama-t-il en levant les yeux au ciel. Que Dieu nous protège !

Elle lui envoya un coup de poing dans l'épaule.

— Aïe ! Ça fait mal, se plaignit-il en se massant.

— Tant mieux, répliqua-t-elle. J'aurais cru que les célèbres guerriers de Bruce étaient un peu plus coriaces.

— Quoi, tu ne le sais pas encore ? La guerre est terminée. Je ne suis plus que le gardien du château royal de Sael.

— Et le *tánaiste* des MacLean, ajouta-t-elle avec une moue moqueuse.

Son père avait officialisé la nouvelle quelques mois plus tôt. Sachant qu'il était inhabituel pour un fils benjamin d'être nommé héritier du chef de clan, Eoin avait été honoré.

— En outre, je t'ai vu comploter avec Erik et Lachlan tout à l'heure, ajouta-t-elle. Tu ne me la feras pas. Je sais que vous mijotez quelque chose. Je te ferai tout avouer plus tard.

— Ah oui ? Et comment comptes-tu t'y prendre ?

— J'ai mes moyens, l'assura-t-elle.

Il n'en doutait pas et avait hâte que la nuit vienne pour qu'elle le mette à nouveau à genoux. Tant de choses avaient changé entre eux, mais leur passion était aussi ardente qu'aux premiers jours. Le seul souvenir de la manière dont elle avait tortillé ses fesses contre lui ce matin à son réveil le mettait déjà dans tous ses états.

Il la suivit dans l'escalier, à travers le grand hall puis dans la cour.

— Que dirais-tu d'une promenade ? proposa-t-elle.

Il acquiesça. Parvenu devant le portail, il ne put retenir un regard inquiet par-dessus son épaule. Elle devina ses pensées.

— Tout ira bien, l'assura-t-elle. Duncan prendra bien soin d'eux en notre absence.

Le voyant faire la grimace, elle le sermonna :

— N'oublie pas : la guerre est finie. Nous formons tous une grande famille unie.

Bien que le frère de Margaret eût fait la paix avec Bruce à la fin de la guerre et eût été nommé gardien du château de Garthland, Eoin avait du mal à se faire à l'idée d'être l'invité de son ancien ennemi. Il n'avait accepté que pour Margaret, encore affectée par la mort de son frère aîné l'année précédente. Son père refusait toujours d'accepter Bruce et continuait à se battre en Irlande.

— Comment pourrais-je l'oublier ? Ça fait six mois que tu me tarabustes pour que je consente à venir ici.

Elle exerça une pression sur sa main, redevenant soudain sérieuse.

— Merci. Je sais que ce n'est pas facile pour toi, mais je devais absolument faire quelque chose.

Peu de temps après, lorsqu'ils arrivèrent au bord du loch, il comprit ce qu'elle voulait dire.

— C'est toi qui as fait tout ça ?

Elle acquiesça, son regard étudiant ses traits pour tenter de jauger sa réaction. Il était stupéfait et incroyablement ému.

Ses frères d'armes se tenaient le long du rivage, encadrant deux hommes. Le premier portait une couronne, le second une mitre d'évêque : le roi Robert de Bruce et le plus haut dignitaire de l'Église, William Lamberton, évêque de St. Andrews (et vieil allié de Bruce). Derrière eux, les eaux calmes du loch n'étaient plus rouges, mais couvertes de minuscules fleurs blanches. Des perce-neige, ou, comme on les appelait en raison de leur floraison à la Chandeleur, des clochettes de la Sainte Vierge.

— Il y en a des milliers ! s'émerveilla-t-il.

— Sept cent quatre-vingt-quatre, rectifia-t-elle. Je les ai comptées.

Il se tourna vers elle et comprit. Chaque fleur représentait l'un des hommes morts lors du débarquement catastrophique huit ans plus tôt.

— Le moment est venu, Eoin, dit-elle doucement. Il est temps de les laisser reposer en paix.

Il hocha la tête. Elle avait raison. Le moment était venu de réciter une prière pour chacun des morts et de laisser partir les fantômes du passé. Il n'oublierait jamais ce qui s'était passé ici, mais il avait pardonné à Maggie. Il était temps à présent de se pardonner à lui-même.

— Merci, murmura-t-il, la gorge nouée. Je t'aime.

Elle lui adressa un de ses sourires qui éclipsaient le soleil.

— Ne t'avise jamais de l'oublier, plaisanta-t-elle.

Cela ne risquait pas d'arriver. Eoin laissa sa femme le prendre par la main et l'entraîner vers la plage, où ses amis l'attendaient pour l'aider à enterrer définitivement le passé.

Note de l'auteur

Le personnage d'Eoin est librement inspiré de John Dubh MacLean, le troisième fils de Gilliemore ou Malcolm MacLean, et le petit-fils (ou arrière-petit-fils) du célèbre « Gilleain de la hache de guerre », considéré comme le fondateur du clan MacLean.

John Dubh (« John le Noir ») se battit pour Bruce aux côtés de son père et de ses frères. Sa mère, lady Rignach, aurait été une parente du roi. Une théorie (celle qui m'a paru la plus cohérente) veut qu'elle ait été la fille de Neil de Carrick, et donc une demi-sœur de la mère de Bruce, Marjory.

Après la guerre, Bruce remercia les MacLean pour leur loyauté. John Dubh fut nommé gardien du château royal de Sael (sur l'île de Seil ?), son frère Donald devint commandant des galères du roi, et son frère Neil prit la gouvernance d'un autre château royal, peut-être celui de Tarbert. Étrangement, bien qu'étant le plus jeune des trois frères, John Dubh devint également chef du clan à la mort de son père. Aucune explication n'est fournie, mais cela m'a donné l'idée d'en faire un brillant stratège.

Les deux fils de John Dubh, Hector (Eachann Reaganach ou Hector le Sévère) et Lachlan (Lachainn Lubanach ou Lachlan le Rusé/Fourbe) devinrent les célèbres géniteurs des deux branches des MacLean/MacIaine. Comme le savent ceux qui ont lu *La Fierté du Highlander*, ils ont également engendré une grande confusion généalogique (un de mes problèmes récurrents) en donnant leurs prénoms à d'innombrables générations de chefs. Il faudra attendre trois cents ans après la mort de John Dubh pour qu'un des chefs MacLean de Duart ne s'appelle pas Hector ou Lachlan.

John Dubh aurait légué ses terres de Lochbuie à Hector et celles de Duart à Lachlan. Les MacLean prirent de l'importance lorsque Lachlan épousa une fille de John MacDonald, le premier seigneur des Îles. Hector, lui, épousa Christina, une fille des MacLeod de Harris. Ceux qui ont lu *Le Chef* doivent sourire. Je ne peux pas m'empêcher de me demander si cette Christina ne serait pas une descendante de Tor et de Christina. J'adore quand l'histoire et la fiction s'emmêlent ainsi.

Comme pour la plupart de mes livres, j'ai puisé une grande part de mon inspiration dans les tableaux généalogiques. Leurs notes sont toujours remplies de trésors. Bien que les citations soient parfois ténues et qu'il y ait de nombreuses incohérences, c'est souvent là que je trouve des informations disponibles nulle part ailleurs. Ce fut notamment le cas lorsque je tentais de comprendre où se trouvaient les terres des MacLean avant la guerre (par la suite, on les associe aux îles de Mull, de Tiree et de Coll, ainsi qu'à la péninsule de Morvern et à Lochbuie sur le continent). Étant des vassaux du seigneur d'Argyll, tout porte à croire qu'ils venaient de Lorn, mais ce ne fut qu'en tombant sur une note généalogique concernant « Eoin Dubh MacGilliemore » (John Dubh) que je trouvai une référence à son lieu de naissance : le château de Gylen sur l'île de Kerrera. S'agissant d'un château MacDougall, cela paraissait logique.

La même note m'a fourni l'inspiration pour le personnage de Fin, car il y était fait mention d'une tentative d'assassinat des MacKinnon (anciennement

MacFinnon) sur les fils de John Dubh, faisant des deux clans de grands ennemis.

Enfin, quelques tableaux généalogiques marient Eoin à une Comyn, ce qui m'a donné l'idée d'une épouse qui était la fille de l'ennemi.

Le personnage de Margaret MacDowell est purement fictif. Néanmoins, Dugald/Duegald MacDowell/MacDowall/MacDowyl/MacDouall/MacDougall (ce ne sont là que quelques-unes des orthographes de son nom) aurait eu huit fils. Comme d'habitude, s'il eut des filles, elles ne sont pas mentionnées.

Les MacDowell affirment descendre des premiers Gaëls venus du nord de l'Irlande en Galloway, au huitième ou neuvième siècle, et de récentes études d'ADN semblent le confirmer (www.scottishorigenes.com/content/medieval-ethnicity-map-scotland). À l'instar de leurs cousins Balliol et Comyn, ils étaient des ennemis jurés de Bruce. Comme les MacDougall, qui étaient eux aussi des cousins des Comyn, les MacDowell furent l'une des épines les plus grosses et les plus tenaces dans le pied de Bruce durant sa longue conquête du pouvoir.

Bruce força MacDowell à fuir en Angleterre autour de 1308-1309, où il est inscrit dans les registres publics le 8 avril 1309 comme étant « haï par l'ennemi ». Le roi Édouard II lui donna « le manoir de Temple-Couton à York » pour y vivre avec sa famille. Toutefois, Dugald était de retour en Écosse quelques années plus tard, tenant l'importante forteresse de Dumfries dans le Galloway.

Le désastre du loch Ryan, le 9 février 1307 (six jours plus tôt que dans le roman) fut de loin le pire coup infligé par Dugald à Bruce. Les lecteurs de mes livres précédents en ont déjà beaucoup entendu parler (notamment dans *Le Faucon*, *Le Chasseur* et *La Flèche*). Une défaite aussi catastrophique rend le retour de Bruce et sa victoire finale encore plus incroyables.

Après avoir été contraint de s'exiler durant cinq mois suite à sa première tentative ratée pour s'emparer du trône en 1306, au cours de laquelle il perdit un frère ainsi que de nombreux amis et vit son épouse et sa famille emprisonnées (certains dans des cages), Bruce rassembla suffisamment d'hommes pour tenter de reprendre le royaume. Selon la plupart des récits, une grande partie de ses forces furent décimées par les MacDowell à peine débarquées sur la plage du loch Ryan.

Il est impossible de connaître les chiffres exacts, mais la plupart des historiens estiment à quelques centaines les forces présentes à Carrick avec Bruce (ce que j'appelle le front nord de l'attaque, décrit dans *Le Faucon*) ; et entre sept cents et neuf cents celles combattant au loch Ryan sous le commandement de ses deux frères.

Il y avait dix-huit galères au loch Ryan, dont deux parvinrent à s'échapper. Une galère médiévale comptait entre dix-huit et vingt-quatre rames. En comptant deux hommes par rame, cela correspond bien à un chiffre entre sept cents et neuf cents. La grande majorité de ces hommes, peut-être sept cents d'entre eux, étaient irlandais. Certains de ceux qui furent capturés, comme le petit chef qu'aperçoit brièvement Margaret, furent exécutés sommairement. D'autres, comme les frères de Bruce, furent conduits au château de Carlisle en Angleterre et exécutés par Édouard. Thomas et Alexander furent pendus et décapités après avoir été traînés sur treize kilomètres attachés à la queue d'un cheval (BruceTrust.co.uk/places-events.html). Leurs têtes furent ensuite plantées sur les grilles du château afin de servir d'exemple.

Donc, si je sais bien compter, Bruce avait environ mille deux cents hommes lorsqu'il s'élança à la reconquête de son royaume en février 1307. Environ huit cents moururent immédiatement au loch Ryan.

Lorsqu'il débarqua à Carrick, il n'avait donc plus que quatre cents hommes, auxquels s'ajoutèrent des survivants du loch Ryan. MacDowell lui avait effectivement porté un coup dévastateur et on peut s'étonner que ses partisans, même les plus dévoués, aient quand même accepté de le suivre dans son projet fou.

Pour ses services rendus à la couronne britannique au loch Ryan, MacDowell reçut le titre de chevalier, de l'argent et une héritière (la fille de Hugh de Champagne) pour son fils aîné, Dougal, qui mourut plus tard lors de la bataille de Bannockburn, en 1314.

John Comyn, le fils de Comyn le Rouge assassiné par Bruce (et le soupirant de Margaret), mourut lui aussi à Bannockburn.

Le siège du château de Dumfries dura plus longtemps que je ne l'ai écrit dans le livre, six semaines ou plus, et ses occupants furent affamés jusqu'à la reddition. Que Bruce ait autorisé Dugald MacDowell à se rendre alors qu'il avait livré ses frères au bourreau d'Édouard est surprenant et montre jusqu'où il était prêt à aller pour unir l'Écosse. Naturellement, comme dans le cas de John de Lorn, sa clémence ne fut pas récompensée et MacDowell ne tarda pas à reprendre les armes contre lui sur l'île de Man. MacDowell fut à nouveau vaincu et contraint de se rendre une seconde fois en quelques mois. Là encore, Bruce le laissa partir.

MacDowell demeura au service des Anglais jusqu'à sa mort vers 1327-1328. Lui succédera son fils Duncan, qui poursuivra la tradition familiale de se battre contre les Bruce. Dans les années 1330, il leva plusieurs fois une armée pour tenter de remettre les Balliol sur le trône.

Ceux qui se rendent aujourd'hui dans le Galloway peuvent facilement comprendre les difficultés que rencontra Bruce pour soumettre cette région. Elle est reculée, difficilement accessible et loin des circuits touristiques. Après avoir visité la plupart des régions écossaises, je peux affirmer que celle-ci a une atmosphère bien à elle. Elle paraît coupée du reste du monde. On ne peut qu'imaginer ce que ce devait être il y a sept siècles.

Je ne saurais dire si les MacDowell étaient plus « barbares » que les autres clans mais, compte tenu de l'isolement du château de Garthland à la pointe de la péninsule des Rhins de Galloway, il m'a semblé plausible que Margaret apparaisse un peu sauvage et primitive aux yeux des nobles de la cour de Stirling.

Les habitants de la région avaient depuis longtemps la réputation d'être des « Écossais sauvages », de s'accrocher à leurs anciennes lois et coutumes, et d'être d'excellents combattants. Ils auraient eu le privilège de mener l'avant-garde de l'armée écossaise lors de la période dite « de l'anarchie », notamment lors de la Bataille de l'Étendard en 1138. Sir Walter Scott les résuma ainsi : « Certains historiens disent qu'ils descendent de la race des anciens Pictes ; d'autres les appellent "les Écossais sauvages de Galloway" ; tous concordent à dire qu'ils étaient une race d'hommes féroces et ingouvernables, qui combattaient à demi nus et commettaient des actes d'une grande cruauté sur les populations des contrées qu'ils envahissaient » (Scott, sir Walter, *The History of Scotland*, vol. 1, Édimbourg, éd. Adam and Charles Black, 1864, p. 26).

Bien que moins codifiées qu'elles ne l'étaient en Irlande, l'influence des anciennes lois de Brehon se fit nettement sentir en Écosse jusqu'au onzième siècle (lorsque le féodalisme fut introduit suite à la conquête normande de l'Angleterre), et peut-être même jusqu'au treizième siècle dans le Galloway. Les anciennes mottes au sommet desquelles les seigneurs brehons administraient la justice sont encore visibles un peu partout en Écosse.

C'est sur Wikipédia que j'ai lu l'un des résumés les plus intéressants et succincts de la guerre d'indépendance : « À bien des égards, les guerres d'indépendance écossaises étaient des guerres civiles du Galloway, opposant les Bruce, successeurs de Gille Brigt mac Fergusa, aux Balliol, successeurs d'Uchtred mac Fergusa » (www.en.wikipedia.org/wiki/Galwegian_Gaelic).

Même s'il s'agit d'une simplification excessive (la suzeraineté et l'autorité anglaises étaient au cœur de ces guerres), ce n'est pas entièrement faux. Nous considérons ces guerres comme celles des Écossais contre les Anglais, mais la réalité était bien plus complexe. Comme je l'ai déjà mentionné, les nombreuses volte-face de Bruce, de Comyn et de bien d'autres s'expliquent mieux quand on examine qui était dans le camp adverse. Les Anglais jouaient souvent le rôle de « l'ennemi de mon ennemi est mon ami ». Crois-je que Dugald MacDowell ait eu un grand amour pour Édouard d'Angleterre ? Non. Mais il haïssait Robert de Bruce encore plus.

Comme je l'évoque brièvement dans mon roman, les deux factions s'opposant en Écosse descendaient de deux fils du prince Fergus, seigneur de Galloway : Uchtred (les Balliol et les MacDowell) et Gille Brigte (les Bruce). Gille Brigte commit un fratricide particulièrement odieux : il creva les yeux de son frère, le castra puis lui fit couper la langue.

Peut-être ce meurtre peut-il expliquer la haine qui déchira leurs descendants plus d'un siècle plus tard ?

Les lecteurs de mes précédents romans savent que le mariage médiéval est un thème qui me suit de près depuis longtemps. Il est très difficile de savoir comment les règles du droit canon étaient appliquées dans la vie réelle et si, par exemple, les mariages clandestins étaient communs. Il semblerait qu'une déclaration d'intention immédiate ait suffi pour qu'un mariage soit valide. Autrement dit, le serment « Je te prends pour époux/se » prononcé par Margaret et Eoin aurait suffi même sans consommation de l'union. Une déclaration d'intention future (comme un accord de fiançailles) et la consommation de l'union constituaient également un mariage valide. Toutefois, les règles étant aussi confuses pour les participants médiévaux que pour l'ancienne chercheuse juridique que je suis, j'ai décidé de pécher par excès de prudence. Après tout, que serait un mariage sans consommation ? Nous sommes dans un roman sentimental, non ?

Enfin, l'abbaye de St. Mary dont il est question à Stirling s'appelle désormais Cambuskenneth.

Pour plus d'informations, y compris des photographies de nombreux lieux cités dans la série, veuillez consulter le site www.monicamccarty.com.

Remerciements

Lorsque l'occasion s'est présentée de travailler avec Lauren McKenna, une éditrice que j'admirais depuis longtemps de loin, je n'ai pas pu passer à côté. Le changement n'est jamais facile ; du moins, je le croyais. De toute évidence, l'équipe de Pocket Books ne connaît pas ce truisme. Un grand merci à tous pour avoir rendu la transition en plein milieu d'une série chez un autre éditeur aussi incroyablement lisse, sans heurts et, oui… facile !

Avant tout, merci à Lauren. Je suis enchantée de travailler avec vous après avoir entendu des amis communs chanter vos louanges durant des années (je peux confirmer qu'elles étaient amplement justifiées). Changer d'éditeur est toujours stressant, mais vos commentaires inspirés et pertinents ont rapidement dissipé mes angoisses. En espérant que ce livre soit le premier de nombreux autres à venir !

Un grand merci à Elana Cohen pour avoir assuré une transition fluide et rapide, ainsi que pour m'avoir aidée à naviguer dans le nouveau système. Vos réponses rapides, votre sens de la communication et votre attitude toujours amicale ont transformé la partie administrative du travail en vrai plaisir. J'ai hâte de vous rencontrer en personne !

Merci également au département artistique pour ses beaux mâles écossais, euh… je voulais dire ses superbes illustrations de couverture, ainsi qu'à l'équipe de production (une ovation à la responsable de la production Nancy Tonik et à la correctrice Faren Bachelis) pour avoir fait en sorte que ce livre sorte dans les temps et s'être assuré que personne ne sache que je suis nulle en orthographe.

Enfin, et surtout, merci à la meilleure équipe de soutien du monde : Dave, Reid et Maxime. Je vous aime (la plupart du temps).

AVENTURES & PASSIONS

6 juillet

Maya Banks

Les McCabe - Le Highlander qui ne voulait plus aimer

Alaric McCabe était promis à Rionna McDonald, mais il en aimait une autre. Alors son frère Caelen a pris sa place. Elle qui croise le fer comme un homme ne peut s'empêcher d'être intimidée par ce mari taciturne, peu pressé de consommer leur union. Comme elle, Caelen ne s'est marié que pour le bien-être de son clan. Mais bientôt c'est elle qui attend et espère ses étreintes.

✦

Tessa Dare

Les héritières - Des fleurs pour la mariée

Inédit

Après huit années passées à attendre le retour de son fiancé, Clio Whitmore décide de rompre ses fiançailles. Or ce n'est pas du goût de Rafe Brandon qui est décidé à ce qu'elle épouse son frère, quitte à organiser lui-même ce satané mariage ! Mais comment un boxeur endurci peut-il convaincre une future mariée réticente sans tomber amoureux ?

✦

Julie Anne Long

Pennyroyal Green - Un tempérament de feu

Inédit

Pour retrouver son frère qui se dissimulerait sous l'identité du redoutable pirate, le Chat, Violet est prête à tout, même à embarquer clandestinement sur le bateau du capitaine Flint. Rapidement découverte, Flint et elle concluent un accord. Ils traqueront le Chat ensemble, bien que leurs desseins soient à l'opposé l'un de l'autre.

✦

Julia Quinn

La chronique des Bridgerton - Francesca

Après avoir multiplié les conquêtes, Michael Stirling est tombé amoureux de la seule femme qui lui était interdit d'aimer : Francesca, l'épouse de son cousin John qu'il aime comme un frère. Or celui-ci meurt brutalement, Michael hérite de son titre et Francesca est désormais veuve. Mais comment trouver le bonheur sans trahir celui qu'ils chérissaient tant ?

✦

Grace Burrowes

Lords solitaires - Darius

Inédit

Aux abois, Darius Lindsey est contraint de vendre ses faveurs auprès des dames en mal d'amour de la bonne société. Lorsqu'il passe un marché avec lord Longstreet, il espère pouvoir enfin échapper à sa condition. Ce dernier a besoin d'un héritier et il propose à Darius d'en concevoir un avec sa femme, Vivian. Mais cette mission va s'avérer plus difficile que prévue, lorsque Darius se met à éprouver des sentiments pour Vivian.

✦

Sylvia Day

La série Georgian - Si vous m'embrassez

Depuis la mort de Colin, son premier amour, Amelia Benbridge s'est résignée à un mariage de raison. Mais le baiser qu'elle échange avec un inconnu masqué va bouleverser ses projets et réveiller la femme sensuelle qui sommeille en elle. Désormais pour Amelia, plus rien ne compte à part découvrir l'identité de ce mystérieux individu.

13 juillet

Kate Noble

De si doux mensonges

Inédit

Déterminé à prouver qu'il peut être aimé pour ses qualités et non pour sa fortune, le comte d'Ashby fait un pari avec son secrétaire. Il prendra sa place et aura deux semaines pour séduire une femme. Mais qui ? Pourquoi pas Phoebe Baker, sa si ravissante gouvernante ? Mais ce défi en apparence simple va s'avérer plus compliqué que prévu.

✦

Elizabeth Hoyt

La légende des quatre soldats - Le revenant

Qui est cet homme qui vient de s'écrouler aux pieds de Béatrice Coming ? Il s'agit du comte Reynaud St Aubyn que l'on croyait mort aux colonies ! Ce retour inopiné provoque bien des inquiétudes, car Reynaud connaît l'identité de celui qui a trahi le 28e régiment d'infanterie à Spinner's Fall.

✦

Robin Schone

Le club - Pour l'amour de rose

Inédit

Membre du club des Messieurs et des Dames, Rose Clarring est mariée depuis douze ans avec un homme qui ne la désire plus. Elle souhaite divorcer et fait donc appel au célèbre avocat Jack Lodoun. Celui-ci accepte à condition que Rose lui prouve qu'il existe une passion capable de supplanter les vœux sacrés du mariage.

CRÉPUSCULE

6 juillet

Bec McMaster

Londres la ténébreuse - Le maître de la Guilde

Inédit

Jasper Lynch est un sang-bleu et le maître de la Guilde des Engoulevents, qui sont les traqueurs de criminels à Londres. Ce dont il rêve, c'est de devenir membre de l'Échelon. L'occasion de faire ses preuves lui est donnée lorsqu'on lui confie une mission : capturer Mercury, la chef du mouvement humaniste. Or, Jasper ignore que celle qu'il pourchasse est proche de lui. Cette fois, le chasseur pourrait bien devenir la proie…

PROMESSES

13 juillet

Gill Sanderson

De l'autre côté de la montagne

Inédit

Suzanne Ripley est infirmière au CHU de Belham. Quand sa mère handicapée dont elle prend soin se remarie, Suzanne décide de recommencer ses études pour devenir médecin. Hélas, sa demande est rejetée, à cause, paraît-il, de ce nouveau médecin arrogant et misogyne, Neil Calder. Qu'à cela ne tienne, elle accepte un poste dans un centre de loisirs du Lake District qui propose des activités de montagne. Ce qui la ravit. Jusqu'au jour où une équipe de médecine sportive débarque, avec à sa tête… Neil Calder !

Passion intense

13 juillet

S.K. Quinn

L'art du plaisir - 2 - Dissipée

Inédit

Après avoir officiliasé sa relation avec Marc Blackwell, son professeur à l'Ivy Drama College, Sophia en endure à présent les conséquences. Non seulement elle est traquée par la presse, mais il lui faut aussi supporter la jalousie des autres élèves. Et puis la tendance de Marc à tout contrôler génère des tensions dans leur couple. Alors qu'elle obtient le premier rôle d'une comédie musicale, Sophia flirte avec la vedette masculine. Où la mènera ce petit jeu dangereux ?

Et toujours la reine du roman sentimental :

Barbara Cartland

« Les romans de Barbara Cartland nous transportent dans un monde passé, mais si proche de nous en ce qui concerne les sentiments. L'amour y est un protagoniste à part entière : un amour parfois contrarié, qui souvent arrive de façon imprévue.
Grâce à son style, Barbara Cartland nous apprend que les rêves peuvent toujours se réaliser et qu'il ne faut jamais désespérer. »

Angela Fracchiolla, lectrice, Italie

Le 6 juillet
Les ennemis du comte